OETINGER TASCHENBUCH

Silas Matthes wurde 1992 in Hamburg geboren und wuchs in einem kleinen Dorf ganz in der Nähe auf. Mit achtzehn Jahren begann er an Texten zu arbeiten, mit zwanzig schrieb er die erste Fassung seines Debütromans »Miese Opfer«. Zurzeit studiert er Kreatives Schreiben in Hildesheim.

Natalie Matt wurde 1993 in Freudenstadt im Schwarzwald geboren. Bereits im frühen Teenageralter verfasste sie erste Geschichten. Seit 2012 studiert sie Kulturwissenschaften und Literatur in Hildesheim. Der Band »Verstörende Träume« der »Kings & Fools«-Reihe ist ihr Debütroman.

Natalie Matt und Silas Matthes

KINGS & FOOLS

IM LICHT DER TRÄNEN

Oetinger Taschenbuch

Außerdem in der Reihe bei OTB erschienen:

Kings & Fools – Im Schatten des Phönix (DB 1)
Kings & Fools – Im Zeichen des Rings (DB 2)

MIX
Papier aus verantwortungsvollen Quellen
FSC www.fsc.org FSC® C083411

1. Auflage 2017
Oetinger Taschenbuch in der Verlag Friedrich Oetinger GmbH,
Poppenbütteler Chaussee 53, 22397 Hamburg
Dezember 2017

Originalverlag: Oetinger34 in der Verlag Friedrich Oetinger GmbH,
Poppenbütteler Chaussee 53, 22397 Hamburg 2016

Beide Bände entstanden unter Mitwirkung von Bernhard Hennen.
Grafiken im Innenteil: Jacqueline Kauer
Umschlaggestaltung: ZERO Werbeagentur GmbH, München
Umschlagmotiv: © Finepic®
Druck: CPI books GmbH, Birkstraße 10, 25917 Leck, Deutschland
ISBN 978-3-8415-0481-4

www.oetinger-taschenbuch.de

KINGS & FOOLS

5

Vermisste Feinde

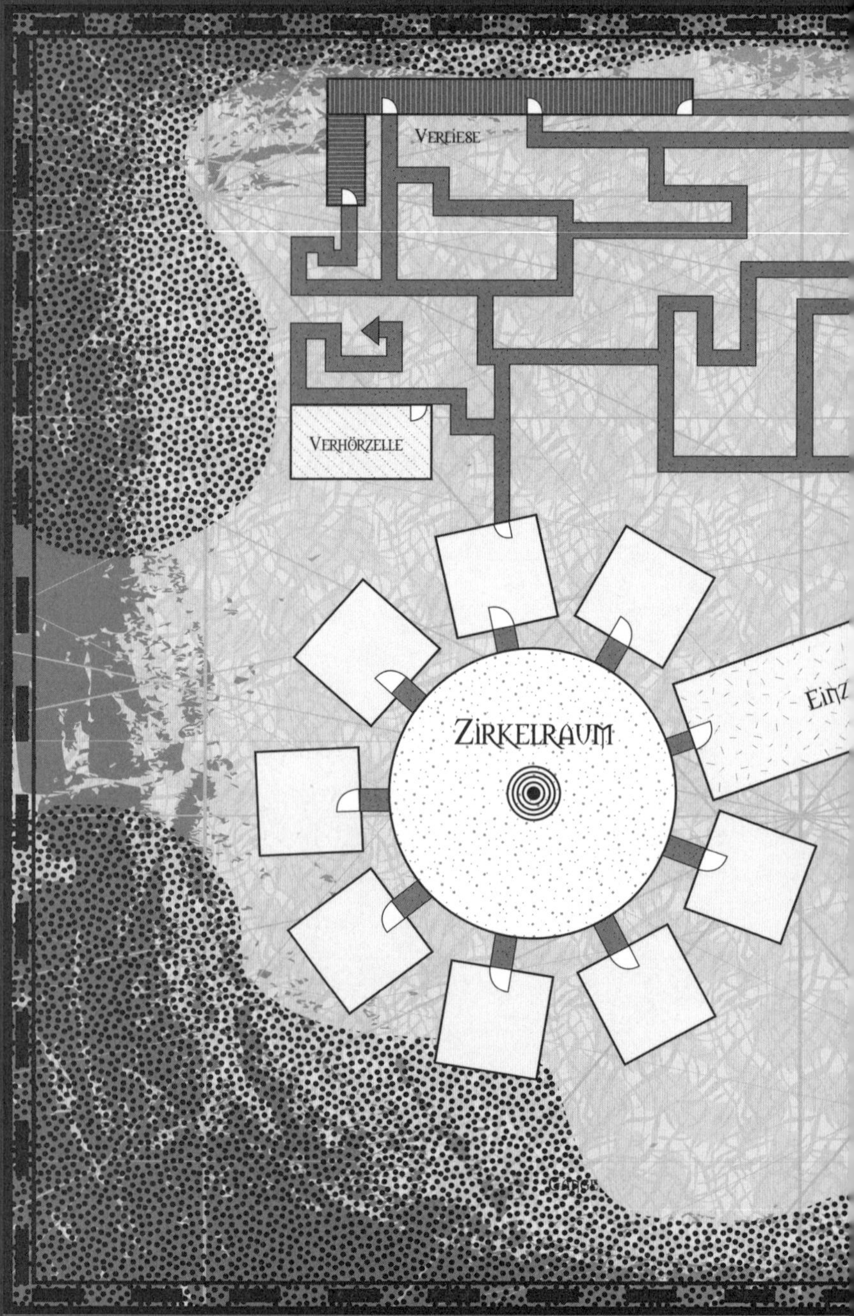
Verliese
Verhörzelle
Zirkelraum

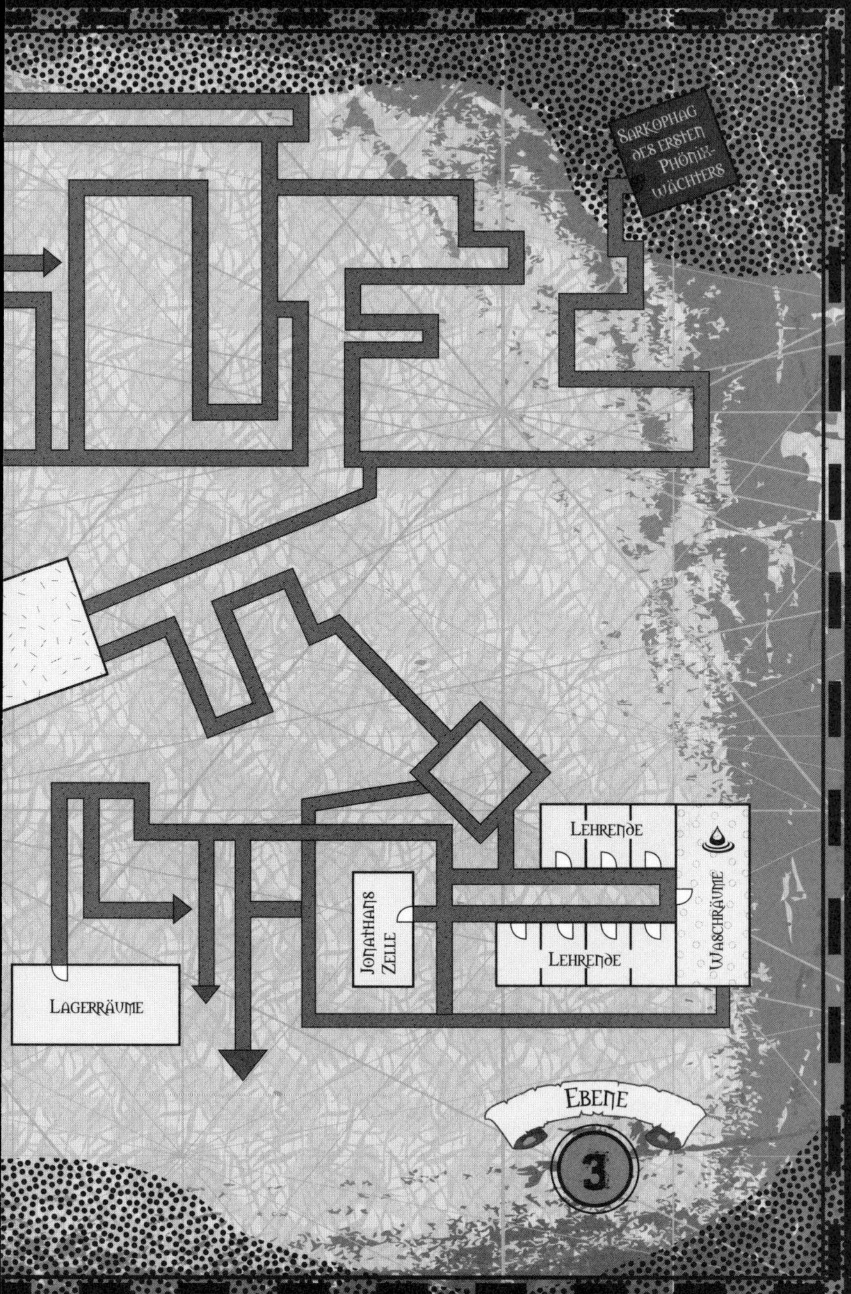

Sarkophag des ersten Phönixwächters
Lehrende
Waschräume
Jonathans Zelle
Lehrende
Lagerräume
Ebene
3

Für meinen Papa,
der mir die Liebe und Begeisterung
für die Welt der Filme, Musik und
Bücher so nahe gebracht hat.

NOEL

1

Favilla. Verhörzelle.

Blutspritzer vermischen sich mit der schwarzen Tinte auf dem hölzernen Pult. Der kahle Schädel des Wissenschaftlers zeigt anklagend zu uns, der Armbrustbolzen hat seinen Hals von vorne nach hinten aufgespießt. Durchschuss.

Jemand hat es auf uns abgesehen. Und er ist da draußen im Gang!

Ich halte mich weiter geduckt, habe mich schützend vor Jon und Sam positioniert, die sich ebenfalls an die Wand pressen. Ihr Atem geht schwer, ich kann ihre Anspannung förmlich spüren.

Beinahe ungeduldig warte ich darauf, dass weitere Bolzen in den Raum schießen, aber nichts regt sich. Und plötzlich höre ich in den Gängen hämmernde Schritte. Er rennt weg!

Ich stoße mich mit den Händen von der Wand ab und reiße eine Blendlaterne aus der Wandnische, dann werfe ich einen letzten Blick über die Schulter.

Sam hat die Augen weit aufgerissen. Sie will aufspringen, doch mit einem festen Griff hält Jon sie am Oberarm zurück, gibt mir durch ein Nicken zu verstehen, dass es jetzt an mir ist.

Schnell zieht er sein Schwert unter dem Umhang hervor und streckt es mir entgegen. Ich fasse nach der schmalen Waffe und stürme los.

Ich darf ihn nicht entkommen lassen. Meine Schritte schlagen laut im Gang. Die Blendlaterne wackelt wild von einer Seite zur anderen und erzeugt ein zittriges Licht in der Dunkelheit vor mir. Und da – ein zweites Licht, der Angreifer!

Seine Fackel ist ein ganzes Stück entfernt, aber das wird mich nicht abhalten. Ich hole schnell auf, er scheint zu zögern, dort hinten sind mehrere Abzweigungen. Doch dann verschwindet er als schwarzer Schemen rechts um die Ecke.

Rechts – *er hat einen Fehler begangen.*

Ich kenne die Gänge. Ich kenne mein Favilla. Der Angreifer steckt in der Falle: Die Abzweigung, die er genommen hat, führt in eine Sackgasse. Ich bin wie geladen, jeder Muskel meines Körpers angespannt.

Auf den letzten Schritten werde ich langsamer, das Blut rauscht in meinen Ohren.

Wem stehe ich gleich gegenüber? Einem Schüler? Einem Begrabenen? Irgendjemand ganz anderem, einem Anhänger des Königs?

Lautlos gehe ich in die Hocke und stelle die Blendlaterne ab, passe auf, dass sie keine blechernen Geräusche von sich gibt. Ab jetzt muss ich ohne Licht klarkommen.

Die Schritte des Angreifers sind verklungen. Hat er schon das Ende des Ganges erreicht?

Mit einer schnellen Drehung biege ich um die Ecke. Die Fackel dort vorne in der Schwärze bewegt sich nicht mehr. *Ich hab ihn.*

Mein Herzschlag pulsiert im ganzen Körper. Ich darf die Wände nicht streifen, denn sie sind hier bis zur Decke hoch gestapelt mit Knochen. Wenn nur einer herunterfällt, bin ich entlarvt. *Oder weiß er schon längst, dass ich hinter ihm her bin?*

Ich schleiche auf das Licht zu. Es sind etwa zwanzig Schritte bis zum Ende des Ganges. Vielleicht hat er seine Armbrust längst gespannt, und ich laufe direkt in den Schuss.

Mein Atem geht immer noch schnell. Mühsam unterdrücke ich jegliches Keuchen. Noch einen Fuß vor. Noch einen. Ich bin auf der Hälfte. Er wartet auf mich. Warum sollte er sonst noch verharren?

Ich bin dem Licht jetzt so nah, dass ich erste Umrisse der Umgebung erkennen kann. Nur ist der Fackelschein viel zu niedrig. Er hält sie nicht in den Händen, sie muss auf dem Boden liegen. Er …

Kleidung raschelt, ganz nah. Ich drehe meine gezückte Waffe nach rechts und links.

Mist.

Ein Schwert saust aus der Dunkelheit heran, instinktiv reiße ich Jons Waffe hoch, um zu parieren. Der Schlag vibriert in meinem ganzen Körper. Ich weiche ein Stück zurück, dresche mit dem Schwert von der Seite auf den Schatten, er blockt. Blitzschnell schießt seine Klinge von der anderen Seite wieder auf mich zu. In der Finsternis kann ich sie erst im letzten Augenblick erkennen. Ich werfe mich nach hinten gegen die Wand, Knochen bohren sich in meinen Rücken, poltern auf den Boden herunter. Ich keuche. Ich habe es hier eindeutig mit einem erfahrenen Kämpfer zu tun.

Schnell stoße ich mich wieder von der Wand ab, behalte sie allerdings als Schutz im Rücken. Jons Schwert strecke ich vor mich. »Zeig dich!«, knirsche ich.

Da stürmt er wieder auf mich zu. Seine Schlagfolge ist schnell, ich kann gerade noch so das Schwert mit beiden Händen hochreißen, um zu parieren. Doch es ist viel schmaler als meine gewohnte Axt, es leistet viel weniger Widerstand. Der Schattenkämpfer drängt mich zurück.

Ich spüre meine Kraft im ganzen Körper, ich explodiere fast, weil ich weiß, dass ich diese Gestalt locker zu Boden werfen könnte, aber keine Lücke in seiner Deckung finde.

Ohne irgendeinen Laut von sich zu geben, drängt er mich immer weiter auf das Ende der Sackgasse zu. Schlag auf Schlag, ein einziges schrilles Klingen von Stahl in meinen Ohren. Nachrücken, Schlag. Dann eine schnelle Aufwärtsbewegung mit seiner Waffe, und es ist vorbei: Jons Schwert landet mit einem verurteilenden Klirren auf dem Boden.

Ich mache einen Schritt zurück, pralle gegen die Steinwand. *Jetzt bin ich geliefert.*

Gnadenlos setzt der Angreifer die eiskalte Klinge direkt unter meinem Hals an. Das Metall schimmert im Schein der Flamme. Die Spitze kitzelt meinen Kehlkopf. Ich wage es nicht einmal, zu schlucken, und es fühlt sich an, als würde sich in meinem Körper alles zusammenquetschen, sodass die Luft, die ich einatme, nicht mal mehr meine Lungen erreicht.

Ich erkenne eine dunkle Kutte. Die Kapuze hängt tief über dem Kopf des Schattenkämpfers, ich suche in der schwarzen Öffnung nach einem Gesicht. Ich will wenigstens wissen, *wer* mich tötet.

Aber da ist nichts, so als hätte jemand sein Gesicht ausradiert.

Der Kämpfer atmet aus, ich höre, wie die Luft laut durch seine Nase strömt. Irgendwie zittrig und angespannt.

Nichts passiert.

Er kickt mit dem Fuß Jons Schwert weiter von uns. Das kreischende Schürfen schmerzt in meinen Zähnen.

Und plötzlich kehrt er mir den Rücken zu. Ehe ich realisiere, was da passiert, geht er davon. Er lässt mich einfach in der Sackgasse zurück. Bis er irgendwann mit dem Dunkel verschmilzt und es vollkommen still ist.

Er hatte nie vor, mich zu töten.

2

Favilla. Zirkelraum.

Beim Betreten der Hütte würde die fünfte Diele hinter der Schwelle am lautesten knarzen. Ich wusste, dass Claire gleich an meinem Ärmel zupfen würde, weil sie mir etwas Dringendes mitteilen musste, und schon vor der Hüttentür habe ich die Brummstimme meines Vaters durchs Holz dringen hören. Es war immer das gleiche vertraute Bild, wenn ich von den Minen nach Hause kam.

Ein bisschen ist es jetzt auch so. Jon, der mit den Händen hinter dem Rücken zwischen den Türen und Fackeln steht. Und ich muss nicht nach oben schauen, um zu wissen, dass sich an der Decke die ausgebreiteten Flügel des Phönix über uns erstrecken. Aber vor allem sind es Liv, Callan, Moa, Ellinor, Kyara, Melvin und Estelle, die mir dieses Gefühl von Vertrautheit geben.

Und dann wäre da noch Sam.

Ich sehe schnell zu ihr rüber. Sie kaut auf ihrer Lippe herum und streicht sich ihr blondes Haar hinter die Schulter. Oben glänzt es ein wenig, an den Spitzen ist es leicht verfranst.

Wenn diese Zirkelsitzung vorbei ist, werden wir uns treffen. Ich reibe mir die feuchten Hände an der Hose ab. Ich war noch nie so ungeduldig, so … *neben mir*. Habe ich es gerade geschafft, mich mal für einen Moment auf das Geschehen zu konzentrieren, bringt im nächsten ein Gedanke an Sam alles wieder durcheinander.

Ich streiche mir mit dem Daumen über die Lippen. Gleich werde ich Sam küssen, gleich werde ich das Weich ihrer Lippen spüren. Beinahe macht es mir Angst. Angst, wie sehr ich mich darauf freue.

»Wir haben heute einen weiteren Gast«, erhebt Jon das Wort, und jetzt bin ich auf einmal doch aufmerksam.

Nach dem Anschlag auf den Wissenschaftler ist es in Favilla merkwürdig ruhig geblieben. Der Dürre hat die Leiche weggeschafft. Jon hat den Lehrenden irgendwelche Anweisungen gegeben, die ich nicht hören konnte, und mich nach oben geschickt. Seitdem ist nichts mehr passiert. Zumindest weiß ich von nichts.

Genauso wenig weiß ich, um welchen *Gast* es sich hier handeln soll. Der Zirkel ist vollständig anwesend, und einen Lehrenden würde er so nicht ankündigen.

»Ich habe mich dazu entschlossen, ein neues Mitglied aufzunehmen«, sagt Jon.

Ein Zirkler? Ich sehe einmal in die Runde. Aber wir sind doch schon neun.

»Ich nehme an, es ist zu euch durchgedrungen, dass sich meine Ansichten über die Qualifikationen eines Zirkelmitglieds geändert haben. Es kommt auf mehr an als darauf, ein herausragender Kämpfer zu sein. Es zählt, was ich in euch sehe. Wofür euer Herz schlägt. So ist Noel nun nicht mehr der

Einzige, der keine Prüfung ablegen musste, um einer von uns zu werden.« Jon deutet mit der Hand auf eine Tür hinter uns. »Ellinor, wärst du so lieb?«

Sie steht am nächsten dran, zaghaft zieht sie die Tür auf.

Kurz zucke ich zusammen. Für einen Moment dachte ich tatsächlich, dass es Lucas ist, der den Raum betritt. Keine Ahnung, warum. Vielleicht weil die Vorstellung so schön wäre oder weil er mir immer in den seltsamsten Momenten durch den Kopf geistert. Aber es ist nicht Lucas.

Es ist Lennart.

Er sieht mich und hebt freudig zwei Finger an die Stirn, so als wäre das unser einstudiertes Begrüßungsritual.

Er trägt die Robe mit der roten Phönixträne. Sein Umhang schleift über den Boden. Die Ärmel hat er hochgekrempelt, seine dünnen weißen Handgelenke spuken darunter hervor.

Ich verstehe das nicht. Was in aller Welt hat Jon dazu veranlasst, ausgerechnet Lennart in den Zirkel aufzunehmen?

Getuschel schwillt im Raum an. Ich suche nach irgendeiner Erklärung in Jons Gesicht, aber natürlich verraten seine Augen nichts.

Nun bittet er Lennart, sich neben ihn zu stellen.

»Es freut mich, dich in unserer Mitte willkommen zu heißen«, wendet Jon sich an ihn.

Lennart nickt in seine Richtung, vor Aufregung haben sich rote Flecken auf seinem blassen Gesicht bis hinunter zum Schlüsselbein gebildet.

»Du bist nicht nur ein äußerst guter Beobachter, du hast die Fähigkeit, dir Dinge genau einzuprägen. Zahlen, Fakten, Ereignisse, Kräutergemische, Rezepturen, Details. Du hast einen scharfen Blick, kannst das Entscheidende herausfiltern. Strukturen erkennen. Dein Gedächtnis ist eine wertvolle Waffe für uns.«

Lennart steht kerzengerade, während Jon spricht und nun mit der Hand zu uns anderen deutet. »Du kannst dich neben Noel stellen.«

Lennart kommt mit langsamen Schritten auf mich zu. Sein Grinsen ist nicht ein winziges bisschen verrutscht. Von Nahem kann ich deutlich sehen, wie sich die roten Flecken um den Hals herum verteilt haben, sie sind etwa münzengroß.

Ich klopfe ihm auf die Schulter und werde das Gefühl nicht los, dass er mich wohl ewig verfolgen wird.

Aber egal. Mein Blick wandert noch einmal zu Sam. Nichts kann meine Laune heute trüben.

Sie zupft an ihrem Verband herum. Ich weiß, dass sie lieber sterben würde, als es zuzugeben, aber ich hoffe, sie hat keine allzu schlimmen Schmerzen mehr.

Das Gemurmel legt sich erst wieder, als Jon sich räuspert.

Er holt ein Pergament aus der Innentasche seiner Robe. Ich erkenne das große rote Siegel sofort: Es ist das Pergament, das Sam aus der geheimen Bibliothek mitgebracht hat. Sie wollte davon berichten, als ihr der Angriff auf den Wissenschaftler dazwischenkam.

Ich muss mich beherrschen, ruhig auf meinem Platz stehen zu bleiben. Was hat es damit auf sich? Und warum hat Sam es einfach stillschweigend eingesteckt?

»Ich konnte ein wichtiges Schriftstück in meinen Besitz bringen.« Jon hält es wie ein Banner nach oben. »Ich möchte euch daraus vorlesen.«

Er faltet es auf, kaum merklich zittert die dünne Tierhaut in seinen Händen.

»*Alle fünfzig Jahresumläufe, wenn die Sterne in Schwärmen wandern, spüren die Phönixe, dass die Zeit der Zusammenkunft gekommen ist. Rote Schatten ziehen über das Land, um das Feuer zu suchen. Es liegt in ihrer Natur, so tief verankert, wie bei Fischen, die die Flüsse hinaufwandern, wie bei Vögeln, die vor dem Winter fliehen. Zu dieser Zusammenkunft sind die Phönixe getrieben, um in all ihrer Pracht in Flammen aufzugehen. Gemeinsam brennen. Feuer so gewaltig. Um ein neues Leben zu erschaffen. Von warmen Flügeln umschlossen, an diesem Ort, wo nur das Funkeln ihrer Tränen hinzuführen weiß.*

Alle fünfzig Jahresumläufe, wenn die Sterne in Schwärmen wandern, spüren die Phönixe, dass die Zeit der Zusammenkunft gekommen ist. Rote Schatten ziehen über das Land, um das Feuer zu suchen. Es geschieht am Tag der Feuerwende. Was nicht folgt dieser Natur, gehört dem Widerwärtigen an, geschieht außerhalb der rechten Magie, geschieht entgegen dem Lauf des Lebens.«

Jedes einzelne Härchen auf meinen Armen hat sich aufgestellt. Jons Stimme klang noch nie so ehrfürchtig.

»Das«, er tippt auf das Pergament, »das ist ein Umbruch. Es gibt einen frei lebenden Phönix, es gibt einen Thronfolger, und nun haben wir die entscheidende, bisher fehlende Information: wie wir zu dem Ort kommen, an dem wir beide finden werden. Die Sterne stehen richtig. Es ist das besagte Jahr, in dem die Phönixe zur Feuerwende losziehen. Wenn wir eine Phönixträne in unseren Besitz bringen, dann wird sie uns den Weg leuchten, sie wird uns an diesen Ort führen, und Favilla wird endlich siegreich sein.«

Ich weiß nicht, womit ich gerechnet hatte. Dass wir uns in die Arme fallen, jubeln oder klatschen?

Aber alle stehen noch genauso da wie zuvor. Es ist eine gebannte Stille.

Und wenn ich so in die Gesichter der anderen schaue, bin ich mir sicher, ihr Herz pocht in diesem Moment genauso wild wie meines. Sie überholen einander, ergeben zusammen einen verborgenen Trommelwirbel.

Seit dem Entziffern der Grabinschrift treibt uns alle die Hoffnung auf eine Wende an. Und jetzt haben wir zum ersten Mal wirklich etwas in der Hand.

Wir könnten das Volk befreien, die Wahrheit verbreiten. Ich könnte meine Familie wiedersehen. Meine Mutter, Claire, meinen Vater. Sogar Earl. Ich könnte ihnen endlich von allem erzählen, sie aus den Minen holen. Wir alle könnten ein gemeinsames Leben führen.

Es war überwältigend genug, ein Leben außerhalb unseres Dorfs kennenzulernen, wie würde es erst sein, wenn die ganze Welt sich ändert?

»Noch nie waren wir so nah dran.« Jon breitet die Arme vor uns aus. »Eine neue Zeit steht bevor. Und noch heute Nacht werden wir anfangen, nach ersten Hinweisen zu suchen. Theodor wird euch die letzten Bücher geben, die vom Wassereinbruch übrig geblieben sind. Durchforstet alles. Zunächst einmal sammeln wir. Sobald jemand einen ersten Hinweis auf den Verbleib einer Phönixträne findet, sucht bitte unverzüglich meine Zelle auf. Jedes Zeitkorn kann von nun an über unsere Zukunft bestimmen.«

Er macht eine Pause, und als er dann weiterspricht, klingt

er beinahe feierlich: »Zirkler, lasst uns in die Geschichte eingehen.«

Sam winkt mich an der Schwelle zu sich, ein verschwörerisches Lächeln umspielt ihre Lippen. Die anderen haben den Raum schon verlassen.

»Ich komme gleich nach«, flüstere ich ihr zu und nehme kurz ihre Hand in meine, streiche mit dem Finger über den Handrücken. Ihre Haut ist warm, genau wie meine.

Sam wirft über meine Schulter hinweg einen Blick zu Jon, der uns den Rücken zugewandt hat und irgendetwas in seinen Regalen herumräumt.

»Ich warte draußen«, sagt sie.

Ich nicke, ein bisschen atemlos. »Bis gleich.«

Sam geht noch einen Schritt rückwärts, lächelt, es geht mir durch und durch. Die Tür schließt sich.

Als hätte Jon Augen im Hinterkopf, dreht er sich um, kaum dass Sam den Raum verlassen hat. Ich gehe auf ihn zu. Er grinst und wirkt verändert. Irgendwie gelöst.

»Du wartest seit Jahren auf einen Moment wie diesen. Es freut mich, dass es endlich so weit ist«, sage ich.

»Vielen Dank, Noel. Das weiß ich zu schätzen.« Er lehnt sich nach hinten an das Regal, dann greift er nach einem Krug auf der kleinen Ablage rechts von sich und schenkt sich eine rote Flüssigkeit in einen Kelch ein.

Mit dem Becher in der Hand wendet er sich wieder mir zu. »Wein?«

»Nein danke.«

Er schwenkt den Becher einmal in seinen Händen und hält

die Nase über die Öffnung. Mit geschlossenen Augen atmet er tief ein. »Es ist ewig her«, sagt er.

»Wie gehen wir vor?«, frage ich.

Genüsslich nimmt er einen Schluck. »Ich bin da an einer Sache dran, morgen weiß ich mehr.«

»Denkst du, der König wird nicht auch nach einer Phönixträne suchen?«

»Noel«, sagt er jetzt etwas ernster und stellt den Kelch hinter sich ab. »Ich weiß, die Neuigkeiten sind überwältigend, aber ich wollte mit dir dringend über anderes sprechen.« Der gewohnt konzentrierte Blick ist auf sein Gesicht zurückgekehrt. »Was hältst du von dem Anschlag auf den Wissenschaftler?«

Bisher hatten wir kaum Gelegenheit, darüber zu sprechen. Was ich ihm jetzt sage, wird ihm möglicherweise nicht gefallen. Trotzdem, ich will ehrlich sein. »Jon, der Angreifer hat mich einfach gehen lassen. Natürlich könnte der Wissenschaftler umgebracht worden sein, weil er wichtige Informationen besaß, von denen irgendjemand nicht will, dass sie uns erreichen.« Ich schlucke. »Aber hast du schon mal daran gedacht, dass der Anschlag vielleicht dir gelten sollte?«

»Möglich«, sagt er kurz angebunden und greift wieder nach seinem Wein. »Wichtig ist auf jeden Fall, dass ihr die Sache geheim haltet. Ich möchte die Zirkler in dieser euphorischen Stimmung nicht unnötig beunruhigen. Sicher ist äußerste Vorsicht geboten, ich beobachte noch genauer als sonst, was in meiner Lehranstalt vor sich geht. Nur wenige Begrabene, die Lehrenden und die Zirkler wissen von den Gängen in Ebene Drei. Das gibt Grund zur Sorge.«

»Ich halte Augen und Ohren offen«, sage ich.

»Ich weiß.« Jon nippt erneut am Wein, ich kann deutlich hören, wie er schluckt. Ich glaube, er spricht nicht gerne über diesen Vorfall. Fürchtet er sich und will es sich nur nicht anmerken lassen? Oder ist er heute Abend einfach zu sehr von dem Pergament vereinnahmt?

»Ich möchte, dass Lennart sich gut integriert, du sorgst dafür?« Die Kugelaugen mustern mich.

»Natürlich«, sage ich und hoffe, mein kurzes Zögern ist ihm nicht weiter aufgefallen. »Wir waren noch nie mehr als neun Mitglieder«, stelle ich dann fest.

»Ich habe auch nicht vor, es bei zehn zu belassen.«

»Was heißt das?«

»Callan macht sich seit Langem um den Zirkel verdient. Mirlinda ist tot, ich brauche Ersatz. Ich möchte ihn ab sofort als neuen Lehrenden einsetzen. Er ist treu, erfahren und zielstrebig genug, um diese Aufgabe zu meistern.«

»Wie, denkst du, werden die anderen darauf reagieren?«, frage ich.

»Das spielt keine Rolle. Ich wollte es ihnen eigentlich heute schon sagen, aber das wäre zu viel auf einmal gewesen. Sie sollen sich nun als Erstes mit der Neuigkeit der Feuerwende auseinandersetzen.« Er kippt den letzten Rest aus seinem Kelch hinunter. »Callan habe ich längst in meine Pläne eingeweiht. Er bereitet sich vor. Ich bin mir sicher, die Schüler werden ihn mit Respekt behandeln.«

»Jon. Die Feuerwende, die Phönixe …«

»Vorerst gilt es nur, eines zu tun, Noel«, unterbricht er mich und stellt den Becher etwas zu laut auf dem Holz hinter sich ab. »Ich habe dir schon mal gesagt, dass sämtliche Störungsfaktoren in heiklen Zeiten aus dem Weg geräumt werden müssen.« Er faltet die Hände zusammen.

»Du weißt, wie viel Wert ich auf ein stabiles Informationsnetz lege, wie wichtig mir meine Verwalter, meine Schüler und Kämpfer sind. Schon der kleinste Fehltritt kann alles zusammenbrechen lassen, weißt du. Wenn nur einer nicht mit vollem Einsatz dabei ist, kann er allen anderen damit schaden.« Jetzt tritt er an eins der Regalfächer heran. Die Bücher darin sind der Reihe nach aufgestellt. Er tippt das äußerste Buch mit dem Finger an, und alle anderen in der Kette kippen mit einem dumpfen Knall nacheinander auf den Regalboden. Jon sieht von den umgefallenen Büchern wieder zu mir. »Du musst diese Gefühlsangelegenheit mit Sam beenden.«

3

Favilla. Schlafzelle.

Alles in mir stürzt zusammen.

Wo zuvor glühende Aufregung war, wo alles von Sams Stimme umgeben war – ist es plötzlich stockfinster.

Nicht jetzt. Nicht nach all dem, was Sam und ich durchgemacht haben. Das darf Jon einfach nicht ernst meinen. *Wie kann er* das *von mir verlangen?*

»Wir haben viel erreicht, Noel«, sagt er. »Ihr habt Mirlinda zur Strecke gebracht. Du hast das Rätsel entdeckt, ihr seid in der geheimen Bibliothek den Greifen entkommen, habt mir das Pergament gebracht. Du bist maßgeblich an unseren Fortschritten beteiligt. Ich vergesse nichts. Ich habe großen Respekt vor deinem Einsatz für Favilla. Und gerade deshalb muss ich dafür sorgen, dass ich weiter auf dich zählen kann.«

Seine Worte rauschen an mir vorbei. Ich will sie gar nicht hören, ich will ihm nur noch den Rücken zukehren und gehen. Ich …

»Wir stehen vor einer Revolution. Im Kampf, aber auch bei wichtigen Entscheidungen und beim Planen, kann die kleinste Ablenkung schwerwiegende Folgen haben. Du konntest mir nicht mal an einem Tag wie heute vollste Aufmerksamkeit schenken, dir ist doch bewusst, dass mir so etwas nicht entgeht. Dir muss klar sein, dass ich das nicht dulden kann.«

Das Schlimme ist, ich kann noch nicht einmal widersprechen. Ich war so voll von Sam, dass die Hälfte der Zirkelsitzung einfach an mir vorübergezogen ist. Und dieses Zusammenstürzgefühl hat meinen ganzen Körper unter Kontrolle.

»Jon, du kannst das nicht von mir verlangen. Sam …«, ich breche ab. Denke nach, aber da ist reinstes Durcheinander. »Der Mission wird nichts im Wege stehen, das versichere ich dir. Ich bekomme das hin.« Ich fahre mir durch die Haare, bleibe mit den Fingern an den verknoteten Stellen hängen. »Ich *verspreche* es dir«, sage ich und hasse es, wie flehend meine Stimme dabei klingt. Und als ich sehe, wie abwertend mich Jon jetzt ansieht, da hasse ich dieses Betteln in meiner Stimme noch viel mehr. »Merkst du nicht, wie du mit mir redest? Wenn du klar denken könntest, würdest du so etwas nicht sagen. Du weißt, was ich von dir erwarte.« Jedes Wort von ihm ist wie ein Schlag, der immer wieder auf dieselbe schmerzende Stelle trifft.

»Aber …«, beginne ich erneut, doch Jon unterbricht mich.

»Ich glaube, ich muss mich etwas deutlicher ausdrücken. Dass ich dich in ein besonderes Vertrauen ziehe, heißt nicht, dass du derartige Privilegien besitzt. Sam bringt dich in Gefahr, indem sie deinen Geist schwächt und somit auch Favilla. Wenn du nicht in der Lage bist, diese Gefahr zu entschärfen, dann werde ich es tun.« In seiner Stimme liegt eine Härte, die ich selbst bei ihm selten gehört habe. »Und ich glaube nicht, dass du das willst.«

Es gibt nichts mehr zu sagen. Ich drehe mich langsam um, mache irgendwie einen Schritt nach vorne. Die Kälte des Türgriffs durchfährt mich eisig.

»Ich weiß, dass du das Richtige tun wirst«, schnarrt Jons Stimme hinter mir.

Die Tür kam mir noch nie so schwer vor. Dumpf und bedrohlich fällt sie hinter mir ins Schloss zurück.

Draußen im Gang legen sich sofort Sams schmale Finger auf meine Oberarme. Sie hat auf mich gewartet.

»Da bist du ja endlich«, flüstert sie.

Ihre Berührung schmerzt. Sie schmerzt überall auf meiner Haut.

Ich sehe auf ihre Finger. Der Halbmond in ihren Nägeln. Diese Hände, die mir so vertraut sind.

»Ich kann das nicht«, murmle ich.

Sie legt beide Hände auf mein Gesicht, dreht meinen Kopf sanft, aber entschieden zu sich, sodass ich sie ansehen muss.

Dann werde ich es tun. Dann werde ich es tun. Ich schüttle nur den Kopf. *Und ich glaube nicht, dass du das willst.*

»Was ist los?« Sam drückt ihre Finger fester auf mein Gesicht. Ich sehe nun Verunsicherung in ihren Augen aufblitzen.

»Rede mit mir, was ist?«, drängt sie.

Aber ich löse mich von ihr. »Tut mir leid.«

Ich muss weg, los, den Gang hinunter. Wo es immer dunkler wird.

»Noel!«, schreit sie mir nach.

Ich balle die Hände zu Fäusten, beiße die Zähne zusammen,

spanne den ganzen Körper an, weil ich es irgendwie schaffen muss, das auszuhalten, weil ich mich nicht einfach wieder zu ihr umdrehen darf.

Und ich gehe weiter, immer weiter auf das Schwarz zu. Der dunkle Gang verschlingt mich.

Wie eine nie endende Nacht.

Ich habe von dem Lagerfeuer geträumt und den gewaltigen Umrissen der Berge vor dem Nachthimmel. Ich habe gesehen, wie sich die züngelnden Flammen in ihren großen Pupillen widergespiegelt haben. Habe die ganze Zeit ihre Stimme gehört. *O schaurig und schön war die Wanderschaft …*

Es bringt mich um. Das hat sie nicht verdient. Niemals hat sie es verdient, dass ich ihr so wehtun muss.

Und nicht nur ihr. Ich habe kaum die zwei Tage ausgehalten, in denen sie noch im Fieber lag, ich habe kaum die letzte Zirkelsitzung ausgehalten. Wie soll *ich* das schaffen?

Von Jons Drohung würde sich Sam niemals einschüchtern lassen, aber ich darf ihre Sicherheit nicht gefährden.

Etwas Weiches landet auf meinem Gesicht. Leinenstoff. Mit den Fingerspitzen ziehe ich es von mir.

»Ist das deine Hose?« Ich rümpfe die Nase und sehe zu Melvin.

»Du reagierst ja nicht. Hätte ich lieber die Blendlaterne werfen sollen?« Er grinst mir von seinem Bett aus zu.

»Und?«, fragt er.

»Was *und*?«

»Ja, war's gut?« Er rutscht ein paarmal ungeduldig auf seinen Fellen herum. »Du weißt schon, mit Sam.«

Ich schleudere die Hose zu ihm zurück. Ich bin gestern Nacht ewig in den Gängen umhergelaufen. War erst in der Zelle, als er schon geschlafen hat. Natürlich ist er von etwas anderem ausgegangen.

»War gut«, sage ich knapp.

»Das ist alles?«, fragt er.

Ich stütze mich auf die Ellenbogen und wische mir mit einer Hand übers Gesicht.

»Ha!« Er lacht. »So wie du aussiehst, fand sie dich schon ein bisschen mehr als gut.« Er schüttelt amüsiert den Kopf. »Ich hab's gewusst! Die Sam geht ab.«

»Melvin«, unterbreche ich ihn unwirsch. »Ich war nicht bei Sam.«

Er sieht enttäuscht aus. »Wo dann?«

»Jon«, antworte ich. Mehr Erklärung braucht es wohl nicht.

»Na dann eben heut Abend«, sagt er.

Ich nicke mit einem aufgesetzten Lächeln.

Beim Frühstück drängelt sich Lennart unter Protesten der anderen am Versorgungstisch vor, sodass er neben mir stehen kann. »Voll cool, dass ich jetzt bei euch dabei bin«, flüstert er. Doch er flüstert viel zu laut.

Ich ziehe ihn am Ärmel auf die Seite, halte meine Stimme gesenkt. »Finde ich auch. Aber du darfst hier nicht von dieser Sache reden.«

»Ich weiß«, sagt Lennart. »Deshalb hab ich mir gedacht, wir könnten in verschlüsselter Sprache darüber sprechen. So als Tarnung, verstehst du?«

Ich ziehe die Brauen zusammen, drehe mich jetzt wieder

zum Tisch und schaufle ein paar der letzten Käfer und Wurzeln auf meinen Teller, bevor sie weg sind.

»Wir tun so, als würden wir uns über das Würfelspielen unterhalten. Wenn wir von Aktionen sprechen, sind eigentlich Missionen gemeint. Bei Kettenhemdringen die Zirkler, bei König Jon und –«

Langsam wird das Essen auf meinem Teller kalt, und der Geruch nach frisch Gebratenem verfliegt. Lennart ist immer noch nicht fertig mit seiner seltsamen Verschlüsselungstheorie.

»Ich glaube, das klappt nicht«, unterbreche ich ihn, woraufhin Lennarts Schultern nach unten sinken. »Also, ich finde, es ist eine sehr gute Idee, aber ich glaube nicht, dass die anderen sie anwenden können, ohne trotzdem auffällig zu sein«, schiebe ich als lahme Erklärung nach und klopfe ihm einmal auf die Schultern, wobei ihm fast einer der Käfer vom Tellerrand rutscht.

Wir schlendern Richtung Tisch, und ich halte plötzlich abrupt an. Sam.

Natürlich ist sie da. Das habe ich gewusst, aber nicht, dass es so hart sein würde. Lennart winkt ihr bereits von Weitem zu. Sie winkt zwischen den Öllampen zurück.

Wir bahnen uns einen Weg durch die hungrigen Schüler hindurch. Die anderen am Tisch haben mir den Platz gegenüber von Sam frei gehalten. Als ich vor der Bank stehen bleibe, hört sie kurz auf zu kauen. Ihr Gesicht im weichen Schein der Öllampen verkrafte ich heute kaum.

»Was war los gestern?«, fragt sie, als ich ein Bein über die Bank schwinge.

»Jon, er …«, stammle ich und stelle mein Essen ab. Ich bin einfach nicht gut im Lügen. »Er hat mich gestern überrumpelt mit all den Neuigkeiten. Ich war etwas durch den Wind. Tut mir leid. Wie geht's deinem Arm?«, wechsle ich schnell das Thema.

»Schon besser.« Sie schenkt mir ein zuversichtliches Lächeln. *Verdammt.* Ich kann das nicht.

»Du solltest dich schonen«, sage ich.

»Tu ich.«

»Gut.« Ich weiß nicht, was ich sonst noch sagen soll, und beginne hastig zu essen.

Estelle guckt mich verwundert an, dann wechselt sie ein paar Worte mit Sam, erzählt irgendetwas von Rolands Ausraster beim letzten Gedankenunterricht. Die beiden sitzen jetzt wieder nebeneinander. Sie haben sich vertragen. Bestimmt haben sie auch über mich gesprochen.

Ich schlucke den letzten Bissen hinunter. So schnell habe selbst ich meinen Teller noch nie geleert. Als ich aufstehen will, merke ich, dass ihr Blick nun wieder auf mir ruht.

»Ich komme dich später in der Zelle besuchen«, sage ich und stemme mich vom Tisch hoch.

Ich habe keine Ahnung, warum ich das gesagt habe.

4

Favilla. Große Halle.

Zwanzig Eisengestelle sind in die Halle befördert worden. Immer zu dritt reihen wir uns an einem auf. Wir sollen Schlagtechniken mit dem Streithammer üben. Ich werde den Anfang machen, starre schon eine ganze Weile das Gestell vor mir an. Ein Schild ist darin in einer massiven Halterung befestigt.

Das Gemurmel der Schüler übertönt schon das Knistern der Feuerkörbe, als Nikolai endlich beginnt, uns einzuweisen.

»Trainiert mit voller Kraft. Keine halben Sachen. Die Eisenbeschläge auf den Holzschildern halten einiges aus. Mit einem Kriegshammer könnt ihr einen Gegner trotz Plattenrüstung sehr gut verwunden.« Sein Hammer liegt locker auf seiner Schulter. »Es gibt zwei Möglichkeiten.« Jetzt hält er die Waffe vor sich. Von meinem Standpunkt aus gesehen, teilt sie sein Gesicht in zwei gleich große Hälften.

»Erste Möglichkeit: Man schlägt mit dem flachen Hammerkopf zu, sodass die Rüstung durch die Übertragung der enormen Wucht eingedellt wird und meist sogar die Knochen darunter brechen. Zweite Möglichkeit: Man durchstößt die

Rüstung mit dem Schlagdorn.« Nikolai fährt mit den Fingern über die spitze, schnabelartige Stelle am Hammer. »Während ihr bei der ersten Variante einen Gegner im Kampf meist lediglich beeinträchtigt, indem ihr ihm den Atem nehmt oder seine Rippen brecht, könnt ihr ihm bei der zweiten Variante schwere Verletzungen zufügen, selbst ein dicker Plattenpanzer bietet dann nur noch wenig Schutz: Der Schlagdorn kann sich mehrere Fingerbreit in den Körper bohren.«

Sofort habe ich das Bild einer Königswache im Kopf. Ein in Stahl verpackter Todbringer. Kein Wunder, dass sie uns den Umgang mit dem Streithammer lehren.

Ich will jetzt anfangen, endlich auf den Schild einzuprügeln. Ich winde meine Hände um den mit Leder bespannten Holzgriff.

Sam ist heute noch den letzten Tag vom Unterricht befreit, das macht meinen Kopf etwas klarer. Aber auch wenn sie nicht da ist, kann ich ihre Anwesenheit förmlich spüren. Es reicht, zu wissen, dass sie dort unten in ihrer Zelle auf den Fellen liegt, vielleicht sogar gerade an mich denkt. Und es reicht, dass *ich* unentwegt an sie denke, egal, was ich tue.

»… da der Schlagdorn nach unten gebogen ist, kann man den Gegner umreißen, indem man den Dorn einhakt. Hierfür erfordert es außerdem etwas weniger Krafteinsatz …«

Es ist nicht fair. Es ist einfach nicht fair, was Jon uns da antut. Ich verstehe seine Argumente zwar, aber … Ich spüre diese Sehnsucht nach Sam überall in mir brennen. Es prickelt in meinen Fingerspitzen, auf meiner Zunge.

»Die Übung beginnt *jetzt*!«, brüllt Nikolai vom Podest.

Ich atme noch einmal tief durch. Von allen Seiten dringen

laute Schläge zu mir rüber, die zwischen den hohen Wänden bedrohlich widerhallen. Als wäre hier unten ein Krieg ausgebrochen.

Ich fixiere den Schild vor mir. Kraft pulsiert in wilden Stößen durch meinen Körper, wütende Kraft. Ich hole aus, lasse den Hammer mit einem Schrei hinuntersausen: ein ohrenbetäubendes Krachen, eins, das alles in mir aufweckt.

Schwer atmend hebe ich den Hammer wieder, und erst jetzt, als Kai neben mir plötzlich verstummt und mich anstarrt, merke ich es: Ich habe den Schild im Eisengestell nicht zerbeult, ich habe ihn *zerteilt*.

Kai zieht scharf die Luft ein. Ich lasse den Hammer sinken.

Atme. Sehe noch mal vom gespaltenen Holz in sein Gesicht, er senkt den Kopf. Ich kann das gerade nicht ertragen. Genauso wenig wie das heiße Pochen in meinen Handinnenflächen.

Ich drehe mich um, und obwohl sie nicht da ist, fürchte ich, dass gleich irgendwo Sams grüne Augen aus der Schülermenge stechen könnten.

Nikolai steht am anderen Ende der Halle und versucht, einem der Schüler die Schlagtechnik zu erklären. Sein breites Kreuz zeigt in meine Richtung. Noch hat er nichts von meiner Aktion mitbekommen, das liegt eindeutig an dem Krach zahlloser auf Holz donnernder Streithämmer.

Immer noch spüre ich den Schlag in meinem Arm nachbeben. Langsam öffne ich die Finger, die Waffe fällt zu Boden. Ich muss raus, will hier weg.

Ich überlege nicht lange, sondern rausche durch die Halle und versuche, auf meinem Weg alles andere auszublenden, stoße die schweren zweiflügeligen Türen zum Gang auf. Die

Schläge in der Halle übertönen alles, Nikolai scheint mein Verschwinden nicht zu bemerken.

Im Gang massiere ich mir das Handgelenk und warte, bis die Wut abebbt. Ich presse die Handflächen an den kühlen Fels, sie fühlen sich an wie aufgescheuert. So haben sie sich manchmal nach einem der ganz langen Tage in den Minen angefühlt. Da half nicht mal mehr die Hornhaut, die sich über die Jahre gebildet hatte.

Eine Weile starre ich nur auf den Stein vor mir. Auf die körnige Oberfläche, die hier und da ein paar schärfere Kanten hat. Ich versuche, an nichts zu denken. Aber selbst durch die Tür kann man die Hammerschläge deutlich hören.

Ich beiße die Zähne zusammen. Es ist, als könnte ich jeden einzelnen Schlag an mir selbst fühlen, als würden sämtliche Hämmer auf mich niedersausen. Das alles hört nicht auf.

Und das Schlimmste ist, dass ich keine Wahl habe. Wenn ich mich Jon widersetze, bringe ich Sam in Gefahr.

Und ich glaube nicht, dass du das willst.

Seine Anweisungen waren klar und deutlich, wie immer. Und ich weiß, wie konsequent er sein kann. Meine Augen brennen. Ich muss das mit Sam beenden.

Ich drücke die Handflächen immer fester gegen die Wand, das Pochen verschwindet nicht.

Plötzlich schwingt die zweiflügelige Tür der Großen Halle auf.

»Halb so wild, Meisterschütze.« Es ist Melvins Stimme. Und der Meisterschütze demnach – ich sehe auf: Lennart.

Er hält sich die Hand. »Es brennt wie blöd«, jammert er.

Gleich sind sie auf meiner Höhe. Ich muss mich zusammenreißen.

»Da bist du«, sagt Melvin, als er mich entdeckt. Sie bleiben vor mir stehen.

Ich schaue auf Lennarts Hand. »Alles in Ordnung?«, frage ich.

Er zuckt mit den Schultern. »Nur ein kleiner Unfall«, sagt er tapfer und streckt mir seinen blutenden Daumen entgegen, verzieht dann jedoch schmerzerfüllt das Gesicht.

»Wie hast du das denn hinbekommen?«

Er zuckt noch mal mit den Schultern. »Keine Ahnung, hat erst wehgetan, als ich's gesehen hab.«

Melvin wuschelt ihm einmal durch die Haare. »So was bekommst auch nur du hin.«

Etwas Blut von Lennarts Finger tropft auf den Steinboden.

»Na ja, wir sollten jetzt mal in die Krankenstation, sonst hinterlässt du hier noch eine ganze Spur.« Melvin schiebt Lennart an den Schultern vor sich her.

»Kommst du mit?« Lennarts große Insektenaugen halten mich gefangen.

Kann er mich nicht einfach in Ruhe lassen? Ich atme einmal tief durch. *Er kann nichts dafür*, sage ich mir dann.

»Ich, ähm …«

»Ich finde, Nikolai sollte dich mal ordentlich verprügeln«, unterbricht mich Melvin und zeigt in gespieltem Ernst auf meine Brust. »Seit du und Jon beste Freunde seid, denkst du wohl, du kannst einfach mal so 'ne Pause vom Unterricht machen. Lennart musste sich dafür immerhin verletzen.«

Kurz ist es still, bis wir alle drei lachen. Aber ich bin mir nicht sicher, ob Melvin das Ganze wirklich so witzig findet.

»Gut, ich gehe mit, bevor ich noch Ärger bekomme, wenn ich da wieder reinplatze«, sage ich also schnell.

»Cool.« Lennart boxt mit der gesunden Faust gegen meinen Oberarm. Das hat er sich bei Melvin abgeguckt.

Mit jedem Schritt wird es ruhiger. Die Gänge sind leer, alle anderen befinden sich im Gesamtunterricht.

Vor der Krankenstation klopfe ich ein paarmal gegen die Tür mit dem sichelförmigen Zeichen. Niemand macht auf.

»Jon scheint nicht da zu sein.« Ich drehe mich zu den beiden anderen um.

»Einen Verband können wir uns sicher trotzdem holen.« Melvin reißt die Tür einfach auf.

Alles sieht aus wie immer. Der Raum wirkt ohne Jon darin völlig unberührt. Die Fläschchen reihen sich in den Regalen, daneben die zusammengefalteten Stofflaken. Nur eines der metallenen Geräte schwingt noch lautlos am Haken vor und zurück.

Jemand muss gerade erst hier gewesen sein.

Melvin schnappt sich zwei frische Stofffetzen aus dem Regal und begutachtet Lennarts Wunde genauer; der Schnitt scheint wirklich tief zu sein. Dann wickelt er den Stoff sorgfältig um Lennarts Finger, dazwischen bindet er den anderen Fetzen zusammengerollt als Druckpolster ein.

Ich gehe so lange unruhig auf und ab, sehe mich immer wieder um.

Ich habe keine guten Erinnerungen an diesen Raum. Nur die Bilder von Noras aufgerissener Leiche im Kopf.

»Das hätten wir.« Melvin macht einen letzten Knoten, um den Verband zu sichern. »Lasst uns wieder verschwinden.«

Lennart inspiziert seinen Daumen ganz genau, zieht den Stoff ein Stück zurecht und scheint schließlich zufrieden damit.

Ich schaue noch einmal zu den metallenen Geräten. Das äußerste hat zu schaukeln aufgehört. »Ja«, sage ich. »Gehen wir.«

»Leute, Leute, guckt mal!« Lennart hat zwei der Fläschchen aus dem Regal an der hinteren Wand genommen und spielt damit herum. »Ich bin Jon, der Internatsleiter.« Er verstellt seine Stimme, um Jon nachzuahmen, dabei reißt er die Augen ganz weit auf. Manchmal, glaube ich, will er gern so lustig sein wie Melvin.

»Lennart, nichts für ungut, aber stell sie lieber wieder zurück«, sage ich. Wer weiß, was für Flüssigkeiten Jon in diesen Flakons aufbewahrt.

»Na gut.« Lennart schmollt theatralisch, dann geht er auf die Zehenspitzen, um das erste Glasfläschchen zurück ins Regal zu stellen. Er verlagert sein Gewicht vom einen Fuß auf den anderen – das wird schiefgehen!

»Halt!«, rufe ich. »Lass mich das machen.«

Ich gehe einen Schritt auf ihn zu, da ist es schon zu spät: In dem Moment, in dem sich Lennart zu mir umdreht, eine Hand noch am Regal, rutscht eines der Fläschchen vom Holz und zerspringt klirrend auf dem Boden; die Glasscherben schießen in alle Richtungen. Eine bläuliche Flüssigkeit sammelt sich in den Rillen am Boden. Ein schwerer Geruch geht davon aus, er erinnert mich an nasses Leder.

»Ach, Scheiße!«, flucht Melvin.

Lennart steigt schlagartig die Röte ins Gesicht. »Das wollte ich nicht, Leute, tut mir echt leid.« Er geht in die Hocke und greift nach den Glassplittern.

»Nicht!«, schreien Melvin und ich gleichzeitig. Lennart schaut erschrocken auf.

»Das könnte ätzend sein«, sage ich.

»Ach ja. Stimmt, stimmt«, nuschelt er und wischt sich hektisch die Hände an der Hose ab, obwohl er eigentlich noch gar nichts berührt hat. »Was jetzt?«

»Wir rennen weg und schieben alle Schuld auf den Dürren«, sagt Melvin, und Lennart fängt etwas verzögert an, zu glucksen, als er merkt, dass Melvin einen Witz gemacht hat.

Der bleibt nun stehen und schiebt die Zungenspitze leicht aus dem Mund, während sein Blick sich durch den Raum bewegt. »Ah«, sagt er schließlich. Auf dem Tisch liegen die weißen Handschuhe, die Jon immer bei der Arbeit trägt.

Melvin streift sie sich über und spreizt die Finger, um sie ganz auszufüllen.

Er grinst, will etwas sagen, aber da stockt er plötzlich, und sein Gesicht nimmt einen komisch erschrockenen Ausdruck an. Ich werfe einen Blick über die Schulter, weil ich im ersten Moment vermute, Jon steht im Türrahmen, aber da ist niemand.

Ich gehe auf Melvin zu, er ist wie erstarrt, hält die rechte Hand von sich und sieht sie entgeistert an.

»Alles in …?«

Und da beginnt er auf einmal zu schreien.

5

Favilla. Krankenstation.

Melvin schreit und schüttelt die rechte Hand wie wild von sich, aber die Handschuhe bleiben an seiner Haut kleben. Er reißt hektisch daran rum, doch es funktioniert nicht. Stöhnend sackt er auf die Knie und klemmt seine Hände jetzt zwischen die Schenkel, um die Handschuhe abzuziehen. Irgendetwas muss da drin sein!

»Tu was!«, ruft Lennart aufgeregt hinter mir und löst mich damit aus meiner Schockstarre. »Wir müssen was tun!«

Ich renne auf Melvin zu. Er schafft es kaum, mir die Hände entgegenzustrecken. Tränen füllen seine Augen.

Wieder schreit er auf und krümmt sich, als würde man ihn foltern.

»Gib mir deine Hände!«, brülle ich.

Er versucht sich aufzurichten, da schnappe ich einfach selbst nach den Handschuhen und ziehe sie von ihm, schrecke sofort zurück.

Seine rechte Hand ist aufgequollen und von weißen Bläschen übersät, die sich auf dem Handrücken verteilt haben. Die Haut dazwischen ist rosarot, sie sieht angefressen aus bis aufs Fleisch, als hätte man die Schichten abgeschält. Und irgendetwas … ich umfasse sein Handgelenk fester, damit er stillhält: Ein weißer, fast durchsichtiger Stachel steckt in seinem Zeigefinger, direkt an der dick geschwollenen Kuppe. Ein schwarzroter Tropfen Blut hat sich am Einstich rausgequetscht.

»Lennart!«, schreie ich. »Hol sofort Jon! Lauf los und hol Jon!«

Hinter mir setzen Schritte ein, die Tür schlägt zu.

Melvin stöhnt noch einmal furchtbar, dann kippt sein Kopf kraftlos nach vorne.

»Melvin!« Ich fange ihn an den Schultern auf und stütze ihn. *Lennart, beeil dich, oh bitte, Lennart, renn, so schnell du kannst!*

Melvin hustet und ringt nach Luft. Er hebt den Kopf ein Stück an, blinzelt benommen. »Es ist in mir drin …«, röchelt er, »… überall.« Mit der angefressenen Hand zeigt er an seine Kehle. »Mach, dass es aufhört!«

Der Stachel!

Ich muss ihn rausziehen.

»Stillhalten!«, sage ich. Die Bläschen auf dem Handrücken sehen aus, als würden sie gleich aufplatzen.

Mit zittrigen Bewegungen nehme ich den Stachel zwischen die Finger, ein schneller Ruck, und er ist raus. Melvin schreit fürchterlich auf, Schweißtropfen fallen von seinen Schläfen auf sein Hemd.

Kurz betrachte ich den seltsam gebogenen Stachel in meinen Fingern, was zum Henker ist das? Dann werfe ich ihn zur Seite.

Melvins Augenlider flattern. Nein, er darf jetzt nicht wegtreten.

»Melvin!«, brülle ich und klatsche ihm auf die Wange. »Bleib bei mir, Melvin!«

Ich drehe ihm das Ohrläppchen um, so kräftig es geht, aber er reagiert nicht mal darauf, schlaff hängt er in meinen Armen. Vielleicht hat es sich längst so tief in ihn hineingefressen, dass alles zu spät ist.

Jon, wo bleibst du?

Er bewegt sich nicht.

Jon, ich brauche dich hier!

Mein Kopf ist wie blockiert. Ich lege den Zeigefinger an Melvins Hals, aber in der Panik finde ich keinen Puls. Verdammt, das ist Melvin!

Ich sehe hektisch im Zimmer umher. Es muss doch irgendein Gegenmittel geben, irgendetwas, damit es aufhört. *Denk nach, Noel.*

Ich schlucke. Das passiert gerade nicht wirklich … das …

Die Tür schwingt auf.

Jon.

»Zur Seite«, sagt er, ohne mich anzusehen.

Ich lasse vorsichtig von Melvin ab. Jon kniet sich vor ihn auf die Steine.

»Kannst du ihm helfen?«, frage ich.

»Drittes Fach. Siebtes Fläschchen, gib es mir«, befiehlt er, und ich stehe hastig auf, zähle ab, ziehe das Fläschchen raus, reiche es ihm. Jetzt sieht Jon mich kurz an, seine Augen verraten nichts. »Warte draußen.«

Ich nicke abwesend, stolpere vorwärts, öffne die Tür. Der Dürre verschließt sie draußen wieder, um sich dann davorzustellen.

Jemand tippt mir hektisch von hinten auf die Schulter. Lennart. Um seinen Mund zeichnet sich ein weißes Dreieck. Er ist vom Rennen immer noch aus der Puste, und sein hektischer Atem liegt unruhig zwischen den Wänden. Ich stehe einfach nur da.

»Das ist alles meine Schuld«, sagt er.

»Jon weiß, was zu tun ist.«

»Denkst du, Melvin … denkst du, er schafft es?«

»Jon wird ihn retten.« Ich verschränke die Arme vor der Brust.

»Was war das in den Handschuhen?«, fragt Lennart weiter.

»Keine Ahnung.«

»Jemand wollte also eigentlich Jon damit töten?«

Ich zucke mit den Schultern.

»Wenn mir das nicht runtergefallen wäre, dann …«

»Lennart, es bringt nichts, jetzt darüber zu sprechen, sei am besten einfach mal für einen Moment still.« Ich stütze mich mit der Hand an der Wand ab. Mein Kopf glüht.

»Ich würde mir das nie verzeihen, wenn Melvin … du weißt schon.« Lennart macht eine unbestimmte Geste mit der Hand.

»Jon. Weiß. Was. Zu. Tun. Ist.« Meine Stimme wird mit jedem Wort lauter. Lennart verstummt.

Aber die Zeit geht nicht vorbei. Und die Tür ist immer noch verschlossen. Was macht Jon so lange da drin?

Ich tippe ungeduldig mit den Fingern gegen die Wand. Lennart nestelt an seinem Verband herum, ich muss wegsehen, mein Blick schweift wieder zur Tür, trifft auf das blasse Gesicht des Dürren. Ich weiß nicht, wohin ich gucken soll, also schließe ich die Augen, aber das macht es auch nicht besser. Sofort sehe ich Melvins angefressene Hände vor mir.

»Noel …«, sagt Lennart ganz leise. »Wer macht so was?«

Seine Worte tun in meinem Kopf weh, ich habe keine Antwort. Ich öffne die Augen wieder, er schaut zu mir hoch.

»Rede doch mit mir«, drängt er.

»Es reicht, Lennart!« Ich schreie plötzlich, weil es jetzt einfach mit mir durchgeht. Melvin könnte da drinnen sterben! Wieso kann er nicht endlich still sein?

»Du hast doch immer diese Sitzungen mit Jon. Ich dachte, du weißt vielleicht mehr«, murmelt Lennart.

»Weiß ich aber nicht, okay?«

»Du willst mich nicht im Zirkel haben, hab ich recht?«

»Nein! Du verstehst es nicht!« Seine beleidigt nach vorne geschobene Unterlippe macht mich nur noch rasender. »Du …«

»Du willst nicht mit mir befreundet sein, ist es das?«, fragt er.

»Genug jetzt!« Drohend mache ich einen Schritt auf ihn zu, was ihn zusammenzucken lässt. Ich könnte platzen und weiß auf einmal selbst nicht mehr, was ich hier mache. Meine Fäuste sind geballt. Es ist ja nicht so … es ist nur … *verdammt*. Melvin liegt dort drin, und alles läuft aus dem Ruder. Alles!

»Bitte«, sage ich, so ruhig es mir irgendwie möglich ist. »Lass uns das später besprechen.«

Er will etwas sagen, da klopft es zweimal von innen gegen die Tür der Krankenstation.

Wir halten inne.

Endlich! Ich mache einen Schritt vor. Weiß aber plötzlich gar nicht mehr, ob ich da reinwill.

»Du«, sagt der Dürre und zeigt auf mich.

Er tritt zur Seite, sodass ich die Krankenstation betreten kann.

Meine Beine sind wacklig, als hätte man darin irgendetwas durchgeschnitten, das sie sonst zusammenhält.

Melvin liegt immer noch an derselben Stelle auf dem Boden. Verbände sind um seine Hände gewickelt, eine Kräuterpaste drückt darunter hervor. Vier Fläschchen stehen auf Jons Tisch, eines ist leer, die anderen drei noch etwa bis zur Hälfte gefüllt.

Nervös trete ich näher heran, Jon kniet mit dem Rücken zu mir. Ich atme nicht.

»Ich habe ihm etwas zur Beruhigung gegeben. Hilf mir, ihn auf die Liege zu tragen«, sagt Jon, ohne sich umzudrehen.

Ich nicke. Endlich hole ich Luft. Es fühlt sich an, als würde eine schwere Last von meinem Inneren fallen.

Dann hake ich meine Arme unter Melvins Schultern, sein Kopf hängt schlaff nach hinten hinunter.

Zusammen hieven wir ihn auf die Liege, legen ihn behutsam ab.

Dann stehen Jon und ich uns gegenüber.

»Was war das?«, frage ich.

»Ein Schlangenzahn. Schätzungsweise von einer Schlamm- oder einer Erdnatter. Spezies, die eigentlich kaum in Lavis anzutreffen sind. Dringt das Gift ins Blut, verteilt es sich in deinem ganzen Körper und erstickt dich von innen.« Jon starrt auf Melvins Gesicht.

»Wird er wieder gesund werden?«

»Er hatte Glück, ich konnte gerade noch rechtzeitig eingreifen. Er muss jetzt viel trinken, das Gift muss aus dem Körper gespült werden. Im Normalfall wird er wieder gesund.«

»Was bedeutet *im Normalfall*?«

»Es gibt immer Ausnahmen, das bedeutet es.« Jetzt dreht Jon den Kopf zu mir. »Warum wart ihr in der Krankenstation?«

»Lennart hatte sich verletzt.«

Er nickt langsam, dann geht er hinter sein Pult, um sich dort auf den Stuhl zu setzen.

»Jon«, sage ich ernst und mache einen Schritt auf ihn zu. »Jemand hat es auf dich abgesehen. Jetzt ist es eindeutig, schon der letzte Anschlag sollte eigentlich dir gelten.«

»Ich weiß«, sagt er trocken.

»Wir müssen etwas unternehmen.«

»Das werden wir.« Er rückt ein Fläschchen auf seinem Tisch zurecht, sodass das Schild mit der Aufschrift zu ihm zeigt.

»Du wirst noch heute Abend nach Akila aufbrechen«, sagt er, ohne die Finger von dem Fläschchen zu nehmen.

»Ich werde *was*?!«

»Ich schicke dich nach Akila. Estelle und Kyara begleiten dich. Der Wissensverwalter hat womöglich Informationen, die wir jetzt dringend brauchen. Wir dürfen keine Zeit mehr verlieren.«

»Jon, jemand will dich tot sehen.« Ich deute auf Melvin, dessen Gesicht noch immer leer und blass ist. »Ich meinte mit *etwas unternehmen*, dass du etwas gegen die Anschläge unternehmen sollst. Ich kann doch jetzt nicht einfach nach Akila abhauen. Der Angreifer kann genauso gut von hier kommen.«

»Natürlich reagiere ich auch auf die Anschläge.«

»Und wie?«

»Ich werde Sam als meine persönliche Leibwache einsetzen«, sagt er vollkommen ruhig.

Ich schüttle den Kopf. »Nein.« Ich schüttle wieder den Kopf, taumle einen Schritt zurück. »Sie ist selbst noch zu sehr angeschlagen, du kannst nicht …«

»Merkst du nicht, wie dein Urteilsvermögen erneut getrübt wird, wenn es um Sam geht?«, unterbricht er mich scharf.

»Es ist nur …«, stammle ich.

»Was?« Er reißt die Augen weit auf. »Sie ist meine beste Kämpferin. Willst du mir etwa sagen, dass es dann nicht sinnvoll ist, sie einzusetzen? Solange ihr Arm nicht vollständig verheilt ist, hält sie mit Liv zusammen Wache. Ich überlasse nichts dem Zufall. Aber das hat dich nicht zu interessieren. Die Mission in Akila ist von großer Wichtigkeit, und ich will, dass *du* dort hingehst.«

»Das weiß ich ja zu schätzen.« Ich seufze kraftlos, mir fehlen tatsächlich die Worte. Wie soll ich ihm widersprechen? *Wie?*

»Ihr werdet den Wissensverwalter Nileas besuchen. An ihn werden alle Informationen der Spione in Akila überliefert. Er weiß sicherlich mehr. Ein Phönix kann nur einmal in seinem Leben weinen. Uns war klar, dass die Tränen sehr seltene und wertvolle Artefakte sind, uns war nur nicht annähernd bewusst, *wie* entscheidend sie für uns sein könnten, deshalb haben wir nie verstärkt nach ihnen gesucht. Nileas soll nun alle Kräfte in Bewegung setzen, um eines der Artefakte ausfindig zu machen. Du musst wissen, dass die Tränen jetzt oberste Priorität sind.«

»Aber …«, setze ich an, da schüttelt Jon den Kopf.

»Der König hat eine Träne in seinem Zepter. Wir müssen

ihm einen Schritt voraus sein, derzeit sind wir ihm einen Schritt hinterher. Ihr müsst unbedingt aufbrechen.«

»Der König hat eine Träne in seinem Zepter?«, wiederhole ich entrüstet. »Warum …«

»Ja, hat er«, sagt Jon. »Das ist mir seit Ewigkeiten bekannt. Mein Urahne hat es in den *Schriften der Asche* festgehalten. Ich wusste nur nicht, dass das Zepter einmal so eine Schlüsselrolle spielen wird.«

»Dann müssen wir es uns holen!«

Jon lacht freudlos auf. »Sei nicht albern, Noel. Das würde unsere ganze Taktik auf den Kopf stellen. Wir haben das Informationsnetz aufgebaut, weil wir aus den Fehlern der Vergangenheit gelernt haben. Nun können wir es nutzen und damit unser Ziel erreichen, ohne Favilla leichtsinnig in Gefahr zu bringen. Wir können nur Vermutungen darüber anstellen, weshalb Männer des Königs Akila durchstreifen. Vielleicht suchen sie bereits nach dem Thronfolger, vielleicht nach weiteren Tränen, damit niemand sonst den magischen Ort der Phönixe finden kann. Die Feuerwende rückt mit jedem Tag näher. Akila ist im Moment unsere erfolgversprechendste Option, siehst du das nicht?«

Ich beiße mir auf die Unterlippe, versuche nicht mal mehr, einen Einwand zu bringen. Diese Mission war für ihn von Anfang an beschlossene Sache.

»Und hab bitte ein Auge auf Estelle«, sagt er.

»Was? Wieso das denn?« Langsam komme ich nicht mehr hinterher.

»Ich misstraue ihr. Schon lange. Dieses Mädchen verbirgt irgendetwas. Aber weder Roland noch einer der anderen Lehrenden sind bislang dahintergekommen, was es ist. Ich will mir sicher sein, dass ich ihr trauen kann. Diese Mission wird zeigen, ob ich recht behalte.«

Doch nicht Estelle! Natürlich macht sie manchmal einen zerstreuten Eindruck. Aber sie hätte doch nie etwas Böses vor?

»Sollte sie sich gegen Favilla wenden, gehe ich davon aus, dass du und Kyara das Richtige tun werdet«, spricht Jon weiter mit schnarrender Stimme.

»In Ordnung«, sage ich, obwohl sich alles in mir sträubt, diesem Befehl Folge zu leisten. Mein Kopf rauscht von all den Geschehnissen. Ich kann doch nicht meine eigenen Freunde ausspionieren.

Ich starre auf die Tür der Krankenstation, und für einen Moment kommt es mir vor, als sei sie von oben bis unten durchzogen mit Rissen. Ich schüttele mich.

»Und Melvin?« Ich schaue noch mal zur Liege. Seine Augen sind geschlossen, die Gesichtshaut bleich und gespannt.

»Er ist bei mir in besten Händen«, sagt Jon ruhig.

Estelle sattelt die Pferde. Kyara kümmert sich um Proviant. Ich hole die Waffen.

Eine seltsame Aufbruchsstimmung macht sich in mir breit. Gleich werde ich irgendwo dort draußen unterwegs sein, fremden Menschen in einem ganz anderen Land begegnen, und doch ist mein Kopf hier, hier in den Gängen. Bei Jon und Melvin und Sam.

Ich reiße die Tür zur Waffenkammer in Ebene Drei auf und zucke zusammen. Emma steht mit dem Rücken zu mir.

Sie dreht sich um. »Noel«, sagt sie atemlos. Sie steht vor dem Fach mit den Armbrüsten. Eine hält sie in der Hand.

»Ich untersuche die Waffen«, sagt sie, ohne dass ich etwas gefragt habe. »Es wurde keine der Schusswaffen benutzt in den letzten Tagen.« Sie greift nach dem gefütterten Lederköcher mit den Bolzen, klappert diese mit den Fingern einzeln ab.

Ich schließe die Tür hinter mir, platze dann einfach mit meinem Gedanken heraus, warum, weiß ich nicht. »Ich habe kein gutes Gefühl dabei, jetzt einfach nach Akila aufzubrechen, nicht, wenn wir immer noch nicht wissen, ob jemand aus unseren eigenen Reihen hinter den Anschlägen steckt.«

Emma legt den Bolzenköcher sorgfältig wieder zurück auf seinen Platz. »Wir haben das hier unter Kontrolle. Ich suche nach allen Hinweisen auf die Angreifer, die ich finden kann.«

Hinweise? Wir suchen immer nur nach Hinweisen!

Meine Schultern sacken nach vorne, nachdenklich starre ich auf die Waffen. Alle Speere und Schwerter sind in einem Halbkreis an der Wand befestigt, zusammen ergeben sie die Form einer untergehenden Sonne. In den Kisten auf dem Boden sammeln sich die anderen Waffen, Schilde lehnen an der Wand, Rüstungsteile und Armbrüste füllen die Regale.

In einer hochkant eingelassenen Wandnische prangt Jons Rüstung. Sie ist so angebracht, dass man im ersten Moment denkt, dort würde jemand stehen. Ein stillschweigender Phantomwächter, der geduldig darauf wartet, in den Krieg zu ziehen.

In der Mitte des Raumes gibt es einen runden, etwa mannshohen Sockel, an dessen Rand für gewöhnlich die Spezialwaffen von uns neun Zirklern befestigt sind, die nach oben hin zu einer einzigen Spitze zusammenlaufen. Darüber prangt ein schwarzer gusseiserner Leuchter. Im Schein der Kerzen schimmert das Eisen der Waffen, als hätte es eben jemand frisch poliert. Als hätte niemals Blut daran geklebt.

Sams Schild und Schwert sind weg. Meine Kehle schnürt sich zu.

»Du bist so still«, sagt Emma.

Ich schaue ihr jetzt direkt ins Gesicht. Ihr graues kurzes Haar ist exakt geschnitten, die Züge sind unverändert hart.

»Ich mache mir nur Sorgen«, sage ich.

»Noel, ich habe ein sehr enges Vertrauensverhältnis zu Jon. Ich weiß, dass er hohe Ansprüche an dich stellt und dass seine Forderungen gewiss nicht immer einfach hinzunehmen sind. Aber er will nur das Beste für dich.« Irgendetwas in ihrem Gesicht kommt mir plötzlich weicher vor, nahezu fürsorglich wirken ihre graublauen Augen. »Es ist nur zu deinem eigenen Schutz.«

Sie weiß anscheinend Bescheid. Aber wie gut kennt sie mich denn schon?

»Wie lange dienst du Jon bereits?«, frage ich.

»Seit er Internatsleiter ist, stehe ich an seiner Seite«, antwortet Emma. »Ich habe lange genug gesehen, wie er Entscheidungen trifft, Zirkler ausbildet, das Informationsnetz immer weiter ausgebaut hat, um sagen zu können, dass all das einem höheren Zweck dient. Natürlich gab es auch für mich Momente, in denen ich nicht sofort alle seine Taten gutgeheißen habe. Aber rückblickend würde mir nicht eine einzige Situation einfallen, in der er falsch gehandelt hat oder von der ich nun sagen würde, ich hätte es besser machen können.« Sie kommt mir jetzt ein bisschen näher, streift im Vorbeigehen den Sockel mit der Hand. »Jon weiß, was er tut.«

Ich habe mich immer noch kein Stück gerührt, und es dauert eine ganze Weile, bis ich wieder etwas sage. »Danke, Emma.«

»Dafür nicht.« Sie schenkt mir ein kurzes Lächeln, dann greift sie gezielt nach meiner Axt und hält sie mir entgegen. »Viel Erfolg auf eurer Mission.«

6

Lavis. Wald.

Fahles Licht gräbt sich zwischen den Baumwipfeln zu uns durch. Das Morgengrauen ist in weiches Rot getaucht. Ich kann winzige Pollen in den Lichtschimmern wirbeln sehen, sie schweben wie unendlich kleine Lebewesen. Es ist, als bewegten wir uns durch eine Scheinwelt.

Wir sind direkt aufgebrochen, ich konnte mich nicht mal mehr von Sam verabschieden.

Die ganze Nacht haben wir im Sattel gesessen. Immer die Wildpfade in der Nähe des Waldrands entlang, das Hufgetrappel in den Ohren.

Wir haben versucht, die Lichtungen und Felder zu meiden, Sicherheitsabstand zu den Dörfern zu halten. Gleichzeitig haben wir aber auch darauf geachtet, die tieferen Stellen des Waldes auf keinen Fall zu betreten, davor hat Jon uns eindringlich gewarnt. Das tun nicht mal die Jäger.

Estelle wirkt gelöster, je weiter wir uns von Favilla entfernen. Keine Ahnung, ob es an der frischen Luft liegt, dem grauenden Morgen oder der Abwesenheit von Totenschädeln.

Ich hingegen fühle mich mit jeder Meile, die wir uns von

Favilla entfernen, schlechter. Als würde ich alle im Stich lassen, nicht nur Melvin und Sam, sogar Jon. Ja, so als würde ich sie alle einer Gefahr aussetzen, die nur darauf gewartet hat, zuzuschlagen, sobald ich den Friedhof durch das Flügeltor verlasse.

»Denkst du, man wird es uns anmerken, wenn wir lügen?«, fragt Estelle. Sie reitet auf Buntig, direkt hinter Kyara.

»Nein.« Kyaras Stimme klingt laut, und ich werfe einen Blick in das Dickicht aus Bäumen, die dort wie eingefrorene Männer stehen. Irgendwo in diesem Wald ist Lucas verschwunden. Ich schlucke, meine Kehle ist vom langen Reiten trocken.

»Zumindest euch beiden nicht. Echte Akilaner werden auffällig nervös, wenn sie lügen«, erklärt sie.

»Na, zum Glück warst du eine Weile in Favilla«, sage ich, aber keiner lacht.

Geistesabwesend streiche ich durch die dunkelrote Mähne von Ginger, kämme alle Haare auf eine Seite. Sie schnaubt.

Ich vermisse Sam jetzt schon. Ihr aus dem Weg zu gehen, zu wissen, dass ich ihr wehtun muss, hat mich zwar mehr als fertig gemacht, aber jetzt, hier … ich wäre nicht bei ihr, wenn irgendetwas passiert. Ich würde es nicht mal erfahren.

Als ich wieder aufschaue, merke ich, dass ich etwas zurückgefallen bin. Ich muss mich fokussieren, denn dann vergesse ich wenigstens kurz, an Sam zu denken.

Ich drücke die Fersen in Gingers Flanken, die sofort in einen leichten Trab fällt. Schon nach wenigen Momenten haben wir die anderen eingeholt.

»Diese Hütte des Wissensverwalters, liegt sie weit außerhalb der Städte?«, frage ich Kyara.

»Sie liegt im Grenzgebiet. Nicht mehr weit von hier.«

Ich nicke. Es ergibt Sinn: Nileas muss in der Nähe vom Treffpunkt im Wald leben, damit er flexibel ist.

Mir fällt die Karte ein, die Jon mir einmal gezeigt hat. Darauf hat er fein säuberlich die Standorte aller Mittelsmänner eingezeichnet.

Die Mittelsmänner tragen die Informationen der einzelnen Spione in Akila zusammen und bringen sie dann gesammelt zu Nileas. Er ist unser Auge und Ohr in Akila. Wenn jemand Informationen über die Phönixtränen finden kann, dann wohl wirklich er.

»Meine Mutter hat mich damals dorthin geschickt, als Männer des Brennenden Königs unsere Hütte gestürmt hatten. Auf dem ganzen Weg kam ich kaum durch Siedlungen«, spricht Kyara weiter und dreht kurz den Kopf zu mir um.

»Schade, dass wir nicht in die Städte können. Sie würden dir gefallen.« Sie malt mit der freien Hand einen großen Bogen in die Luft, Stolz spricht aus ihrer Stimme. »Riesige Paläste, belebte Märkte, Straßen voller Kutschen, Reisender, spielender Kinder und so viele Farben. Ihr werdet beeindruckt sein, mehr als diese farblosen Gewänder zu sehen. Wir haben vier Adlerstädte. Vis Kanyr, Vis Daroz, Vis Lon und Vis Nyvarka. Sie sind nach den vier Urvogelwesen unseres Landes benannt. Sie stehen für Ehrenhaftigkeit, Gerechtigkeit, Besonnenheit und Wahrhaftigkeit – die wichtigsten Werte, die die Akilaner vertreten. Es ist alles ganz anders als in Lavis, wisst ihr. Ihr schweigt über alles. Unsere Werte sind tief in uns verwurzelt. Sie gehen zurück auf die Entstehung des Landes.«

»Wie meinst du das?«, dränge ich und lenke Ginger nun neben Kyaras Schimmel. Unsere Beine berühren sich fast, weil der Weg so schmal ist.

»Die Akilaner glauben, dass es etwas gibt, das nicht sichtbar für uns ist und das zwischen uns liegt. Sie nennen es die *Adlerzeit*. Eine raumlose Welt. Nur durch sie kann man das Leben verstehen. In dieser Zeit ist alles entstanden: die Menschen, die Pflanzen, die Berge, die Flüsse, die Erde. Und alles, was im Jetzt passiert, führt auch dahin zurück, erweitert die *Adlerzeit*, füllt sie mit neuen Geschehnissen.«

»Was hat sie mit den Werten zu tun?«

»Nun ja. Nachdem die vier Uradler – die Mutter Nyvarka und ihre drei Söhne – sich auf die vier Hauptstädte verteilt hatten, war es ihnen trotzdem möglich, miteinander zu kommunizieren. Ihre Aufgabe war es, über die Bewohner ihrer jeweiligen Stadt zu wachen. Über jeden Menschen, jeden Baum, jeden Stein. Dies war gerade wegen der Distanz nur durch absolute Offenheit möglich. So ließen sie die jeweils anderen immer an ihren Plänen und den Vorgängen in ihren Gebieten teilhaben. Sie sind unsere großen Vorbilder. Wir wollen ehrenhaft, gerecht, wahrhaftig und besonnen sein, genau wie sie es waren.«

Kurz schweigt Kyara. Auch Estelle und ich sagen kein Wort. Nur das Knarzen der ledernen Sättel unter uns und das rhythmische Klopfen der Pferdehufe auf dem Waldboden sind zu hören.

»Die *Adlerzeit* lebt also in uns allen weiter«, fährt sie fort, »durch die vier Uradler konnte Akila so vielseitig werden, wie es heute ist. Nyvarka erzählte uns Geschichten, die uns zeigen sollten, was Ehrlichkeit bedeutet. Daroz erklärte uns die Ernte und wie wir zusammenarbeiten und unsere Erträge teilen sollen, nur das sei gerecht. Lon lehrte uns die Kunst der Ruhe, er brachte uns bei, selbst in den größten Stürmen des Lebens unsere Besonnenheit zu bewahren. Kanyr zeigte, dass die Natur, die Uradler und die Menschen eine Einheit bilden, die gemeinsam immer fortläuft, eine, die wir ehren sollen. Und es ist egal, wer – ob es die Siedler sind mit der dunkelbraunen Haut, die damals aus dem Süden mit Schiffen über das Meer kamen, oder ob es die Sklaven sind aus anderen Königreichen, sie alle stehen mit der *Adlerzeit* in Verbindung, sie gehören zu unserer Einheit.«

»Deine Familie … hattet ihr Sklaven?«, fragt Estelle.

»Nein, das konnten wir uns nicht leisten, aber ich habe viele von ihnen auf den Märkten getroffen. Ich schätze, ihr verurteilt das. Ich würde es verstehen. Doch die Sklaven in Akila werden gut behandelt, sie haben sogar Aufstiegschancen. Manche bringen es so weit, eigenständig Früchte oder Getreide auf den Märkten zu verkaufen. Andere, die sich sehr verdient gemacht haben, werden freigelassen und haben teilweise bessere Aufstiegschancen als ein gewöhnlicher Akilaner. Bevor ich nach Favilla kam, habe ich das nie infrage gestellt.«

Ich sehe gedankenverloren auf den Pfad vor uns, auf die Hufabdrücke, die Buntig schon darauf hinterlassen hat, streife über das abgescheuerte Leder an den Zügeln von Ginger.

»Wenn du sagst, dass die Königsadler sich selbst von unterschiedlichen Orten aus miteinander verständigen konnten, denkst du, das gilt für alle Vogelwesen?«, frage ich schließlich.

»Ich habe noch nie ein anderes Vogelwesen gesehen, aber ich könnte es mir vorstellen«, antwortet Kyara.

Sofort muss ich an die Greife der geheimen Bibliothek denken, sie haben uns in Ruhe gelassen, sobald sich Sam *einem* von ihnen gestellt hatte.

Falls es also irgendwo einen frei lebenden Phönix gibt, könnte man ihn dann ausfindig machen, wenn man eine Verbindung zu ihm aufbaut?

Und plötzlich wird mir ganz heiß. Da fügt sich soeben etwas zusammen. Ich erinnere mich an jeden Satz von Jon: *Schreie und Schatten.* Seine Worte waren kaum mehr als ein Flüstern. *Irgendetwas war in diesen Minen, als der Brennende König uns angegriffen hat. Irgendetwas, das sie zum Einsturz gebracht hat.*

Es müssen die Greife gewesen sein! Sie waren es, die damals das Versteck von Favilla zerstört haben. Wenn ich nur an die Wucht denke, mit der eine der Kreaturen das schwarze massive Eisen der Wendeltreppe nach innen gebogen hat!

Wieso bin ich nicht früher darauf gekommen? *Sie* sind die Geheimwaffe des Brennenden Königs. Bevor Sam und ich die Bibliothek gefunden hatten, wusste nur keiner von ihrer Existenz. Sie sind die einzigen Wesen, die zu so etwas fähig wären. Die Frage ist nur, wie der Brennende König es geschafft hat, sie zu bändigen.

»Leute, seht!« Estelle reißt mich schlagartig aus meinen Gedanken.

Vor uns tut sich eine weite Ebene auf. Nur noch vereinzelt säumen Bäume den Weg. Ich ziehe die Zügel an und steige ab, bin wie gebannt.

Noch nie habe ich so etwas sehen dürfen: Abertausende lila Blumen erstrecken sich in die Ferne. So muss das Meer aussehen, eine endlose Fläche, die sich wie eine Decke über die Erde legt.

Die Sonne steht inzwischen hoch am Himmel, grell und nahezu weiß hebt sie sich vom wolkenlosen Blau ab.

Estelle ist ebenfalls vom Pferd gesprungen und kniet sich jetzt in die farbige Decke. Sie pflückt eine der Blumen, um daran zu riechen. Dann dreht sie den Stängel einmal in den Fingern und hält ihre Nase gleich wieder ganz dicht daran.

Auch ich will es jetzt genauer wissen und pflücke eine der Blumen.

Der Stängel ist aufrecht und bis zur oberen Hälfte unverästelt, danach zweigen viele kleine, flaumige Knospen von ihm ab. Aus einigen der Knospen sind bereits die violetten Blüten hervorgebrochen, sie sehen aus wie winzige Herzen, die jemand in einem Kreis angeordnet hat.

»Lavendel«, sage ich. Ich erinnere mich an ein Bild aus dem Alchemieunterricht.

»In Akila verwendet man sie als Duftpflanze«, erklärt Kyara. »Sie hat eine beruhigende Wirkung.«

Ich laufe ein paar Schritte vor. Die Sonne strahlt mir warm ins Gesicht. Wie habe ich das vermisst!

Irgendwo hinter diesem Feld muss der Weg weiterführen. Es kann nicht mehr weit sein.

Und am liebsten würde ich jetzt loslaufen, die Arme ausbreiten und rennen, sodass die Luft in meine Lungen schneidet und der Wind in meinen Ohren pfeift. Einfach losrennen. Aber nicht, weil ich vor irgendetwas weglaufen möchte. Einfach nur, weil mich diese Weite fasziniert, wie ein ungelesenes Buch.

»Von hier aus können wir zu Fuß gehen. Lasst uns die Pferde in dem kleinen Waldstück da drüben anbinden, dort ist auch ein kleiner Tümpel. Falls hier doch jemand unterwegs ist, können wir uns ohne sie viel besser verbergen«, sagt Kyara.

Ich streichle Ginger über die warme Stirn. »Sie haben sich auch eine Pause verdient.«

Wir binden die drei mit den Zügeln an einem Baum fest. Ginger stupst mir zum Abschied einmal fest mit dem Maul gegen die Brust. *Kumpelklopf*, denke ich amüsiert.

»Du bist dir sicher, dass hier niemand entlangkommt?«, fragt Estelle und knotet den Beutel auf, den sie an den Sattel gebunden hat.

»Das ist unwahrscheinlich«, antwortet Kyara. »In dieser Gegend haben sich kaum irgendwelche Menschen niedergelassen, das ist Grenzgebiet.« Sie zeigt auf den Boden. »Aber passt dafür auf eure Füße auf, hier gibt es einige giftige Schlangenarten.«

Ich zögere einen Moment, bevor wir losgehen, mustere Kyara von der Seite. Ich weiß, dass Männer des Brennenden Königs ihre Eltern getötet haben. Es muss ihr sicher schwerfallen, dorthin zurückzukehren, wo sie alles an ihr altes Leben erinnert.

»Liegt dir irgendetwas auf der Zunge?«, fragt sie mich. Manchmal vergesse ich immer noch, dass sie einfach sagt, was sie denkt.

»Die Hütte … Akila, ich meine …«, stammle ich.

»Ich kenne mich am besten hier aus, es war klar, dass Jon mich mitschicken würde, aber ich komme schon zurecht.« Sie lächelt mir tapfer zu, doch ich würde sie trotzdem gerne drücken. Hat sie keine Angst vor der Sehnsucht? Vor aufkommenden allzu lebendigen Erinnerungen?

Ich weiß nicht, wie ich mich fühlen würde, wenn ich plötzlich in meinem alten Minendorf wäre. Zu Hause und doch nicht. Wahrscheinlich wie in ein fremdes Leben gesetzt.

7

Akila. Grenzgebiet.

Die Hütte steht in einer Senke, sie scheint dort unten halb aus dem Hang herauszuwachsen.

Kyara hatte recht. Es war nicht mehr weit. Nur noch etwa fünfhundert Schritte über die lila Felder und dann einen Sandweg an einigen Heideflächen entlang, bis sich die nächste weite Ebene vor uns auftat. Weizen, diesmal blicken wir auf ein Meer aus Weizen.

Das Holz der Hütte ist dunkel und morsch, die Bretter sind schief aneinandergenagelt. Sie sieht nicht so aus, als könne sie einem Sturm standhalten.

Das Dach ist von Stroh und anderem seltsamem Gewächs bedeckt, selbst Gras findet sich dort oben, es sieht aus wie eine kleine Wiese.

Träge schlägt die angelehnte Tür immer wieder gegen den Rahmen, der Wind hat ein wenig zugenommen. Wer lässt seine Hütte unverschlossen zurück?

»Sieht nicht so aus, als wäre jemand da«, flüstert Kyara.

Wir bleiben mit etwas Abstand vor der Tür stehen.

»Lasst uns vorsichtig nachschauen«, sage ich.

Kyara schleicht als Erste von der linken Seite an den Eingang heran. Sie stellt sich auf die Zehenspitzen, um durch den Schlitz zwischen zwei Brettern zu spähen. Geduckt gehe ich hinterher, lasse die Fenster dabei nicht aus den Augen.

»Siehst du etwas?«, flüstere ich.

Kyara und ich sind jetzt auf gleicher Höhe, je einer rechts und links vom Eingang, Estelle gibt uns mit etwas Abstand Rückendeckung.

»Nichts. Nur den erloschenen Kamin.« Kyara presst sich dichter an die Wand und geht weiter auf den Türspalt zu. Sie kneift die Augen zusammen, als sie einen Blick hineinwirft.

Ich will sie schon zurückziehen, weil ich mir vorstelle, wie dort jeden Moment eine Waffe herausschießen könnte, aber dann halte ich inne. *Werd nicht albern, Noel!*

Prüfend lege ich die Hand an meine Axt am Gürtel; zu wissen, dass sie da ist, gibt mir Sicherheit.

Ich überblicke noch mal die Umgebung. Weit und breit ist niemand zu sehen.

Kyara dreht sich vorsichtig zu uns und gibt ein schnelles Handzeichen. Wir sollen reingehen.

Ich umfasse den Griff der Axt.

Ziehe die Tür auf.

Ein widerwärtiger Geruch schlägt uns entgegen.

Kyara muss einmal aufstoßen und drückt sich schnell den Arm unter die Nase. Ich keuche auf, dann lege ich meinen Kopf schräg, um das Innere der Hütte zu erfassen.

Aber dort befindet sich kaum mehr als ein kleines Lager aus Fellen, frisches Feuerholz und ein Tisch mit Pergament und Schreibzeug. An eisernen Wandhaken auf der anderen Seite des Raumes hängen ein paar Kessel, die unten rußgeschwärzt sind. Der Wohnbereich ist schnell überblickt. Da ist kein Schrank, keine Nische, kein Abort.

Ich mache einen Schritt vor, die Dielen unter meinen Füßen knarzen wütend.

»Hallo«, sage ich.

Keine Antwort. Lediglich die Diele, die weiter knarzt, als ich mein Gewicht auf das vordere Bein verlagere. Staub wuselt wie winzig kleine Glitzersteine im Streifen aus Sonnenlicht, das durch die Bretterschlitze ins Innere fällt und ungleichmäßige Linien auf den Boden zeichnet.

Hier ist niemand.

Ich drehe mich zu den anderen um und winke sie herein.

Estelle verzieht das Gesicht wegen dem abartigen Geruch, dann zerrt sie ihr Leinenhemd bis unter die Augen, sie bleibt in der Mitte des Raumes stehen.

Was ist das für ein Gestank? Es riecht, als hätte hier jemand seine Vorräte vergammeln lassen. Ich rümpfe die Nase, versuche, möglichst flach zu atmen.

Vorsichtig gehe ich tiefer in den kleinen Raum. In einem Regal liegen ein paar Schälchen und Schriftrollen. Das müssen die Aufzeichnungen von Nileas sein. Ich steuere darauf zu, nehme eine von ihnen raus und rolle sie auf, aber das Pergament ist unbeschrieben.

»Denkt ihr, er ist noch in der Stadt?«, fragt Estelle.

Ich ziehe eine weitere Schriftrolle raus, auch sie ist blank.

»Aber wieso war die Tür dann offen?«, fragt Kyara.

Ich schüttele den Kopf, während ich unablässig den Raum absuche, jeden einzelnen Winkel. Auf dem Tisch kann ich den ringartigen Abdruck eines Bechers erkennen. Selbst auf ihm hat sich eine Staubschicht gebildet. »Ich glaube nicht, dass in den letzten Tagen jemand hier war.« Mein Blick wandert wieder zu den aufgestapelten Fellen, und dann kneife ich die Augen zusammen. Dunkle Flecken zeichnen sich auf dem Holzboden ab, scheinen unter den Tierhaaren hervorzukriechen. »Mist!«

»Was ist?«, fragt Estelle nervös und guckt sofort zur Tür.

Aber ich zeige mit dem Finger auf die Flecken. Sie wirken fast schwarz auf dem dunklen Boden, allerdings bin ich mir sicher, dass es sich um Blut handelt.

Estelle legt erschrocken eine Hand vor den Mund. »Du denkst doch nicht …«, beginnt sie.

»Das würde einiges erklären.« Entschlossen trete ich vor den Haufen Felle. Während ich nach dem obersten greife, zittere ich. Ich muss es nur nach unten ziehen, nicht lange überlegen, einfach tun.

Das raue Haar kitzelt mich an den Fingerkuppen. *Mach schon!*

Ich halte die Luft an, als ich das Fell wegschlage.

Ein Schwarm schwarzgrüner Fliegen summt mir entgegen. Und vor Schreck zieht sich alles in mir zusammen.

Wir haben Nileas gefunden.

Eine Stichwunde klafft in seiner Brust, getrocknetes Blut hat den Stoff darum rotbraun gefärbt.

Das Gesicht zeigt still zur Wand. Weiße Haut und ein schwarzer Bart, der sein Kinn umrahmt. Immerhin hat man ihm die Augen geschlossen.

Sein Gewand ist bunt, voll mit sich abwechselnden Mustern

und aufwendigen Stickereien, es passt so gar nicht in diese triste Hütte.

Ich presse meine Hände gegen die Oberschenkel. Nach der Zeit der Friedhofswachen hatte ich gehofft, so schnell keine Leiche mehr sehen zu müssen. Und er riecht penetranter als die Toten aus der Kutsche des Totengräbers, sehr viel intensiver. Wie lange er hier wohl schon liegt?

Ich werfe das Fell wieder über sein Gesicht. Ich will es gar nicht wissen, und ich will es auch nicht länger sehen müssen. Dann drehe ich mich zu den beiden Mädchen um. Sie haben sich nicht vom Fleck gerührt.

Kyara nimmt das Leinenhemd von der Nase. »Irgendjemand muss rausgefunden haben, dass er ein Spion ist. Wer weiß, welche Informationen er bei sich getragen hat.« Sie schluckt. »Er ist ganz bestimmt nicht ohne Grund ermordet worden.«

Mir ist ganz schwindlig. Namen unserer Spione, Kontaktmänner, unsere Kommunikationswege. Welche Informationen befinden sich jetzt in den Händen der falschen Leute? Wird sein Tod schwerwiegende Folgen haben? Sagte Jon nicht, dass Männer des Königs in Akila umherstreifen?

»Was jetzt?«, fragt Estelle. »Was machen wir jetzt?« Sie sucht in meinem Gesicht nach einer Antwort.

Wenn ich das wüsste.

Es könnte auch sein, dass sein Tod gar nichts mit Favilla zu tun hat.

Jedenfalls hat der Mörder offenbar keine Spuren hinterlassen. Wir wissen rein gar nichts.

»Die Mission scheint hiermit wohl beendet zu sein«, sage ich. »Aber wir können vor Einbruch der Dunkelheit nicht weg. Bei Tag ist die Gefahr zu groß, dass wir im Wald von Lavis auf Jäger oder Holzfäller treffen.«

»Und was machen wir so lange?«, fragt Estelle.

Das Surren der aufgeschreckten Fliegen liegt unruhig in der Luft.

»Wir werden ihn begraben«, sage ich nüchtern.

»Was?« Estelle wirft einen misstrauischen Blick zu den Fellen. »Wieso verschwinden wir nicht lieber sofort? Wer weiß, ob wir hier sicher sind.«

»Ich glaube nicht, dass so schnell jemand hierherkommen wird«, entgegne ich. »Wenn irgendwer hier etwas gesucht hat, hat er es längst gefunden. Die Schriftrollen dort in den Regalen sind allesamt unbeschrieben.«

»Wir sollten ihm die letzte Ehre erweisen«, sagt Kyara.

»Vermutlich ist es ohnehin besser für Favilla, wenn seine Leiche verschwindet. Nicht dass irgendein Akilaner auf die Idee kommt, der Sache auf den Grund zu gehen«, sage ich.

Der Gestank wird immer unerträglicher. Ich beobachte die Fliegen, wie sie nervös über die Felle krabbeln.

»Okay«, sage ich jetzt etwas lauter. »Kyara, wir tragen ihn nach draußen und buddeln ihn ein. Estelle, du suchst nach weiteren Hinweisen in der Hütte und wischst den Blutfleck, so gut es geht, vom Holz. Wir harren bis Sonnenuntergang hier aus. Jeder sollte noch mal ein bisschen Schlaf tanken, der Rückweg wird lang. Und zu Hause berichten wir Jon von allem.«

Nach kurzem Suchen haben wir eine Schaufel gefunden. Das Loch habe ich gerade tief genug gegraben, um Nileas verschwinden zu lassen.

Das Geräusch der Erde, die auf seinen Körper prasselt, das Bild, wie er Stück für Stück unter den dunklen Brocken verschwindet – es fühlt sich plötzlich an, als wolle jeder Schub Erde *mich* ersticken.

Wenigstens hat sich der Geruch etwas verflüchtigt. Um von der frisch aufgebuddelten Erde abzulenken, verteilen wir ein bisschen Gestrüpp auf dem Grab.

Zurück in der Hütte, pule ich die restliche Erde unter meinen Fingernägeln hervor, säubere mir einmal schnell die Hände mit ein bisschen Wasser aus dem Trinkschlauch.

Wir brauchen Kraft für den Heimweg. Kyara und Estelle versuchen als Erste zu schlafen, sie haben sich ans andere Ende der Hütte zurückgezogen, möglichst weit weg von dem Punkt, an dem die Leiche lag.

Estelle hat ein Feuer im Kamin entfacht, dort verbrennen wir die Felle. Kyara hat etwas von dem Lavendel geholt und mit in die Flammen geworfen, sodass der faulige Geruch nun beinahe vollständig verschwunden ist. Zusammen haben wir noch mal die Hütte durchforstet. Aber da war nichts, nicht ein einziger Hinweis, als hätte Nileas nie existiert.

Estelle gibt mir ein paar von ihren Wurzeln ab, bevor auch sie sich hinlegt. Sie hat keinen Bissen heruntergebracht.

Ich habe darauf bestanden, als Erster wach zu bleiben. Ich werde ohnehin kein Auge zubekommen, und ich will vorbereitet sein, wenn sich draußen irgendjemand herumtreibt. Also setze ich mich so hin, dass ich aus dem leicht geöffneten Türspalt hinausspähen kann.

Ausharren kann ich nicht gut. Dieses Warten, ohne irgendetwas unternehmen zu können, zerrt an meinen Nerven. Der

Vorstellung ausgeliefert zu sein, wie Sam wahrscheinlich in diesem Moment vor Jons Zelle steht – das Schwert griffbereit, sie als einziger Schild zwischen dem Angreifer und Jon. Was denkt sie wohl gerade?

Sie ist bestimmt sauer, weil ich mich nicht verabschiedet habe. Und verwirrt, weil ich so abweisend war. Natürlich ist sie das.

Es sollte jemand bei ihr sein, jemand, der sie hält, sie drückt, ihr zuhört. Jeden Stundenstrich lang, jeden Augenblick.

Ich will derjenige sein. Ich will morgens neben ihr aufwachen, ich will als Erstes ihre Stimme hören, wenn sie noch rau ist vom Schlaf.

Ich sehe zu dem Lager. Wo vorher Blut klebte, ist jetzt nur noch ein dunkler Abdruck zu erkennen. *Ich will einfach nur bei ihr sein.*

Estelle liegt mit dem Gesicht zur Wand, aber sie sieht nicht aus, als ob sie schlafen könnte, immer wieder bewegt sie sich, winkelt die Beine an, um sie kurz darauf wieder auszustrecken. Jetzt dreht sie sich in meine Richtung, sie hat die Augen geöffnet. Eine Weile sehen wir uns einfach nur an. Es hat etwas sehr Vertrautes. Vielleicht weil wir uns durch Sam verbunden fühlen. Weil wir ein Geheimnis teilen.

Schließlich steht sie auf und setzt sich neben mich.

Ihre Wimpern werfen fadenförmige Schatten auf ihr Gesicht. Die Wangen sind gerötet. Sie reibt sich die Stirn, beißt sich auf die Lippe.

»Willst du reden?« Ich lege den Kopf schräg und betrachte sie weiterhin eingehend.

»Ich weiß nicht«, murmelt sie, schlingt dabei die Arme um ihren Körper.

»Du musst nicht.«

Kurz sehen wir beide still in die Flammen, die von Orange nach oben hin zu Gelb werden und die Felle immer weiter auffressen.

»Hast du dich manchmal auch gefragt, was passiert wäre, wenn dich damals die echten verhüllten Männer von der Türschwelle abgeholt hätten?« Jetzt sieht sie mich direkt an. »Wie dein Leben dann aussehen würde? Ob du vielleicht sogar glücklicher wärst?«

Ich lasse mir Zeit mit meiner Antwort. Estelle wartet geduldig. »Ich war so überwältigt von dem ganzen Wissen und der Wahrheit, dass ich mir da noch nie Gedanken drüber gemacht habe.«

»Ich dachte nur daran, weil Kyara erzählt hat, dass es manchen Sklaven in Akila sogar sehr gut geht.«

»Vielleicht. Aber dann hätte ich euch wohl nie kennengelernt.« Ich lächle schwach.

»Du machst dir Sorgen um Sam, oder?«

»Ich vermisse sie«, sage ich und schlucke. »Ich wusste gar nicht, *wie* schlimm das sein würde.«

»Mmh«, sagt sie und legt abwesend eine Hand an meinen Oberarm.

»Ich liebe auch jemanden, weißt du.« Ihr Blick hängt jetzt versunken in den Flammen. »Ich vermisse ihn, seit sie ihn geholt haben. Ich habe das nie jemandem außer Sam erzählt, aber ich habe mich damals freiwillig auf die Türschwelle gesetzt. Ich dachte, die verhüllten Männer würden mich dahin bringen, wo sie ihn bei seiner Abholung hingebracht haben …« Sie schnappt kurz nach Luft. »Aber jetzt sitze ich hier.«

Ich verstehe. Etwas an ihren Worten macht mich plötzlich völlig fertig. Es frisst sich genau in die Stelle in meinem Herz, die seit Tagen schon wehtut.

Nun ziehe ich Estelle einfach zu mir und nehme sie ganz fest in den Arm, es dauert kurz, aber dann gräbt auch sie ihre Finger in mein Leinenhemd und lässt es zu.

»Es tut mir leid, Estelle.«

»Schon okay«, murmelt sie in mein Hemd, und ihre Stimme klingt zerbrechlich. »Du kannst ja nichts dafür.«

Ich nicht, denke ich. *Aber es gibt jemanden da draußen, der es kann.*

Nach einer Weile löst sie sich wieder von mir und wischt mit dem Zipfel ihres Hemdes unter den Augen entlang. Neben uns knackt es laut, und ein paar Funken fliegen aus dem Kamin in unsere Richtung, sie zieht den Kopf ein.

Ich misstraue ihr, hat Jon gesagt. Aber wenn ich Estelle so betrachte, kann ich mir nicht im Geringsten vorstellen, dass sie irgendetwas Böses vorhaben könnte. Sie fühlt sich einsam, das ist alles.

Auch wenn ich es nicht laut aussprechen würde, für einen kurzen Augenblick hasse ich Jon für das, was er uns antut.

In der Abenddämmerung brechen wir auf, wir laufen zügig. Zwar habe ich es eilig, wieder nach Favilla zu kommen, aber gleichzeitig frage ich mich, wie Jon wohl reagieren wird.

Er wird sich sicher nicht freuen über das, was wir zu berichten haben. Wir sind völlig umsonst losgeritten, alles, was wir mitbringen, sind schlechte Nachrichten ohne neue Anhaltspunkte.

Und wir schenken dem Brennenden König kostbare Zeit. Zeit, in der er seinen Zielen näher kommt – was auch immer diese gerade wirklich sein mögen. Aber es ist auch Zeit, in der der Angreifer schon ein nächstes Attentat auf Jon verüben kann.

Die Sonne steht tief hinter den Feldern wie ein riesiger roter Ball, der die Wolken verfärbt. Ich fühle mich kein bisschen ausgeruht, aber immerhin habe ich etwas im Magen.

Wir laufen ein paar Trampelpfade entlang, der Boden unter unseren Füßen ist trocken, unzählige kleine Risse ziehen sich über die Erde wie auf einem alten Gemälde.

Kyara führt uns über weniger offene Wege zurück. Die Bäume werden in diese Richtung etwas dichter, die Felder hügeliger. Leuchtend blaue Kornblumen säumen die Wege dort, wo die Weizenfelder beginnen, bilden eine kleine Allee.

Das ist zwar ein kleiner Umweg, aber so verlassen kann es hier offenbar doch nicht sein – seit dem Auffinden des toten Wissensverwalters wächst mein Unbehagen mit jedem Schritt.

Wir kommen an einem Bach vorbei, hinter dem ein Stück Wiese etwas steiler abfällt. Ein paar letzte Sonnenstrahlen verteilen Funkelflecken auf der plätschernden Wasseroberfläche.

Plötzlich bleibe ich wie angewurzelt stehen.

Von hier kann man weit über die Landschaft blicken – über eine Stadt in der Ferne, die sich in einer lang gezogenen Ebene erstreckt.

Ich wusste aus unseren Unterrichtseinheiten, dass die Welt sehr vielfältig ist, dass ich nicht einmal einen Bruchteil davon gesehen habe, aber nie hätte ich mir vorstellen können, *wie* viel sie bereithält.

»Ist das …?«, frage ich, kann aber nicht weitersprechen. Erst muss ich all das aufsaugen, was ich sehe: Riesige Gebäude und bunte Kuppeln ragen in den Himmel, Tausende, so viele, wie ich noch nie gesehen habe.

Während die Fassaden der Gebäude an die graue Königsburg in Lavis erinnern, konzentriert und solide aussehen, sind in die Dächer farbige Muster eingearbeitet. Manche sehen aus wie riesige gezwirbelte Tropfen, sie sind golden veredelt und glänzen in der untergehenden Sonne.

»Das ist Vis Daroz, die westliche Hauptstadt von Akila«, sagt Kyara jetzt hinter mir. Einen Moment lang hatte ich wirklich vergessen, dass die beiden anderen noch da sind.

Vor den dichten Gebäudeansammlungen verläuft ein Fluss, der sich in zwei breite Arme aufspaltet, ehe er wieder zusammenfließt. Auf der Fläche, die er einschließt und die eine Art Insel bildet, scheint sich wohl der Markt zu befinden. Von den Stadtmauern aus ragen Brücken wie lange Finger über den Fluss auf den großen Platz hinüber.

Breite, befestigte Wege führen vom Markt weg in alle Himmelsrichtungen, und auf diesen Handelswegen ziehen lange Karawanen als dunkle Silhouetten in der Abendsonne entlang.

»In Vis Daroz wird der größte Markt von ganz Tyrganon abgehalten«, spricht Kyara weiter. »Händler aus allen Ländern kommen dort zusammen. Von Waffen und Stoffen über Gewürze bis zu Sklaven wird dort alles verkauft.«

»Du meinst, das ist nur eine von vier großen Städten?«, fragt Estelle erschrocken.

»Ja.« Kyara klingt belustigt. »Vis Nyvarka, die Königsstadt

am Meer, ist sogar noch viel größer. Du kannst dir nicht vorstellen, wie riesig Akila ist. Lavis ist nichts dagegen.«

»Was hat es mit diesen Dächern auf sich?«, frage ich.

»Wir bauen sie zu Ehren der Königsadler – sie sollen ihnen unseren Respekt zeigen. Das prachtvolle Mosaik aus Dächern ist das Bild, das sie sehen, wenn sie über unseren Städten kreisen. Jeder Städter, der etwas auf sich hält, hat ein besonders ausgearbeitetes Dach.«

Ich möchte mir alles einprägen: die Farbenpracht, die verschiedenen Gerüche und Muster. Ich wünschte, Sam könnte das mit mir sehen. Jede Einzelheit davon will ich ihr berichten.

Ich lege den Kopf in den Nacken, sehe in den Himmel. Die Greife waren so mächtig, so … ich weiß nicht … Ehrfurcht gebietend. Wie muss es sein, wenn einer der Königsadler dort oben über der Dächerpracht seine Kreise zieht?

Ich versuche es mir vorzustellen: wie er mit eleganten Schlägen der langen Flügel durch die Wolken bricht und …

Plötzlich zerrt Kyara mich am Hemd zurück. »Oh nein!«, flüstert sie aufgeregt und deutet nach rechts. »Sklaventreiber!«

8

Akila. Grenzgebiet.

In etwa zweihundert Schritten Entfernung bewegt sich der Fackelzug. Eine Schlange mit brennendem Rückenmuster. Der Trupp wird von Männern in dunklen Gewändern angeführt, einige von ihnen halten Waffen in den Händen.

Zwischen den Fackelträgern schlurfen die Sklaven, ihre Hände sind vor dem Körper zusammengebunden, die meisten haben die Köpfe gesenkt. Sie ziehen einen Fuß mühsam hinter dem anderen her, als würden sie schon seit Tagen laufen, als könnte keiner mehr die Kraft aufbringen, Widerstand zu leisten.

Ich höre raue Stimmen, scharfe Befehle, die jemand nach hinten bellt. Sie werden lauter mit jedem Augenblick, der verstreicht. Die Sklaventreiber kommen näher.

Wir müssen sofort hier weg!

Kyara und ich schauen hektisch umher, Estelle fixiert immer noch den Trupp.

Von hier aus ist das Land noch immer viel zu gut zu überblicken. Die flachen Felder bieten zu wenig Schutz, und bis zur nächsten Hügelkuppe kommen wir nicht rechtzeitig.

Aber etwas weiter unten fließt der Bach, dort wachsen wenigstens ein paar höhere Sträucher in der Ufergegend, die uns Schutz bieten könnten.

»Kommt, da runter«, flüstere ich und pirsche los, die anderen beiden folgen mir.

Am Bach angekommen, zögere ich keinen Moment, mache den ersten Schritt ins kalte Wasser. Eisig umschlingt es mein Bein bis zur Mitte der Wade, die Stimmen der Sklaventreiber nähern sich, Wortfetzen dringen zu uns herüber: »... schneller« ... »warte nur ...« Mit einem nächsten Schritt steige ich auf einen Stein, der zur Hälfte aus dem Wasser ragt. Er fühlt sich glitschig an, aber ich kann irgendwie ausbalancieren, und mit einem letzten Sprung bin ich auf der anderen Seite. Kyara ist nur wenige Augenblicke später neben mir.

»Estelle, worauf wartest du, komm schon!«, rufe ich leise auf die andere Seite.

Sie hat den Blick hügelaufwärts gerichtet, wo die Fackeln der Sklaventreiber in der Dämmerung flimmern. Dann erst dreht sie sich um, wischt sich zerstreut eine Haarsträhne aus dem Gesicht.

Vorsichtig steigt sie ins Wasser. Ein Fehler, und sie entdecken uns. *Schneller, Estelle!*

Jetzt ist sie bei uns. Ich reiche ihr die Hand, damit sie nicht ausrutscht und das andere Bein nachziehen kann. Dann verschwinden wir schnell hinter dem Gebüsch. Der nasse Hosensaum haftet kalt an meinen Knöcheln. *Ob sie uns gesehen haben?*

Die Äste sind nicht dicht bewachsen, die Knospen daran alle noch verschlossen. Ich spähe zwischen den Sträuchern hervor. Die Sklaventreiber haben genau auf unserer Höhe haltgemacht, nur etwas weiter oben auf der Wiese. Es trennen uns vielleicht zwei Dutzend Schritte, das kann nicht gut gehen.

Wenn sie nur etwas weiter in unsere Richtung marschieren, entdecken sie uns, da werden uns weder Abenddämmerung noch Gebüsch helfen.

Einer der Sklaventreiber hat sich vor den Trupp gestellt und gibt Anweisungen, zeigt mit dem Finger auf die Sklaven, die nur zögerlich die Köpfe heben.

Ich lausche. Der Bach plätschert, die Wörter sind nicht herauszufiltern.

Wir brauchen ein anderes Versteck!

Plötzlich höre ich ein Räuspern hinter uns. Ein Ruck geht durch meinen Körper. *Das war's*, denke ich, als ich herumfahre.

Aber dort steht eine Frau. Sie trägt ein buntes Gewand, um das eine gelbe Schärpe geschlungen ist, ähnlich wie der Wissensverwalter. Doch anders als bei ihm spannt das Gewand der Frau um ihre breite Körpermitte: Von Knopf zu Knopf biegt sich der Stoff nach außen und lässt ovale Flächen frei, durch die ein weißes Unterkleid hindurchblitzt.

In der einen Hand trägt sie einen Eimer, mit der anderen winkt sie uns zu sich, die langen, herunterhängenden Ärmel ihres Gewands schaukeln dabei vor und zurück.

»Nachts kommen sie aus ihren Löchern«, raunt sie uns zu. Ihre Stimme ist ähnlich tief wie die von Kyara. »Die Gegend hier ist nicht mehr so sicher wie früher.« Sie kommt jetzt ein bisschen näher an uns ran, Wasser schwappt aus ihrem Eimer, sie muss ihn wohl gerade am Bach aufgefüllt haben.

»Ich schätze, heute sind ein paar Sklaven entlaufen, jedenfalls suchen die hier schon seit Stunden alles ab. Ich habe einen Gutshof, gleich dort hinten, ihr solltet lieber mit mir kommen, bei mir suchen die nicht. Die wissen, dass mit mir nicht zu spaßen ist.« Sie schielt einmal zu mir herüber, ihre Augen sind klein, sie sehen zwischen den vollen Backen irgendwie zusammengequetscht aus.

Akilaner lügen nicht. Ich atme tief ein, auf der anderen Seite des Baches, bei den Sklavenhändlern, sind neue Bewegungen auszumachen. Was bleibt uns anderes übrig?

Ich sehe zu Estelle und Kyara, sie nicken, wir sind uns einig. Aber glücklich scheint keiner von uns damit, wir können uns keine Verzögerungen leisten.

Geduckt schleichen wir der Frau hinterher. Sie hält den Eimer mit beiden Händen an ihren Bauch gepresst, damit sie schneller vorankommt. Ich höre das Wasser darin hin und her schwappen.

Es geht ein kleines Stück über die Wiese, dann nimmt sie eine Abkürzung und führt uns durch hohes Gestrüpp. Sträucher kitzeln meine Waden.

Nun fällt der Weg etwas ab. Schon von Weitem kann ich ein Holzgatter sehen. Es ragt fast halb so weit in die Höhe wie der Giebel des Gutshauses dahinter, der zur Seite hin von Efeu bewachsen ist.

Ich schaue noch mal zurück. Die Sklaventreiber schwärmen nun aus. Teilen sie sich etwa auf? *Folgen sie uns?*

»Das Tor«, sagt die Frau, als uns nur noch wenige Schritte vom Gutshof trennen.

Sie hat beide Hände voll, also schiebe ich den Riegel am Eingang zurück. Nacheinander schleichen wir in den Hof.

Ich blicke ein letztes Mal zu den Fackellichtern, dann schließe ich hastig das Tor. Kaum ist es hinter uns zugefallen, pressen wir uns zu viert mit dem Rücken an das Gatter. Unser Atem geht schwer, allen voran der der fremden Frau.

Der Boden hier ist eine Mischung aus Kies, zertretenem Stroh und Sand. Ein paar Ziegen laufen aufgeregt im Vorhof herum.

Jetzt lässt die fremde Frau den Eimer plumpsen, ein bisschen Wasser schwappt über und malt dunkle Flecken auf den hellen Sand. Ihre Schuhe haben ebenfalls ein paar Tropfen abbekommen. Sie sind aus irgendeinem hellen Leder gearbeitet, das ich vorher noch nie gesehen habe, und laufen nach vorne spitz zu.

»Immer diese Jagd nach den Sklaven.« Die Frau schüttelt den Kopf. Ihre fettigen braunen Haare sind nach hinten gekämmt und bilden einen Kontrast zu ihrer hellen Haut. »Aber mit mir legen sie sich nicht an. Die wissen, dass sie das lieber bleiben lassen sollten.«

Von uns wagt immer noch keiner zu sprechen, obwohl unser Atem sich mittlerweile beruhigt hat. Das aufgeregte Tappen der Ziegen dringt zu uns rüber. Der weiße Ziegenbock reckt seinen Kopf neugierig in unsere Richtung. Seine Hörner ragen wie zwei gewaltige Vogelkrallen aus dem Hinterkopf.

Die Fremde räuspert sich, dann stellt sie sich vor uns und krempelt ihre Ärmel nach oben. Für eine Frau hat sie sehr haarige und kräftige Unterarme. »Ich habe mich gar nicht vorgestellt.« Sie verbeugt sich einmal vor uns. »Mein Name ist Addum Enied.«

Ich erwidere die Verbeugung etwas hektisch. Auch wenn sie

sich ihrer Sache sicher ist, heißt das nicht unbedingt, dass wir die Sklaventreiber wirklich abgehängt haben.

Wir nennen ihr unsere Namen. Sie runzelt die Stirn. Sie müssen sehr ungewöhnlich für sie klingen, aber erst mal stellt sie keine Fragen, und ich lockere meine angespannten Schultern.

»In Akila schätzt man Gastfreundschaft sehr«, sagt Addum. »Ich würde mich freuen, wenn ihr für ein kleines Mahl meine Gäste seid.«

Estelle und ich sehen beide abwartend in Kyaras Richtung. Eine der Ziegen meckert laut vor uns auf.

»Wir wären sehr gerne deine Gäste«, sagt Kyara schließlich.

»Schön.« Addum klatscht einmal freudig die Hände zusammen und grinst. Ihr rechter oberer Eckzahn ist von Gold überzogen.

Sie bedeutet uns, voranzugehen.

Ich weiche ein paar Ziegen aus, werfe noch mal einen Blick zum Tor. Bis jetzt hat sich keine Fackel dem Gehöft genähert. Mit Addum scheint also wirklich nicht zu scherzen zu sein.

Ihr Haus würde mit Sicherheit Platz für drei Minenarbeiterfamilien bieten. Die weiße Fassade ist zum Teil abgeblättert, graue Flächen schauen darunter hervor. Das Dach wiederum ist aus Holz, selbst hier sind hübsche Schnitzereien eingearbeitet.

»Ställe?«, fragt Kyara und zeigt auf das hölzerne Gebäude neben dem Haus. Ein bisschen gleicht es einem riesigen, lang gezogenen Schuppen. Vorne am Eingang stützen zwei Holzbalken ein Vordach, sie bestehen aus hellerem Holz als der Rest des Gebäudes. Vermutlich sind die alten mal irgendwann eingestürzt und mussten durch neue ersetzt werden.

Addum nickt, was etwas merkwürdig wirkt, weil ihr Hals

aussieht, als würde sie einen dicken Schal aus weiterer Haut tragen. »Ich besitze um die fünfzig Ziegen. Von irgendetwas muss man hier draußen ja schließlich leben.«

Als wir durch die Tür des Haupthauses treten, kommt uns ein Schwall von tausend Gerüchen entgegen. Es riecht würzig, vielleicht auch etwas süßlich, jedenfalls sind einige dabei, die ich zuvor noch nie gerochen habe.

Wir stehen in einer Art Wohnraum. Deckchen liegen auf einem langen Holztisch ausgebreitet. An den Wänden hängen gewebte Teppiche, und auch auf dem glatten Steinboden gibt es kaum einen Flecken, der nicht von Teppichen bedeckt ist. Überall sind diese aufwendigen Muster in verschiedenen Farben. Ich versuche, ein paar vertraute Symbole darin zu entdecken, irgendwelche Bilder, aber da umlaufen sich nur Linien, Ranken, Schnörkel und Formen.

»Tilo!«, schreit Addum jetzt ganz laut, sodass Estelle ein Stück dichter an mich heranrückt. Wir sehen uns verwirrt an. Kyaras Blick wandert immer noch neugierig durch den Raum.

Auf den Regalen reihen sich Tontöpfe, Lederbeutel und Schüsseln, manche voll mit Grünzeug, andere mit irgendwelchen Körnern. Vermutlich kommen daher einige der vielen Düfte. An der Wand stapeln sich bestimmt zwanzig Körbe. Was will man darin denn alles aufbewahren?

»Tilo!«, schreit Addum jetzt erneut, diesmal noch harscher, dabei stützt sie die Hände in die Hüften.

Eine Art Vorhang trennt unseren Raum von einem anderen. Durch ihn kommen jetzt ein Mann, ein Junge und ein Mädchen, auch sie tragen diese bunten Gewänder mit Schärpe, jedoch ohne die ewig weiten Ärmel.

Addums Stimme nimmt wieder einen freundlicheren Klang an, als sie sich an uns wendet. »Das sind mein Mann Tilo und meine zwei Kinder, Tuan und Aziz.«

Die drei scheinen wenig beeindruckt von dem unverhofften Besuch zu sein. Tuan, der wohl etwa zwölf Jahresumläufe hinter sich hat, schaut uns nicht mal in die Augen. Aziz, ich nehme an, die ältere Schwester, und Tilo begrüßen uns mit einer knappen Verneigung.

Addum zeigt auf die Stühle. »Setzt euch.«

Tuan nimmt als Erster Platz. Wir anderen folgen zögerlich. Mein rechter Schuh quietscht, immer noch presst sich Wasser heraus. Wir hinterlassen nasse Fußspuren auf ihren Teppichen. Danach wird es seltsam still, und nur noch das Rücken der Stuhlbeine ist zu hören.

»Ich mache euch schnell etwas.« Addum verschwindet hinter dem Tuch, während uns ihr Mann und die zwei Kinder am Tisch gegenübersitzen. Sie sehen ebenfalls wohlgenährt aus, wenn auch nicht ganz so füllig wie Addum, und sitzen uns so stumm und unbeweglich gegenüber, dass ich mich beherrschen muss, um nicht laut irgendetwas Belangloses zu erzählen.

Kurz will ich mich zu Estelle und Kyara hinüberbeugen, aber wir können unsere zurechtgelegte Lügengeschichte, dass wir Botschafter aus Noctuán sind, nicht noch mal durchsprechen. Vor allem Kyara könnte Probleme damit haben, sie überzeugend zu erzählen. Einzelheiten werden wir einfach improvisieren müssen.

Stattdessen schaue ich also zwischen den hohen Kerzenständern hindurch in die ausdruckslosen Gesichter von Addums Familie. Tuan beginnt, mit den Fingern am Wachs herumzuspielen. Er tunkt die Fingerkuppe immer wieder in die heiße Flüssigkeit, wartet, bis die kleine Schicht getrocknet ist, um sie wieder abzuziehen und zwischen den Fingern zu zerquetschen.

Endlich kommt Addum mit ein paar Bechern zurück.

»Pfefferminztee«, sagt sie und stellt jedem von uns einen vor die Nase. »Verbrennt euch die Zunge nicht, könnte noch etwas heiß sein.«

»Danke.« Ich lege die Finger um den Tonbecher und puste daran. Aber lange kann ich nicht warten, ich habe seit unserer Flucht einen so trockenen Hals, dass ich das Getränk am liebsten in einem Zug hinunterstürzen würde.

Vorsichtig nehme ich ein paar erste Schlucke. Es tut gut, den Rachen mal mit etwas Geschmackvollerem als Wasser zu befeuchten. Ich proste den anderen zu.

Sie lächeln, spielen mit.

Und wenn ich nur an ein warmes Essen denke, an etwas anderes als die Höhlenkäfer, Pilze oder Wurzeln, dann läuft mir bereits das Wasser im Mund zusammen.

Addum lässt sich in ihren Stuhl sinken und lehnt sich weit zu uns vor, dabei drückt ihr Bauch gegen die Tischkante.

»Das Fleisch ist gleich durch«, sagt sie fürsorglich. Ihr Stuhl knarzt, als sie nach einer bequemen Haltung sucht. Ich versuche währenddessen, alle Einzelheiten zu erfassen: die Lederkette mit der Feder daran, die auf Addums Dekolleté liegt, die gelbe Schärpe, die hier alle um den Oberkörper tragen, die Holzringe, die Addums dicke Finger umschließen. Ich will mich an alles erinnern, um Kyara später nach der Bedeutung zu fragen.

»Diese ständigen politischen Unruhen im Land«, sagt

Addum und verzieht das Gesicht. »Deswegen kümmert sich niemand mehr um das Gesocks in den Grenzgebieten, so ist das. Jemand sollte dem Ganzen ein Ende bereiten. Wir sind entschiedene Gegner der Sklaventreiber, hab ich recht, Tilo?«

Tilo nickt.

»Es wäre nicht das erste Mal in diesem Monat, dass sie an der Tür klopfen«, spricht Addum weiter. »Der Rat der Adler soll wohl erst kürzlich wieder der Krone seine Unterstützung zugesichert haben. Und solange König und Adlerreiter an einem Strang ziehen, haben die Gegner der Sklaverei nicht die leiseste Chance, so ist das. Manchmal denke ich, eher schlüpft ein Huhn aus einem Adlerei, als dass der Menschenhandel in Akila aufhört.« Sie streicht mit den Händen das Deckchen glatt. »Hab ich recht, Tilo?«

Tilo nickt.

»Nun, ich sollte mich eigentlich nicht beschweren, ich habe selbst als Sklavin begonnen, wurde als junges Mädchen in Noctuán aufgegriffen und hierhergebracht. Habe gute Arbeit geleistet, sehr gute Arbeit. Man muss ein Händchen fürs Verhandeln haben in Akila, das können nicht viele, wisst ihr.« Sie spricht die Wörter irgendwie sehr *hart* aus. Anders als Kyara. Wahrscheinlich redet man in Noctuán so, und man hört es ihr immer noch an, obwohl sie schon so lange in Akila lebt.

»Was treibt euch denn eigentlich in eine Gegend wie diese? Ihr seid noch jung, solltet ihr nicht irgendwo auf den Märkten herumspringen?« Sie betrachtet uns einzeln, mir fällt der leichte, dunkle Haarflaum über ihrer Oberlippe auf.

»Ähm …«, stammelt Kyara.

Mir steigt schlagartig das Blut in den Kopf. Ich öffne den

Mund, aber da steht Addum urplötzlich auf, sie streckt den Zeigefinger in die Luft. »Das Fleisch!«, sagt sie aufgeregt.

Ich atme erleichtert aus.

»Wir wollen ja nicht, dass es verbrennt. Nachher verkauft ihr mich noch in die Sklaverei«, sagt sie und lässt einen schallenden Lacher los, dann huscht sie mit kleinen Schritten zwischen den Tüchern durch in den Kochbereich zurück.

Ich nehme nochmals einen Schluck von dem Tee. Er beruhigt mich irgendwie.

Addum wird uns sicher nicht ins Kreuzverhör nehmen, ich stelle ihr am besten direkt eine Frage und lasse sie erzählen. Sie redet gerne, das könnte uns retten.

Ich nehme einen weiteren Schluck, da trifft mein Blick auf den von Tilo. Seine Lippen sind dünn, als würden sie nach innen einfallen.

Keiner von den dreien hat auch nur einen Laut von sich gegeben, seit wir hier sind. Ob das wohl jeden Abend so geht?

Ich stelle den Krug langsam ab, wende mich jetzt schnell wieder meinen Begleiterinnen zu. Kyaras Wangen sind leicht gerötet, auch ihre Augen sehen ein wenig glasig aus. Ist alles in Ordnung mit ihr?

Estelle schenkt mir ein kurzes, aufgesetztes Lächeln. Eines, das aber eigentlich so viel sagen will wie: *Findest du diese Situation gerade auch so merkwürdig?*

Addum kommt mit einem ersten vollen Teller zurück. Das Essen ist so frisch und heiß, dass es eine flüchtige Dampfspur hinter sich herzieht.

Sie stellt den Teller vor mir ab. Es duftet unglaublich, es sieht unglaublich aus. Ich bin auf einmal richtig glücklich, kann es kaum erwarten, in das saftige Fleisch zu beißen, von den gelben – wie sagt man? – *Kartoffeln* zu kosten. Und irgendein grünes Gemüse liegt auch noch daneben. Es sieht richtig knackig aus, vielleicht hat es eine besondere Füllung?

Aber irgendwie … ich halte inne.

Ich drehe mich noch mal zu Estelle und Kyara. *Merken sie es auch?*

Und bevor mich dieses wohlige Gefühl ganz einlullt, das mich fürchten lässt, gleich mit dem Kopf auf den Teller zu kippen, sehe ich, wie Kyara gähnt und Estelle sich müde die Stirn reibt.

Ich werfe einen alarmierten Blick in den Teekrug, betrachte die leicht grünliche Färbung.

»Stimmt irgendetwas mit dem Essen nicht?« Addum legt mir von hinten eine Hand auf die Schulter, massiert sie grob. Ihre Stimme dringt wie durch Nebelschwaden zu mir hindurch.

Mit dem Essen vielleicht schon, aber mit dem Tee nicht.

Nicht trinken, will ich den anderen sagen, aber ich bin zu müde, um überhaupt zu sprechen, und warum wabern sie eigentlich so seltsam vor meinen Augen? *Nein.* Ich will aufstehen. Ich …

9

Akila. Addums Gutshof. Ställe.

Überall pikst es. Ich kann mich nicht bewegen. Tausend Nadeln, überall, sie stechen in meine Haut, schieben sich in mein Fleisch. Und dieser Geruch! Es riecht streng. Unter mir raschelt es laut. Ich reiße die Augen auf.

Es ist Stroh. Es ist lediglich Stroh. Ich drehe den Kopf, zuerst sehe ich verschwommen, irgendwie milchig, dann erkenne ich langsam etwas.

Ein Junge mit dunkler Haut schaut mich an. Seine Augen sind von kernigem Braun, fast schwarz, die Lippen sehr voll.

»Ihr seid ihr in die Falle gelaufen«, sagt er, seine Stimme hat einen sehr tiefen, aber klaren Klang.

Ich richte mich eilig auf, aber irgendetwas hält mich am Arm zurück.

Jetzt sehe ich es. Mein rechtes Handgelenk wird von einer dicken, eisernen Fessel umschlossen, sie ist mit einer Kette verbunden, die unter dem Stroh verschwindet.

Unter lautem Klirren reiße ich den Arm nach oben, aber stoße sofort auf unnachgiebigen Widerstand. *Mist.* Ich wühle das Stroh mit der freien Hand beiseite.

»Sie sind in den Boden eingelassen«, erklärt mir der Junge.

Ich sehe erschrocken nach rechts und links. Holzwände sperren uns in ein kleines Viereck. »Wo sind wir?«

»Wir sind in den Verschlägen für das Vieh. Sie hat ihre Ställe wohl zu Sklavenzellen umfunktioniert.«

Ich schlucke. *Sklaven?*

Von wegen: Akilaner lügen nicht. Addum hatte da keine Probleme mit. Dieser beschissene Tee!

Ich muss erst mal einen klaren Kopf bekommen. Wie bin ich hier gelandet? Wo sind Estelle und Kyara? Und wer ist eigentlich dieser Junge?

Ich rucke noch einmal kräftig an der Kette. Aber das Eisen schneidet sich nur schmerzhaft in mein Handgelenk.

»Kannst du vergessen, habe ich lange genug probiert«, sagt der Fremde.

Ich mustere ihn. Er ist kräftiger gebaut als die Jugendlichen in Favilla. Sein Kreuz ist sogar breiter als meines, und die Arme, die von seiner kurzärmligen Wollweste frei gelassen werden, sind muskelbepackt.

»Wer bist du?«, frage ich.

»Mein Name ist Daryan.«

»Wie lange bist du schon hier?«

»Seit drei Tagen.«

Ich seufze. Plötzlich höre ich Gemurmel irgendwo in der Nähe, dann ein Poltern.

»Estelle!«, rufe ich. »Kyara!« Ich schlage mit der Faust mehrmals kräftig gegen die Holzwände. Warte.

Als ich keine Antwort bekomme, rutsche ich mit der Hand am Holz ab, lasse sie ins Stroh zurückfallen.

»Das waren sicher nur die Leute aus den Nachbarzellen. Deine Freunde hören dich wahrscheinlich nicht«, sagt Daryan vorsichtig, irgendwie mitfühlend.

Ich schaue jetzt wieder in sein Gesicht. Das Weiß um seine Iris sieht ungewöhnlich klar aus.

»Sie sind dir wichtig?«, fragt er.

Ich nicke.

»Es könnte sein, dass sie uns gleich gegenüber auf der anderen Stallseite sind. Es klang zumindest danach. Direkt nachdem du in meinen Verschlag kamst, wurden dort Türen bewegt.«

»Alles klar.« Ich atme mehrmals tief durch, reibe mir die juckenden Augen. Ich muss jetzt wieder ein bisschen runterkommen. *Wieder klar denken.*

»Wie haben sie dich gekriegt?«, frage ich.

»Lange Geschichte«, antwortet er. »Wie war es bei dir?«

»Lange Geschichte«, sage ich.

Er lächelt. Er hat eine Lücke zwischen den oberen Schneidezähnen. »Ich habe zwar nicht vor, hier lange zu bleiben, aber eine Weile werden wir uns wohl noch Gesellschaft leisten.«

Ich schüttle den Kopf. Wie kann er so ruhig bleiben?

»Dann erzähl mir deine Geschichte«, sage ich.

Ich lehne mich zurück, ziehe die Knie an.

»Ich bin einer der Reiter«, sagt Daryan und ruckt dann einmal mit dem Kopf. »*War* einer der Reiter, meine ich.«

»Einer, der auf den Königsadlern fliegen konnte?« Meine Neugier ist geweckt.

Ich erinnere mich daran, wie Jon von ihnen berichtet hat. Nur wenige Menschen besitzen diese Gabe.

In Akila gibt es zwei Gewalten. Zum einen den *Rat der*

Krone, der über das Land herrscht, in diesem hat der König die absolute Befehlsgewalt. Zum anderen den *Rat der Adler*. Sie sind die Wächter des Landes. Königsadler und wenige Auserwählte, die auf den Königsadlern reiten dürfen, bilden diesen Rat. Sie haben einen Eid geschworen, dem Land Frieden und Sicherheit zu erhalten.

»Also bist du einer der Begabten?«, frage ich.

»Wenn man so will.« Er schürzt die Lippen. »Du siehst aus, als hättest du noch nie einen gesehen.«

Fast habe ich vergessen, dass es vielleicht nicht so schlau ist, sich als ein Mann aus Lavis zu erkennen zu geben. Und Lügen fällt ja anscheinend auch nicht auf.

»Nur ein- oder zweimal«, schiebe ich also hinterher, und Daryan scheint das zu genügen.

»Da hast du nicht viel verpasst.« Er schnipst einen Halm von seinem Bein. »Ich kann niemanden von ihnen leiden. Ein Haufen aus verbohrten Ehrenmännern. Doppelzüngig sind sie. Selbst Myon, von dem ich dachte, er stünde auf meiner Seite. *Begabte*. Sie haben es nicht verdient, *Begabte* zu sein.«

Er schweigt, und ich sehe, dass er seine Hände zu Fäusten geballt hat.

»Wie erkennt man diese Begabung?«, frage ich nach einer Weile vorsichtig. »Woher weiß man, dass die Leute das Talent haben, auf Adlern fliegen zu können?«

»Ha!« Er lacht. »Die wahre Begabung eines Reiters hat nicht sehr viel mit Fliegen zu tun.«

»Wie meinst du das?«

»Jeder Mensch kann mit ein bisschen Übung auf den Vogelwesen fliegen.«

»Was?«

Nun zieht er beinahe belustigt die Brauen nach oben, als hätte er schon mit dieser Reaktion gerechnet. »Du siehst – auch Akila hat Geheimnisse. Viel zu viele eigentlich.« Daryan starrt auf die Holzwand.

Ich schlucke. Ich möchte, dass er weiterredet. »Was willst du damit sagen?«

»Bist du blind?« Er löst sich jetzt mit dem Rücken von der Wand. »Der Rat des Königs spricht von Ehrlichkeit, Gerechtigkeit, Respekt und Güte. Er sagt, auch die Sklaven erfahren schließlich diese Werte und jeder hat seine Rolle zu spielen in der Gesellschaft. Aber der eigentliche Grund dafür, dass der König die Sklaverei nicht verbieten lässt, ist doch, dass er es sich nicht mit den vielen Kaufleuten und Großgrundbesitzern verscherzen will. Weil immer mehr Leute sich auch gegen die Sklaverei aussprechen und offen protestieren, wurde zwar beschlossen, die Misshandlung von Sklaven stärker unter Strafe zu stellen und zu verfolgen, aber das reicht nicht.«

Er erzählt mir diese Sachen, als wüsste er insgeheim, dass ich nicht von hier bin. Und trotzdem hat er noch nicht nach meiner Herkunft gefragt.

»Ich habe mich gegen den Rat gestellt. Gegen den Rat des Königs. Und auch gegen den Rat der Adler, der nichts unternimmt, weil er die Ordnung erhalten will. Ich komme in unserem Land viel herum. Du ahnst nicht, was ich alles gesehen habe.« Er fährt sich einmal mit der freien Hand über die kurz geschnittenen Haare, die in winzigen, dichten Locken auf seinem Kopf haften wie ein geknüpfter schwarzer Teppich.

»Ich wollte sie befreien, ich wollte dafür kämpfen, aber was ist passiert?« Er schluckt betreten. »Meine eigenen *Brüder* und *Schwestern* haben mich aus unserem Rat ausgeschlossen, sie haben mir meinen Adler weggenommen, und jetzt …«, er pfeift verächtlich Luft durch die Zähne, »jetzt hält man mich selbst als Sklaven gefangen.« Er hebt die Faust mit der Fessel hoch, um sie dann wieder trostlos ins Stroh plumpsen zu lassen.

Nun schweigt er. Ich beobachte, wie sich das Zittern seiner Finger langsam legt.

»Wir müssen irgendwie hier rauskommen.« Ich untersuche nochmals den kleinen Verschlag, besonders die Stelle, an der die Ketten in den Boden eingelassen sind. Es muss einen Weg geben.

»Scht!« Daryan hält meine freie Hand fest, um mir damit zu verstehen zu geben, dass ich stillhalten soll. »Sie kommt«, flüstert er und nickt mit dem Kopf zur Tür. Jetzt höre ich die Schritte auch.

Kurz darauf öffnet sich eine kleine Klappe in der Holztür. Addum steckt ihren runden Kopf hindurch.

»Gut geschlafen?«, fragt sie und grinst. Ich habe freie Sicht auf ihren goldenen Zahn.

»Du hast uns belogen!«, sage ich aufgebracht.

Sie macht ein trauriges Gesicht. »Ehrlich, es tut mir wirklich, wirklich leid. Aber ein paar Sklaven sind mir abhandengekommen. Und schließlich muss man ja sehen, wo man bleibt. Das müssen wir alle, so ist das. Wisst ihr, damals, als ich eine Sklavin war, da hat mir auch niemand etwas geschenkt. Ich lebe meinen Traum – einst war ich Sklavin, und irgendwann werde ich eine Landherrin sein. Dafür habe ich hart gearbeitet.

Und, nun ja, die Nachfrage nach Sklaven ist gerade wirklich enorm hoch, da muss man selbst für ein Angebot sorgen, wisst ihr. Man muss im Geschäft bleiben. Das geht wirklich nicht gegen euch persönlich. Aber wenn man nicht aufpasst, ist man sofort abgeschrieben, und das wünscht ihr mir sicher auch nicht, oder?«

Ich will etwas erwidern, aber Addum redet bereits weiter. »Nun ja, ich hoffe, ihr habt es hier bequem. Ihr braucht euch gar keine Sorgen zu machen. Wenn ihr keinen Ärger bereitet, verkaufe ich euch Goldstücke an ein paar wirklich hochrangige Kunden, da seid ihr in besten Händen, so ist das.«

Dann schlägt sie die Klappe laut zu, ohne auf eine Antwort von uns zu warten. Stampfende Schritte entfernen sich.

Ich fahre mit den Händen die Rillen der Holzbretter ab, lasse sie über die kleinen Schlitze dazwischen gleiten. *Mist.*

Drei Tage hält Addum Daryan bereits in dieser Zelle gefangen. Erst jetzt wird mir klar, dass ich möglicherweise sehr lange hier festsitzen werde, wenn nicht noch Schlimmeres passiert. Ich kann hier nicht bleiben, das ist eine Katastrophe.

»Ich habe dich noch gar nicht nach deinem Namen gefragt«, sagt Daryan nach einer Weile, er wirkt völlig unbeeindruckt von Addums Auftritt.

Kurz sammle ich mich. »Ich bin Noel«, sage ich dann.

Fast hätte ich *Minenarbeiter* hinterhergeschoben. Aber der bin ich wahrscheinlich schon lange nicht mehr.

Für gewöhnlich ritze ich jeden Tag einen Strich in meine Bettkante, und im Gemeinschaftsraum kann ich dem Knochenmehl zusehen, wie es im Stundenglas unaufhörlich zu Boden rieselt. So verliere ich in den Katakomben nicht ganz das Gefühl für die Zeit. Aber in dieser kleinen Zelle verschwimmt alles, selbst wenn ich höchstwahrscheinlich erst ein paar Stundenstriche hier bin.

Und meine Gedanken hören nicht auf zu kreisen. Die Gedanken an zu Hause. Was ist, wenn es Jon längst erwischt hat? Wenn er einfach leblos in den Katakomben liegt, mit aufgeschlitzter Brust wie Nileas? Wer weiß, was in Favilla gerade los ist. Selbst wenn in diesem Moment alles unterginge, ich würde es hier gar nicht mitbekommen.

Und so oder so: Ich muss doch zu Sam.

Wenigstens Daryan ist irgendwann eingeschlafen. Eine Weile habe ich dabei zugesehen, wie seine Lider flatterten oder gelegentlich ein Finger von ihm zuckte.

Allmählich döse auch ich weg, dämmere eine ganze Weile vor mich hin, bis ich von einem Tritt gegen das Schienbein aufschrecke und hochschieße.

»Was ist los?« Ich reibe mir über die Augen, aber Daryan liegt immer noch zusammengerollt auf dem Stroh. Er scheint zu träumen, wälzt sich dabei wild hin und her, immer wieder schlägt er mit den Füßen aus.

Jetzt dreht er seinen Kopf in meine Richtung, ruckartig wie ein Vogel. Er hat die Augen fest zugekniffen. Schweißperlen haben sich über seiner Oberlippe gebildet. Die Haare an seinen Schläfen sind ebenfalls nass, seine Muskeln bis aufs Äußerste angespannt, als hätte man die Haut darüber glatt gezogen. Die Adern auf seinen Handflächen sind dick angeschwollen.

»Daryan!«, sage ich, aber er reagiert nicht. Was immer da auch gerade in ihm vorgeht, was er auch träumen mag, es scheint ihm alles abzuverlangen. Daryan stöhnt auf, ballt die Hand in der Eisenfessel zur Faust. Wieder wirft er sich herum, Strohhalme fliegen von ihm, seine Füße schlagen diesmal so kraftvoll gegen die Holzwand, dass ich fürchte, sie bricht gleich durch.

»Daryan!«, rufe ich jetzt etwas lauter. Ich weiß nicht, wie ich das aufhalten soll, sein Körper wird geschüttelt, und ich habe das Gefühl, er könnte explodieren, wenn ich ihn nur mit den Fingerspitzen berühre.

Auf einmal schreit er, laut und kehlig.

Dann richtet er sich schlagartig auf, zieht die Arme mit einer solchen Wucht mit sich, dass plötzlich ein mächtiges Krachen ertönt. Kleine Steinbröckchen fliegen nach oben, gefolgt von einer grauen Staubwolke.

Daryan hat die Eisenkette aus dem Steinboden gebrochen!

Erschrocken reißt er die Augen auf. Die Kette baumelt von seinem Handgelenk, ein kleiner Felsklotz hängt am unteren Ende, von dem immer noch letzte poröse Steinbröckchen ins Stroh rieseln.

Fassungslos starre ich auf das Loch, das er im Boden hinterlassen hat, dann wieder auf seinen bebenden Körper. Sein mächtiger Brustkorb bewegt sich heftig unter dem Gewand auf und ab.

»Was zum …« Ich kann nicht anders, als ihn weiter entgeistert anzustarren.

»Ich …« Jetzt dreht Daryan sich zu mir, seine Augen sind gespenstisch weit aufgerissen, und obwohl er mich ansieht, bin ich mir sicher, dass er mich nicht wirklich wahrnimmt, dass er im Kopf immer noch da ist, wo er gerade in seinem Traum war.

»Ich hab ihn wieder gespürt«, sagt er, noch völlig weggetreten. »Er war schon wieder da.«

»Was ist mit dir passiert? Von wem redest du?«

Aber er scheint mich nicht wirklich zu bemerken. Sein Brustkorb bewegt sich unverändert heftig auf und ab, als würde ein Tier darin toben.

Daryan blinzelt. Jetzt fixiert er mich. Nicht mehr entgeistert, wohl eher verwirrt. Es dauert ein bisschen, dann senkt er den Kopf, presst eine Hand gegen die Schläfe.

»Bist du okay?« Ich zeige auf die ausgerissene Eisenfessel.

Er lässt den Arm sinken, die Kette rasselt ins Stroh zurück. »Ich habe ihn so vermisst«, murmelt er und schaut zu Boden.

»Wen?« Ich drücke ihn an der Schulter wieder nach oben, sodass er mich anschaut. »Wen hast du vermisst?«

»Meinen Adler.« Daryan sinkt erschöpft an die Wand zurück, wischt sich mit dem Handrücken den Schweiß vom Mund.

Er hat eben eine Eisenkette aus dem Steinboden gerissen! Warum erzählt er mir jetzt von seinem Adler?

Er betrachtet kurz das Loch im Boden, aber im Moment scheint es noch nicht zu ihm durchzudringen.

»Er ist über die Dächer des Rates geflogen. Er war aufgebracht ... wütend.« Daryan wühlt mit der Hand am Boden herum, zerquetscht ein Büschel Stroh. »Obwohl es dunkel war, habe ich die goldenen Kuppeln erkannt.«

Jetzt beugt er sich vor. Ich erkenne jede einzelne Pore in seiner dunklen Haut.

»Diese Kraft ...« Er zeigt mir die ausgerissene Fessel. »Sie gehört meinem Adler.«

Mir raucht der Kopf, ich reibe mir die Stirn.

»*Das* ist das Geheimnis der Begabten«, sagt Daryan mit rauer Stimme. »Wir können mit den Königsadlern in Verbindung treten, und wenn wir ausgewählt werden, gehen wir eine besondere Bindung mit einem Einzelnen von ihnen ein. Ich kann sehen, was er sieht. Hören, was er denkt, und umgekehrt. Oder so war es jedenfalls, bevor sie ihn mir wegnahmen. Jetzt, wo wir getrennt sind, sind es nur noch die Visionen, mit denen damals alles angefangen hat.« Er legt gedankenverloren eine Hand an den Hals. »Ich hoffe, sie hören auf, wenn er seinen neuen Reiter bekommen hat. Und gleichzeitig fürchte ich mich vor diesem Tag.«

Er blickt zu mir hoch, ich will etwas Tröstendes sagen, aber er hebt die Hand. »Schon gut.«

Wir schweigen eine Weile.

Ich muss jetzt einen klaren Kopf behalten. Aber die Szene spielt sich immer wieder in meinen Gedanken ab. Ich habe diese Kraft gesehen. Daryan war erfüllt davon. Und sie war nicht menschlich. Ob es für jedes der Vogelwesen *Begabte* gibt?

»Kannst du diese Kraft jederzeit heraufbeschwören?«, frage ich.

Er schüttelt den Kopf. »Nur wenn wir in besonders emotionalen Momenten verbunden sind, und selbst dann nur äußerst selten.«

»Mhm.« Ich würde ihn so gerne mit mehr Fragen löchern. Doch ich kann den Schmerz noch immer in seinem Gesicht erkennen, es wäre jetzt einfach unpassend. Trotzdem dürfen wir keine Zeit verlieren, irgendwie muss er uns hier rausbekommen.

»Wie ist der Plan?«, frage ich also.

Nun schiebt sich ganz langsam ein schalkhaftes Grinsen auf sein Gesicht. »Im Morgengrauen wird uns die Wache Brot und Wasser in die Zelle stellen. Ich werde mich herzlich bedanken.«

Aus Reflex fasse ich an meine Gürtelhalterung, aber meine Axt ist nicht da. Natürlich, Addum hat uns unsere Waffen abgenommen. Es fühlt sich an, als hätte ich etwas Wichtiges vergessen, richtig unvollständig fühle ich mich ohne sie.

Daryan bleibt aufrecht sitzen, dicht an der Wand, damit er sofort in Stellung gehen kann, sobald sich Schritte nähern. Nur allmählich verschwinden die Schweißperlen von seiner Stirn.

Kyara, Estelle und ich können es schaffen. Wenn nichts schiefgeht, kommen wir hier raus, können nach Hause. Ich drehe nervös ein paar Strohhalme in meinen Fingern. Sie knistern. Sie haben dieselbe Farbe wie Sams Haare.

10

Akila. Addums Gutshof. Ställe.

Daryan gibt mir das vereinbarte Zeichen. Leise schleicht er neben den Eingang.

Ich richte mich so weit auf, wie es die Kette zulässt, und mache mich groß und breit, sodass die Wache hoffentlich als Erstes mich fixieren wird. Im Verschlag neben uns knallt die Tür zu, die Holzwände in unserer Zelle erzittern leicht. Nur noch wenige Augenblicke, dann wird der Wachmann bei uns sein. Kleine Hitzewellen jagen durch meinen Körper. Das ist unsere einzige Chance.

Schlüsselklappern. Dann leises Knarzen, fahles Licht fällt zum Türspalt herein, das gleich wieder von der Gestalt der Wache geschluckt wird. Ein dunkelhäutiger Mann mit buschigem Haarschopf, wohl um die vierzig Jahresumläufe, steht an der Schwelle.

»Hier«, sagt er mürrisch. Er hält ein Tablett in der Hand, darauf stehen zwei Wasserkrüge und liegt etwas Brot. Er zieht die Brauen zusammen. *Verdammt, er ahnt etwas!*

Mein Herz pocht schneller. Die Wache schiebt einen Fuß vor und beugt sich hinunter, um das Tablett abzustellen. *Jetzt.*

Daryan wirft sich gegen die Tür, sodass sie auf den Wachmann prallt und ihn im Türrahmen einquetscht. Sein Schädel knallt mit einem dumpfen Geräusch gegen das Holz, das Tablett fällt mit lautem Scheppern zu Boden, Wasser spritzt auf meine Knie.

Der Mann öffnet benommen den Mund, will wohl nach Hilfe rufen, doch Daryan zieht ihn bereits nach drinnen, springt auf seinen Rücken und umklammert den Hals mit seinen kräftigen Armen, wobei die Handfessel in der Bewegung vorschleudert.

Der Wachmann würgt, aber bringt sonst keinen Laut hervor. Verzweifelt greift er nach dem Arm, der seine Kehle umschließt. Dann richtet er sich plötzlich auf und wirft sich mit ganzer Kraft nach hinten, um den Angreifer loszuwerden.

Doch Daryan schafft es, den Schwung weitestgehend abzufangen, nur leicht prallt er gegen den Holzverschlag. Mit dem Ellenbogen schlägt er ihm in die Magengrube. Die Wache stöhnt, knickt ein. Ein letztes Mal packt Daryan ihn am Kopf, donnert diesen erneut gegen die Bretterwand und wirft ihn ins Stroh.

Das alles ging so schnell. Daryan könnte ohne Weiteres im Zirkel einsteigen.

Er wälzt den bewusstlosen Mann auf den Rücken. Dessen Kopf kippt in meine Richtung. Blut läuft ihm aus der Nase, die seltsam verbogen aussieht.

»Am Gürtel«, sage ich und zeige auf den Schlüsselbund. Drei Schlüssel baumeln daran. Ich schaue mir das Loch an meinen Handfesseln ganz genau an, es ist nicht sonderlich groß und bietet Raum für drei Zacken.

»Es muss der kleinste sein«, sage ich.

»Gut.« Daryan hat den Bund schon fast vom Gürtel des Wachmanns geknotet. Ich beobachte, wie das Blut weiter von dessen Nase in einer leuchtend roten Linie über die Lippen läuft.

Wir müssen hier raus, bevor jemand sich wundert, wo die Wache bleibt. *Mach schneller, Daryan.*

Er nestelt ein letztes Mal an den Schlüsseln herum, dann zieht er ein Stück Schnur nach oben. »Ich hab's!«

Ich strecke ihm mein Handgelenk entgegen, hektisch steckt er den Schlüssel in das Loch, dreht. Mit einem leisen Klicken schnappen die Eisenbögen auf.

»Danke«, presse ich hervor, während ich mein Handgelenk massiere.

Daryan reicht mir den rostigen Schlüssel, und ich befreie auch ihn schnell von seiner Kette, der Klotz fällt zu Boden.

»Los!« Daryan schnappt meine Hand und zieht mich auf die Beine.

Ich steige über die Wache hinweg. Hinter der Tür liegt ein schmaler Gang, wir sind auf der Mitte, etwa zwanzig Schritte geht es in beide Richtungen. Und in beide Richtungen reihen sich die Viehverschläge, kleine, stabile Kästen aus Holz, jeweils mit einer kleinen Klappe in der Tür. Am linken Ende des Ganges führt ein Holzbogen in einen weiteren Raum, dort muss es einen Durchgang zum Hof geben.

Ich reiße die Klappe eines ersten Verschlages auf. Leer.

Ich haste zur nächsten, mache sie auf. Zwei Fremde, die am Boden kauern. Weiter, ich jage zum nächsten Verschlag. Endlich! Schnell schiebe ich den Riegel der Tür auf. Kyara und ein anderer Junge sitzen zusammengesunken auf dem Boden.

Verwirrt hebt sie den Kopf, ihr Gesicht hellt sich auf, als sie mich erkennt. »Noel!«

Der Schlüssel klebt in meiner schwitzigen Hand, ich drehe mich schnell zu Daryan. »Bewach du den Ausgang!«

»Okay.« Er verlässt die Kabine. Ich beuge mich schnell zu Kyara runter.

»Ihr habt es geschafft«, sagt sie leise. »Wie …«

»Wir müssen hier raus, bevor Addums Wachen auf uns aufmerksam werden.« Mit einem Klicken öffnen sich auch ihre Fesseln.

»Weißt du, wo Estelle ist?«, frage ich.

»Ich suche sie. Befrei du ihn«, sagt Kyara und zeigt auf den Jungen neben sich, der mir schon mit flehendem Blick sein Handgelenk entgegenhält. Dann ist auch sie weg.

Hektisch stecke ich den Schlüssel in die Fesseln des Zellenmitbewohners von Kyara. Er zittert am ganzen Leib, nuschelt immer wieder irgendeinen Spruch vor sich hin. »Danke«, murmelt er dann. »Danke.«

Zurück im Gang, winkt mich sofort Kyara heran, die gerade die Klappe zu einem Verschlag schräg gegenüber geöffnet hat. »Hier!«, flüstert sie und macht mir den Weg frei.

Mit nervösen Fingern schließe ich die Zellentür auf, da kommt Daryan plötzlich hastig vom Ausgang des Stalls zu uns herüber.

»Wir haben ein Problem!«, zischt er. »Sklaventreiber mit neuen Sklaven. Wenn die uns hier entdecken, sind wir geliefert!«

»Verdammt!«, fluche ich. Wir können nicht ohne Estelle gehen, ich muss sie hier rausholen.

»Los!«, sagt Daryan jetzt und rennt auf den Ausgang zu. »Kommt schon!« Er winkt uns hektisch zu sich.

Der Junge aus Kyaras Verschlag bleibt gar nicht erst stehen, sondern rennt an Daryan vorbei und ist weg.

Mir kommt es vor, als würden die Schritte der Sklaventreiber schon jetzt überall um mich herum erklingen.

»Geh vor!«, rufe ich Daryan leise zu, und dann zwänge ich mich in Estelles Verschlag. Kyara bleibt mit dem Rücken zur Tür stehen und behält den Gang im Auge. »Ich gebe dir Deckung, mach schon!«

Drinnen nur düsteres Licht. Estelle sieht verstört aus ihrer Haarmähne zu mir auf, die Locken gleiten an ihren Wangen nach hinten.

»Gib mir dein Handgelenk!«, sage ich. »Schnell!«

Sie schüttelt den Kopf. »Lass mich hier«, flüstert sie heiser.

»Was?« Ich greife grob nach ihrem Arm. Wir haben keine Zeit! Meine Finger zittern, ich fuchtle viel zu hektisch mit dem Schlüssel herum. *Mist.*

»Noel!« Sie legt ihre Hand auf meine, hält sie fest. »Rettet euch, lasst mich hier!«, fleht sie verzweifelt. »Bitte lasst mich einfach hier!«

Ich höre raue Stimmen von draußen, haben sie Daryan schon entdeckt? Wenn nicht, könnte es jeden Moment geschehen.

Ich werfe einen letzten Blick in Estelles Gesicht. Ihre Augen glänzen, und sie sprechen zu mir. Ich sehe die Hoffnung darin. *Ich weiß, was sie vorhat. Ich weiß es, aber …*

»Geh!«, flüstert sie, und dann gleiten ihre Finger von meiner Haut. Meine Kehle fühlt sich so eng an.

Vielleicht sehe ich sie gerade zum letzten Mal.

Ich kneife einmal fest die Augen zusammen, dann renne ich los, reiße Kyara am Handgelenk mit mir.

»Estelle?«, keucht sie.

»Lauf einfach«, presse ich nur hervor, wir rennen Seite an Seite zum Ende des Stalls, durch den Torbogen hinaus. Dahinter hängt eine Tür schief in den Angeln. Daryan muss schon vor uns geflüchtet sein.

Ich stoße sie mit dem Fuß auf. Wir stolpern ins Freie, sind jetzt in einer Art Hinterhof. Der Morgen graut. Frische, aufgelockerte Erde gibt unter unseren Füßen nach, hier und da hat ein Flecken Wiese überlebt. Kalte Luft strömt in meine Lungen. Da hören wir schon feste Schuhe rechts von uns laut schlagen. Viele Schuhe.

»Sofort stehen bleiben!«, bellt eine tiefe Stimme. Männer mit langen Bärten, blauen Gewändern und sichelförmigen Schwertern stehen im Hof, nur ein paar Dutzend Schritte entfernt. Sie werden uns umlegen, ohne einmal mit der Wimper zu zucken.

»Schnell!«, schreie ich. Nicht weit vor uns tut sich ein Feld auf, bewachsen mit hohen, dicht stehenden Pflanzen. »Da durch!«, schreie ich.

»Lasst sie nicht entkommen!«, höre ich jetzt Addums Stimme unter denen der Wachen deutlich heraus, aber da brechen wir schon ins Feld.

Zweige peitschen mir ins Gesicht. Ich schlage die Pflanzen mit ihren kolbenartigen Hülsen so gut es geht zur Seite, bahne uns den Weg, Kyara dicht auf meinen Fersen. Wir könnten es schaffen!

Aber da höre ich, wie die Wachen hinter uns bereits mit Tempo durch die Zweige brechen. Wenn wir jetzt langsamer werden, landen ihre Schwerter in unseren Rücken.

Ich versuche, noch mehr rauszuholen. Aber die Muskeln in meinen Beinen brennen, jeder Atemzug sticht in der Brust. Schützend halte ich die Ellenbogen vor mich, laufe einfach nur noch frontal in die Pflanzen hinein. Die Blätter klatschen gegen meinen Körper, knicken zur Seite. Beinahe strauchele ich auf dem harten, unebenen Boden.

Pflanze um Pflanze vor mir, Kyaras lautes Keuchen in meinem Ohr, das Geräusch der hackenden Schwerter hinter uns. *Weiter, weiter.*

Ich biege nach links ab. Vielleicht können wir sie so abhängen. Wir hetzen vorwärts, mein Leinenhemd verfängt sich, ich reiße daran.

Bei jedem Schritt versuche ich, das fiese Erschöpfungsstechen in der unteren Bauchseite zu ignorieren.

Ich stolpere beinahe, muss kurz abstoppen, da rennt Kyara in mich hinein. Wir fallen, rappeln uns wieder auf, sie zieht mich hoch, weiter.

Ich weiß nicht, wie lange wir rennen, irgendwann werden die Geräusche hinter uns leiser, wir werden endlich langsamer. Schließlich verharren wir neben einem dichten Strauch. Ich stütze die Hände auf die Knie und atme durch, mein Hals ist völlig ausgetrocknet. Ich habe das Gefühl, mich gleich übergeben zu müssen.

Kyara sackt auf den Boden. »Denkst du«, sie holt Luft, »denkst du, wir … haben sie abgehängt?«

»Erst mal vielleicht schon.« Ich setze mich zu ihr unter das

Pflanzendach. Eine Weile warten wir einfach so, bis unser Atem wieder gleichmäßig geht.

Ich huste, spucke lange Fäden. Kyara wischt sich über die verschwitzte Stirn, dann schaut sie nach oben. Die Sonne ist bereits ganz durch die Wolken gebrochen. Uns wird nichts anderes übrig bleiben, als bei Tageslicht zurückzureiten, wir können uns nicht noch länger in Akila aufhalten, wir haben schon viel zu viel Zeit verloren.

»Was ist mit Estelle?«, fragt Kyara unvermittelt. »Sollten wir nicht noch mal zurück? Wir müssen sie rausholen.«

»Das können wir nicht«, sage ich etwas zu schnell.

Kyara reibt sich den Nacken. »Ich weiß nicht, ob das richtig ist.«

»Ich bin mir sicher.« Ich sehe sie entschlossen an. »Das wäre lebensmüde. Wir sind gerade so davongekommen, wir richten nur Schlimmeres an, wenn wir zurückkehren.« Ich huste noch mal.

»Jon wird nicht wollen, dass wir die Mission gefährden«, füge ich dann etwas lahm hinzu.

Du weißt nicht, was ich weiß, denke ich. Und Jon darf es auch nie erfahren. Estelle *wollte* dortbleiben, vielleicht wollte sie das sogar von Anfang an. Ich hoffe nur, dass sie ihr Glück wirklich findet.

Ich reibe mir über das Handgelenk, über die Stelle, an der das Eisen meine Haut aufgescheuert hat. Ich will gar nicht daran denken, was passiert, wenn sie es nicht schafft.

»Was war mit dem Jungen aus deiner Zelle, den ich befreit habe?«, frage ich.

»Ich habe ihn nicht mehr gesehen. Wahrscheinlich ist

ihm die Flucht gelungen«, sagt Kyara und wischt sich erneut Schweiß vom Gesicht.

Sie schaut mich an, aber ich sehe, dass sie in Gedanken ganz woanders ist. Ich lege eine Hand auf ihr Knie. »Alles okay?«

Kyara reckt das Kinn vor. »Ich habe euch so viel Gutes und Schönes über Akila erzählt. Dann der Wissensverwalter, jetzt das hier. Es kommt mir auf einmal vor, als hätte man mich all die Jahre nur belogen, verstehst du?«

Plötzlich hören wir ein Rascheln, irgendwo aus dem dichten Grün des Blätterwaldes. Dann mehrfaches Knacken. Jemand kommt auf uns zu!

Kyara zuckt zusammen, wir sehen uns alarmiert an. Wieder will ich nach der Axt an meinem Gürtel greifen. Nicht da, stimmt.

Noch mal ein Krachen, schon wesentlich näher diesmal. Wir kauern am Boden. Wenn wir uns nur ein bisschen bewegen, verraten wir unseren Standpunkt. Doch er ist längst da – Sträucher schieben sich vor uns zur Seite, ich springe auf.

Und blicke in fast schwarze Augen.

»Daryan?« Ich lasse die Schultern sinken.

Er hält eine abgebrochene Holzlatte vor sich in der Hand, die er jetzt sinken lässt.

»Ein Glück«, sagt er. »Ihr habt es geschafft.«

»War mehr als knapp«, sage ich. »Was hast du jetzt vor?«

»Ich bleibe hier. Addums Männer gehören zu den gefürchtetsten Sklaventreibern in der Gegend. Vielleicht kann ich ihr das Handwerk legen. Für mich ist der Kampf noch nicht zu Ende.« Er verzieht einmal das Gesicht. »Was ist mit eurer Freundin?«

Ein kurzes Schweigen hängt zwischen uns.

»Wir haben es nicht mehr geschafft«, sage ich schließlich. »Weißt du, wo sie sie hinbringen werden?«

»Das ist unterschiedlich. Wofür sich die Leute eben am besten eignen.« Daryan legt mir die Hand auf die Schulter. »Ich helfe ihr, wenn ich sie wiedersehen sollte. Wie ist ihr Name?«

»Estelle«, sagen Kyara und ich gleichzeitig.

»Gut. Ich frage jetzt lieber nicht, woher ihr wirklich kommt oder was ihr vorhabt, am besten macht ihr einfach, dass ihr hier wegkommt.«

»Vielen Dank, Daryan«, sage ich und tippe zweimal mit dem Finger gegen die Stirn. »Da, wo ich herkomme, macht man das so.«

Er lächelt und macht es mir nach. »Lebt wohl, ihr beiden.«

»Leb wohl«, sagt Kyara.

Und nun dreht Daryan sich um. Die Pflanzenstauden wackeln noch kurz, dann ist er weg.

Vielleicht wird er es tatsächlich schaffen. Ich muss an den Moment denken, in dem ich diese Kraft in ihm gesehen habe, diese Übernatürlichkeit. *Auf jeden Fall wird er es schaffen.*

Kyara reißt eines der kolbenartigen Dinger von einer Pflanze. Sie schält die Blätter ab, und etwas Gelbes kommt darunter zum Vorschein. Sie reicht es mir.

Ich drehe es einmal in den Händen, runzle die Stirn. Kleine, gelbe Früchte winden sich wie zusammengepresste Körner um den Kolben.

»Was ist das?«

Kyara grinst. »Beiß rein, du wirst es mögen.«

»Es ist etwas zum Essen?«, frage ich.

»Ja.«

»Und wir haben ein ganzes Feld davon?«, hake ich nach.

»Ja.«

»Ich liebe Akila!«, sage ich, und auf einmal lacht Kyara richtig laut.

11

Favilla. Gänge.

Was soll ich denn jetzt davon halten?

Ich ziehe die Tür der Krankenstation hinter mir zu. Jon und ich haben uns im Nebenzimmer unterhalten. Im ersten Moment war ich einfach nur froh, ihn wohlbehalten zu sehen, aber es war sehr ernüchternd, nur schlechte Nachrichten zu überbringen, gerade jetzt, wo ein Lichtblick wichtiger wäre denn je.

Er hat zu meinem Bericht kaum etwas gesagt, das beunruhigt mich am meisten.

Und natürlich war er nicht begeistert davon, dass wir die Heimreise noch bei Tageslicht angetreten haben. Uns war ja auch bewusst, dass dies nicht ungefährlich ist, aber je länger wir in Akila gewartet hätten, desto höher wäre das Risiko gewesen, Addums Männern oder einem anderen Sklaventreiber in die Arme zu laufen. Was blieb uns denn anderes übrig?

Auf dem Rückweg ist uns zum Glück niemand mehr begegnet, auch die Pferde standen noch am selben Ort, an dem wir sie angebunden hatten.

Ich habe Jon das alles so berichtet, aber immer wieder bin

ich aus dem Konzept gekommen, weil ich Melvin nebenan husten gehört habe. Ich mache mir große Sorgen um ihn. Sein Zustand hat sich kaum gebessert. Er liegt immer noch im Fieber und ist die meiste Zeit nicht ansprechbar. Kein Grinsen, kein Spruch.

Jon hat nicht ein Wort über Sam verloren. Dabei muss er doch genau wissen, wie sehr die Frage nach ihr in mir brennt.

Er sagte mir, dass es keine weiteren Anschläge oder Vorfälle in Favilla gegeben hat, während wir weg waren, das war die einzige wirkliche Information, die er mir zugestanden hat.

Nichts ist passiert, und doch warte ich irgendwie nur darauf, dass alles zusammenbricht.

Jetzt, auf meinem Weg durch die Gänge, suche ich jedes Gesicht ab, mein Blick huscht beinahe irre umher auf der Suche nach Sam.

Ich habe furchtbare Bauchschmerzen, weil ich viel zu viele von diesen leckeren Maisdingern gegessen habe.

Vielleicht sollte ich mich ausruhen. Jon hat mich schließlich vom Unterricht befreit, aber ich bin zu unruhig, alles fühlt sich so *ungeklärt* an.

Plötzlich schlingen sich zwei Arme von hinten um meine Bauchmitte. Ich drehe mich langsam um. Sam nimmt die Arme nicht von mir, schmiegt sich jetzt genau an meine Brust.

Endlich. Einen kurzen Moment ist es, als rücke sich etwas in mir zurecht, als wäre alles auf einmal gut.

Dann löst sie ihre Arme wieder von mir und boxt mir so kräftig gegen die Schulter, dass es wehtut. »Das ist dafür, dass du einfach so los bist.« Sie sieht zu mir hoch. »Erzähl mir, was passiert ist.«

Irgendetwas muss ich ihr sagen, das mit Estelle weiß sie vermutlich auch noch nicht, und überhaupt, aber ich habe keine Ahnung, was das sein soll. Hier mitten auf dem Gang von Ebene Eins ist auf jeden Fall nicht der richtige Ort dafür.

»Treffen wir uns später bei dir in der Zelle?«, frage ich also nur.

Sie presst kurz die Lippen aufeinander. »Okay«, sagt sie ein bisschen zögerlich. Sie schenkt mir nur ein flüchtiges Lächeln, sichtlich verwirrt von meinem Verhalten.

»Bis dann«, sage ich.

»Bis dann«, sagt sie.

Ich drehe mich als Erster um.

Bevor ich jetzt woandershin gehe, setze ich mich noch zu Melvin. Die meiste Zeit schläft er, aber ich bin froh, überhaupt bei ihm sein zu können.

Er wälzt sich in meine Richtung. Seine Lippen sind rissig, an den Rändern fast weiß. Er blinzelt ein paarmal und murmelt etwas, das ich nicht verstehe. Wie gerne würde ich mir jetzt einen seiner Sprüche anhören.

»Ach, Kumpel«, sage ich leise. »Akila hätte dir gefallen. Lauter Menschen, die deine Witze nicht verstehen.« Melvin reagiert nicht, aber das ist egal. »Das Schlimme ist, wir haben nicht mal etwas gerissen. Nur eine Leiche gefunden und Estelle dortgelassen. Und wer hier in Favilla gegen uns arbeitet, da sind wir auch noch keinen Schritt weiter. Was denkst du? Ich habe nicht mal einen richtigen Verdächtigen.«

Kurz muss ich an Emma denken, wie sie die Armbrüste »untersucht« hat, aber dann wische ich den Gedanken weg. *Unsinn.* Sie ist eine von Jons engsten Vertrauten.

Ich erzähle ihm weiter von Akila, ohne richtig bei der Sache zu sein, aber es ist angenehmer als die Stille. Ich erzähle von Daryan und wie er die Kette aus dem Boden gerissen hat, als er seine Vision hatte. Was er jetzt wohl macht? Ob er immer noch hinter Addum her ist?

Ich habe keine Ahnung, warum ich Jon noch nicht von dieser neuen Information mit den Begabten erzählt habe. Vielleicht, weil ich noch immer so überrumpelt davon bin. Daryan konnte es mir nicht beantworten, aber würde es nicht Sinn ergeben, dass auch andere Vogelwesen derart kommunizieren?

Gibt es vielleicht jemanden in Lavis, der eine Verbindung zu dem freien Phönix aufbauen kann?

Aber das ist wohl eher Wunschdenken. Wenn jemand solche Visionen hätte, wäre er bestimmt früher oder später aufgefallen.

Nach einem Stundenstrich gehe ich zu Sam. Und als ich ihr in ihrer Zelle gegenüberstehe, kommt es mir so vor, als wäre in der Zwischenzeit nichts passiert, als wären Sam und ich uns gerade erst im Gang begegnet.

Jetzt muss ich irgendetwas sagen, irgendwie diese Situation klären, dieses Risiko aus der Welt schaffen, dass uns in Zukunft jemand zusammen sehen könnte. Aber *wie?* Und *was* will ich ihr denn überhaupt sagen? Mein Gehirn fühlt sich an wie leer gelöscht.

»Schieß los«, sagt sie.

»Hm?«

»Jetzt tu nicht so. Vor der letzten Zirkelsitzung war noch alles in Ordnung. Nun stehst du schon wieder einfach so da.«

Sam verschränkt die Arme vor der Brust, aber an ihrer Stimme höre ich, dass sie verletzt ist.

»Sam, ich …« Ich hebe die Hände und lasse sie gleich wieder hilflos fallen.

»Du gehst mir aus dem Weg, du haust ab, ohne dich zu verabschieden. Du bist nie aufzufinden. Ich habe keine Ahnung, was passiert ist und wo eigentlich Estelle ist.« Falten ziehen sich in ihre Stirn, und ich kann nur denken, wie schön sie ist. Sie ist wütend, und sie ist so schön.

»Das wollte ich doch«, sage ich, aber eigentlich spüre ich im Moment einfach nur, wie sich alles in mir zusammenzieht, mich zu ihr zieht.

»Ich stehe vor Jons dämlicher Zellentür. Und alles, was ich tue, ist, an dich zu denken und daran, was ich wohl diesmal falsch gemacht haben könnte, während du …«

Jetzt kann ich nicht mehr, mit einem Schritt bin ich bei ihr, umfasse ihr Gesicht und küsse sie. Fest. Kurz wehrt sie sich, aber ich schlinge meine Arme eng um ihren Körper, bis ich merke, wie sie langsam nachgibt.

Dann löst sie sich plötzlich von mir und holt Luft, in ihren Augen glüht es. Und nun ist sie es, die mich küsst. Sie stellt sich auf die Zehenspitzen, zieht meinen Kopf sanft an den Haaren nach unten, um meine Lippen mit ihren zu streichen. Sie sind genauso weich, wie ich sie in Erinnerung habe, nur das Gefühl in meiner Brust ist stärker, schwerer.

Es kommt mir vor, als löse sich etwas in mir, ich schließe die Augen, konzentriere mich einfach nur auf diese Berührung. Und will mehr.

Ich packe ihr Handgelenk, drehe mich mit ihr um und

drücke sie mit dem Rücken gegen die Steintür der Zelle. Sie keucht auf. Wir sehen einander herausfordernd an, dann presse ich meinen Körper so fest es geht an ihren, ich muss sie berühren.

Ich lasse meine Hände in ihren Nacken gleiten, sie hat die Lippen leicht geöffnet. Das weiche Licht der Öllampe wirft sanfte Schimmer auf ihr Dekolleté. *Sam, was machst du mit mir?*

»Ich habe dich vermisst«, sage ich, und dann drücke ich meine Lippen wieder auf ihre. Ich schiebe meine Hände unter ihr Leinenhemd. Ihre Haut unter meinen Händen fühlt sich so gut an.

Sam kippt den Kopf gegen die Steintür, die Augen geschlossen. Ich bedecke ihre Kehle mit Küssen, ihre Wangen, ihre Stirn. Ich rieche an ihren Haaren. Ich rieche sie, ich kann nicht genug von ihr bekommen.

Ihre Finger kriechen unter mein Hemd, tasten über meinen Bauch bis zu meiner Brust. Sie sind kalt, und ich zucke unter ihnen zusammen. Je weiter ihre Finger wieder abwärtskrabbeln, desto kräftiger spüre ich meine Herzschläge, spüre die Wellen, die durch mich hindurchjagen. Dann wandert sie wieder zum Saum meines Leinenhemdes hinunter, krallt sich hinein und schiebt mir das Hemd hoch, bis über den Kopf. Ich halte die Luft an.

Der Leinenstoff fällt zu Boden.

Für einen Augenblick starren wir uns nur an.

Ihr Atem geht schwer, mein Atem geht schwer. Gesicht vor Gesicht.

Und jetzt greife ich mit den Händen unter ihre Schenkel,

hebe sie hoch, und sie schlingt ihre Beine um meinen Oberkörper. Ihr Becken drückt gegen meines. Ich muss wieder die Luft anhalten. Ihre Hände fahren durch meine Haare. Jede Berührung schlägt in mir ein.

Ich halte sie weiter fest, trage sie zum Bett und setze sie auf dem Fell ab.

Sie schaut mich aus diesem unruhigen Grün an, das immer ein wenig aussieht, als würde sich darin etwas bewegen.

Vorsichtig nehme ich den Saum ihres Hemdes in die Finger. Ich zögere kurz, doch sie nickt stumm, und ich streife es vorsichtig über ihren Kopf. Ihre Haare fallen auf ihre nackten Schultern zurück, ergießen sich seidig über der hellen Haut, über ihre runden Brüste.

Sam schwingt ihre Beine aufs Bett, dann greift sie nach meiner Hand und zieht mich zu sich.

Ich sehe, wie sie zittert.

Langsam steige ich auf das Bett, meine Knie rechts und links von ihrer Hüfte. Gänsehaut überzieht ihren ganzen Körper.

Ich beiße ihr einmal zärtlich in die Unterlippe. Sie verzieht den Mund, lächelt. Meine Sam, mein Mädchen.

»Ich hätte es nicht ertragen, wenn dir etwas passiert wäre«, haucht sie und fährt dabei mit den Fingern über die Stoppeln an meinem Kinn.

Aber da erstarre ich.

Ich würde es auch nicht ertragen, wenn dir *etwas passiert*, schießt es mir durch den Kopf.

Urplötzlich kracht alles in mir zusammen. *Was, zum Henker, machen wir hier?*

Dir muss klar sein, dass ich das nicht dulden kann …

Ihre Finger tasten nach meinem Gesicht. »Nicht denken, bitte nicht nachdenken«, sagt sie leise.

Ich weiß, dass du das Richtige tun wirst …

»Hey!«, sagt sie fest, sieht mich dann aber verunsichert an.

Sam bringt dich in Gefahr, indem sie deinen Geist schwächt.

Wenn du nicht in der Lage bist, diese Gefahr zu entschärfen, dann werde ich es tun … und ich glaube nicht, dass du das willst.

Aber da bin ich schon auf die Füße gesprungen, so schnell, als wäre jemand hinter mir her, und das Klopfen in meiner Brust fühlt sich auf einmal nur noch nach Panik an.

»Das hätte nicht passieren dürfen.« Meine Worte schneiden wie Messer.

Sam setzt sich auf, schützend hält sie das Fell vor ihren Körper. »Jetzt rück endlich damit raus!«, zischt sie. »Sag schon, was los ist, du feiger Mistkerl!«

Ihre Wangen sind rot. Ich kann sie nicht länger ansehen, drehe ihr den Rücken zu. *Was mache ich hier bloß?*

Ich gehe auf die Tür zu, höre, wie Sam hinter mir aufsteht. Nein, sie darf mir nicht hinterher. Schnell greife ich nach dem Türgriff, verlasse die Zelle.

… und ich glaube nicht, dass du das willst.

12

Favilla.

In den nächsten beiden Tagen verschwindet das Zusammensturzgefühl nicht. Jon hat Sam so sehr eingespannt mit den Wachen, dass wir uns kaum sehen. Wenn doch, gehen wir wie Fremde aneinander vorbei.

Beim Essen und auch sonst vor all den anderen kann sie keine Fragen stellen. Allerdings bin ich mir nicht einmal sicher, ob sie das will, denn es ist, als existiere ich überhaupt nicht mehr für sie. Nicht mal einen wütenden Blick oder etwas in der Art hat sie mir seitdem zugeworfen. Wahrscheinlich ist das erstmal besser so.

Der Zirkel redet viel über Estelle, und manchmal habe ich Angst, man könnte mir die Wahrheit ansehen, doch vermutlich wissen nur Sam und ich, warum sie wirklich zurückgeblieben ist.

Im Moment fühlt es sich an, als läge über ganz Favilla eine gedämpfte Stimmung. So, wie es immer ist, wenn ein Schüler plötzlich verschwindet. Jeder wirkt betroffen, aber keiner traut sich, es anzusprechen. Vielleicht auch ein bisschen wie die Ruhe vor dem Sturm.

Jon hat uns Zirklern erlaubt, ständig, sogar zu den Essenszeiten und in der eigenen Zelle, kleinere Waffen wie Dolche bei uns zu tragen. Natürlich verdeckt.

Und oft kann ich nicht anders: Ich überprüfe den Hohlraum eines Senkgrabes zweimal, ich rieche an meinem Wasser, bevor ich einen Schluck trinke. Ich beobachte das Verhalten der anderen Schüler.

Bei der ersten Gelegenheit entschuldige ich mich bei Lennart für meinen kleinen Ausraster vor der Krankenstation. Ich war in dieser Situation einfach mit allem überfordert. Aber mehr als ein Nicken kommt als Antwort nicht, dann redet Lennart von etwas anderem. »Wusstest du, dass die Höhlenkäfer einen ganz bestimmten Weg in den Gangsystemen zurücklegen?« Mit den Fingern malt er Schlängellinien auf die Tischplatte. »Ich glaube, sie paaren sich bald.«

»Ah«, sage ich nur, weil mich gerade nichts weniger interessieren könnte, doch er erzählt auch gar nicht weiter. Er malt lediglich mehr unsichtbare Linien auf das Holz.

Ich habe Jon nun dreimal um ein Gespräch gebeten, und er hat mir jedes Mal abgesagt. Hat er meinen Fehltritt mit Sam mitbekommen?

Als er mich abends endlich in den Zirkelraum bittet, fühle ich mich fremd, als wäre ich ewig nicht hier gewesen.

Die Farbe, mit der die Rätsellösung auf das Tuch gemalt wurde, ist schon ein wenig verblasst. Ich kann die Worte auswendig, wie ein Stempel wurden sie in meinem Gehirn über andere Gedanken gedruckt.

Jon hat zwei Stühle so in den Raum gestellt, dass sie sich direkt gegenüberstehen, wie zu einem Verhör.

»Bitte.« Jon bedeutet mir, Platz zu nehmen. Ich setze mich. Das Holz ist eiskalt.

Er lässt sich mir gegenüber auf dem anderen Stuhl nieder, die Hände legt er ruhig, aber bestimmt auf den Lehnen ab, und obwohl ich schon so oft diese Sitzungen mit ihm hatte, bin ich heute nervös.

»Zunächst habe ich noch ein paar Fragen bezüglich Estelle.« Er zieht ihren Namen merkwürdig lang. »Konntest du während der Reise irgendetwas herausfinden? Ist dir etwas an ihr aufgefallen?«

Ich bemühe mich, mir nichts anmerken zu lassen, versuche, den Blickkontakt nicht zu unterbrechen.

»Nein. Gar nichts«, antworte ich schließlich, aber ich sage es ein wenig zu abrupt. Habe ich mich damit verraten?

Jons Kugelaugen bleiben unverändert auf mich gerichtet. »Und ihr hattet gewiss keine andere Möglichkeit, als sie dort zurückzulassen?«

»Nein, umkehren wäre zu riskant gewesen. Wir waren unbewaffnet und in der Unterzahl. Sie hätten uns wieder eingesperrt«, erkläre ich nüchtern. Dabei denke ich an unser Gespräch in der Bibliothek vor nicht mal zwei Monaten, als er mir deutlich machte, dass es Personen von Wichtigkeit gibt. Dass man entscheiden muss zwischen Heldentum und Torheit. Nach seinen Vorstellungen habe ich richtig gehandelt. Wenn man so will, habe ich Estelle zum Schutz von Favilla zurückgelassen, und das weiß er auch.

Ich lehne mich ein Stück vor. »Jon, ich wollte mit dir eigentlich noch über etwas anderes reden. Sam …«

»Ich weiß, dass du bestimmte Prinzipien hast«, unterbricht

er mich wie gewöhnlich. Normalerweise stört mich das nicht, doch gerade macht es mich wahnsinnig.

»Aber Favilla befindet sich in einer Zeit des Umbruchs. Ich habe große Pläne mit dir«, fährt er fort.

Welche Pläne? Das Zepter ist immer noch beim König, und wir sitzen immer noch hier fest.

»Im Moment kann ich nicht einordnen, was es mit der Ermordung von Nileas auf sich hat«, sagt er. »Ich weiß nicht, was hier in Favilla vor sich geht, wer in unseren eigenen Wänden den Tod zu uns trägt. Das Ganze ist mir noch zu undurchsichtig. Ich kann euch nicht schon wieder losschicken, wenn ich nicht weiß, ob ich euch hier brauche. Aber der Tag wird kommen. Schon bald.«

Er macht eine Pause, tippt mit dem rechten Zeigefinger auf die Stuhllehne, dann sieht er mich von unten herauf wieder an. »Sam als Tochter des Königs erschwert uns den Schritt nach draußen.«

»Was?!«, rutscht es mir raus. Hat er eben wirklich gesagt: *Tochter des Königs*?

Ich blinzle. Mein Herz rast, wie bei einem Kampf genau in dem Moment, in dem das Gegenüber noch tänzelt und jeder auf den nächsten Schlag wartet.

»Denkst du etwa, ich hätte keine Nachforschungen angestellt?« Ein kurzes Lächeln zuckt um seine Mundwinkel. »Ich wollte warten, bis sie selbst auf mich zukommt. Ich will mir mein Vertrauen nicht erkaufen.«

Er spricht mit einer so vollkommenen Ruhe, dass ich nicht anders kann, als ihn entgeistert anzusehen. *Was soll das? Er wusste also die ganze Zeit davon? Die ganze Zeit, in der sie solche Angst hatte, dass es rauskommt? All die Sorgen umsonst?*

»Du findest es nicht *schlimm*?«, frage ich.

»Selbstverständlich nicht. Noel, du musst daran arbeiten, *pragmatischer* zu denken. Sam ist offensichtlich geflohen, weil sie die Tyrannei ihres Vaters gehasst hat. Natürlich habe ich sie hier in Favilla sehr lange überwachen lassen, um sicherzugehen, dass ich mich nicht irre. Aber sie hat sich als eine meiner wertvollsten Mitstreiterinnen erwiesen. Ich verüble ihr nicht, dass sie dabei ihre Herkunft verschwiegen hat. Es ist ein schwerer Schritt, und ich nehme an, sie fürchtet sich. Überlebensinstinkt, Noel. Dieses Geheimnis habe ich ihr gelassen, denn es ändert augenscheinlich nichts an ihrer Treue, die sie mir all die Zeit bewiesen hat.« Er faltet die Hände im Schoß. Seine Augen funkeln. »Sie wünscht sich sicherlich nichts sehnlicher als den Tod ihres Vaters.«

Mein Mund ist staubtrocken. Es kostet mich ungeheuerliche Kraft, seinem Blick standzuhalten. Es ist so seltsam, mit ihm darüber zu reden, ich weiß nichts darauf zu sagen.

Ihm ist bestimmt klar, dass Sam mich bereits eingeweiht hat, und es bringt nichts, wenn ich es jetzt leugne.

»Viel wichtiger ist aber, was ich dir eigentlich erklären wollte«, fährt Jon nun fort. »Ich habe dir erläutert, wie sehr Gefühle dein Urteilsvermögen vernebeln, dich schwach machen. Und deine Reaktionen in dieser Angelegenheit haben das bewiesen, ich habe mich regelrecht *geschämt* für dich«, in seinen Worten liegt eine grässliche Verachtung, bevor seine Stimme wieder einen verständnisvollen Ton annimmt: »Aber es gibt noch einen anderen Grund, warum du die richtige Entscheidung treffen musst. Früher oder später wird eure Verbindung zerbrechen. Ihr werdet keine Zukunft haben, und mit jedem Moment, den ihr länger miteinander verbringt, wird es euch schwerer fallen, wird euer Bund stärker werden. Und das möchte ich verhindern.«

»Warum das?«

»Langfristig gesehen, ist es das Schlimmste, was dir passieren kann. Deshalb.«

»Aber was …« Ich drücke mich leicht von meinem Stuhl hoch, und jetzt werde ich wütend, fühle mich langsam verarscht. »*Was* wird denn passieren?«

Jon zuckt mit der Hand, um mir zu verstehen zu geben, dass ich mich wieder setzen soll. »Noel«, sagt er geduldig. »Eure Verbindung wird zerbrechen, weil du mein Nachfolger werden wirst.«

Jetzt plumpse ich ganz von allein in den Stuhl zurück.

Mit allem habe ich gerechnet, mit einer weiteren Drohung, die Sam und mich voneinander fernhalten soll, mit irgendeiner fadenscheinigen Erklärung, aber das? Nie im Leben wäre mir so etwas in den Sinn gekommen!

»Ich weiß nicht, was ich sagen soll …«, beginne ich.

Wieso ich? Will ich das? Kann *ich das?*

»Deine Gefühle für Sam verbauen dir den Weg dorthin.« Jon redet einfach über mich hinweg, als wäre längst alles beschlossene Sache. »Hier in Favilla stört es niemanden, wenn ihr beide ein Paar seid. Keiner kennt Sams Geschichte. Aber wenn wir ans Tageslicht gehen, werden die Leute Sam wiedererkennen, und stell dir vor, was passiert, wenn wir den Thronfolger finden. Was wird er denken, wenn du ihm mit der Königstochter gegenüberstehst? Sie wird eine wichtige Rolle spielen in unserer Rebellion, da bin ich mir ganz sicher, aber an *deiner Seite*? So werden wir nie das Vertrauen des Thronfolgers gewinnen können. Und er ist alles, worauf wir setzen. Er wird dem Volk signalisieren, dass es an der Zeit ist, zu kämpfen. Er wird das Leuchtfeuer sein, das uns alle in den Krieg gegen den Tyrannen ruft.« Jon schüttelt kaum merklich den Kopf. »Er wird es nicht verstehen, und die Leute werden es nicht verstehen, wenn du mit der Tochter dieses Tyrannen zusammen bist. Statt Befreiern würden sie nur einen weiteren Feind in uns sehen.«

Ich öffne den Mund, sage dann aber doch nichts. Eine Weile starre ich wieder auf das Tuch hinter ihm an der Wand. Denke an das, was draußen auf uns warten könnte.

Aber noch komme ich nicht hinterher. Ich sehe mich nicht dort draußen, an meiner Seite ausgebildete Soldaten. Ich sehe mich nicht vor Menschenmengen sprechen oder eine Revolution anführen. Im Moment bin ich doch einfach nur hier. Hier in Favilla, wo auch Sam ist. Tonnen von Erde trennen uns von der Außenwelt.

Ich löse mich aus meinen Gedanken, sehe Jon an, der sichtlich zufrieden auf seinem Stuhl sitzt. Er ist derjenige, der mich die Wahrheit gelehrt hat, der mir gezeigt hat, dass ich mehr sein kann als ein Minenarbeiter. Und er sieht all das in mir.

Es schüttelt mich vor Kälte. Soll ich ihm nun einen besonderen Respekt erweisen? Danken?

Irgendwie müsste ich reagieren. Aber ich habe noch nicht mal das mit Sam verdaut.

Jon blinzelt. »Nimm dir ein bisschen Zeit, um darüber nachzudenken«, sagt er.

Natürlich sagt er das, er kennt mich. Er kennt mich *zu* gut.

Schließlich stehe ich auf und gehe zum Ausgang, meine Knie sind weich. Für heute habe ich nichts mehr zu sagen.

»Noel?«, spricht Jon mit ruhiger Stimme.

Ich bleibe vor der Tür stehen, ohne mich umzudrehen.

»Claire geht es gut.«

13

Favilla. Schlafzelle.

Ich bin ganz oben. Weit oben auf einem Hügel. Da sind Menschen. Sie haben einen Pulk gebildet. Zusammengeklebt zu einem Klumpen. Und sie gucken mich alle an. Tausend Augen. Frauen, Kinder, Männer – Lavismenschen.

Hinter ihnen die Königsburg. Der Rauch über den Türmen bildet sich zu seltsamen Formen, Greifenschwingen.

Ich will zu Lavis sprechen, öffne den Mund, aber es kommt nichts raus. Was ist los?

Ich huste, räuspere mich – meine Stimme ist weg. Aber ich hab doch die Wörter.

Sie murmeln. Schimpfwörter dringen zu mir.

Ich kann nur zusehen. Sie lachen über mich.

Meine Stimme ist einfach weg. Nur Jons Stimme dröhnt durch meinen Kopf. *Weil du mein Nachfolger werden wirst, weil du mein Nachfolger werden wirst, weil du mein Nachfolger werden wirst.*

Ich huste noch mal, würge. Grubenstaub kommt aus meinem Mund, vernebelt mir die Sicht.

Ich blinzle. Der Menschenpulk bewegt sich, teilt sich in der

Mitte. Schlagartige Stille, und dunkel ist es plötzlich auch. Als hätte man der Welt alles entzogen. Nur eine Farbe ist noch da: Blutrot.

Der Brennende König geht zwischen den Menschen hindurch. Er kommt näher. Und auf einmal sind die Leute weg. Nur er ist da.

Sein Umhang flattert im Wind. Sein Gesicht ist unter der Maske verborgen. Doch meines spiegelt sich in dem blanken Eisen, schaut mir entgegen. Ich erschrecke. Ich bin alt. Abgemagert. Knochenmehl liegt unter meinen Augen, riesig geschwungene Ränder.

Weil du mein Nachfolger werden wirst, weil du mein Nachfolger werden wirst.

Der Brennende König schreitet auf mich zu, aber er kommt nicht an. Er geht, aber erreicht mich nicht.

Dann greift er langsam in seinen Umhang. Seine Hände sind von ledernen Handschuhen aus Menschenhaut überzogen.

Er zieht etwas hervor. Das Zepter.

Die Träne darin leuchtet nun über ganz Lavis. Zu allen Seiten strahlen Lichtkegel aus, blenden in gleißendem Grün.

Ich brauche dieses Zepter. Ich will losrennen, doch um meine Füße sind Ketten geschlungen. Sie verschwinden im Steinboden.

Jemand schreit. Ich kenne dieses Schreien.

Melvin! Melvin!

Ich schreie zurück, aber mein Schrei bleibt in meinem eigenen Körper gefangen. Hallt von innen wider und hört sich an wie Jons Stimme.

Melvin rennt auf mich zu. Er streckt die Arme nach mir aus,

aber es sind Schlangen, die mir entgegenkommen. Riesige, grüne Schlangen, die aus seinen Armen wachsen. Sie klappen ihre Kiefer auf, kriechen zu mir. Es zischelt um meine Fußknöchel, dann meine Waden hinauf, hoch zu meinem Gesicht. Zischeln. In meinem Mund … darin fehlt ein Zahn.

Und der Brennende König sieht mir dabei zu.

Ich schrecke hoch, fasse an meinen Hals. Nur Schweiß. *Nur ein Traum.*

Ich sinke zurück. Mist!

Mein Atem rast, mein Herz ist ein einziger Sturm in meinem Brustkorb. Ich drehe den Kopf nach rechts. Melvin ist nicht da. Ich bin alleine in der Zelle. Es dauert eine Weile, bis ich mich beruhigt habe.

Im Waschraum bin ich der Erste. Der Dürre hat das Wasser schon aufgefüllt, aber die anderen schlafen wohl noch. Ich halte mich unnötig lange hier auf, warte, bis sich der Tag mit Leben füllt, bis endlich ein Schüler – Phil – durch die Tür kommt, mir einen Morgengruß entgegenwirft. Ich schöpfe kaltes Wasser aus dem Trog in meine Handflächen, wische mir über das Gesicht. Einmal, zweimal. Immer wieder, als könnte so die Albtraumstimmung verfliegen. Aber ich trage sie mit in den Tag.

Beim Frühstück kaue ich lange auf einem trockenen Pilz herum, starre die meiste Zeit auf meinen Teller, wie Sam.

Als sich nach dem Frühstück alle in Richtung der Unterrichtsräume aufmachen, würde ich am liebsten einfach sitzen bleiben. Ausgerechnet Gedankenunterricht.

Normalerweise kann ich das gut. Das Fokussieren. Für eine Weile bin ich dann wirklich weg. Der Kräuterduft und das schummrige Licht sorgen dafür. Rolands Schritte und seine tiefe Stimme. Und wenn ich dann die Augen wieder öffne, kann ich nie sagen, wie viel Zeit vergangen ist.

Aber heute ist mein Kopf blockiert, der Gedanke, mit geschlossenen Augen völlig wehrlos zu sein, schiebt sich vor alles andere. Wenn der Angreifer beschließt, heute wieder zuzuschlagen, könnte er hinter Rolands Rücken ganz in Ruhe seine Armbrust spannen, ich würde nur hören, wo der Schrei herkommt, nur hören, wie der Bolzen sich mit einem *Plock* in einen ruhig atmenden Brustkorb rammt.

Ab und zu schwirren noch die Bilder des Traums vorbei, *Grubenstaub, Melvin, Schlangen*, oder ich denke für einen winzigen Augenblick, der Brennende König steht hinter einem der Feuerkörbe und beobachtet uns durch die Flammen hindurch.

Die Zeit dehnt sich ins Unendliche, und zwischendurch bin ich fast davon überzeugt, diese Einheit wird wirklich niemals aufhören.

Dann endlich schnipst Roland am Ende des Stundenstrichs mit den Fingern. Nur klingt das Schnipsen viel zu laut, genau genommen – ganz nah.

Ich öffne die Augen und blicke auf Schuhe. Rolands Schuhe. Das Leder glänzt wie frisch poliert, keine einzige geplatzte Naht ist zu erkennen. Ich hebe den Kopf und blicke ihm ins Gesicht: giftig grüne Augen.

»Sitzen bleiben und warten, bis alle weg sind«, sagt er nur und rührt sich kein Stück, die Arme hat er vor der Brust verschränkt.

Ich nicke. *Was zum Henker will* er *jetzt von mir?*

Ich beobachte, wie sich manche der Schüler den Nacken

reiben oder sich strecken. Einige gähnen, und trotzdem haben sie es eilig, von hier zu verschwinden. Lennart bleibt noch einen Moment in der Nähe stehen, anscheinend will er auf mich warten, aber ein Blick von Roland genügt, dann tippelt auch er Richtung Ausgang.

»Ich möchte kurz mit dir sprechen«, sagt Roland. Jetzt, wo wir alleine sind, klingen seine Worte zwischen den hohen Wänden noch eindringlicher.

Ich richte mich auf, wir stehen dicht voreinander. Er ist groß, nur zwei Fingerbreit kleiner als ich.

»Hat sich Estelle auf der Reise seltsam verhalten?«, stellt er die erste Frage.

»Alles wie immer.« Ich schlucke, sehe zu den Feuerkörben. Über den Spitzen der Flammen, wo die Hitze nach oben steigt, sieht die Luft aus wie gewellt, und es wirkt, als wäre die Wand dahinter flüssig.

»Sie gehört zu deinen guten Freunden, richtig?«

»Richtig«, antworte ich.

Jetzt wandert sein Blick einmal mein Gesicht ab, belauert mich nahezu. Seine Hände sind immer noch verschränkt.

»Du warst heute unaufmerksam«, sagt er, jedoch klingt es eher nach einer Frage als nach einer Feststellung.

»Wenig Schlaf«, sage ich knapp. Ich mag sein Frage-Antwort-Spiel nicht. Er ist keiner, zu dem ich allzu ehrlich sein möchte.

Roland löst seine Hände und beugt sich ein klein wenig vor. »Ganze Leben, ganze Welten spielen sich bloß in Köpfen ab«, sagt er. »Ihr denkt, dort drin seien eure Gedanken sicher verborgen. Aber sie spiegeln sich auf euren Gesichtern wider.

Ich sehe deine Zweifel, weißt du.« Er reckt herausfordernd das Kinn beim Sprechen. Ich verziehe keine Miene. *Worauf will er hinaus?*

»Soll ich dir sagen, was ich glaube?« Sein Tonfall klingt nun furchtbar arrogant.

Mein Hals ist trocken. »Was?«

Kurz wartet er, scheint diesen Moment geradezu auszukosten. Ich widerstehe dem Drang, zurückzuweichen.

»Ich glaube, du würdest gnadenlos versagen, wenn du Favilla führen müsstest. Du hast nicht das Zeug dazu, zu tun, was im Ernstfall nötig ist.« Roland stößt verächtlich Luft aus der Nase. »Ich kenne Leute wie dich. Ich weiß, wie sie *denken*.« Und jetzt kommt er noch dichter heran. Ich weiche kein Stück von der Stelle.

»Du bist weich.« Er flüstert die Wörter klar und deutlich, und für einen Moment blitzt ein violetter Schimmer wie ein winziger Ring um seine Iris auf.

Ich runzle irritiert die Stirn. Er verschließt die dünnen Lippen zu einem kurzen Lächeln, dabei verzieht sich die Narbe über seinem Mund zu einer krummen Linie. »Hast du etwa nichts dazu zu sagen?«

»Oh doch«, antworte ich. »Ich glaube, Jon weiß ganz genau, was er tut, und wenn er mich als seinen Nachfolger haben will, dann wird es gewiss das Richtige sein. Oder *zweifelst* du etwa an ihm?«

»Ha!«, lacht er freudlos auf. »Dann wünsche ich dir viel Erfolg.«

Schließlich kehrt Roland einfach um und geht davon, und ich könnte kotzen. Diese ekelhafte Arroganz!

Die Türen fallen hinter ihm zu. Einen Moment stehe ich alleine hier. Auf den Flammen im Marmorboden. Genau im Mittelpunkt der Halle.

Und obwohl ich es nicht will, beschäftigt mich der Gedanke doch: Würde jemand wie Roland mir folgen? Jemand wie *er*? Sind mir Lehrende zur Loyalität verpflichtet, nur weil Jon das sagt?

Er würde sein eigenes Ding machen. Er kann mich nicht ausstehen, offensichtlich.

Ach komm schon, Noel. Niemals würde er mir folgen. Er wäre der Erste in meinem Traum gewesen, der das verächtliche Gemurmel in der Menschenmenge angezettelt hätte.

14

Favilla. Krankenstation.

Das Melvin-Grinsen springt mir sofort entgegen, als ich die Tür zur Krankenstation öffne. Liv hat mir schon erzählt, dass er das Fieber endlich überstanden hat.

»Hey, Großer!«, begrüßt er mich. »Da schickt Jon endlich mal jemanden in ein anderes Land, und ich kann nicht mit.«

»Ein paar Stunden wach, und schon beschwerst du dich, oder wie?« Ich drücke ihn einmal vorsichtig, bevor ich mich neben ihn setze. »Du hast wirklich gefehlt.«

»Ich weiß«, sagt er und zeigt mir immer noch die obere Zahnreihe. »Was hab ich verpasst?« Er verzieht das Gesicht. »Bis auf die schlechten Neuigkeiten von eurer Reise, die hat man mir gleich als nette Begrüßungsgeschichte erzählt.«

Ich hole einen Maiskolben aus meiner Hosentasche, zwar sieht er etwas zerdrückt aus, schmeckt aber bestimmt noch. »Habe ich dir aufgehoben.«

Melvin dreht den Maiskolben einmal in den Händen, begutachtet die Blätter, die sich an der oberen Spitze bereits abschälen.

»Was ist das? Hast du mir Blumen mitgebracht?«

»Nein, noch viel besser. Es ist was zum Essen, es heißt Mais.«

»Nicht giftig?«, fragt er gespielt zweifelnd.

»Nicht giftig«, sage ich und lache.

Er beißt genüsslich hinein. Kaut langsam. »Ich liebe dich, Noel«, sagt er dann mit vollem Mund.

»Wird es wieder?« Ich deute auf seine verbundene Hand. Der Geruch der Kräuterpaste hängt im ganzen Raum.

»Das restliche Gift müsste ich ausgeschwitzt haben. Jon will trotzdem, dass ich noch eine Nacht länger zur Beobachtung bleibe.« Melvin verdreht die Augen. »Auch wenn das heißt, dass ich stattdessen wahrscheinlich einfach vor Langeweile sterbe.«

»Da wäre ein exotischer Schlangenzahn schon der bessere Abgang, was?«, sage ich und lächele matt.

Nachdem ich ihn auf den neuesten Stand gebracht habe, was die Würfelspielstatistik und die aktuellsten Informationen aus dem Zirkel angeht, erzählt er mir von einem seiner verrückten Fieberträume, irgendetwas von sprechenden Wildschweinen und wandernden Bäumen.

Aber so sehr ich mich auch anstrenge, ihm zu folgen, meine Gedanken verlieren sich doch wieder, und letztlich landen sie immer bei Jon gestern im Zirkelraum.

Ich soll sein Nachfolger werden. *Claire geht es gut*.

Seine Nachforschungen, Sams Identität, warum rückt er erst jetzt mit alldem heraus? Immer wieder enthält er uns Informationen vor. Wovor fürchtet er sich? Ist es wirklich nur eine Strategie? Oder steckt etwas anderes dahinter?

Er ist sehr klug, das steht fest, und auch Emma, die ihn schon ewig kennt, hält viel von ihm.

Aber wie kann ich wissen, was er noch alles verschweigt? Was er noch plant?

»Melvin, du bist doch schon viel länger im Zirkel als ich«, sage ich, als dieser seinen Monolog beendet hat.

»Mhm«, macht er und knabbert die letzten Maiskörner vom Kolben.

»Weißt du, was mit den Schülern passiert, die verschwinden? Und warum verraten die Nichtzirkler, die ausgetauscht werden, Favilla eigentlich nicht?«

Plötzlich hört Melvin auf zu kauen. Er legt den Maiskolben weg. »Wie kommst du denn jetzt darauf?«

Ich zucke mit den Schultern, warte auf eine Antwort.

»Ganz ehrlich?«, sagt er.

Ich nicke.

»Ich habe keine Ahnung«, flüstert er.

»Wie, keine Ahnung?«, frage ich weiter. »Hast du dir denn nie Gedanken darüber gemacht?«

Er quetscht mit der Zunge letzte Essensreste aus seinen Zähnen. »Das fragst ausgerechnet du mich? *Du* und Jon seid doch beste Freunde.« Er lacht, aber ich lache nicht mit.

Melvin schluckt. »Na gut«, sagt er schließlich, diesmal ernst. »Weißt du, Jon hat uns immer alle mitgerissen. Seine Worte haben dieses Feuer in uns entfacht, das du bestimmt auch kennst. Ich meine … keine Ahnung … wir alle hatten unser Leben lang gelernt, nie etwas infrage zu stellen, dann kam Jon und schenkte uns so viele Antworten.«

»Ich verstehe«, sage ich und nicke.

»Das klingt jetzt vielleicht bescheuert, aber Jon hat mir etwas gegeben, wofür ich kämpfen kann. Und es war eben von Anfang an seine Taktik, nicht alles preiszugeben, und damit war ich zufrieden. Ich habe immer darauf vertraut, dass er das Richtige machen wird.«

»Und tust du es jetzt noch?«

»Noel, worauf willst du hinaus?«

Ich seufze. *Wird Jon denn wirklich das Richtige tun? Und glaubt Melvin tatsächlich noch immer, was er da sagt, nach allem, was passiert ist?*

Ich streiche nachdenklich über die Stellen an meinem Handgelenk, genau da, wo die Fesseln in meine Haut geschnitten haben. »Dieses Schlangengift in den Handschuhen sollte Jon gelten. Was, wenn jemand einen guten Grund hätte, ihn tot sehen zu wollen? Und ich rede dabei nicht von den Männern des Königs.«

»Du denkst …« Melvin senkt die Stimme und beugt sich etwas weiter zu mir herüber. »Du glaubst also, jemand aus Favilla steckt dahinter?«

Plötzlich schwingt die Tür der Krankenstation auf.

Wir zucken wie ertappt zusammen, aber es ist nur Lennart, der hereinplatzt, völlig außer Atem. Er schenkt mir lediglich einen flüchtigen Blick, dann geht er auf Melvin zu. »Tut mir so leid«, murmelt er. »Tut mir echt voll leid.«

»Schon okay, Meisterschütze«, sagt Melvin und deutet in der Luft einen Kumpelklopf an. »Du verrätst mir deinen Trick beim Würfelspielen, und wir sind wieder quitt.«

»Ich wollte das wirklich nicht, das war alles meine Schuld«, sagt Lennart, immer noch keuchend.

»Warum bist du denn so aus der Puste?«, frage ich, als er sich auf einen der Steinquader neben uns setzt. Ein unangenehmer Schweißgeruch dringt zu mir rüber.

»Bin wieder die Gänge abgelaufen«, sagt er und reibt sich den Nacken. »Ich bin mir jetzt sicher, dass ein System dahinterstecken muss und dass die Luftströme im Zusammenhang mit den Wanderbewegungen der Höhlenkäfer stehen.«

Lennart bemerkt den amüsierten Blick, den ich mit Melvin tausche. »Nein, wirklich.« Er fuchtelt mit den Händen und zeigt an die Decke. »Die Luftströme sagen so viel. Man könnte durch sie vielleicht weitere Eingänge entdecken und womöglich sogar herausfinden, wie hier jemand reinkommen konnte.«

»So was könntest du rausfinden?« Jetzt rutsche ich etwas näher an ihn heran.

»Möglich. Auf jeden Fall könnte man verhindern, dass Schüler sich in den Gängen verlaufen. Einmal …«, Lennart reibt sich über die Nase und lacht komisch, »hab ich mich total erschrocken, weil ich einem blonden Jungen irgendwo in den hinteren Bereichen begegnet bin.«

»Willst du Jon nicht von deinen Systemen erzählen?«, frage ich ihn.

»Ja, schon. Aber er hört mir wahrscheinlich gar nicht zu.«

»Wieso nicht?«

»Weil er viel lieber dir zuhört«, sagt Lennart nüchtern.

Nach dem Ligenunterricht, Stichwaffen, schleppe ich mich in den Gemeinschaftsraum. Phil winkt mich zum Würfelspiel, aber ich scheide schon als Zweiter aus.

Ich bleibe noch sitzen und warte, bis die Partie zu Ende ist.

Für gewöhnlich verfolge ich den Spielverlauf bis zum Schluss genau mit, aber heute schaue ich abwesend im Raum umher.

Ein paar Schüler üben mit Holzschwertern, andere hocken vor der Feuerstelle und beobachten die Flammen oder quatschen.

Einmal zucke ich zusammen, als die Würfel auf den Steinboden klackern und Klara laut jubelt.

Seltsam. Lennart ist nicht da. Melvin ist nicht da. Estelle ist nicht da. Lucas ist nicht da.

Ich beobachte Phil, wie er den großen Pot in der Mitte mit den Unterarmen zu sich zieht und sich freut – er gewinnt so selten bei *Könige und Narren*.

Sam ist nicht da.

»Und, willst du?« Phil legt mir die Hand auf die Schulter.

»Entschuldige, was?«

»Die nächste Runde mitspielen?«

»Nein, danke«, sage ich und reibe mir die Augen, die vom Rauch brennen.

Claire ist nicht hier.

Ich stelle mir vor, wie sie gerade auf dem Heimweg ist und Muster in den Staub malt, der sich auf ihrer Kleidung angesammelt hat. In den Minen sieht man ihn meist nicht, erst draußen werden einem diese Dinge bewusst. Das Gesicht ist dreckiger, die Füße schwerer.

Wenn ich sie fragen würde, ob ich wirklich Jons Nachfolger werden soll, dann würde sie mir eine ganz simple Antwort geben. Sie würde vielleicht lachen und fragen: *Wieso?* Oder nicken und sagen: *Wieso nicht?* Oder fragen, ob *ich* das denn überhaupt will.

Egal, was sie sagen würde: Ich bin mir sicher, es würde irgendwie helfen.

»He!« Kyara steht auf einmal vor mir und winkt mich zu sich hinter die Brunnensäule, dort sind unsere Stimmen für die anderen gedämpfter.

»Weißt du schon, wie es jetzt weitergeht? Du hast doch Jon von dem toten Wissensverwalter erzählt.«

»Ja«, sage ich. »Habe ich.«

»Und?«

Ich starre unverwandt auf ihre Zöpfchen, die von der Stirn aus nach hinten über ihren Kopf laufen, dieses komplizierte Flechtmuster. Claire wäre sicher ganz begeistert davon.

»Erst mal passiert gar nichts«, antworte ich und stelle mir dabei vor, wie Claire wahrscheinlich einfach Kyaras Haare betatschen würde. »Jon ist die Situation hier in Favilla noch zu undurchsichtig, um neue Schritte einzuleiten.«

Kyara hebt ungläubig die Augenbrauen. »Das kann doch nicht sein Ernst sein!«, sagt sie empört, fast einen Tick zu laut, und reißt mich damit aus den Gedanken. »Das verstehe ich nicht.«

»Was verstehst du nicht?«

»Na, wieso suchen wir nicht weiter nach den Phönixtränen?«

»Solange er nicht weiß, wer es hier auf uns abgesehen hat, ist es ihm zu riskant.«

Sie pfeift genervt Luft durch die Zähne, dann klatscht sie die Hand neben mir gegen die Brunnensäule. »Wir ziehen uns also nur aus Angst zurück.«

Sei nicht albern, Noel, höre ich Jons Stimme plötzlich in meinem Kopf.

Was aber, wenn *er* albern ist?

Ich gebe schon dieselben Antworten, die er mir gibt. Aber was halte ich überhaupt von ihnen?

»Alles in Ordnung?« Kyara legt den Kopf schräg und mustert mich.

»Bin nur müde«, murmle ich und starre ausweichend zur Feuerstelle. »Entschuldige mich«, sage ich dann und befreie mich von der Brunnensäule.

Ich laufe davon. Ich muss mich sammeln. Im Kopf klar werden. Laufe so lange weiter, bis ich in einem dunklen Gang stehen bleibe. Genau weiß ich nicht, wo ich gerade bin. Aber hier ist es ruhig.

Melvin hat es gedacht. Kyara hat es gesagt.

Ich bin nicht der Einzige, der Zweifel hat. Ich weiß, dass Jon ein sehr kluger Mann ist, daran würde ich niemals zweifeln, niemals. Ohne ihn gäbe es gar keine Hoffnung mehr für Lavis. Aber was, wenn sein Denken doch getrübt ist von alten Mustern, eingebrannter Vorsicht?

Wenn er diesmal nicht das Richtige tut?

Ich soll sein Nachfolger werden und weiß nicht einmal, ob ich noch hinter seinem Verhalten stehen kann.

Was würde ich tun, wenn ich an seiner Stelle wäre? Wenn ich die Macht hätte, den Zirkel zu leiten, wären wir dann überhaupt noch hier?

Wir könnten uns rüsten. Wir könnten alle zusammentrommeln, die wir für einen Aufstand brauchen. Wir würden einen Plan aufstellen, ins Königshaus einbrechen, das Zepter klauen und wären damit im entscheidenden Vorteil, um den Thronfolger und seinen Phönix auf unsere Seite zu holen, um dann den Brennenden König zu stürzen und dem Volk die Freiheit zu schenken.

Das müsste doch der Plan sein! Das und kein anderer.

Hätte nicht längst etwas geschehen müssen?

Mir ist auf einmal schwindelig, mein Kopf wie von Grubenstaub vernebelt. Die Fackel fünf Schritte weiter verschwimmt vor meinen Augen. Ein sich bewegendes Gelb im Dunkeln. Es dauert kurz, bis ich wieder scharf sehe. Vielleicht brauche ich nur ein bisschen Schlaf oder etwas mehr Flüssigkeit.

Ich muss einfach wieder einen klaren Kopf bekommen, das ist alles.

Ich kann nicht anders. Ich weiß, dass nur eine Person dieses ungute Gefühl in mir vertreiben kann.

Immer noch ist es, als würde ich innerlich erschrecken, wenn ich Sam erblicke.

Dort lehnt sie, vor Jons Zelle, ein Knie hat sie angewinkelt und den Fuß gegen den Steinpfosten gestützt.

Ihre Nähe zu suchen war das Einzige, was mir richtig schien. Ich verstecke mich in einer Grabnische.

Sie spielt mit dem Schwert in ihren Händen, fährt einmal mit dem Zeigefinger die Klinge nach und tippt vorsichtig auf die Spitze, als wolle sie testen, ob sie noch scharf genug ist, herausfinden, wie viel es braucht, bis sie Blut sieht.

Heute hat sie die Haare zu einem Zopf gebunden. So wirkt ihre Stirn noch viel höher. Sie trägt die Lederrüstung, ich kann sehen, wie sie sich über ihre Brüste wölbt, wie die silbernen Schnallen darauf im Schein der Wandfackeln funkeln.

Sam senkt den Kopf und betrachtet ihr Gesicht in der spiegelnden Klinge. Sie wiegt das Eisen leicht nach rechts und links, und dieser ganz bestimmte Ausdruck legt sich auf ihr Gesicht.

Er ist mir nur allzu vertraut. Wenn sie so schaut, dann meist, weil sie an ihr Leben im Königshaus denkt oder an ihre Mutter.

Und wenn dieser Blick sich in ihre Augen legt, würde ich sie am liebsten so lange in die Arme nehmen, bis all das weg ist und sie mich anlächelt. Ich würde alles für dieses Lächeln geben.

Was ihr wohl noch während dieser langen Wachen durch den Kopf geht?

Wie oft sie mich in Gedanken wohl verflucht oder ohrfeigt? Oder sich nach mir sehnt?

Würde sie mir die Klinge entgegenstrecken, wenn ich plötzlich vorstürme und sie leidenschaftlich küsse?

Oh, wie gerne würde ich das jetzt herausfinden.

Ich wische mir über den Mund.

Schüler verschwinden in Favilla, und niemand weiß, was mit diesen Leuten passiert. Ich könnte niemals zulassen, dass Sam eine von ihnen wird.

Ich schlucke schwer. *Es tut mir so leid, Sam.*

Jetzt sieht sie hoch und wirft prüfende Blicke in alle Richtungen. Ich presse mich noch etwas dichter hinter den Felsvorsprung. Sie darf mich auf keinen Fall entdecken.

Aber sie lehnt sich wieder zurück und zupft an der Haut um ihre Nägel herum.

Ich sollte verschwinden. Doch als ich einen Schritt nach hinten mache, knirscht ein Knochen unter meinem Schuh über den Boden. *Mist.*

Ich beschleunige meine Schritte und beeile mich, in Richtung des Sarkophags zu kommen.

»Was machst du hier?«

Ihre Stimme lässt mich zusammenfahren. Ich halte an. Als ich mich dann langsam umdrehe, steht sie direkt vor mir.

»Ich …« Unmöglich kann ich ihr die Wahrheit sagen. Unmöglich kann ich ihr sagen, dass wir nicht zusammen sein können, weil ich um ihre Sicherheit fürchte. Sie würde das nicht gelten lassen, sie würde nicht auf Jon hören, würde sagen, dass sie das Risiko gerne eingeht, ganz sicher.

Aber das könnte ich nie von ihr verlangen.

»Was soll das, Noel?«, fragt sie mit flacher Stimme. »Ich halte das nicht mehr aus. Ich hab die Scheiße satt!«

Ich reibe mit den Schuhen über den Stein. »Es ist kompliziert.«

»Dann erklär's mir!«, fährt sie mich an. Ihre Geduld ist eindeutig am Ende, und wenn ich nicht gleich eine Erklärung finde, bin auch *ich* am Ende.

»Scht!«, sage ich und werfe einen Blick über die Schulter, dann ziehe ich sie mit mir in die Nische. Hier stehen wir so dicht voreinander, dass sich unsere Körper fast berühren, Mist. Ihr Sam-Geruch ist viel zu stark.

»Erklär's mir«, wiederholt sie und funkelt mich an.

Ich atme einmal tief durch und widerstehe dem Drang, ihr Kinn zärtlich zu umschließen.

Und dann erfasst mich eine ganz schreckliche Ruhe.

Eine Klarheit, die alles andere ausblendet.

Wenn ich es ihr jetzt nicht sage, verletze ich sie später umso mehr. Wenn ich mich nicht an Jons Anweisungen halte, haben wir nur ein viel größeres Problem, ein lebensgefährliches Problem.

Ich spreche die Worte klar und deutlich: »Ich habe es geschafft, dir zu verzeihen. Ich konnte all deine Lügen vergessen, aber ich habe mich in etwas ganz anderem geirrt: in meinen Gefühlen. Es war die ganze Zeit eher so ein Beschützerding … wie bei meiner Schwester Claire. Das ist mir erst klar geworden, als ich in Akila war. Ich habe dort zwar viel an dich gedacht, ja, aber nicht aus Liebe, sondern weil ich mir Sorgen gemacht habe.« Ein letztes Mal hole ich tief Luft, um die schmerzlichste aller Lügen loszuwerden: »Ich liebe dich nicht. Und ich hätte es dir schon viel früher sagen sollen.«

Es ist, als hätte man jegliche Regung aus ihrem Gesicht gezogen. Obwohl wir so nah voreinanderstehen, kommt es mir plötzlich vor, als wäre sie weit weg, als würde sie an Farbe, an Leben verlieren.

»Du hast mir gesagt, du liebst mich.« Sie schüttelt den Kopf, ihr Kinn zittert. »Es ist keine zwei Wochen her, da hast du es mir doch gesagt …« Sie bricht ab.

Wortlos taumelt sie einen Schritt auf den Gang zurück, die Arme hängen schlaff an ihrer Seite. Ich wage es nicht, mich aus der Nische zu lösen, überhaupt irgendeine Bewegung zu machen.

Ihre kleine Gestalt bleibt regungslos zwischen den Fackeln stehen.

Ich setze einen Fuß vor und warte regelrecht darauf, dass sie anfängt, mich lauthals zu beschimpfen, sich auf mich stürzt und auf mein Gesicht einprügelt – ich würde mich nicht wehren. Aber nichts dergleichen geschieht, und das ist am allerschlimmsten.

Schritte.

Sam hört sie auch. *Der Angreifer?* Gleichzeitig ziehen wir unsere Waffen. Ich schließe zu ihr auf.

In Kampfhaltung stehen wir vor der Abzweigung, ich höre, wie die Schritte auf uns zukommen, spüre meinen Herzschlag pulsieren.

Aber um die Ecke kommt kein Angreifer gerannt, es ist Jon. Noch im Laufen ruft er: »Sie sind hier!«

15

Favilla. Ebene Drei.

»Sie sind hier.«

Seine Worte fressen sich wie eine ätzende Flüssigkeit zu mir durch. *Sie?* Moment – es sind also zwei Angreifer oder mehr? Und wenn *sie* hier sind und Jon vor uns, warum hat Sam dann seine Zelle bewacht? Ich werfe einen Blick zur verschlossenen Tür. *Was geht hier vor sich?*

Jons Gesicht ist starr. »Schützt mich zu beiden Seiten.«

Wir sind sofort neben ihm. Sie werden Jon nicht kriegen, dafür werde ich schon sorgen.

Er steuert auf seine eigene Zelle zu, wir folgen dicht hinter ihm, die Waffen gezückt. Sam links, ich rechts.

Jon hämmert dreimal gegen die Steintür. Wir warten.

Mein Puls rast, ich werfe Blicke in alle Richtungen, bilde mir ein, die Schatten der Angreifer über die Wände wandern zu sehen, obwohl es nur unsere eigenen sind.

Wenige Augenblicke später öffnet Nikolai die Tür, neben ihm stehen Edwin und Finnley. Auch sie haben ihre Waffen gezückt.

»Sie haben Emma umgebracht«, sagt Jon nüchtern.

Es fühlt sich an wie ein dumpfer Schlag in die Magengrube, und der Schmerz breitet sich von dort in mir aus. *Nein, nein, das dürfen sie nicht.*

»Nikolai, geh und richte Theodor aus, er soll den Zirkel zusammentrommeln. Sofort. Edwin, Finnley, ihr bewacht die Tür«, befiehlt Jon den Lehrenden, dann dreht er sich wieder zu mir und Sam. »Ihr bleibt mit mir hier drin. Ihr werdet nicht von meiner Seite weichen, bis ich es euch sage.«

Wir nicken. Die Lehrenden brechen auf, und gemeinsam mit Jon betreten wir seine Zelle. Ich verschließe die Tür. Das Blut in meinen Ohren rauscht.

Der Raum ist etwa so groß wie zwei gewöhnliche Schlafzellen. Auch hier hat er ein Pult, Pergamente, Federkiel und mehrere Bücher, die sich neben dem schmalen Bett stapeln. Jon hat mir mal erzählt, dass er Tagebuch führt.

Ich weiß nicht, was ich erwartet habe, aber seine Zelle wirkt auf gruselige Art und Weise karg, unpersönlich.

»Jon …« Sam ist die Erste, die das Wort ergreift.

»Es sollte eine Falle sein«, erklärt er und lässt sich auf seiner Bettkante nieder, der Rücken krumm.

Was? Dann war Sam so etwas wie ein Ablenkungsmanöver? Ein Köder?

Mir wird ganz schlecht, ich stütze mich an der Wand ab.

»Ich war bei Emma, um nicht unbewacht zu sein, aber die Eindringlinge haben irgendwie davon Wind bekommen.« Jon fährt sich einmal über die kurzen Haare. »Sie haben es durchschaut, uns völlig überrumpelt. Emma hat sich ihnen entgegengestellt und mir die Flucht ermöglicht. Bevor ich die Zelle verließ, konnte ich noch sehen, wie einer der Vermummten ihr seine Klinge in die Brust rammte.« Er streicht das Fell auf seinem Bett glatt, seine Hand zittert, er stoppt in der Bewegung.

Emma hat ihm seit Jahren gedient. Sie hat so viel von ihm gehalten, immer zu ihm gestanden. Er war so etwas wie ein Vorbild für sie.

Ich weiß nicht, wohin mit mir, wohin mit der aufsteigenden Panik. Hilflos sehe ich Jon an, aber sein Gesicht verrät wie immer zu wenig.

Will er nicht ein paar Worte zu Emma verlieren? Ein *es tut mir leid?* Eine Träne?

Seine zittrige Hand zeigt mir zwar, dass es ihn nicht völlig kaltlässt. Aber ist es wirklich wegen Emma? Oder vielmehr doch, weil er Angst um sich selbst hat?

Ich stelle die Frage ganz vorsichtig. »Was hast du vor, wenn alle Zirkler hier sind?«

»Wir durchkämmen Ebene Drei«, sagt er. »Irgendwo hier müssen sie sein.«

Ich nicke. Danach warten wir schweigend. Sam und ich rühren uns kein Stück. Ich bleibe vor der Tür stehen, sie vor Jons Pult.

Ein einziges Mal treffen sich unsere Blicke, nur damit wir beide schnell wieder wegsehen.

Das Knistern der Fackeln klingt hektisch, scheint die Unruhe, die in der Luft liegt, noch zu unterstreichen.

Es ist eine Stimmung, als wäre der Krieg hier unten ausgebrochen. Und wir haben ihn heraufbeschworen.

Auch Jon hängt seinen Gedanken nach. Wie er so dasitzt, in gebeugter Haltung, die Schultern nach vorne gesackt, kommt er mir plötzlich schrecklich alt vor.

Wieso sagt er nichts? Wieso tüftelt er nicht mit mir zusammen an einem Plan? Ist es, weil Sam mit im Raum ist? Ist jetzt irgendetwas anders, seit er mir gesagt hat, ich solle sein Nachfolger werden?

Es dauert nun nicht mehr lange, bis alle unten sind, bis der Dürre zweimal gegen die Tür klopft und uns wieder aus dem Raum befreit.

Wir haben uns vor Jons Zelle versammelt, alle Lehrenden, der Dürre, der Zirkel und sogar Benjamin und zwei weitere Begrabene.

Jon teilt uns ein, indem er mit dem Finger nacheinander auf uns zeigt und mit gepresster Stimme den Bereich nennt, den wir abdecken sollen. Alles muss jetzt ganz schnell gehen.

Die Lehrenden durchsuchen die Einzelzellen und die Gänge in Richtung der Verliese, Lennart, Kyara, Callan und Moa schickt er in den südöstlichen Bereich hier in der Nähe. Sam muss bei ihm bleiben.

Liv und Ellinor sowie Melvin und ich durchkämmen in Zweiergruppen alles in Richtung Nordwesten.

Mit den Waffen voran schleichen wir in die Dunkelheit. Melvin zündet sich eine Fackel im Gang an.

Wir reden kein Wort. Nur feine Steine reiben unter unseren Schuhen. Der Boden in Ebene Drei wirkt viel körniger, unbearbeiteter als der in den anderen Ebenen. Wir lauschen dem Knirschen. Bevor wir in andere Gänge abbiegen, geben wir uns gegenseitig Rückendeckung.

Plötzlich befinden wir uns in einem breiteren Gang. Der Lichtkreis unserer Fackeln reicht nicht ganz an den Wänden hoch. Ich warte nur darauf, dass ein Schattenkämpfer sich auf uns stürzt, dass ein Bolzen, eine Schwertklinge aus der Finsternis auf uns zuschießt.

Ich will mir nicht vorstellen, wie die Waffe in Emmas Körper eingedrungen ist, was wohl die letzten Gedanken gewesen sein müssen, die ihr durch den Kopf gingen. Wie sie jetzt leblos in ihrer Zelle liegt, wahrscheinlich immer noch auf dem Boden.

Angestrengt versuche ich, mir die Wege einzuprägen. Sie sehen alle gleich aus, nackt. Nicht mal Totenschädel oder Knochen liegen herum.

Je weiter wir uns vorankämpfen, desto weniger glaube ich daran, hier auf die Vermummten zu treffen.

Und bei allem, was gerade geschieht, ist es ausgerechnet Sam, die jetzt wieder meine Gedanken beherrscht. Ihr eingefrorenes Gesicht schält sich aus der Finsternis vor mir.

Ich habe sie für immer verloren. Es ist so weit. Jetzt kann ich nicht mehr zurück. Diese Endgültigkeit ist kaum auszuhalten. Sam, mein Mädchen … nicht mehr.

Auf einmal hält Melvin an. Ich stoppe ebenfalls.

Wir lauschen.

Aber ich höre nichts, nur das Knistern von Melvins Fackel.

»War da etwas?«, frage ich.

»Ich bin mir nicht sicher«, flüstert Melvin.

Wir verharren noch kurz, dann setzen wir unseren Weg fort. Keine Spinne, kein Höhlenkäfer, nichts. Ebene Drei ist ein einziges totes Gebilde aus Stein.

Irgendwann wird die Felsdecke über uns niedriger, sodass ich mich ducken muss, um vorwärtszukommen. Ich schätze, wir haben bald das Ende des Ganges erreicht.

Und da bleibt Melvin auch schon stehen. Vor uns befindet sich eine Wand, in der sich lediglich auf Hüfthöhe ein schwarzes rundes Loch auftut. Er leuchtet mit der Fackel hinein. Es sieht aus wie eine kleine Höhle.

Melvin sucht über seine Schulter meinen Blick. »Durch?«

Wenn die Eindringlinge ein Versteck gefunden haben, dann müssen wir es aufspüren. Jon will jeden Winkel von Ebene Drei durchkämmen lassen, also auch einen Tunnel wie diesen. Ich nicke.

Melvin kniet sich auf alle viere, er krabbelt voran. Die Enge verschluckt das Licht seiner Fackel beinahe vollständig. Ich krabbele in der Schwärze hinterher, höre nur das Reiben des Leinens auf dem Boden, spüre die Gesteinsdecke über meinen Rücken kratzen. Immer hektischer ziehe ich die stickige Luft durch die Nase, spitze Kanten schürfen meine Hände auf.

»Kannst du ein Ende erkennen?«, frage ich.

»Noch nicht.«

Wir zwängen uns weiter durch den engen Tunnel. Nach hinten sind wir viel zu ungeschützt; wenn uns jemand folgen würde, müsste er nur nach meinen Füßen greifen, die Sehnen kappen.

Irgendwann stoppt Melvin. »Scheiße«, flucht er. »Sackgasse!«

Ich seufze.

»Als hätte hier einfach jemand aufgehört zu graben.« Er tastet den Fels vor sich ab. Ich höre die poröse Steinschicht abbröckeln. Wir sollten umkehren, bevor wir noch irgendetwas zum Einsturz bringen.

Allerdings ist es viel zu eng, um sich umzudrehen, wir fangen an, rückwärts hinauszukrabbeln. Auf einmal ist mir jeder Moment hier drinnen einer zu viel. Und ich sehe, wie Melvin sich vorsichtig meiner Geschwindigkeit anpasst, höre, wie auch sein Atem immer flacher geht.

Endlich zurück im Gang, klopfen wir den Staub von der Hose.

»Das ist doch sinnlos«, schimpft Melvin. »Ich verstehe Jons Taktik nicht, die Vermummten könnten schon längst durch die Sarkophage geflüchtet sein.«

»Vermutlich ist danach Ebene Zwei dran«, sage ich.

»Und du meinst, so kriegen wir sie wirklich? Wenn sie wussten, dass Jon seine Zelle vertauscht hatte, kennen die sich hier aus.«

»Aber alle Ausgänge sind bewacht.«

»Und was, wenn sie sich gar nicht vor uns verstecken?« Melvin wischt sich einmal übers Gesicht. »Wenn du recht hast, dann sind unter denen, die Jon gerade losgeschickt hat, vielleicht genau die, die er eigentlich sucht. Woher sollen wir das schon wissen?«

Wir sind die Ersten, die sich wieder vor Jons Zelle einfinden, kurz nach uns kommen Kyara und Lennart an. Sie setzen sich neben uns auf den Boden.

»Nichts«, sagt Lennart. »Nicht mal ein Höhlenkäfer.«

»Bei uns auch nicht«, sage ich.

Eine Weile bleibt es still, durch Jons Tür dringt kein einziger Laut. Reden die da drinnen? Geht Jon im Raum auf und ab? Oder schweigen Sam und er sich an?

In der angespannten Wartehaltung hat es beinahe etwas Beruhigendes, als Lennart beginnt, vor sich hinzubrabbeln. Allerdings kann ich mich nicht richtig auf seine Worte konzentrieren, ich kann nicht einen Moment die Steintür aus den Augen lassen.

»Lennart, du solltest auch nach den Vermummten suchen und nicht nur nach den Käfern«, weist ihn Kyara jetzt etwas lauter zurecht.

»Ja, aber anhand der Höhlenkäfer und der Luftzüge hätten wir doch ein System aufstellen können, das sicherstellt, dass wir auch wirklich alle Gänge beachtet haben. Wir müssten nicht mal alles einzeichnen. Als ich damals mitten in Ebene Eins dem blonden Jungen begegnet bin, konnte ich ihm auch sagen, wo es langgeht. Ohne Karte, nur mit System.«

Lennart spricht seit Tagen von seinen vielen Beobachtungen, und die meiste Zeit höre ich nicht so genau hin, aber ich meine mich zu erinnern, dass er schon mal von diesem Jungen erzählt hat.

»Was für ein blonder Junge denn eigentlich?«, hake ich nach und löse endlich den Blick von Jons Zellentür.

»Keine Ahnung, der stand da einfach plötzlich vor mir. Es war noch ein anderer dabei, aber von dem habe ich nicht viel gesehen. Hatten sich verlaufen, meinte er.« Lennart zuckt mit den Schultern.

»Wer?«, fragt Melvin. Offensichtlich ist jetzt auch sein Interesse geweckt.

»Ich weiß nicht, wie er heißt. Solange wie ihr bin ich schließlich noch nicht in Favilla.«

Ich reibe mir die Schläfen. »War es Finn?«

»Nee, den kenne ich.«

»Kai?«, fragt Melvin.

Lennart schüttelt den Kopf. »Nee, der auch nicht.«

»Maxim, Nate oder Raul?« Ich gehe alle Jungs mit hellen Haaren in Favilla durch, die ich kenne, aber Lennart schüttelt immer wieder den Kopf, mit jedem Mal ein bisschen entschiedener.

Ich schaue Melvin nachdenklich an. »Fällt dir noch jemand ein?«

»Nein, aber wenn ein Neuer da wär, wüsste ich das auch«, sagt er, dann wendet er sich wieder Lennart zu. »Wahrscheinlich siehst du Gespenster.«

Lennart zuckt wieder mit den Schultern.

Und dann springe ich auf, weil es plötzlich ganz klar ist, weil es eine Erklärung für all das gibt.

»Nein, keine Gespenster! Das sind die Eindringlinge!« Ich fahre mir aufgeregt durch die Haare. »Sie sind seit dem ersten Anschlag nie rein- oder rausgekommen. Aber es ist auch niemand aus Favilla selbst. Sie waren die ganze Zeit hier.« Ich zeige hektisch mit dem Finger auf den Boden. »Sie müssen sich in den Gängen versteckt haben … Sie verstecken sich wahrscheinlich noch immer dort.«

»Was willst du damit sagen?«, fragt Melvin.

»Na ja, wir …«

Kyara krallt ihre Finger auf einmal in meine Hose und zieht fest daran, damit ich mich wieder auf meinen Platz setze. Sie deutet mit dem Kopf nach rechts. Nikolai und die anderen Lehrenden kommen zurück. Roland wirft mir einen feindseligen Blick entgegen.

Wir verstummen.

Aber meine Gedanken toben noch. Das ist es!

Deshalb konnten sie auch Jons Falle durchschauen, deshalb wussten sie, dass Sam nur ein Ablenkungsmanöver war. Sie konnten uns die ganze Zeit beschatten. Ich muss Jon gleich davon berichten.

Die restlichen Suchenden sind nun auch zurück, der Dürre klopft gegen Jons Tür. Kurz darauf öffnet Sam sie, und der Internatsleiter tritt vor uns.

Er zögert nicht lange. »Hat irgendjemand Spuren entdeckt?«

Es bleibt still, die Gesichter ernst.

»Habt ihr jeden einzelnen Winkel abgesucht? Jede noch so kleine Nische?«, will er wissen.

Nicken.

Jon zieht die Luft ein, so lange, bis sich sein Brustkorb deutlich angehoben hat, dann atmet er beinahe entspannt wieder aus.

»Gut«, sagt er, und in seinem Gesicht zuckt es einmal. »Sehr gut«, wiederholt er.

Ein leises Raunen geht durch die Reihen. Und auch ich bin irritiert. *Sehr gut? Was soll daran gut sein?*

»Wir schotten Ebene Drei ab«, sagt Jon nun. »Vorräte sind genug da. Wir bewachen die Ausgänge und die Wohnbereiche.«

Hier ausharren? Ist das sein Ernst?

Ich blicke in die Runde, aber keiner scheint Einspruch erheben zu wollen. Die ersten vier Lehrenden machen sich sogar schon auf den Weg zum Wachposten.

Sie leisten ihm einfach Folge.

Sie tun, was Jon sagt, ohne es zu hinterfragen.

Aber in mir baut sich etwas bedrohlich auf, es schwillt an und an und an. Jemand muss doch wenigstens etwas einwenden!

Ich trete einen Schritt auf Jon zu. »Können wir kurz miteinander sprechen?«, frage ich.

16

Favilla. Ebene Drei. Jons Zelle.

Kaum hat Jon die Tür hinter sich geschlossen, macht er halt. Konzentriert prüft er die Verschlüsse seiner schwarzen Rüstung. Ich stehe ihm mit zwei Schritten Abstand gegenüber.

Er legt den Kopf leicht schräg. Das Grau in seinen hervorstehenden Augäpfeln schimmert.

»Du willst mit mir sprechen?« Seine Stimme klingt kein bisschen nervös. Er sieht einfach aus wie immer. Ich merke, wie sich einzelne Haare auf meiner Kopfhaut aufstellen.

»Sie waren die ganze Zeit hier. Sie waren nie weg!«, platzt es nun aus mir heraus. Aufgeregt beginne ich, ein paar Schritte im Raum hin und her zu laufen. »Es ist niemand von uns, kein Lehrender, kein Schüler, kein Begrabener, es ist niemand aus dem Internat.«

Jon hebt leicht die Brauen, als warte er darauf, ob noch mehr kommt. Will er denn gar nicht fragen, woher ich das weiß?

»Ich habe eine Idee, wie wir sie kriegen, Jon.« Jetzt bleibe ich stehen, um meinen Worten Nachdruck zu verleihen, aber er wirkt keinesfalls beeindruckt.

»Ich habe meine Entscheidung getroffen«, sagt er.

»Aber …« Ich stocke. Kurz fällt mir gar nichts ein. »Was ist mit den anderen? Was ist mit den ganzen Begrabenen und den Schülern in Ebene Eins und Zwei?«

»Ich habe doch den Zirkel hier«, sagt er mit derselben Ruhe wie zuvor.

»Jon!« Ich gehe näher auf ihn zu. »Wenn die Eindringlinge noch da oben sind, wer weiß, was sie vorhaben! Die meisten Schüler sind nicht mal bewaffnet, sie wären ihnen hilflos ausgeliefert!«

Er schweigt. Wieder fühle ich mich in die Bibliothek kurz nach dem Wassereinbruch zurückversetzt. Es war damals die gleiche Diskussion, die wir geführt haben. Nur dass es dabei um Lennart ging. Es ging um *eine einzige* Person, die er hätte sterben lassen, das war schlimm genug. Aber diesmal sprechen wir von einem ganzen Internat, verdammt!

Von mehreren Dutzend unschuldigen Schülern und noch mal fast genauso vielen Begrabenen, deren Leben aufs Spiel gesetzt wird.

»Sie haben für dich gearbeitet, sind bis an ihre Grenzen gegangen. Das kannst du ihnen nicht antun«, sage ich.

»Das spielt keine Rolle, wir kämpfen für etwas, das über sie hinausgeht, das hast du immer noch nicht verstanden.«

Ich glaube einfach nicht, was ich da höre.

»Nein!«, schreie ich jetzt. »*Du* hast es nicht verstanden, *du* bist hier derjenige, der überhaupt nichts versteht!« Ich spüre, wie das Blut in meinen Adern rauscht, wie es in mir brodelt. »Wir hätten längst aufbrechen sollen! Wir hätten weiter nach den Tränen suchen müssen, überlegen, wie wir an das Zepter rankommen. Aber du hast gar nichts gemacht!«

Jon verzieht noch immer keine Miene. Jetzt reicht es. Ich haue mit der Faust auf sein Pult, so fest, dass es wehtut und eines der Bücher von der Kante rutscht und auf den Boden knallt.

»Hier geht es doch gar nicht mehr um Heldentum oder Torheit!«, schreie ich. Mein Augenlid zuckt unkontrolliert. »Hier geht es darum, dass du zu feige bist, dich zu wehren. Du hast Angst, deshalb verkriechst du dich, so wie du es immer machst! Nur diesmal gehst du zu weit!« Mein Kopf ist ganz heiß, und in mir drin wühlt und wühlt es.

Und das alles wird noch schlimmer, weil Jon sich einfach immer noch nicht regt. Der kleine, beherrschte Mann mit den prüfenden Kugelaugen.

»Bist du fertig?«, fragt er mit ruhiger Stimme, blinzelt.

Ich starre ihn feindselig an, mein Brustkorb hebt und senkt sich heftig.

»Gut«, sagt er. »Dann hör mir jetzt sehr genau zu.« Er blickt auf seine Finger, streckt sie knackend und legt sie dann ineinander. »Du bist sehr leidenschaftlich, das ist gut. Aber du musst lernen, diese Leidenschaft zu kontrollieren. Ich höre mir deine Meinung immer gerne an, ich halte viel von ihr, und ich schätze es sogar, wenn du mir widersprichst. Aber wenn ich eine Entscheidung getroffen habe, dann habe ich eine Entscheidung getroffen. Und du darfst nicht vergessen, dass *ich* der Leiter dieses Internats bin und du dir mir gegenüber nicht alles erlauben kannst.« Seine Stimme nimmt plötzlich einen tieferen Klang an, wird irgendwie *düsterer.*

»So, wie du eben mit mir gesprochen hast, wirst du nie wieder mit mir sprechen. Du hast einen Punkt überschritten, den du kein zweites Mal überschreiten solltest, ich hoffe, das ist dir klar.« Er macht eine Pause, und ich merke, wie ich die Luft anhalte, dann redet er weiter. »Wir werden hier unten ausharren, kannst du das akzeptieren?«

Er würde sie einfach sterben lassen.

Er würde sie einfach alle sterben lassen.

Ich schlucke. Weiß nicht, wohin mit meiner Wut. Warte.

Schließlich öffne ich meine verkrampften Fäuste. »Ja«, sage ich ruhig und sehe ihm fest in die Augen. »Ja, ich akzeptiere es«, sage ich und versuche, das Zittern in meiner Stimme zu verbergen, denn in Wirklichkeit denke ich laut: *Nein! Nein, Jon, so etwas werde ich niemals akzeptieren können!*

Vielleicht ist *er* keiner, dem die Massen folgen, aber *ich* könnte es sein. Und ich habe einen Plan.

Jon mustert mich noch einen Moment, ich habe immer noch Gänsehaut. Dann endlich nickt er. Ich bin also entlassen.

Langsam gehe ich zur Tür, obwohl ich am liebsten aus der Zelle rennen und sie zuknallen würde.

Draußen laufe ich schneller. Vielleicht verhalte ich mich zu auffällig, aber es eilt.

Als Erstes suche ich Lennart. Er steht im Gang und inspiziert die Risse in der Wand vor einer der Lehrerzellen. Schnell ziehe ich ihn in eine ruhige Ecke.

Er guckt mich mit großen Augen an. »Was ist los?«

»Kennst du den Weg zu den Höhlenkäfernestern in Ebene Eins auswendig?«

»Du hörst mir nie richtig zu«, sagt er und schaut etwas verängstigt auf meine Hand, die sich immer noch in seinen Stoffärmel krallt. Ich lasse ihn los.

»Ich muss ihn nicht auswendig kennen. Ich muss nur meinem System folgen«, sagt er dann.

»Also würdest du sie finden?«

»Ja.« Er nickt.

»Gut!« Ich gebe ihm einen Kumpelklopf auf die Brust. »Sehr gut, Lennart, komm mit, wir müssen die anderen suchen.«

Wir dürfen jetzt keine Zeit verlieren. Zügig laufe ich vor, Lennart tippelt mir hinterher.

Melvin, der sich nur ein paar Gänge von uns entfernt aufhält, sammeln wir unterwegs ein. Die meisten Lehrenden sind in den Zellen oder in Richtung Lagerräume verschwunden, nur auf Benjamin treffen wir kurz. Er sieht uns misstrauisch hinterher, sagt aber nichts. Und im Zirkelraum gehen wir so selbstverständlich an dem Dürren vorbei, als hätte Jon uns geschickt.

Wir treten in die Grabkammer zum Sarkophag des Phönixwächters, wo Sam und Kyara gerade zur Wache eingeteilt sind. Lennart und Melvin setzen sich zu ihnen, ich bleibe stehen. Jetzt habe ich alle beisammen, die ich brauche.

»Was macht ihr hier?« Kyara löst sich von der Wand.

Sam neben ihr reibt sich die roten Augen. Sie muss kaum geschlafen haben die letzten Tage.

Ich räuspere mich. »Ich habe etwas mit euch zu besprechen, aber wir müssen leise sein.«

Die Gesichter meiner Freunde flackern im grünen Licht der Totenkerze. Ich habe ganz bewusst *sie* ausgewählt und keinen Callan, keinen Moa, keine Ellinor oder Liv. Nur diese vier kenne ich gut genug, um zu wissen, wie sie zu Jon stehen.

Einen Moment noch sammle ich mich, dann beginne ich

mit ruhiger Stimme zu sprechen: »Ich weiß nicht, wie es euch ging, aber als ich damals in den Zirkel gekommen bin, konnte ich es kaum fassen. Die Gemeinschaft, das Wissen, Jons mächtige Worte von Heldentum und Freiheit. Das alles hat meine ganze Welt verändert, *mich* verändert, als hätte mein gesamtes vorheriges Leben in einer Blase stattgefunden.« Ich sehe, wie Melvin kaum merklich nickt, Kyara mir aufmerksam in die Augen schaut.

»Heldentum. Freiheit. Von Kind an wurde uns beigebracht, zu tun, was andere befehlen. Es wurde uns eingetrichtert. Jag so viele Tiere, wie du kannst, sammle so viele Kräuter, wie du kannst, flicht, bis dir die Finger bluten, schlag auf Stein, bis du umfällst. Wir haben immer getan, was andere uns befehlen. Wir haben nichts infrage gestellt.

Favilla, allen voran Jon, hat uns aus diesem Gefängnis befreit, hat uns den Mut gegeben, unser bisheriges Leben und unseren Herrscher zu hinterfragen. Wir haben gelernt, Rechenaufgaben zu lösen, Buchstaben zu entschlüsseln, mit einer Waffe umzugehen.

Aber wie frei sind wir wirklich, selbst als Zirkler, wenn wir doch wieder nur Befehlen folgen? Und niemand spricht mit uns über die seltsamen Dinge, die hier immer wieder geschehen.

Wir verfallen in alte Muster, vielleicht sind wir ihnen nie entkommen, wir haben unser Ziel aus den Augen verloren.

Lucas ist im Wald verschwunden. Swen hat man nach seinem Ausraster nie wiedergesehen. Alexis ist weg. Johanna und so viele andere Nichtzirkler sind weg, und wir haben keine Ahnung, wohin.«

Selbst Sam nickt nun leicht mit dem Kopf, doch als sie bemerkt, dass ich sie ansehe, hört sie sofort damit auf. Ich rede unbeirrt weiter. »Wir wissen, dass Jon nicht zurückgetaucht wäre, um dich zu retten, Lennart.«

Lennart senkt betreten den Blick.

»Jon ist kein König. Er hat kein selbstgegebenes Recht auf Herrschaft. Er sollte unser Anführer sein, ein Vorbild«, ich komme einen Schritt näher an sie ran, »und er hat einen gewaltigen Fehler begangen, wenn er denkt, wir würden das ewig mitmachen. Denn eines hat er uns trotz allem beigebracht.« Ich mache eine kurze Pause, mein Herz trommelt nervös. »Er hat uns das Denken gelehrt.«

Stille.

»Jon würde uns nie alles sagen, nicht mal mir«, spreche ich weiter. »Was passiert mit den ausgetauschten Schülern, die als Sklaven in andere Länder verkauft werden? Warum verraten sie uns nicht? Warum hat keiner von ihnen Favilla jemals verraten? Das sind nur einige der vielen Fragen, die uns nicht beantwortet werden. Lediglich häppchenweise verteilt er die Wahrheit an uns. Was passiert hier in den letzten Wochen? Dass die Mission in Akila gescheitert ist, ist die eine Sache, dass wir jetzt nicht weitersuchen, eine ganz andere. Dass Angreifer es geschafft haben, in unser Internat zu kommen, ist die eine Sache, aber dass wir den Kampf mit ihnen scheuen, eine andere. Ihr seht doch auch, dass wir längst etwas hätten unternehmen müssen. Wir stehen kurz vor dem Durchbruch, aber plötzlich tut Jon gar nichts mehr. Nichts. Er verkriecht sich. Und zu lange haben wir dabei zugesehen.«

Ich sehe in ihren Gesichtern, dass ich sie mit meinen Worten erreiche. Kyara wirkt fast feierlich, ihr Kinn ist entschlossen nach vorne gerichtet. Melvin nickt immer wieder mit finsterer Miene, und selbst in Sams Gesicht passiert etwas.

Ich rede weiter, meine Worte kommen jetzt schneller: »Es reicht, es ist genug. Wenn er sich weigert, den Kampf zu suchen, dann sind *wir* diejenigen, die diese Aufgabe übernehmen müssen.« Ich warte, muss mich beherrschen, nicht zu laut zu werden, vorher Luft zu holen.

»Lennart hat einen blonden Jungen in den Gängen getroffen, der weder Lehrer noch Begrabener oder Schüler ist. Das kann nur eins bedeuten: Die Angreifer verstecken sich hier seit Tagen, um auf den richtigen Moment für eine Attacke zu warten. Und sie müssen sich von irgendetwas ernährt haben. Ein Einbruch in die Essenslager wäre jedoch aufgefallen. Lennart hat herausgefunden, wo sich die Höhlenkäfer ihre Nester bauen. Ich wette, dort können wir sie finden!«

Ich zeige an die Decke. »Da oben sind unsere Freunde. Unschuldige, ahnungslose Schüler und Begrabene. Wir können nicht zulassen, dass sie jetzt alle im Stich gelassen werden. Wir dürfen nicht zusehen, wie sie geopfert werden, nicht, wenn wir eigenständige Menschen sind, Menschen, die denken können.« Ich hole tief Luft durch die Nase. »Kommt ihr mit mir?«

Sie sitzen vor mir, im grünen Totenlicht eingefroren.

Ein Moment nach dem anderen verstreicht.

Dann drückt sich Melvin als Erster vom Sarkophag hoch. Seine blauen Augen schauen mich aufrichtig an. »Ich bin dabei, Großer.«

Kurz danach steht Kyara auf, verschränkt die Arme vor der Brust, nickt. Lennart folgt, sagt: »Ich auch.«

Sam sieht mich nicht an, sie richtet sich langsam auf, streicht eine Haarsträhne aus dem Gesicht, ihr Blick ist starr auf das Totenlicht gerichtet. »Machen wir sie fertig!«

17

Favilla. Ebene Zwei.

Ich fühle mich selbst wie ein Eindringling, während wir durch die Gänge schleichen, immer darauf bedacht, die Füße bloß nicht zu laut aufzusetzen, die Atmung möglichst flach zu halten.

Lennart geht voraus, er hält die Blendlaterne weit von sich gestreckt. Ich bin direkt hinter ihm, danach kommen Sam und Melvin, Kyara sichert nach hinten ab.

Die Gänge Favillas liegen so unberührt vor uns wie frisch aus dem Stein gebrochen. Diese Ruhe kommt mir trügerisch vor, als müssten schon hinter der nächsten Biegung Verwüstung und Geschrei auf uns warten. Aber jede Fackel steht noch senkrecht in der gleichen Halterung wie schon Tag um Tag zuvor. Die Totenschädel sind noch immer sorgfältig in den Wandnischen aufgeschichtet.

Kein Schüler bewegt sich durch die Gänge, um diese Zeit sind bereits alle Steintüren der Schlafzellen geschlossen, und niemand darf mehr hinaus.

Wir müssen die schmalen Treppen zu Ebene Eins hinauf, ich lasse die anderen vor. Als Sam an mir vorbeigeht, fasse ich nach ihrem Handgelenk. Verdammt, ich kann nicht anders, irgendwas muss ich sagen.

Sofort entzieht sie mir ihre Hand wieder. Mit einem Fuß auf der untersten Stufe, mit dem anderen auf dem Boden, hält sie inne und funkelt mich an. »Lass mich in Ruhe«, zischt sie.

»Bitte, hör mir doch zu, ich …«

»Ich hab dir schon genug zugehört. Für dieses Leben reicht es mir.« Ohne dass ich noch etwas erwidern könnte, rauscht sie an mir vorbei.

Das war keine meiner besten Ideen. In meiner Brust verschließt sich etwas. Ich habe meine klaren Worte für die beste Lösung gehalten, aber nichts konnte mich darauf vorbereiten, Sam so endgültig zu verlieren. Ich weiß nicht, warum mir der Gedanke ausgerechnet jetzt kommt, aber ich frage mich auf einmal, ob Jon wohl jemals einen Menschen wirklich geliebt hat.

Wie betäubt setze ich einen ersten Fuß auf die Treppenstufe. Ich darf jetzt nicht an Sam denken.

Fahrig reibe ich mir übers Gesicht. Oben bei den anderen angekommen, setze ich eine entschlossene Miene auf. So ist wohl das Anführersein. Es geht weiter. Es geht immer weiter.

Lennart tippelt voran und murmelt irgendwelche Reihenfolgen vor sich hin, Zahlen von Fackelhalterungen oder Senkgräbern, an denen er sich orientiert. Ohne auch nur einmal zu zögern, biegt er in einen Gang nach dem nächsten ab.

Wir sind an den Unterrichtsräumen Fünf und Sechs vorbei. Dahinter kommt nichts mehr, nur noch Ganglabyrinthe und irgendwann der unerschlossene Bereich.

Favilla verschlingt uns immer tiefer in sein Inneres, wo es mit jedem Schritt kälter wird und modriger riecht. Nicht nur nach dem Totenschädelgeruch, der uns inzwischen schon so vertraut ist, sondern nach etwas viel Älterem, Undefinierbarem.

»Noch zwei Biegungen«, murmelt Lennart, »dann bin ich mir nicht mehr ganz sicher, aber es muss eine Grabkammer sein, in der die Nester liegen.«

»Gut.« Ich bleibe dicht hinter ihm.

Zweimal biegt er kurz in einen Gang ab, kehrt aber gleich wieder um. Beim dritten Gang schließlich scheint Lennart sich sicher zu sein. Wir folgen ihm hinein, bis sich nach einigen Schritten ein größerer Steinbogen in der Wand vor uns auftut.

»Hier ist es!« Lennarts Insektenaugen leuchten im Schein seiner Blendlaterne. Er grinst verschwörerisch.

Der Raum ist etwa doppelt so groß wie unsere Schlafzellen, die Decke gewölbt wie die Hälfte eines riesigen Fasses. In der Mitte steht ein breiter Sarg, rechts und links davon hohe Kerzenständer, an denen Wachs bis zum glatten, mit viereckigen Platten ausgelegten Boden heruntergelaufen und zu huckeligen Strömen getrocknet ist. Rechts und links vom Eingang sind Nischen in die Wände eingelassen, sodass man von draußen diese Bereiche unmöglich einsehen kann.

Lennart hat gesagt, dass die Höhlenkäfer, wenn sie ihre Nester gebaut haben, nur wenige Stundenstriche bei Nacht rauskommen, das ist jetzt. Wir sind genau richtig.

»Verstecken wir uns«, sage ich. »Früher oder später werden sie hier vorbeikommen. Kyara, Lennart und ich hier«, ich deute mit dem Kopf nach links, »Melvin und Sam dort.« Ich zeige mit dem Finger auf die gegenüberliegende Nische. »Wenn wir seitlich vom Eingang stehen, können wir sie von hinten angreifen, sobald sie die Kammer betreten. Sie laufen uns direkt in die Falle.«

Die anderen nicken stumm, gehen in Position.

»Hier ist eins der Nester«, flüstert Lennart und zeigt zum Sarg. Ich beuge mich etwas näher heran. Lennart leuchtet nach unten. Kleine, bräunliche Hülsen liegen wie aneinandergeklebt auf den Platten, genau in der Rille zwischen Boden und Steinsarg haben sie sich niedergelassen. Insgesamt zähle ich zehn Stück davon.

»Sind das Eier?«, flüstere ich.

»Ja.«

»Wie lange brauchen die Käfer zum Schlüpfen?«

»Das muss ich noch herausfinden.«

»Scht«, mahnt uns Kyara. Sie deutet auf Lennarts Laterne. »Und mach die aus.«

Sie zieht uns ins Versteck. Einen Moment noch sehe ich Lennarts weiße Finger, wie sie ungeschickt an der Klappe herumfummeln, dann liegt die Grabkammer in vollkommener Schwärze.

Wir pressen uns in der Nische an die kühle, glatte Wand. Ich muss den Kopf einziehen, sodass schon nach kurzer Zeit mein Nacken zu schmerzen beginnt.

Immer wieder wird die Stille vom Krabbeln kleiner, gepanzerter Beinchen unterbrochen. Es ist kaum auszumachen, ob es ein einzelner Höhlenkäfer ist oder ob es gleich mehrere sind. Das tippelnde Geräusch erinnert mich an den Regen bei

Nacht, wenn ich im Minendorf im Bett lag. Unaufhörlich sind die vielen kleinen Tropfen aufs Dach über unseren Köpfen gerieselt.

Wir warten noch nicht lange, als erste Geräusche auf dem Gang zu hören sind.

»Ich glaube, da war etwas«, flüstert Kyara.

Keiner regt sich mehr. Jetzt kann ich deutlich Schritte hören, die von draußen näher kommen, gefolgt von kurzem Gemurmel. Unwillkürlich will ich die Hand um die Axt legen, aber wir stehen so eng beieinander, dass ich nicht rankomme.

Bitte, sie müssen es sein! Ich glaube kaum, dass irgendwelche Begrabenen oder Schüler so spät noch unterwegs sind. Vor allem nicht hier.

Mein Herz beginnt wilder zu schlagen, ich bereite mich innerlich darauf vor, gleich loszuspringen, gleich alles zu geben.

Die Schritte kommen noch näher, dann ein Flüstern. Es ist unmöglich, von hier aus etwas zu verstehen. Ich lege den Kopf schräg, um zu lauschen, und bewege mich dabei genau in ein paar Spinnenweben hinein. Sie kitzeln an meinem Kinn, haften an meinen Bartstoppeln, ich muss mich beherrschen, sie nicht hektisch wegzuwischen.

Ich halte die Luft an, lausche weiter. Aber plötzlich ist nichts mehr zu hören. *Zögern sie? Haben sie etwas bemerkt?*

Vorsichtig atme ich aus. Da legt sich der Lichtschein ihrer Fackel über den Sarg.

Wortfetzen dringen zu uns durch: … *hab ich doch gesagt … scht …*, mahnt ein anderer. Sie müssen direkt vor der Kammer stehen!

Jetzt nur stillhalten. Haltet bloß still!, flehe ich in Gedanken die anderen an.

Der Lichtschein der Fackel bewegt sich nun wieder, wird breiter, erhellt den Boden bis auf eine Handbreit Entfernung vor unserer Nische, mein Herz klopft.

»Riechst du es nicht?«, höre ich deutlich jemanden flüstern. Er steht nicht mal mehr zwei Schritte entfernt, ich kann sogar hören, wie der andere jetzt mehrmals schnuppert.

Riechen? Was sollen sie riechen?

Und dann schießt mir schlagartig das Blut in den Kopf. Melvins Kräuterpaste!

Ich habe mich längst an den Geruch gewöhnt, sodass ich daran überhaupt nicht gedacht habe, was aber, wenn er ihnen aufgefallen ist?

Ich spanne meinen ganzen Körper an. *Bitte, kommt schon rein, geht weiter rein, los, geht rein!*

Aber dann verschwindet das Licht. Die Schritte entfernen sich.

Nein, sie dürfen nicht entkommen!

Ich presse mich aus der Nische. »Ihnen nach«, flüstere ich und winke Lennart und Kyara zu mir. Ich schaue Lennart kurz eindringlich an. »Bleib immer hinter mir.«

»Kommt!«, zische ich auch in Sams und Melvins Richtung. Kaum lösen sie sich aus ihrem Versteck, stürme ich schon los.

Die Schritte der Vermummten im Gang werden schneller, offensichtlich beginnen sie zu rennen. Sie flüchten!

Beide haben eine Fackel in der Hand und die Kapuze auf. Sie müssen uns bemerkt haben und dann umgekehrt sein, aber noch sehe ich die Lichter, noch kann ich sie mir holen! Ich beschleunige. Diesmal lasse ich sie nicht entwischen.

Das hektische Aufschlagen unserer Füße hallt bedrohlich von den Wänden wider. Ich werfe einen kurzen Blick über die Schulter, Kyara ist dicht hinter mir, aber Lennart, Sam und Melvin scheinen noch zurückzuliegen.

Wir müssen die Vermummten in eine Sackgasse treiben. *Aber sie kennen sich hier aus. Sie wussten von Ebene Drei, sie wussten von Jons Falle.*

Die Steinwände sausen an mir vorbei. Die beiden sind unglaublich schnell.

Kyara ist jetzt fast neben mir, die Vermummten haben etwa zwanzig Schritte Vorsprung, und plötzlich, vor der nächsten Abzweigung, trennen sich die beiden. Der eine biegt nach rechts ab Richtung Krankenstation, der andere nach links Richtung Unterrichtsräume.

»Nimm du ihn!«, brülle ich Kyara zu und zeige nach links, »ich folge dem anderen.«

»Ja«, keucht sie, und schon verschmilzt sie mit der Dunkelheit, während ich rechts abbiege, ohne langsamer zu werden. Sam, Lennart und Melvin werden uns schon irgendwann einholen. *Hoffentlich.*

Erste Fackeln reihen sich hier wieder an den Wänden, Kyara und ich nähern uns dem Zentrum von Ebene Eins.

Wir jagen an Unterrichtsraum Drei vorbei, ich bin mittlerweile dicht hinter ihm, höchstens zehn Schritte trennen uns. Gleich erreichen wir die Zellen der Begrabenen. *Was hat er vor?*

Wie ein Phantom bewegt er sich durch das Internat, ein vager Umriss im trüben Licht. Immer noch fehlt mir ein letztes Stück, um ihn greifen zu können, aber wenn er nur einen Fehltritt macht, nur einmal zögert, habe ich ihn.

Mein Puls steigt, meine Beine brennen.

Der Vermummte hält sich dicht an der Wand, die Flammen der Fackeln erzittern, wenn er an ihnen vorbeijagt.

Langsam geht mir die Puste aus, zum Glück scheint es bei ihm nicht anders zu sein, wir lassen beide ein bisschen nach.

Doch ans Aufgeben werde ich nicht einmal denken. Ich lege die ganze Wut auf Jon in meine Schritte, die ganze Sorge um die Schüler und den Schmerz wegen Sam, und als würde ich von innen heraus auf einmal neue Kraft schöpfen, beschleunige ich.

Plötzlich wirft der Angreifer sich um die Ecke, sodass ich kurz abstoppe, damit ich es um die Kurve schaffe. Dort geht es in die Küche.

Schnell, weiter. Hier brennen kaum Lichter, er ist schon fast durch den Raum, glaube ich, ich sehe den Schatten nirgendwo mehr, folge einen Moment lang nur dem Klang der Schritte, bis in den Essenssaal.

Stille.

Die Öllampen flackern friedlich auf den langen Tischen. Aber keine Gestalt in Sicht, kaum ein Geräusch, nur mein eigener Atem, schnell und laut.

Ich drehe mich einmal um mich selbst. Die Bänke stehen da wie immer, die Schüsseln stapeln sich leer auf dem Versorgungstisch. *Wo ist er hin?*

Ist er etwa schon weg? Hat er mich abgehängt?

Ich setze vorsichtig einen Fuß vor, der Griff meiner Waffe ist glitschig, und ich spüre, wie sich auch Tropfen auf meiner

Kopfhaut sammeln, mich kitzeln, bis sie wahrscheinlich gleich an den Schläfen hinabrinnen werden.

Ich kann mich kaum auf meine Umgebung konzentrieren, dafür ist mein eigenes Keuchen zu laut.

Ich bücke mich kurz, um unter die Tische schauen zu können, lasse den Blick in alle Ecken schweifen. Nichts. Das kann doch nicht wahr sein.

Ich laufe Richtung Ausgang, als ich noch mal innehalte. *Die Senkgräber.*

Hier im Essenssaal sind die Nischen in den Wänden leer, da passt locker ein Mensch rein. Ich lag mit Lucas sogar schon mal in welchen, die mit Knochen gefüllt waren.

Vorsichtig gehe ich auf die Wände zu, nähere mich immer weiter den Nischen, aus denen dunkle Löcher zurückstarren, als ich plötzlich ein Geräusch höre.

Ich reiße den Kopf nach vorne. Und da sehe ich die Gestalt, wie sie sich aus einer der unteren Grabnischen zurück auf den Boden rollt. Los!

Ich hechte mit einem Sprung auf ihn zu, da packt er die vor ihm stehende Bank und schleudert sie in meine Richtung. Ich schreie auf, als das schwere Holz gegen mein Knie schlägt. Ehe ich mich wieder fangen kann, springt der Vermummte geschickt wie ein Tier auf den Tisch, wieder auf den Boden und rennt davon.

Mist. Mist. Mist!

Ich stürme los, ich darf ihn jetzt bloß nicht verlieren!

Wir erreichen den Brunnenraum, ich habe wieder aufgeholt, und mit ganzer Kraft springe ich vor, die Arme nach seinem Rücken ausgestreckt.

Ich krache in ihn rein. Mit dem Bauch voran prallt er gegen die Brunnenkante, sein Atem entweicht heftig vom Aufprall, die Fackel in seiner Linken löst sich aus seinen Händen und fällt in den Brunnenschacht. Ich höre sie hinabsausen, dann stößt sich der Vermummte bereits wieder vom Brunnen ab, macht eine schnelle Drehung und kickt mit dem Fuß nach mir.

Ich weiche zurück, er auch. Und so stehen wir uns für einen Moment gegenüber, das klaffende schwarze Loch des Brunnens zwischen uns.

Ich versuche, irgendetwas in seinem Gesicht zu erkennen, doch da ist nichts. Nicht mal einen Umriss kann ich sehen.

Er wird gleich wieder die Flucht ergreifen, ich muss etwas tun – da höre ich auf einmal weitere Schritte. Sie kommen auf uns zu. Schon stürmt der zweite Vermummte durch den nördlichen Eingang in den Brunnenraum. Aber da muss noch jemand sein, ich höre immer noch rennende Schritte. *Kyara? Sam? Melvin?*

Die beiden Eindringlinge wechseln einen schnellen Blick, dann rennen sie in Richtung Große Halle.

Tatsächlich stürmt Kyara in diesem Moment in den Brunnenraum. »Wo ist er hin?«, keucht sie.

»Die Große Halle, schnell!«, rufe ich, und wir jagen ihnen zusammen hinterher. Im Gang nehme ich wieder richtig Tempo auf, und nach den nächsten paar Schritten ist mir bereits klar, wohin die Vermummten fliehen wollen: Sie peilen den Haupteingang an.

Sollen sie nur, denke ich mir. Dort werden die Wachen auf sie warten, die einzigen anderen Bewaffneten in dieser Ebene.

Wir erreichen die Halle. Die beiden sind schon fast bei den Phönixstatuen. Hastig überqueren wir den glatten Marmorboden, das Feuer in den Körben brennt schwach. Alles hallt hier drinnen doppelt so laut.

Die Vermummten schieben bereits das zweiflüglige Gittertor am anderen Ende auf. Verschwinden dahinter. Das Eisen zittert laut nach.

Wir folgen. Dutzende Schritte, der schmale Gang, der nach oben führt, die Treppen, schneller, dahinten, die Biegung, ich kann die Gestalten nicht mehr sehen. Kyara ist direkt bei mir.

Aber als ich die Biegung dann erreicht habe, stoppe ich erschrocken, sehe gerade noch, wie einer der beiden Begrabenen, die den Eingang zum Amphitheater bewachen, mit einem Armbrustbolzen in der Brust zu Boden sackt. Dort liegt bereits eine weitere leblose Wache, das Schwert noch in der Hand. Blut breitet sich unter ihnen aus, die Köpfe hängen schlaff zur Seite.

»Noel. Keine Zeit«, keucht Kyara neben mir und rennt vorbei. Ich schüttle einmal den Kopf.

Es reicht. Mit Schwung hole ich aus und schlage mit der Axt gegen die Fackelhalterung an der Wand. Das Eisengestell fällt mit einem lauten Klirren zu Boden.

Kyara dreht sich während ihres Sprints einmal schnell um.

»Was hast du vor?«

»Sie aufhalten.« Ohne zu zögern, klemme ich mir das Eisengestell unter die Arme und renne ihr nach. Wir stürmen die Treppen hoch ins Freie. Kalte Nachtluft schlägt mir wie eine Wand entgegen und kühlt meinen Schweiß. Der Platz ist erhellt von Sternenlicht. Das mächtige Amphitheater tut sich in der Dunkelheit vor mir auf, die zwei schwarzen Gestalten stürmen die Arena hoch.

Ich spüre, wie die Wut erneut in mir auflodert, dann halte ich Kyara zurück, nehme Anlauf, hole mit dem Eisengestell aus und schleudere es mit Wucht auf die Vermummten.

18

Lavis. Amphitheater.

Die Eisenstange wirbelt durch die Luft. Der vordere Vermummte schreit wütend, als sie ihm die Beine wegreißt, er fällt auf die Stufen. Der zweite Vermummte prallt gegen ihn, stürzt ebenfalls.

Jetzt! Wir rennen.

Das Fluchen des Getroffenen dringt laut in die Nacht. Einer der beiden hat sich bereits wieder aufgerappelt, aber da ist Kyara schon bei ihm. Er wirbelt herum, ihre Schwerter schlagen gegeneinander. Der Klang von klirrendem Metall erfüllt das Theater.

Nun bin ich da, ich nehme mir den anderen vor. Meine Axt saust auf ihn hinab, und er schafft es gerade noch, seine Waffe zu heben. Die Klingen prallen laut aufeinander. Der Widerstand vibriert in mir. Eilig rappelt der Vermummte sich auf. In einer schnellen Schlagabfolge treibe ich ihn die Ränge des Amphitheaters hoch, zwischen dem Schwingen der Waffen erhasche ich einen Blick in seine eisblauen Augen. Sein Kampfgeschrei kommt mir so unheimlich bekannt vor, und dann stoppe ich abrupt ab. Stolpere fassungslos ein paar Stufen nach unten.

Das …

Die Kapuze ist beim Sturz von seinem Kopf gerutscht. Blondes verschwitztes Haar fällt in seine Stirn. Aschfahle weiße Haut und kalte Augen.

»Aron!«

Das verschlagene Grinsen, an das ich mich nur allzu gut erinnere, schleicht sich auf sein Gesicht. Dieses durchtriebene Grinsen, wenn er Lucas fertigmachen wollte. Ich kralle die Finger fester um meine Waffe.

»Damit hast du wohl nicht gerechnet, was?«

Ich weiß nicht, was damals im Wald passiert ist, ich weiß nur, dass man die geflohenen Schüler gefasst hat. Wie kann es sein, dass er hier vor mir steht? *Hier?*

Und wer steckt dann unter der anderen Kapuze? Timeon? Felicity? Valerie?

Sind es noch mehr Vermummte als die beiden? Haben sie es alle zurückgeschafft?

»Du solltest mal dein Gesicht sehen«, sagt Aron und spuckt zur Seite aus.

Wir beginnen, im Kreis umeinanderzutänzeln, halten Blickkontakt. Immer wieder bewegen wir uns eine Stufe seitlich hoch oder eine nach unten, lauernd auf den nächsten Angriff.

Aus dem Augenwinkel sehe ich Kyara und den anderen Vermummten, sie sind nur wenige Treppenstufen über uns.

Sie zählt zu unseren besten Kämpferinnen, sie hat sogar Sam geschlagen, und trotzdem treibt der zweite Vermummte sie zurück.

Jetzt schießt Arons Waffe in einer geraden Linie auf mich zu. Ich halte dagegen, gleich darauf deutet Aron einen Schlag von rechts an, um dann schnell von links auszuholen, ich blocke wieder ab.

Wir entfernen uns ein Stück voneinander. Ich puste mir die Haare aus dem Gesicht. Ich schwitze.

Arons Schläge kommen gezielt, ich weiß, dass er einige Tricks draufhat. Dass er nur auf eine kleine Schwachstelle in meiner Deckung wartet.

Ich höre Kyara hinter mir aufschreien, das Schlagen der Waffen dort wird immer schneller. Wenn Kyara oder ich nur einen der Gegner besiege, sind wir in der Überzahl. Aber zurzeit sieht es nicht danach aus.

Aron nutzt den Moment meiner kurzen Unaufmerksamkeit und ist mit einem schnellen Schritt bei mir, nun bin ich es, der Stufe um Stufe gejagt wird.

Ich schaffe es, zu parieren, aber ich kann das Gleichgewicht kaum halten. Trete ich nur einmal falsch auf, ist es aus.

Plötzlich sticht er mit einer so schnellen Finte auf mich zu, dass ich einen Ausfallschritt machen muss, doch ich verfehle die Stufe und rutsche nach hinten ab.

Ich stürze, drehe mich im Fall, sodass ich mich zur Seite abrollen kann. Aber meine Hüfte knallt gegen den harten Stein, und ich schlage unkontrolliert mit der Schläfe auf. Kurz ist alles schwarz, ich stöhne. Blinzle, aber alles dreht sich. Ich weiß nicht, wo oben und unten ist, weiß nicht, wo Aron ist. Ich kneife die Augen zusammen. Selbst das Dunkel fühlt sich an wie ein einziger Wirbel. Von irgendwoher dringt ein Lachen zu mir durch.

Ich versuche, die Augen wieder aufzumachen. Zuerst sind da nur flimmernde Punkte, oder sind es die Sterne?

Aber dann erkenne ich Arons Gestalt. Verschwommen bekomme ich mit, dass er mit dem Fuß auf meiner Axt steht, sie amüsiert unter seinem Schuh hin und her reibt.

»Ich dachte, du hättest in der Zwischenzeit ein bisschen mehr dazugelernt«, sagt er verächtlich. Mein Kopf explodiert.

Aber damit lasse ich ihn nicht davonkommen. Ich stütze mich auf die Ellenbogen. Langsam wird mein Sichtfeld schärfer, zumindest sein Grinsen kann ich deutlich sehen.

»Was willst du jetzt tun, hä?«, provoziert er mich, scheint den Moment der Überlegenheit geradezu auszukosten. *Sein Fehler*. Denn damit wird er von mir gerade noch nicht rechnen: Ich ignoriere alles Pochen und Stechen, hebele mein Bein hinter seiner Wade ein und ziehe mit einem kräftigen Ruck in meine Richtung. Aron strauchelt, gibt mit dem Fuß meine Axt frei, ich schnappe sogleich nach ihr. Und bis er ausbalanciert hat, bin ich wieder auf den Beinen und bewaffnet.

Wir stehen uns gegenüber.

Es geht weiter. Aron grinst jetzt nicht mehr. Er drängt mich seitlich nach oben, so weit, dass ich auf einmal mit dem Rücken gegen Kyara pralle.

Ich weiß nicht, was er vorhat, aber während ich weiterhin pariere, schafft er es, seine Kampfposition so zu ändern, dass Kyara nicht mehr hinter mir, sondern neben mir steht, und dann steht mir auf einmal auch der andere Vermummte gegenüber. Aron will einen Viererkampf!

Irgendwie muss ich versuchen, mit Kyara im Team zu arbeiten. Während ich mit meiner wuchtigen Axt blocke, könnte sie mit dem kleinen, schnellen Krummsäbel angreifen.

Aber der Vermummte hält sie zu sehr in Schach, er lässt

sich überhaupt nicht von ihrer wirbelnden Kampftechnik irritieren.

Durch eine schnelle Drehung hinter meinem Rücken entlang schafft Kyara es, Aron und den Vermummten gegeneinander auszuspielen. Sie behindern sich gegenseitig, und ihre Waffen schlagen fast aufeinander.

Ich nutze den Moment und treffe Aron, die Klinge schabt über seine Lederrüstung, gleitet dann aber ab. Er keucht auf. Nun ist Kyara vor ihm, treibt ihn schnell zurück. Ich stehe vor dem Vermummten, seine Kampftechnik ist zu ausgefeilt, das schaffe ich nicht, mir bleibt nur dieser Moment, um etwas zu unternehmen. *Los, Noel!*

Mit der Axt voraus, die sein Schwert zur Seite fegt, werfe ich mich auf ihn. So wuchtig, dass seine Waffe scheppernd wegfliegt, als wir zusammen auf dem Boden aufprallen. Er stöhnt.

Jetzt habe ich ihn! Mit den Beinen drücke ich seinen Oberkörper weiter auf den Boden. Ich hole mit der Axt aus, da greift er schnell in eine Seitentasche. Verdammt, er hat ein Messer!

Zu spät. Ein Ruck fährt durch meinen Körper, ich beiße die Zähne zusammen, warte auf heftigen Schmerz, aber spüre nicht mehr als einen kurzen Stich.

Ich lasse sofort von ihm ab, merke, wie er sich unter mir wegrollt.

Ich starre auf mein Lederwams, es ist seitlich aufgeschlitzt, ich spüre, wie es nass darunter wird, wie Blut bis zu meinem Bauchnabel rinnt. Allzu schlimm scheint es zum Glück aber nicht zu sein.

Ich schnelle hoch, springe eine Stufe nach unten, er hat sich noch nicht ganz von dem Aufprall erholt, den Moment nutze ich und setze zum Schlag an. Er dreht sich schnell zur Seite. Eisen knallt neben seiner Schulter laut auf den Stein. Funken sprühen.

Der Vermummte hat sich schon aufgerappelt, um nach seinem Schwert zu greifen.

Keuchend hebe ich die Axt, auch der Vermummte hat wieder seine Position eingenommen. Schwer atmend umkreisen wir uns. Die kleine Stichwunde unter meinem Wams ziept, meine Schläfe klopft.

Auf einmal höre ich Kyara hinter mir schreien. Schlimm schreien.

Ich fahre herum, die poröse Stufe unter ihr ist einfach weggebrochen. Sie ist auf den Rücken gefallen. Arons Augen sind enge Schlitze. Auf dem Rücken liegend, kämpft Kyara weiter, kann die Angriffe aber kaum noch parieren.

Mein Herz setzt einen Schlag aus.

»Nicht!«, brülle ich, renne die Ränge seitlich zu ihr hinauf.

Über Kyaras Körper hinweg ziele ich mit der Waffe auf Aron, sodass er meinen Angriff blocken muss und Kyara keinen tödlichen Stoß verpassen kann. Von der Wucht des Aufpralls stolpert Aron nach hinten.

Mit erhobener Waffe drehe ich mich so schnell ich kann wieder um, bereit, mich dem anderen Vermummten entgegenzustellen, aber wer auf mich zugerannt kommt, sind Melvin und Sam, und irgendwo unten am Eingang kann ich Lennart erkennen. Sie haben uns endlich gefunden.

In diesem Moment höre ich ein Klirren und fahre wieder herum.

Ein Glück! Kyara hat Aron entwaffnet, sie hält ihm die

Schwertspitze an die Kehle. Er hat die Hände erhoben, um sich zu ergeben.

»Noel!« Sam kommt auf mich zu, nimmt immer zwei Stufen auf einmal.

»Er haut ab!«, ruft sie außer Atem. »Wir müssen ihm nach!« Sie zeigt mit dem Finger nach oben, dort sehe ich den Vermummten hinter den Mauern verschwinden.

»Hilf ihr!«, rufe ich Melvin zu, der uns gerade erreicht hat, und nicke Richtung Kyara. Melvin nickt zurück, da bin ich schon losgerannt.

Sam und ich hetzen gemeinsam die Treppen nach oben, lassen das Amphitheater hinter uns. Wir rennen den Schotterweg entlang, die Gräberreihen ziehen an uns vorbei, der Vermummte als Schatten vor uns. Dann verschluckt ihn der Nebel.

19

Favilla. Friedhof.

Wir stoppen.

»Er wird zum Flügeltor rennen«, sage ich völlig außer Atem.

»Muss nicht sein«, sagt Sam. Sie hat das Schwert in der einen, den Schild in der anderen Hand fest umklammert. »Vielleicht will er, dass wir genau das denken.« Sie zeigt nach links. »Ich renne zur Anhöhe, vielleicht wählt er den Toten Bereich.« Sie zeigt nach vorne. »Versuch du das Tor.«

Zeit zum Diskutieren bleibt nicht, also nicke ich. Ein letzter Blick. »Los!«

Meine Füße brennen, das Leder meiner Schuhe ist abgenutzt. Die groben Steine bohren sich in meine heißen Sohlen. Ich laufe tiefer in den Nebel, bis alles nur noch weiß ist, bis ich wieder von dem Friedhofsgefühl eingenommen werde. Die Stille presst sich in meine Ohren, sodass ich meinen hektischen Atem wie von innen in meinem Körper widerhallen höre.

Aber ich rase weiter. Wir werden ihn kriegen, und ich werde mir beweisen, dass Jon auf mich hätte hören sollen.

Vor mir schälen sich die Gräber aus dem Weiß. Die verdorrten Bäume wollen wie giftige Schlangen nach mir schnappen.

Mir ist schwindelig, sauschwindelig. Und in meinem Kopf herrscht seit dem Sturz auf den Treppen ein einziges Pochen. Aber nichts wird mich aufhalten.

In immer gleichmäßigerem Rhythmus tun sich Lücken in dem dichten Weiß auf. Plötzlich erkenne ich eine Bewegung, nicht weit vor mir. Ich kneife die Augen zusammen. Das muss er sein!

Meine Füße stampfen so schnell in den Boden, dass ich mich fast überschlage.

Bis zum Flügeltor ist es nicht mehr weit, er hat doch den direkten Weg genommen!

Schemenhaft erkenne ich die aufgelockerte Erde, die Massengräber zu meinen Seiten. *Gleich hab ich ihn, gleich.*

Der Nebel verdichtet sich wieder, und ich verliere ihn für einen Moment. Ich verlasse den Schotterweg, um leiser voranzukommen, sinke in die lehmige Erde. Dann höre ich wieder etwas.

Greifbar nah.

Es sind seine Schritte kurz vor dem Tor.

Ich sehe den schwarzen Mantel, der in der Nacht hinter ihm herflattert. Bevor er sich umdrehen kann, springe ich aus meiner weißen Deckung, stürze mich auf ihn, drücke ihn mit Wucht gegen das Eisengitter, das laut klirrend erzittert. Als wären in den Stäben Stimmen gefangen, die jetzt laut und schrill kreischen.

Ich drücke ihn mit den Schultern, so fest ich kann, gegen das Eisen, ich hab ihn, *ich werde dich nicht loslassen,* plötzlich reißt er völlig unvermittelt den Ellenbogen hoch und rammt ihn mir mit Wucht ins Gesicht.

Ich schreie auf, taumele zurück, schon hat er sein Schwert wieder gezogen. Doch fast genauso schnell habe ich meine Axt gezückt.

Da steht er. Stumm. Unbeweglich. Das Schwert in seiner Hand zittert kein bisschen.

Wie ein Phantom steht er zwischen den gewaltigen Flügeln, als würden sie aus seinem Rücken in die Höhe ragen.

Ich überlege nicht lange, stoße mit der Waffe vor. Angriff. Doch mühelos weicht er zur Seite aus, meine Klinge donnert gegen das schwere Metall, ich wirbele herum. Immerhin bin *ich* es nun, der mit dem Rücken zum Tor steht. Ich werde ihn nicht vorbeilassen.

So verharren wir erneut einen Moment. Ein scharfer Wind fegt vorbei, macht den Schweiß auf meiner Haut zu einer eiskalten Membran.

Langsam wandert die Hand des Vermummten zu seinem Kopf, er fasst nach der Kapuze.

Mein Herz schlägt so wild in meiner Brust, als wolle es ausbrechen, alles in mir ist angespannt, bereit, sofort aufs Neue zu kämpfen.

Er schiebt die Kapuze mit einem Ruck nach hinten.

Braune Locken kommen darunter hervor, ein vertrautes Gesicht, vor Wut verzogen, die Augen bekannt und doch fremd. Alles Blut weicht aus meinem Kopf. Der Schock presst mich von innen zusammen.

Das Schwert in seiner Hand zeigt mit der Spitze auf meine Brust. »Geh mir aus dem Weg, Noel, oder ich werde dich umbringen«, sagt Lucas. Lucas, der Kräutersammler.

KINGS & FOOLS

6

VERBOTENE MISSION

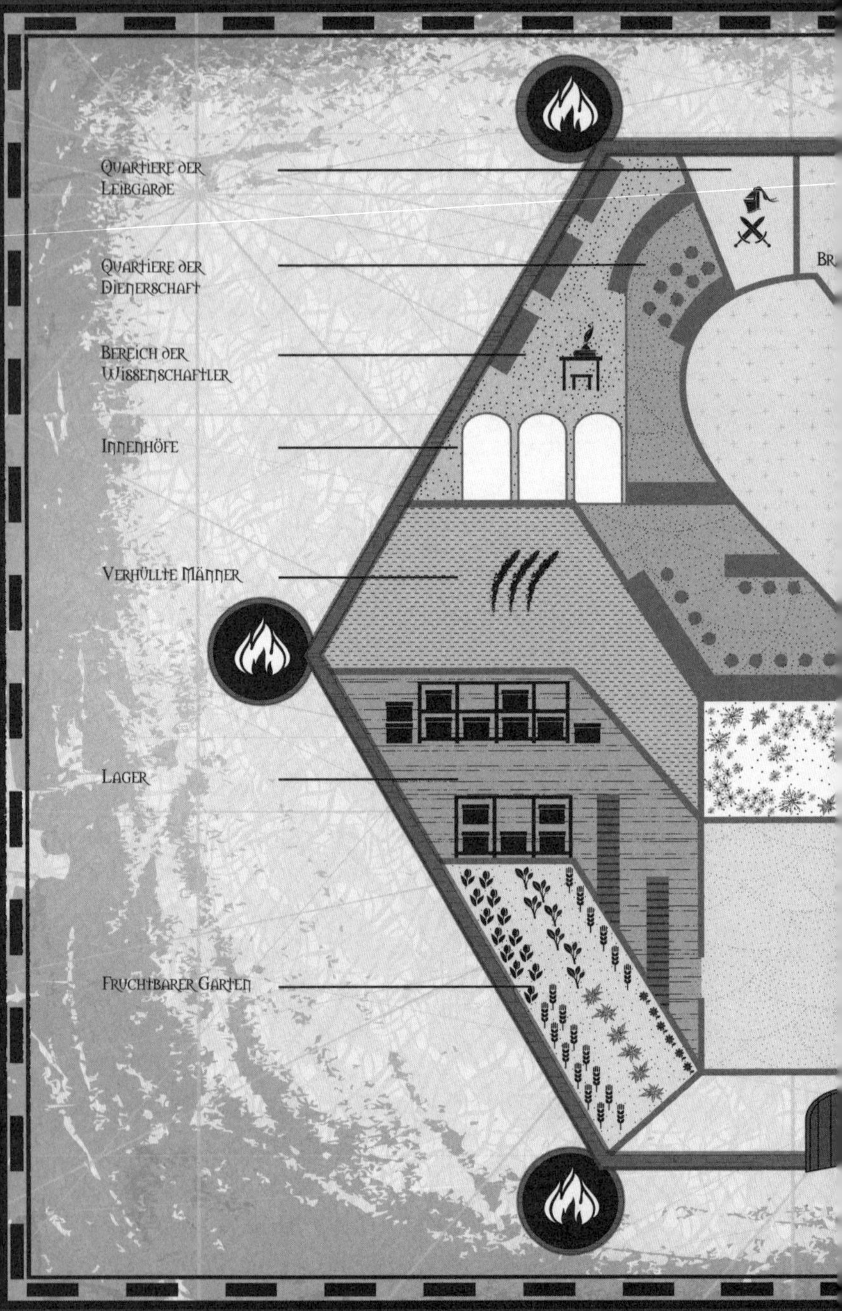
Quartiere der Leibgarde
Quartiere der Dienerschaft
Bereich der Wissenschaftler
Innenhöfe
Verhüllte Männer
Lager
Fruchtbarer Garten

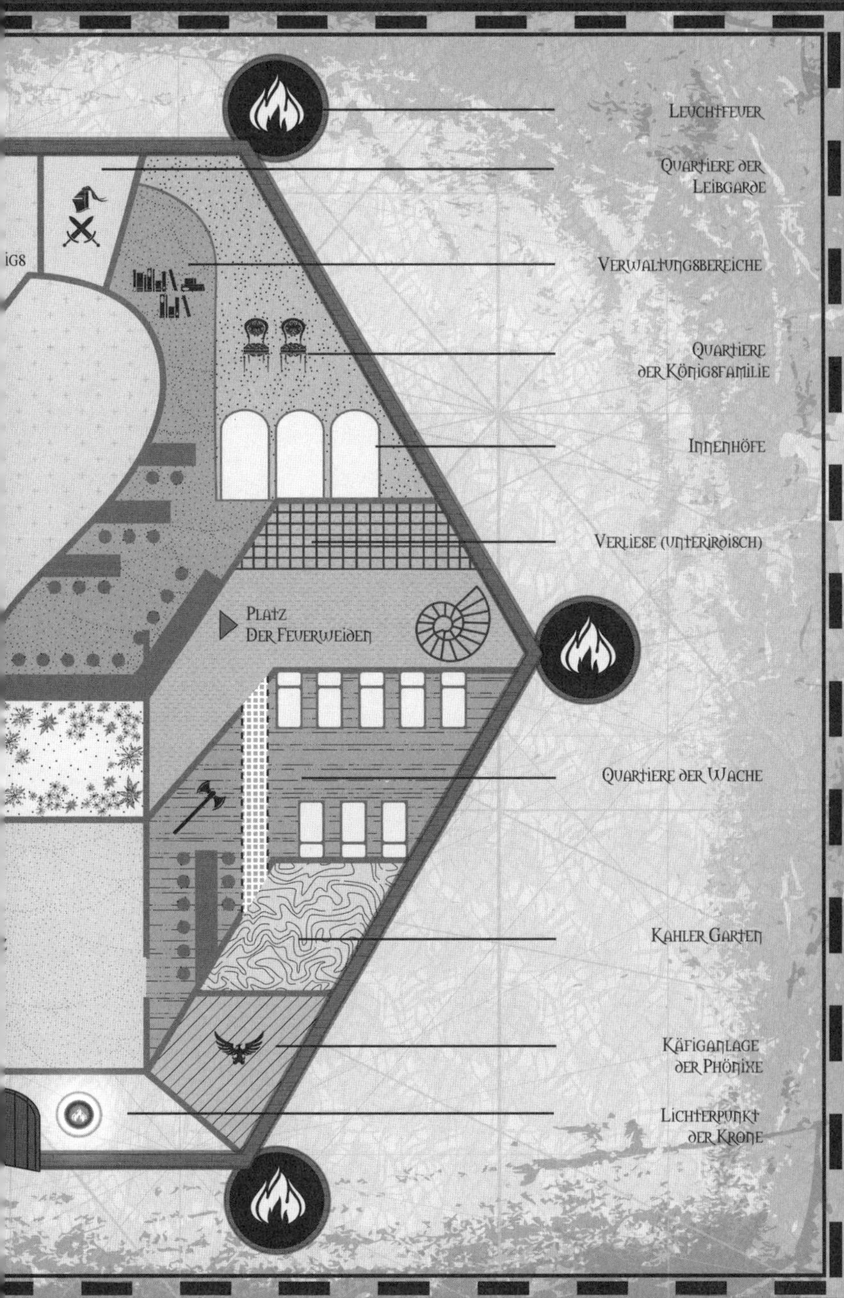

Leuchtfeuer
Quartiere der Leibgarde
Verwaltungsbereiche
Quartiere der Königsfamilie
Innenhöfe
Verliese (unterirdisch)
Platz Der Feuerweiden
Quartiere der Wache
Kahler Garten
Käfiganlage der Phönixe
Lichterpunkt der Krone

Für Oma,
die Coolste.

LUCAS

1

Lavis. Wald.

Ich wische mir über die Handrücken.

Was soll das werden, Lucas?

Der silberne Mond ist nur noch eine undeutliche Ahnung oben zwischen den Wipfeln. Die dunklen Bäume rufen nach mir, sie wollen, dass ich zwischen ihnen verschwinde, abtauche in die Schwärze und weg von den lichten Bereichen am Fluss. Sie laden mich ein, endlich abzuhauen. Tom zu finden.

Das war alles, was ich wollte, seit ich in Favilla gelandet bin. Und jetzt habe ich meine Chance, und trotzdem stehe ich noch hier. Ich presse die Lippen aufeinander, klammere meine Hand um den Griff der Fackel, als wolle ich ihn zerquetschen. Meine Füße sinken immer tiefer in den weichen Boden. Warum habe ich angehalten?

Doch ich kenne die Antwort schon.

Es ist Sam. Und es sind auch Estelle und Callan.

Ich kann sie nicht einfach so mit den Verrätern alleine lassen.

Schwachsinn. Sam ist die beste Kämpferin des Internats.

Und auch Callan und Estelle werden den Nichtzirklern durch ihre Ausbildung weit überlegen sein, sage ich mir eindringlich.

Aber ich bleibe immer noch stehen, bringe es einfach nicht über mich, weiterzurennen. Was, wenn ich mich irre?

Aron ist dort draußen, er ist verschlagener als sie alle zusammen. Was, wenn ich sie dem Tod überlasse?

»Verdammt«, fluche ich leise, als ich mich umdrehe. »Du dämlicher Vollidiot, Lucas.«

Ich mache die ersten Schritte zurück in Richtung Fluss. Das Brechen der Äste klingt wie von toten Knochen, so als würde ich über die Beinhäuser von Favilla laufen. Mein Herz hämmert, mein Atem geht flach. Vorwärts durch die Dunkelheit. Ich muss, ich kann nicht anders. Ich werde nur kurz nachsehen, ob alles in Ordnung ist. Ich werde mich nur absichern, dass die anderen klarkommen. Und dann bin ich weg. Es hat sich nichts geändert.

Allmählich dringt das Klingen von Metall auf Metall zwischen den dichten Baumreihen zu mir hindurch.

Los jetzt. Ich muss schneller machen. Je eher ich dort bin, desto eher bin ich auch …

In diesem Moment verhakt sich mein Fuß in einer Wurzel, es hebelt mich regelrecht in die Luft, und ich fliege nach vorne.

Ich kann noch die Arme vorstrecken, dann lande ich mit Wucht auf dem Waldboden. Meine Hände schaben durch das Laub und über die dornendurchsetzte Erde darunter. Mit dem Kinn schlage ich gegen etwas Hartes. Der Schmerz ist plötzlich und dröhnend, ich höre meinen Puls. Schmecke Blut, weil ich mir auf die Zunge gebissen habe.

Schnell! Wieder hoch! Ich richte meinen Oberkörper auf, erstarre.

Mir bleibt beinahe die Luft weg.

Nur einen Fingerbreit vor meinen Augen schwebt eine Schwertspitze in den fahlen Lichtfetzen des Mondes.

Das war keine Wurzel, die mich zu Fall gebracht hat.

»Ich habe bis zum Schluss gehofft, dass Jon falschliegt.«

Ich wage es immer noch nicht, mich zu bewegen, aber ich richte meinen Blick von der Schwertspitze nach oben.

Ich kann Emmas Gesicht kaum erkennen, kann eigentlich nur die dunklen Konturen ausmachen. Doch ich weiß ganz genau, wie sie mich mit steinharter Miene anschaut, ich kann es in ihrer Stimme hören, in dieser kompromisslosen Kälte.

»Du nimmst jetzt vorsichtig deine Schwerter vom Rücken«, sagt sie. »Und wenn du auch nur eine verdächtige Bewegung machst, dann ramme ich dir meine Klinge so in den Hals, dass du ganz langsam daran verreckst. Das schwöre ich dir, Lucas.«

Ich schlucke trocken. Drehe mich ganz langsam, ganz vorsichtig auf die Seite, greife nach dem ersten Schwert, lege es zu Boden – *bloß ruhig bleiben, bloß kein falsches Signal geben, Emma blufft ganz sicher nicht* –, dann greife ich mit bebenden Händen nach dem zweiten und lege es ebenfalls auf den Boden.

Emma tritt vor, kickt die beiden Schwerter weg von mir, es raschelt wie von flüchtenden Tieren. Ich fühle mich wehrlos, ja, richtig nackt. Ich bin ihr ausgeliefert.

»Steh auf«, sagt Emma, ohne die Schwertspitze von mir zu nehmen.

Ich gehorche, richte mich langsam vom kalten Waldboden auf. Und nun stehe ich vor ihr, nur das Schwert zwischen uns.

»Hör zu, Emma, ich …«

»Spar dir das, Lucas. Wir wissen alles«, schneidet sie mir das Wort ab und beugt sich ein Stück nach vorne. »Du musst mir jetzt eine Frage beantworten: Hast du bislang im Gedankenunterricht auch nur eine einzige der Versenkungsstufen erreichen können?«

Verwirrt blicke ich in ihr schattenumrissenes Gesicht. Was will sie von mir?

Egal. Sie muss jetzt die Wahrheit erfahren, sie muss verstehen, warum ich das getan habe. »Ihr wisst nicht alles!«, sage ich. »Der Grund ist, mein Vater …«

»War ein Säufer, der dich regelmäßig misshandelt hat. Auch das wissen wir, Lucas. Jon stellt Nachforschungen über den Hintergrund jedes Zirklers an. Und bei dir war er besonders misstrauisch. Er hat etwas geahnt. Ich habe ihm immer widersprochen. Ich habe gedacht, Estelle wird einen Fluchtversuch wagen.« Emma schüttelt leicht den Kopf. »Die ganze Zeit, während ich euch gefolgt bin, habe ich das gedacht. Ich habe sogar vermutet, sie spielt die Schwäche eigens dafür vor. Aber wie so oft hat Jon recht behalten.«

Aus der Richtung des Flusses dringt verzerrt ein Brüllen herüber, erfüllt von Wut und Schmerz.

»Emma«, sage ich verzweifelt. »Die anderen …«

»Sie werden klarkommen. Sonst taugen sie ohnehin nicht für den Zirkel. Jetzt sag mir: *Hast du je eine der Versenkungsstufen erreicht?*«

»Warum …«

»Hast du, oder hast du nicht?!«

»Nein, noch nie.«

Emma hält inne, ich höre, wie sie Luft ausstößt. »Das habe ich befürchtet«, sagt sie. »Auch Roland hat sich nicht geirrt.«

»Emma«, sage ich eindringlich und hebe beschwörend die Hände. »*Bitte* hör mir zu! Ich stehe hinter eurer Idee. Ich will gegen den Brennenden König kämpfen. Ich wollte bloß zuerst meinen Bruder Tom …«

»Dein Bruder ist tot, Lucas«, unterbricht Emma mich mit scharfer Stimme. »Dein Vater hat ihn im Trunkenheitswahn erschlagen.«

Nein.

Ich taumele nach hinten.

Nein. Nein, nein, nein, nein, nein.

Ich starre Emma an, und alles verschwindet. *Nein.* Ich kann das nicht glauben. Das kann nicht. Ich. Das.

»Es tut mir leid.« Und jetzt klingt es doch, als schmerze ihr, was sie sagt. »Aber es gibt keine andere Möglichkeit. Du wirst deinem Bruder nun folgen.«

Sie macht einen Satz auf mich zu und sticht mit dem Schwert nach vorne. Und obwohl mein Kopf eigentlich komplett abgeriegelt ist, reagiert etwas in mir. Es reagiert so blitzschnell wie noch nie irgendetwas zuvor: Ich greife mit den bloßen Händen nach der vorschießenden Klinge und reiße sie zur Seite. Ich spüre den Schmerz nicht, ich balle die Hand zur Faust, Blut quillt hindurch, ich schmettere sie Emma ins Gesicht.

Die wankt bloß einige Schritte zurück, aber da habe ich

mich schon herumgedreht und fliehe in die Schwärze der endlosen Baumreihen.

»Lucas!«, schreit Emma, »bleib sofort …«

Ich höre sie nicht mehr. Ich jage zwischen Ästen, Sträuchern, Stämmen hindurch wie ein tollwütiger Hund. In meinem Kopf tost ein Wirbelsturm. Mein Gesicht brennt, als würde echtes Feuer darauf lodern und die Haut wegfressen.

Und ich renne immer weiter durch die Finsternis des Waldes. Aber eigentlich nicht weg vor Emma. Weg vor der Wahrheit. Ich will sie nicht, das darf nicht stimmen, das darf nicht passiert sein. Ich renne.

2

Lavis. Friedhof.

»Geh mir aus dem Weg, Noel. Oder ich werde dich umbringen.«

Ich strecke meinem alten Freund die Klinge entgegen, verzerrt spiegelt sich mein Gesicht auf dem Metall. Mein Atem geht stoßweise, und in meinem Kopf ist es wild. Was tue ich, wenn er mich nicht vorbeilassen will?

Noel schaut mich noch immer so ungläubig an, als stünde dort nicht ich, sondern ein Geist vor ihm. Er hält seine Axt schlaff in der Hand, und ich glaube, er will genauso wenig kämpfen wie ich.

Aber jetzt hebt er ganz langsam die Waffe, umfasst den Griff fester. Seine riesige Gestalt ist starr aufgerichtet, und er spricht mit grimmiger Miene. »Du gehst nicht, bevor du mir nicht erklärt hast, was das hier alles zu bedeuten hat.«

Ich werfe einen schnellen Blick über die Schulter. Nebelschlieren bewegen sich in der Dunkelheit, verdichten sich weiter hinten zu einer undurchdringlichen weißen Mauer. Dann sehe ich wieder Noel an. »Ich sage es nicht noch einmal, Noel. *Geh mir aus dem Weg.*«

Er bleibt weiterhin stehen. »Wie kommst du …«

Mein Schwert saust so schnell auf ihn zu, dass er nur gerade noch so seine Axt hochreißen kann, um den Schlag frontal abzublocken. Funken jagen über das Metall. Noel taumelt von der unvermittelten Wucht nach hinten, fast gegen das Flügeltor, fängt sich. Da bin ich schon wieder heran.

Ich decke ihn mit einer schnellen Folge von Schlägen ein. Er pariert mit Wucht, hat seinen Stand schneller gefunden, als ich erwartet hätte.

Doch ich lasse ihn nicht einen Moment aufatmen. Will ihn zurückdrängen, das klappt nicht. Jetzt weicht er urplötzlich zur Seite aus, dreht sich um die eigene Achse und wirbelt seine Waffe dabei über seine Schulter.

Ich reiße mein Schwert hoch. Die Axt donnert so kraftvoll auf meine Klinge, dass ich den Schlag kaum abfangen kann, beinahe lasse ich den Griff los. Schnell mache ich einen Ausweichschritt zur Seite, als Noel wieder angreift. Dann einen nach hinten. Abstand.

Wir umkreisen uns.

Er ist besser geworden, das muss ich ihm lassen. Ich habe ihn unterschätzt.

»Ich versteh das nicht, Lucas«, keucht Noel. »Was tust du hier? Was *hast* du getan? Ihr habt Emma ermordet. Beinahe Melvin. Erklär es mir!«

Das Flügeltor ragt hinter ihm auf wie eine gewaltige Kerkerwand, der Anblick lässt mein erhitztes Blut hektisch durch meinen Körper rasen. Ich muss da durch. Mir bleibt vielleicht nicht mehr viel Zeit. Auch wenn der Nebel uns abschirmt, die anderen könnten uns trotzdem finden.

Ich greife erneut an. Diesmal werde ich mich nicht überraschen lassen.

Ich führe drei kurze, kräftige Schläge über links. Dann ramme ich meine Faust vor, zu schnell für Noel. Sie kracht gegen sein Auge, er schreit auf. Lässt seine Deckung ein wenig runter. *Jetzt.*

Blitzartig hake ich mein Schwert unter seinem Axtblatt ein, hebele. Egal, wie stark er ist, dagegen kann er nichts tun. Die Axt fliegt durch die Luft, und ich drehe mich übergangslos zum entwaffneten Noel, trete ihm so stark ich kann in den Bauch. Noel stürzt, ich bin vor ihm, halte ihm meine Schwertspitze an die Kehle. So erstarren wir, blicken uns schwer atmend an.

Ich kann Noels Ausdruck nicht deuten. Ich weiß nicht, ob er sich fürchtet, ob er denkt, dass ich zusteche, oder ob er einfach nur abwartet, was ich tun werde – ohne Gedanken dazu.

Und plötzlich schießt mir das Bild durch den Kopf, wie wir damals in der Großen Halle voreinanderstanden. Zwei Verbündete, die man in eine Welt aus Schatten geworfen hatte.

Ich lasse das Schwert sinken.

»Würdest du den Brennenden König töten, wenn du die Chance dazu hättest?«, frage ich.

Noel zögert einen Moment. Er greift sich abwesend an die Kehle, als würde er das Metall meines Schwertes dort immer noch spüren. »Ja«, sagt er dann langsam. Er steht vorsichtig auf, und ich lasse es zu. »Ja, wenn es nur diese Möglichkeit gäbe, würde ich das tun.«

»Warum?«, frage ich.

»Lucas, worauf willst du hinaus? Was ist …«

»Willst du die Wahrheit wissen? Willst du wissen, was sie mit Aron gemacht haben, nachdem sie ihn hatten?« Ich mache eine fahrige Bewegung mit dem Schwert, gehe ein paar Schritte nach rechts und dann wieder nach links. Mich wühlt es jedes Mal auf, jedes Mal, wenn ich nur daran denke.

»Nachdem Sam und Estelle Aron im Wald besiegt hatten, haben die Lehrenden übernommen. Sie haben ihn zurück nach Favilla gebracht und ihn gesund gepflegt. Sie haben dafür gesorgt, dass er sich wieder komplett erholt. Und dann hat Roland ihn sich vorgenommen.« Ich schnaube, fahre mir mit den Zähnen über die Lippen.

»Als ich Aron in Akila entdeckt habe, hat er mich nicht einmal erkannt. Er war als Sklave dort, Jon hatte ihn für einen Austausch verwendet, und so wurde er von den echten verhüllten Männern geholt. Ich habe Aron befreit, aber … es war nicht mehr Aron. Er dachte, er ist ein treuer Diener des Brennenden Königs, der immer seinen Befehlen gefolgt ist und ihm nun heimlich und loyal Bericht erstattet. Er konnte sich nicht mal mehr an Julia erinnern. Noel. *Sie haben seinen Kopf überschrieben.* Sie haben Aron Aron weggenommen, verstehst du? Sie haben das mit jedem einzelnen Schüler gemacht, der ausgetauscht wurde!«

»Das kann nicht sein«, keucht Noel, ich höre das Entsetzen in seiner Stimme.

»Welchen Grund sollte ich haben, mir das auszudenken?«, frage ich. »Du weißt genau wie ich, dass das immer eine Frage war, die uns nie beantwortet wurde – wie sie sich absichern, dass die Spione nichts verraten. Es ist wahr, Noel. Du weißt selbst, dass es wahr sein muss. Sie haben mit ihnen etwas gemacht, das noch schlimmer ist als der Tod.«

Noel erwidert nichts. In seinem Gesicht verdunkelt sich etwas. Wie muss es für ihn sein, das zu hören?

Wie steht er überhaupt zu Jon, zu Favilla, zu alldem?

Plötzlich möchte ich ihn einfach nur fragen, wie es ihm ergangen ist, was er erlebt hat, nichts weiter. Ganz ungezwungen reden, ein Wiedersehen von zwei alten Freunden.

Aber erst muss ich Noel erklären, was los ist, ja, jetzt *will* ich es ihm erklären. Selbst wenn er am Ende enttäuscht von mir ist, mich als Gefahr sieht – ich möchte wenigstens versuchen, dass er mir glaubt.

»Ich bin noch immer gegen den Brennenden König. Ohne seine Gesetze wäre vielleicht …« Ich breche ab, bringe den Namen meines Bruders nicht über die Lippen. Nun räuspere ich mich abrupt. »Ich bin nicht hierhergekommen, um Favilla zu zerstören. Ich bin hergekommen, um Favilla zu *übernehmen.* Ich wollte Jon und notfalls auch die Lehrenden ausschalten, damit so etwas nie wieder jemandem passieren muss, verstehst du? Favilla braucht einen guten Anführer. Keinen skrupellosen.«

Es ist, als wäre Noel selbst zu einer der nachtgrauen Statuen des Friedhofs geworden. Er sieht an mir vorbei, mit leerem Blick. Seine Züge wirken auf einmal viel älter, als ich sie in Erinnerung habe.

Das Schweigen dehnt sich, meine Kiefer mahlen kräftig. Er soll irgendetwas sagen!

Aber es dauert noch einige Momente, bis Noel spricht. Er klingt heiser. »Sie verändern etwas in ihren Köpfen?«

»Ja.«

»Du wolltest Jon umbringen, um Favilla zu *helfen?*«

»Ja.«

Ich halte die Luft an, erwarte fast, dass er jetzt losschreit. Dass er all der Wut Luft macht, die ich sicherlich verdient habe.

Aber Noel wendet mir nur den Blick zu und nickt. Er ist ganz ruhig. »Ich verstehe«, sagt er und wischt sich über den Mund. Dann: »Lucas. Favilla braucht Jonathan.«

Ich sehe ihn entgeistert an. »Was willst du damit sagen? Willst du ihn in Schutz nehmen?«

Noel schüttelt den Kopf. »Nein, das nicht. Ich … ich finde es *abscheulich,* was Roland tut. Es ist nichts als grausam. Am liebsten würde ich runterlaufen, sie zur Rede stellen, gegen sie kämpfen. Aber es geht nicht.«

»Du willst ihn also doch in Schutz nehmen.«

»Ich will sagen, dass mir in den letzten Tagen einiges klar geworden ist über Jon. Er ist das Gehirn der Rebellen. Favilla hat nur durch ihn so lange überlebt. Nur durch sein taktisches Kalkül konnte Favilla ein Informationsnetz aufbauen, das dem des Königs möglicherweise ebenbürtig ist.«

»Aber zu welchem Preis?!«, gebe ich aufgebracht zurück.

»Ja, genau. Ganz genau.« Noel nickt energisch. »Darüber denke ich schon länger nach. Auch wenn ich das mit Roland bislang nicht einmal wusste. Doch das zeigt mir nur, dass ich mich nicht irre: Wir müssen dafür sorgen, dass das aufhört, was Jon tut. Aber wir helfen Lavis nicht, indem wir uns gegen ihn wenden. Wir müssen einen anderen Weg finden, das System von Favilla zu zerstören. Und zwar, indem wir dafür sorgen, dass Favilla nicht mehr benötigt wird.« Noel macht eine Pause, in seinen Zügen liegt Entschlossenheit. »Wir haben uns zu lange verkrochen. Wir müssen nicht Jons Herrschaft brechen. Wir müssen die Herrschaft des Brennenden Königs brechen.«

Ich schweige. Dann schüttele ich den Kopf und schnaube. »Du redest so *geplant.*«

»Das hat mir jemand beigebracht.« Noel zuckt mit den Schultern, und ein schwaches Lächeln huscht über sein Gesicht.

»Sagen wir, du hast recht. Was bedeutet das dann jetzt?«, frage ich.

»Keine Ahnung. Du warst mein bester Freund, und ich glaube dir, dass du nur das Beste für uns wolltest. Aber nicht so, das war völlig verrückt, Lucas. Und wenn du weiter gegen Jon kämpfen willst, dann kämpfst du auch weiter gegen uns. Vielleicht solltest du einfach gehen.« Er holt tief Luft. »Oder du bleibst hier, und wir reden mit den anderen. Ich weiß nicht, wie sie reagieren werden. Aber ich weiß, dass auch sie dem Kampf nicht länger aus dem Weg gehen wollen. Vielleicht können wir einen gemeinsamen Weg gegen den Brennenden König finden.« Er hebt die rechte Hand. »Sieh mal, Lucas …«

In diesem Moment taucht ein schwarzer Umriss aus dem Weiß. Bewegt sich rasend schnell auf uns zu.

Ich hebe die Waffe – und lasse sie dann gleichzeitig mit Sam sinken, als ich sie erkenne. Sie hat angehalten.

Ihre blonden Haare sind zu einem Zopf nach hinten gebunden, ihr Gesicht ist blass und angespannt, ihr Brustkorb bewegt sich hektisch auf und ab. Sie starrt mich misstrauisch an, aus ihren großen grüngrauen Augen, die mich auch nach meiner Flucht immer wieder begleitet haben. Und obwohl das nun wirklich bescheuert ist, fängt mein Herz plötzlich wie wild zu pochen an.

»Du?«, fragt sie leise.

Ich zögere. Aber nicht lange, meine Entscheidung hatte ich schon vorher getroffen. Ich stecke demonstrativ mein Schwert weg und gehe an ihr vorbei auf die Nebelwand zu. Ein kurzer Blick nach hinten zu Noel, dann zu ihr. »Kommt. Wir haben einiges zu bereden«, sage ich.

Und mein Herz schlägt noch immer ganz schnell.

Die Runde schweigt.

Über uns ist der Mond endgültig durch die Wolken gebrochen. Ein fast kompletter Kreis aus bleichem Licht. Die undeutlichen dunklen Flecken darauf zeichnen sich ab wie Narbenflächen.

Die Ader an meiner Schläfe pocht kräftig. Mein Blick fällt auf Aron, er sitzt mit gefesselten Füßen und Händen ein Stück entfernt von uns. Weit genug weg, um unser Gespräch nicht hören zu können, aber nah genug, dass er nicht auf dumme Gedanken kommen sollte.

Fast fühle ich mich schlecht, immerhin waren wir Verbündete – zumindest so etwas in der Art. Doch mir ist auch klar, dass er nicht einfach mit den anderen verhandeln wird, so wie ich.

Mein Blick wandert weiter zu Melvin, der im Halbkreis, den die anderen vor mir auf den Stufen des Amphitheaters gebildet haben, ganz links außen sitzt. Er hat die Stirn in Falten gelegt und schaut hinter mich auf den dunklen Eingang, der nach Favilla runterführt.

Es war seltsam genug, sich als Schatten in Favilla aufzuhalten, zu wissen, dass nur eine Reihe von Gängen entfernt meine alten Freunde schlafen. Doch nun vor ihnen zu sitzen, ist ein völlig unwirkliches Gefühl.

Ich schlucke trocken, meine Kehle brennt. Ich habe ihnen fast alles erzählt, von Emmas Versuch, mich zu töten – den Teil mit meinem Bruder habe ich ausgelassen –, bis hin zu meinem Entschluss, zurückzukehren und Jon zu stürzen.

Ich habe berichtet, wie Aron den Wissenschaftler und die beiden Begrabenen umgebracht hat. Aber auch mich habe ich nicht geschont. Wenn Melvin es nicht geschafft hätte, wäre das auf uns gegangen; bei dem Gedanken daran wird mir ganz übel. Selbst dass ich es war, der Emma getötet hat, habe ich erzählt.

Und ich habe ihnen gesagt, was für ein Fehler das alles war, dass ich sie niemals in solche Gefahr hätte bringen dürfen. Dass ich ihnen nun beim Kampf gegen den Brennenden König helfen will.

Und das werde ich. Noel hat recht. Der König ist die Wurzel allen Übels. Gebt mir eine Chance, und wir werden diese Tyrannei beenden.

»Ich habe große Bedenken.«

Es ist das Mädchen aus Akila, das sie Kyara nennen. Sie wirkt extrem selbstbewusst auf mich, und so wie sie kämpft, kann sie das auch sein.

»Natürlich kennt ihr Lucas besser als ich. Aber eins habe

ich hier gelernt: Man kann nicht jedem glauben, was er sagt. Lucas hat Emma getötet. Er hat Melvin in Lebensgefahr gebracht. Woher wissen wir, dass er uns nun die Wahrheit sagt?«

»Warum sollte er uns belügen?«, fragt Noel mit ruhiger Stimme.

»Er könnte versuchen, durch uns wieder an Jon heranzukommen«, schaltet sich jetzt der kleine, blasse Junge namens Lennart ein, dessen Kopf irgendwie schief auf seinen langen, zerbrechlichen Hals gesetzt wurde, so scheint es.

Noel sieht ihn kurz an, er wirkt verwundert. Dann schüttelt er energisch den Kopf. »Damit würde Lucas uns ja verraten. Er weiß, wir würden ihm niemals folgen, wenn er uns nun wieder nicht die Wahrheit sagt. Jon wäre tot, aber Lucas könnte Favilla nicht übernehmen. Er hat also keinen Grund mehr, Jon zu töten.«

»Rache«, sagt Lennart.

Ich will auch etwas sagen, doch da ergreift Kyara erneut das Wort, und ich klappe den Mund wieder zu.

»Wenn ihr so gut befreundet seid, Lucas, warum hast du deinen Freunden nicht einfach die Wahrheit über Jon und die Kopflöschungen gesagt?«, fragt sie. »Warum hast du nicht versucht, gemeinsame Sache mit ihnen und gegen Jon zu machen? Stattdessen hast du als vermeintlicher Feind Anschläge auf den Internatsleiter verübt.«

»Aber damit hätte ich euch doch nur in Gefahr gebracht, versteht ihr?« Ich muss mich darauf konzentrieren, möglichst ruhig zu sprechen. »Denkt doch an Alexis, Swen, all die anderen. Die waren einfach so weg. Emma wollte mich im Wald *umbringen,* kurzer Prozess. Was, denkt ihr, hätte Jon unternommen, wenn er auch nur annähernd etwas davon mitbekommen hätte, dass ihr etwas gegen ihn im Schilde führt? Er hätte jeden von euch beseitigt, ohne auch nur mit der Wimper zu zucken.« Ich mache eine fahrige Geste. »So, wie ich es gemacht habe, war es auch nicht richtig, das weiß ich jetzt. Aber … ich wollte nicht, dass Jon euch etwas antut.«

»Und hast im Gegenzug in Kauf genommen, dass ein Schlangenzahn einen von denen tötet, die du in Schutz nehmen willst. Das ist doch irre«, sagt Kyara, und ich sehe, wie Lennart nickt.

Noel will gerade das Wort ergreifen, da schaltet sich Melvin ein: »Okay, Leute. Eins muss ich hier mal klarstellen.« Er schaut Kyara an und zieht die Augenbrauen hoch. »Niemand, der bei gesundem Verstand ist, hat geglaubt, *mich* könnte so ein kleines Giftabenteuer wirklich umbringen.« Er zeigt kurz die obere Zahnreihe, wird dann allerdings von einem Moment auf den nächsten ernst. »Aber sagen wir doch jetzt mal, was Sache ist. Sache ist nämlich, dass wir alle Befehlsverweigerer sind und dass wir die Schnauze voll haben von Jons Versteckspiel. Sonst säßen wir nicht hier draußen. Wir können in unserer Lage jede Hilfe gebrauchen, und Lucas *ist* Hilfe. Er wollte Jon töten, nicht uns. Ich glaube ihm das. Ich glaube auch, dass er jetzt die Wahrheit sagt. Und selbst wenn nicht, ich schätze, wir haben kaum eine andere Wahl, als ihm zu vertrauen.«

»Wir *haben* eine Wahl«, sagt Kyara und schüttelt beharrlich den Kopf. »Wir können ihn gefangen nehmen und einsperren. Er hat sich als hinterlistig erwiesen. Er könnte sich wieder als hinterlistig erweisen.«

Lennart nickt stumm, und Noel greift sich ins Haar, setzt zum Sprechen an, lässt es dann aber.

Und jetzt sagt einen Moment niemand mehr etwas, und alle Augen richten sich auf eine Person. Sam.

Sie sitzt rechts außen im Kreis auf den Stufen. Sie hat die Knie angewinkelt und drückt sie gegen ihre Brust, das Kinn darauf abgelegt.

Die Sache schwebt unausgesprochen zwischen uns allen: Zwei sind für mich, zwei sind gegen mich. Es fehlt eine letzte Stimme.

Sam lässt die Knie sinken, streckt die Beine durch. Erst schaut sie eine ganze Weile auf die grauen Stufen, die vom Braun und Grün der hindurchgebrochenen Pflanzen gemasert sind. Dann sieht sie zu mir hoch.

Meine Wangen sind ganz heiß, meine Hände fühlen sich zittrig an. *Ruhig bleiben, Lucas. Warten.*

»Ich glaube ihm.« Sams Stimme ist fest, und ihr Gesicht bleibt hart, während sie das sagt. Doch ich muss mir jetzt richtig ein dämliches Lächeln verkneifen. *Danke, Sam.* Erleichterung strömt durch meinen Körper, kühlt mein erhitztes Blut.

»In Ordnung«, ergreift Noel das Wort und schaut in die Runde. »Dann haben wir eine Entscheidung getroffen, richtig?«

Kyara nickt, und Lennart zuckt mit den Schultern, seine Miene spitz zusammengekniffen.

»Wir sollten einen Plan aufstellen«, sagt Noel. »Was denkt ihr? Ich glaube, das Wichtigste derzeit ist, dass wir an eine Phönixträne kommen. Nur so haben wir eine Chance, den Thronfolger vor dem Brennenden König zu finden.«

Niemand widerspricht ihm, nur ich schaue ihn vollkommen verwirrt an, was er sofort bemerkt. »Wir müssen dir später noch alles ausführlich erklären, Lucas. Für den Moment musst du nur wissen: Wir brauchen unbedingt eine Phönixträne. Davon könnte alles abhängen. Und die einzige Träne, von der wir wissen, wo sie ist, befindet sich im Zepter des Brennenden Königs.«

Ich blase Luft durch den Mund, wie um meinen Kopf freizupusten. *Thronfolger? Phönixtränen, um ihn zu finden?* Es scheint wirklich eine Menge geschehen zu sein, seit ich geflohen bin.

Doch eins nach dem anderen, da kann ich Noel verstehen. Ich versuche, mich wieder zu sammeln.

Wir müssen ins Königshaus. Das steht also fest. Alles andere kommt dann hoffentlich später.

»Ich will ja jetzt nicht der Spielverderber sein«, sagt Melvin. »Aber wir sollten uns ein wenig beeilen. Garred könnte schon bald zurückkehren. Und je länger wir hier oben sind, desto größer ist das Risiko, dass unten in Ebene Drei doch etwas auffällt.«

»Garred?«, frage ich verwundert.

»Er ist der neue Totengräber«, sagt Melvin. »Ärgerlich. Der alte hätte uns vielleicht sogar in Ruhe gelassen.«

Ich sehe aus den Augenwinkeln, wie Sam kurz nickt, und über ihr Gesicht schleicht eine Gefühlsregung, die ich nicht einordnen kann. Angst? Schmerz? Oder ist es doch gar nichts?

Ich sehe nach oben zum Ausgang des Amphitheaters, wo der Nebel wie eine unruhige Kreatur lauert. Garred hat also den alten Totengräber ersetzt. Er ist es nun, der zu den Totenlichtern ausreitet, zu den Minenarbeitern, den Kräutersammlern, den Schwarzgewändlern und … ich halte inne.

Und zum Königshaus.

Mein Blick wandert über die fünf ernsten Gesichter. Melvin, Lennart, Noel, Kyara, Sam. Der neue Zirkel.

»Ich habe eine Idee«, sage ich.

3

Lavis. Friedhof. Mausoleum des Totengräbers.

Ich entriegele die Tür und betrete die kleine Ruhekammer.

»Glaubst du eigentlich wirklich, du kommst damit durch?« Aron sitzt am anderen Ende des Raumes und lehnt mit dem Rücken an der Steinwand. Seine Hände sind mit einer Kette gefesselt, seine Füße haben wir frei gelassen.

Die Kammer ist rund und bis auf Aron vollkommen leer. Die Wände sind glatt geschliffen, keine einzige Inschrift, nicht einmal ein Kratzer ist zu sehen.

Ich gehe auf Aron zu, halte ihm eine gepökelte Gänsekeule entgegen, die er ohne zu zögern annimmt und in die er seine Zähne hineinschlägt. »Du als Totengräber«, sagt er und kaut. »Die müssen bloß ein einziges Mal richtig hinschauen, dann entlarven sie dich.« Er grinst freudlos. »Nicht, dass mich das stören würde. Aber dann schauen sie bestimmt auch hier nach, und da habe ich nicht so wirklich Lust drauf. Na ja … oder du lässt mich einfach frei.«

»Dir muss doch klar sein, dass ich das auf keinen Fall machen werde.«

»Ja, schätze schon.« Aron spuckt ein Stück Knochen aus.

»Als du mich gebraucht hast, war ich gut genug, aber jetzt, wo ich dir nichts mehr nütze, darf ich den Gefangenen spielen.«

»Mach dich nicht lächerlich, Aron«, sage ich. »Uns war beiden klar, dass das so laufen wird.«

Aron lächelt, sichtlich amüsiert, und schüttelt den Kopf. »Manchmal wundere ich mich, warum wir nie miteinander ausgekommen sind. Dabei sind wir uns so ähnlich.«

»Ist klar«, sage ich und wende mich zum Gehen. Ich habe nicht vergessen, dass er, bevor wir die Begrabenen am Eingang von Favilla erreicht hatten, angehalten hat, um die Armbrust auf Noel und Kyara zu richten. Wäre ich nicht gewesen, hätte er möglicherweise einen Bolzen in Noels Brust versenkt.

»Ich komme hier sowieso raus, Lucas«, ruft Aron mir noch hinterher, als ich die Tür hinter mir zuschiebe. »Mach mich dir lieber nicht wieder zum Feind.«

Ich seufze und laufe an der zweiten Kammer vorbei, in der Garred eingesperrt ist. Wir haben ihn ohne großen Widerstand abgeführt, ihm war klar, dass er es nicht mit uns würde aufnehmen können.

Nun bin ich an der Empore angekommen, die den Blick auf die untere Ebene des Mausoleums freigibt. Mit beiden Händen umfasse ich das kleine Steingeländer, das die Empore entlangläuft, und sehe in die mächtige Halle hinunter, die die Grundebene des Mausoleums bildet. Ihre gewölbte Decke erstreckt sich weit über mir.

Ich gehe die Treppenstufen hinab, die beide Ebenen miteinander verbinden. Meine Schritte hallen laut im Deckengewölbe wider.

Die Halle selbst wird an den Seiten von einigen mit spielerischen Rankenmustern verzierten Säulen gesäumt, den Boden bildet eine weite Fläche aus Marmorfliesen: schräge Quadrate, schwarz und weiß im Wechsel. Und genau in der Mitte des Saals steht eine mächtige Statue. Ich lege den Kopf in den Nacken.

Es ist ein Mann mit einem kantigen, rauen Gesicht, dessen Züge aber gleichzeitig etwas Edles haben. Er trägt eine spitz gezackte Krone, und aus seinem Rücken wachsen zwei Flügel aus lodernden Flammen. In der rechten Hand hält er ein langes, dünnes Schwert, in der linken ein Zepter.

Das Zepter. Es ist die Nachbildung desjenigen Gegenstandes, der offensichtlich alles für uns bedeuten könnte.

Noel hat mir noch eine extrem knappe Zusammenfassung gegeben, bevor er wieder mit den anderen runter in die Katakomben getaucht ist: Favilla hat herausgefunden, dass in der Nacht des Chronisten ein dreizehnter Phönix mit einem neugeborenen Zwillingskind der Königin fliehen konnte, ohne dass es bemerkt wurde. Somit könnten also auch jetzt noch ein freier Phönix und ein Nachkomme des wahren Königsgeschlechtes durch Tyrganon wandeln.

Und dann gibt es anscheinend eine Art Zusammenkunft der Phönixe, einmal in fünfzig Jahresumläufen, am Tag der Feuerwende. Den letzten freien Phönix müsste es naturgemäß an diesen Ort ziehen, auch wenn kein anderer Feuervogel dorthin kommen wird.

Das Wissen um diesen Ort ist verloren, und man kann ihn nur mithilfe einer Phönixträne finden. Deshalb das Zepter. Deshalb müssen wir ins Königshaus.

Ich reiße den Blick von der Statue los und atme einmal tief durch. Mir wird fast schwindelig, wenn ich mir all das noch mal vor Augen führe. Ich wende mich um und steige eine weitere Ebene hinab, in die Gruft.

Es ist noch kühler hier unten, und obwohl ich weiß, dass das nicht sein kann, habe ich das Gefühl, ein schwacher und doch scharfer Wind weht hier drinnen, der mir selbst unter meine Lederrüstung kriecht.

Bemüht locker schlendere ich zur Vorratstruhe des Totengräbers, die mich irgendwie an das Leichenabteil der Kutsche erinnert, nur eben in klein. Ich öffne den schweren viereckigen Deckel und nehme mir etwas von dem Pökelfleisch heraus. Anschließend setze ich mich auf die klapprige Pritsche am hinteren Ende der Kammer.

In der Wand gleich neben mir ist in großen, dunklen Lettern ein einzelner Satz eingemeißelt:

WEINE NICHT UM DIE ASCHE, DENN SIE IST LEBEN.

Vor den anderen Wänden der Gruft ziehen sich schwarze glanzlose Urnen im Halbkreis entlang. In einer der Zirkelsitzungen hat Jon erzählt, dass in der alten Kultur die Feuerbestattung dem Königsgeschlecht vorbehalten war.

Wenn du so viele Tage in Favilla verbracht hast, schockt dich die Anwesenheit von Toten nicht mehr so wie früher, auch nicht die Asche von alten Königen. Ich könnte mir trotzdem einen schöneren Schlafplatz vorstellen – zur Sicherheit werde ich aber nichts anders machen, als es der Totengräber getan hat. Die Chance, dass ich auffliege, ist ohnehin groß genug. Ich werfe einen Blick nach oben an die Decke. Vielleicht wird Aron recht behalten.

Dann beiße ich ein Stück von der Fleischkeule ab und lehne mich nach hinten gegen die kühle Wand. Ab und zu frage ich mich, ob ich Aron so hätte lassen sollen, wie ich ihn gefunden habe.

Er hat sich regelrecht gewehrt, als ich ihn nachts aus den Sklavenlagern geholt habe. Er wollte seinen *Auftrag* ausführen, nicht mit einem Fremden gehen.

Ich hatte ihn ja schon eine Weile beobachtet, und mir war klar gewesen, dass etwas nicht stimmte mit ihm. Aber dass er mich nicht einmal mehr erkannt hat, hat mich mehr als geschockt.

Wochen zuvor war ich bei den Kräutersammlern gewesen, um mich zu vergewissern, dass Emma mich nicht belogen hatte und Tom wirklich nicht mehr am Leben war. Danach hielt ich es keinen Moment länger in Lavis aus.

Akila ist das am nächsten gelegene Land, also trat ich den Weg dorthin an. Was ich dort machen wollte, wusste ich nicht. Ich hatte keinen Plan, ich wollte nur noch weg von alldem hier. Weg von dem unerträglichen Schmerz, den folternden Gedanken, meinen Bruder im Stich gelassen zu haben.

Und dann habe ich Aron in einer der Sklavenkolonnen entdeckt, die sich durch das Grenzgebiet von Akila bewegten. Bald auch Valerie.

Ich habe nicht verstanden, was das zu bedeuten hat. Wie konnte es sein, dass die beiden einfach als Sklaven hier herumliefen, wenn sie doch von Favilla wussten, sich sogar gegen das Internat gestellt hatten?

Und Arons Gesicht, es war so *leer*, kein hämisches Lächeln, kein vorgereckter langer Hals, so als hätte jemand Gips über sein Gesicht gegossen.

Nun musste ich herausfinden, was dahintersteckte, es ging nicht anders. Vielleicht war ich auch einfach nur froh, wieder so etwas wie eine Aufgabe zu haben, irgendeine Art von Ziel, ich weiß es nicht.

Tagelang bin ich den Sklavenhändlern, die von einer kleinen, fettleibigen Frau angeführt wurden, durch das Land der Königsadler gefolgt. Ich suchte nach einer Möglichkeit, an Aron heranzukommen, aber es ergab sich einfach nichts, die Sklaven wurden viel zu gut bewacht.

Selbst als Aron dann verkauft und für die Befestigung von Handelswegen eingesetzt wurde, musste ich noch wochenlang die Baustellen und Lager beschatten, bevor es mir gelang, ihn zu befreien.

Ich schaffte es, unbemerkt bis in seinen Verschlag vorzudringen. Doch Aron starrte mich an wie einen Fremden und weigerte sich, mitzukommen, er wollte sogar um Hilfe schreien.

Ich wusste mir nicht anders zu helfen, als ihm meine Klinge an die Kehle zu halten und ihn zum Mitkommen zu zwingen.

So schnell es ging, brachte ich ihn in Sicherheit, in das kleine Versteck, das ich mir in einem Buchenwäldchen gesucht hatte – einer Art Höhle, die sich unter einem entwurzelten Baum gebildet hatte.

Sobald ich einen Moment nicht aufpasste, versuchte er, mich zu überwältigen.

Er stürzte sich auf mich, seine Hände schlossen sich um meine Kehle, und zwischen zusammengebissenen Zähnen presste er immer wieder hervor: »Was willst du von mir? Was willst du von mir? Was willst du von mir?«

Unwillkürlich fasse ich mir an den Hals. Es ist Wochen her, aber ich spüre die Quetschungen immer noch. Ich kann mehr als froh sein, dass es mir irgendwie gelang, ihn von mir zu stoßen und ihn nach kurzem Ringen zu überwältigen.

Er hat sich dann geweigert, mir überhaupt irgendetwas zu sagen. Ich könne ihn foltern, er werde nichts preisgeben.

Stundenlang habe ich es versucht, ihn mit Fragen gelöchert. Doch er saß einfach nur dort und starrte mich mit unerschütterlicher Miene an, und mir wurde immer klarer, dass es nicht Aron war, der dort saß. Dass er mir nichts vorspielte, sondern mich wirklich nicht erkannte.

Irgendwann fing ich damit an, Namen aufzuzählen. Noel, Sam, Estelle, Melvin, es konnte doch nicht sein, dass er sich an all das nicht mehr erinnerte, Julia.

Da regte sich etwas in seinem Gesicht. Julia, das Kräutersammlermädchen, in das wir beide verknallt gewesen waren. Als ich den Namen sagte, schienen seine Augen kurz zu zucken, bevor sie wieder den seltsam gleichgültigen Ausdruck annahmen.

»Julia«, sagte ich noch einmal. »Du erinnerst dich?«

Er schüttelte den Kopf.

Aber plötzlich wusste ich, was zu tun war. Wenn es eine Möglichkeit gab, dann diese, ich begann zu erzählen.

Ich erzählte von unserem Alltag als Kräutersammler, von der Schicht, den Pflückfeldern, von Dork, dem Schichtaufseher. Ich erzählte ihm von Julia und sogar von unserem Konkurrenzkampf um das schöne Mädchen. Die meiste Zeit hörte er mir nur mit dieser gruselig ausdruckslosen Miene zu, aber ab und an zuckten seine Augen erneut. Ich redete Stunden.

Als ich dann geendet hatte, sah ich ihn erwartungsvoll an. Konnte er sich jetzt erinnern?

Aber seine Augen waren plötzlich wieder leer, und er sagte nur: »Aus mir kriegst du nichts heraus. Egal, was du tust.«

Enttäuscht überprüfte ich seine Fesseln und legte mich anschließend schlafen.

»Mir war eigentlich klar, dass ich nie eine Chance bei ihr hatte«, sagte Aron, als ich am nächsten Morgen aufwachte. »Ich wusste von Anfang an, dass sie mehr für dich empfindet.«

»Du erinnerst dich?«

»Was?«

»Du erinnerst dich an Julia, an das Kräutersammlerviertel?«

»Ich weiß nicht, wovon du sprichst.«

Ich nickte, als würde ich ihm Recht geben. Doch mir war klar, dass wir auf dem richtigen Weg waren. Also begann ich wieder von vorne zu erzählen, und immer öfter huschte so etwas wie Erkennen über Arons Gesicht. Mal kommentierte er etwas, bald berichtigte er mich sogar von Zeit zu Zeit.

Mit jedem Stundenschlag kam er schneller zurück, es schien, als hätte ich ein Tor erst einen Spaltbreit geöffnet und dann plötzlich ganz weit aufgerissen, und die Erinnerungen stürmten nun wie eine Armee in seinen Schädel zurück.

Am Abend war Aron wieder da, und am nächsten Morgen

konnte er mir erzählen, was nach seiner Flucht in den Wald passiert war. Wie sie in Favilla erst seine Verletzungen auskuriert hatten, um ihn dann zu Roland zu schicken.

Die Kräutermischung in der Luft, Rolands ruhige, gleichmäßige Stimme, die Versenkungsstufen, die violetten Augen.

Was Roland genau mit ihm gemacht hatte, konnte Aron nicht mehr sagen. Aber als er vor der Türschwelle von den echten verhüllten Männern geholt und anschließend nach Akila verkauft worden war, war er fest davon überzeugt gewesen, ein Spion des Brennenden Königs zu sein, dem er zu ewiger Treue verpflichtet war und an den er berichten musste. Alles andere lebte nicht mehr in seinem Kopf.

Mir war klar, was ich nun zu tun hatte. Ich musste noch mehr herausfinden. Ich musste wissen, ob man das Überschreiben bei jedem Betroffenen rückgängig machen konnte oder ob Aron nur eine Ausnahme darstellte, weil seine Löschung noch nicht allzu lange zurücklag und ich ihm außerdem so viel über seine Vergangenheit hatte erzählen können wie niemand sonst jenseits des Kräutersammlerviertels.

Und noch viel wichtiger: Ich musste eine Möglichkeit finden, zurück nach Favilla zu kommen.

Roland war eine Gefahr für die anderen Zirkler, vor allem aber für Noel, der Gedanke trieb mich am meisten um.

Noel war meines Wissens schließlich nicht einmal im Zirkel. Jon könnte sich schon längst entschlossen haben, ihn auszutauschen und seinen Kopf zu leeren.

Also entschloss ich mich dazu, den Wissensverwalter von Akila aufzusuchen. Wahrscheinlich würde er mir am ehesten die Informationen geben können, die ich benötigte.

Ich zögerte, willigte aber schließlich ein, dass Aron mich zum Wissensverwalter begleitete. Obwohl er wieder der Alte war, etwas hatte sich schon verändert. Er begegnete mir anders, mit einem gewissen … *Respekt?* Mit *Dankbarkeit?*

Außerdem gab es vielleicht noch wichtige Details zu Arons Löschung, an die sich Aron bislang nicht erinnert hatte. Und er schien auch ein ernsthaftes Interesse daran zu haben, mehr über die Sache zu erfahren.

Wir folgten einem der Mittelsmänner, den ich entdeckt hatte, während ich Aron bei den Sklaven beobachtet hatte, und dieser Mittelsmann führte uns geradewegs zur Hütte des Wissensverwalters.

Wir konnten nicht viel aus dem Verwalter herausbekommen. Statt unsere Fragen zu beantworten, stellte er selber welche, provozierte, drohte uns.

Ich musste mich wirklich zusammenreißen, nicht darauf einzugehen. Denn auch er war Teil der grausamen Taktik Favillas, auch er trug auf seine Weise dazu bei, dass sie die Köpfe der Schüler auslöschten.

Aber es war dann schließlich Aron, der den Wissensverwalter tötete.

Ich war unaufmerksam gewesen und hatte mein Schwert etwas gesenkt. Ich musste nachdenken, wie wir weiter vorgehen sollten, falls der Verwalter uns keine Informationen geben würde.

Da zog dieser plötzlich einen Dolch unter seinem Gewand hervor und sprang blitzartig auf mich zu.

Arons Messer durchbohrte seine Brust, bevor der Dolch mich treffen konnte.

Ich starrte Aron entgeistert an, ich weiß bis heute nicht, ob ich noch schnell genug reagiert hätte. Aber ich brachte lediglich hervor: »Wo hast du das her? Bist du verrückt? Wie soll ich denn jetzt nach Favilla kommen?«

»Bitte schön«, sagte Aron und zog das Messer aus dem toten Körper, der mit einem dumpfen Schlag nach hinten auf den Holzboden kippte.

Ich fing nun an, hektisch die Truhen und Regale im Raum zu durchsuchen. Irgendwo musste doch ein Hinweis auf den Treffpunkt von Callan und dem Wissensverwalter im Wald sein! Ich vermutete schon lange, dass es noch einen Geheimgang zwischen dem Friedhof und Ebene Drei gab, und ich hoffte verzweifelt, Callan als langjähriger Zirkler könnte davon wissen.

Bei meiner Suche behielt ich Aron unablässig im Blick, der damit beschäftigt war, das Messer am Hemd des Toten abzuwischen.

Hatte er die Waffe erst in dieser Hütte heimlich eingesteckt, oder hatte er sie schon länger dabei, ohne dass ich es wusste?

»Vergiss es, wir finden einen anderen Weg«, sagte Aron nun und ließ sich in einen Stuhl fallen.

»*Wir* finden gar nichts. Du hast nur wieder bewiesen, dass dir nicht zu trauen ist.«

»Habe ich dir die Klinge reingerammt oder ihm?«

»Du kommst nicht mit nach Favilla. Was solltest du da überhaupt?«

Aron zog die Schultern hoch. »Vielleicht die Unschuldigen von der bösen Terrorherrschaft befreien, wie du.«

Ich suchte unbeeindruckt weiter, dabei war mir längst klar,

dass ich keine Informationen finden würde. Das hätte der Verwalter nie riskiert.

Die Unschuldigen befreien, ja, was genau hatte ich denn eigentlich vor, wenn ich es zurück nach Favilla schaffen sollte? Ich konnte mich schließlich schlecht vor die Lehrenden stellen und anfangen, mit ihnen über die Löschungen zu diskutieren. Vielleicht nicht mal mit den Zirklern, wer wusste schon, ob sie mir glauben würden, und wer wusste, in welche Gefahr ich sie damit möglicherweise bringen würde. Sie hätten die Nächsten werden können, deren Köpfe Jon überschreiben ließ.

»Der Internatsleiter. Er gibt doch die Befehle, richtig?«, begann Aron wieder zu sprechen, seine mit geplatzten Äderchen durchzogenen Augen musterten mich eingehend.

»Ja«, sagte ich.

»Na, dann haben wir doch einen Plan. Es ist wie mit Unkraut, Lucas, man muss es bei der Wurzel packen.«

Zweifelnd sah ich ihn an, den lang vorgereckten Hals, die zur Seite gewischten Haare, die Spürhundohren. Wie sehr hatte ich ihn immer verabscheut, und trotzdem war ich Aron nachgegangen und nicht Valerie.

»Ich weiß, wie du über mich denkst.« Aron fixierte die Leiche des Wissensverwalters. »Aber auch ich kenne Verantwortung. Marcus, Timeon, Valerie, Felicity, sie haben auf meine Führung vertraut. Wenn ich sie noch retten kann, muss ich das tun.«

Nach wie vor wusste ich nicht, wie ich das Ganze einordnen sollte. Er hatte mich schon mehrmals belogen, aber es ergab auch irgendwie Sinn, was er erzählte.

»Ich kenne einen Weg in die Katakomben«, sagte Aron, »einen anderen als den, durch den wir damals in den Wald geflohen sind.«

Ich hielt inne, richtete mich auf, sah ihm in die Augen. »Woher solltest du den kennen?«

»Während du damals fleißig am Trainieren warst, habe ich mir Gedanken über eine Flucht gemacht.« Aron zog die Augenbrauen hoch. »Ich bin mir sicher, dass es noch einen Weg gibt und dass wir ihn finden können.«

»Welchen?«

Nun machte er ein paar Schritte auf mich zu und baute sich vor mir auf, sein hämisches Lächeln wieder auf dem Gesicht. »Das heißt, wir sind jetzt ein Team?«

Ich rang noch eine ganze Weile mit mir, aber was blieb mir letztlich anderes übrig?

Wenn Aron der Einzige war, der mich ins Innere von Favilla bringen konnte, um Jon zu vernichten und Roland zu schnappen, dann hatte ich dieses Risiko einzugehen. *Ich muss ihn bloß im Blick behalten,* sagte ich mir, *ich bin der bessere Kämpfer, ich muss nur vorsichtig sein. Und wenn er sich als Gefahr erweist, werde ich ihn ausschalten.*

Tatsächlich lag Aron mit seiner Idee richtig. Wir fanden den Zugang zu dem unterirdischen Fluss, der unter dem Brunnen von Favilla entlangfließt, und uns gelang es, durch den Brunnenschacht in Favilla einzudringen.

Ohne Aron hätte ich es wohl niemals wieder in die Katakomben geschafft. Aber vielleicht war es trotzdem ein Fehler gewesen, ihn aus den Händen der Sklaventreiber zu befreien und ihn hierher mitzunehmen.

Aron tötet, ohne nachzudenken. Mich verfolgen Emmas leere Augen, und ich bin mir sicher, sie werden das noch lange tun. Bei Aron, der sowohl den Wissensverwalter als auch den Wissenschaftler und die beiden Begrabenen auf dem Gewissen hat, kann ich mir so etwas nicht vorstellen. Er hätte sogar Noel ohne zu zögern umgebracht, da bin ich mir sicher.

Vielleicht habe ich hier einfach nur einen weiteren Gefangenen sitzen, vielleicht aber auch einen schwelenden Wundbrand, der mir noch viel mehr zusetzen wird, als ich mir jetzt vorstellen kann, ich weiß es nicht.

Ich schlucke. Mein Blick ist auf die schwarzen Urnen geheftet.

Mach mich dir lieber nicht wieder zum Feind.

4

Lavis. Friedhof.

Wenn du Felskräuter pflückst, musst du vorsichtig sein. Die Pflanzen brauchen lange, um sich zwischen dem Stein hindurchzukämpfen. Du darfst nicht zimperlich sein, aber wenn du nicht gleichzeitig vorsichtig bist, reißt du sie mitsamt ihrer Wurzel aus, und es dauert ewig, bis etwas nachwächst.

Die Schichtleiter haben uns das immer wieder eingebläut. Oft bekamen sie es zwar gar nicht mit, wenn es doch mal passierte. Aber irgendwie war mir das immer wichtig, und ich habe die Blätter stets mit angehaltenem Atem abgezupft.

Sam senkt den Blick.

Sie schaut kurz auf das Pergament und dann wieder zu mir hoch. Das blasse Mondlicht scheint auf ihre Weizenhaare, die ihr glatt über die Schulter fallen. Ihr rundliches Gesicht ist ernst, aber diesmal nicht unfreundlich, eher interessiert. Ihre Klamotten sind zu groß.

Ich habe oft an sie denken müssen, als ich weg war. In meiner Erinnerung waren ihre Lippen noch geschwungener, ihre Züge anmutiger, doch mir gefällt sie so wie jetzt viel besser; es ist echter.

»Also«, sagt sie und reicht mir das Pergament. »Ich habe Jons Karte abgezeichnet. Das haben die Spione über das Königshaus zusammengetragen.«

Ich sehe mir das Schriftstück an, es sind feine, spitze Striche, mit denen Sam zeichnet. Ich überfliege Wörter wie *Empfangshalle, Botengang, Leibgarde.* »Die Karte ist unheimlich genau«, sage ich.

»Gute Spionagearbeit.« Sam verlagert ihr Gewicht vom linken Fuß auf den rechten. Hinter ihr ragt das Amphitheater in die überraschend laue Frühlingsnacht.

Wir haben uns auf Höhe des Grabsteins mit den vielen willkürlich angeordneten Buchstaben getroffen, der mir schon damals bei meinem allerersten Gang über den Friedhof aufgefallen ist. Ich habe das Gefühl, dass er ein bisschen schief steht.

Jetzt schaue ich wieder auf die Karte. *Der Lichterpunkt der Krone.* Dort muss ich zuerst hin.

Der Lichterpunkt der Krone ist der Ort, an dem der Totengräber die Leichen des Königshauses abholt. Er befindet sich innerhalb der Burgmauern – zwar am äußersten Rand, aber es ist wahrscheinlich unsere beste Chance, um unbemerkt in die tieferen Bereiche eindringen zu können.

Lennart, aber auch Noel haben große Zweifel an dem Vorhaben. Nicht mal die Spione seien jemals nah an den Brennenden König herangekommen, warum sollte es mir gelingen? Warum sollte ich es schaffen, ihm das Zepter abzunehmen?

Ich weiß selbst, dass das ein irrer Plan ist, vielleicht kann man es nicht mal als einen Plan bezeichnen, sondern nur als einen verzweifelten Versuch.

Doch irgendetwas muss jetzt geschehen. Irgendwer muss etwas tun, egal wie riskant es ist.

»Es gibt noch einige Aufzeichnungen von Jon über die Wachablösungen und die Patrouillier-Routen der Wachen. An die bin ich noch nicht rangekommen. Bevor ich die nicht habe, darfst du auf keinen Fall etwas unternehmen, okay?«

»Alles klar. Bekomme ich hin«, sage ich und lächle sie an.

Sam zieht die Mundwinkel ein Stück nach oben, ich lasse das mal auch als Lächeln durchgehen.

Ich bin froh, dass sie es ist, die als Kontaktfrau nach oben gekommen ist. Noel hat mit seiner Einschätzung recht behalten: Jon hat beschlossen, vorerst keine neuen Begrabenen, sondern übergangsweise Zirkler als Eingangswächter einzusetzen. Kyara und Sam wechseln sich mit Liv und Melvin ab.

Ich hoffe nur, Jon hat den anderen die Geschichte abgenommen, dass die beiden Begrabenen, die Aron auf unserer Flucht niedergeschossen hat, die Saboteure waren, und ahnt nicht, was wirklich hinter den Geschehnissen steckt.

»Na dann«, sagt Sam und macht eine unbestimmte Geste mit der Hand. »Du hast ja jetzt alles.«

Irgendetwas hat sich bei ihr verändert, seit ich weg bin, ich bin mir ganz sicher. Sie wirkt nicht mehr ganz so kühl wie vorher, ja, doch das ist es nicht. In ihren großen graugrünen Augen liegt etwas, das ich nicht ganz einordnen kann. Ist sie traurig? Wütend? Keine Ahnung, aber mir ist das schon gestern Nacht im Amphitheater aufgefallen.

Sie wendet sich zum Gehen, und ich werde plötzlich ganz

aufgeregt. Bevor sich das groß ausbreiten kann, mache ich einfach den Mund auf.

»Sam?«

Sie wirbelt herum. »Ja?«

»Wie geht es dir?« Meine Hände sind auf einmal schwitzig und meine Wangen heiß, aber ich versuche, ganz ruhig zu wirken.

»Hm?«, macht Sam verwirrt.

Ich räuspere mich. »Ich frag mich nur, was eigentlich alles passiert ist in der Zeit, während ich nicht da war. Ich dachte, vielleicht kannst du noch einen Moment bleiben und mich auf den neuesten Stand bringen. Wäre sicher gut für meine Mission.« Ich ziehe gespielt scharf die Luft durch die Zähne. »Na ja … und ich hab seit Wochen praktisch nur mit *Aron* geredet. Gibt Schöneres. Da könnte ich eine Abwechslung gebrauchen.«

Sam zögert.

Sie streicht sich mit einer schnellen Bewegung eine Haarsträhne aus dem Gesicht. Blickt einmal zum Eingang von Favilla und dann wieder auf den Friedhof. »Na gut«, sagt sie schließlich leise. »Einen Moment kann ich wohl noch bleiben.«

Das Holz der Totenkutsche knarzt wie alter Dielenboden, auf dem zu viele Füße herumlaufen, als sie durch das geöffnete Flügeltor fährt. Nelson schnaubt. Seine kräftigen Flanken bewegen sich vor mir hin und her, die Muskeln arbeiten sichtbar unter dem glatten schwarzen Fell.

Neben mir liegt eine lederne Peitsche, aber ich habe sie

noch nicht eingesetzt. Auch wenn Nelson friedlich wirkte, die Wurzel aus meiner Hand vorsichtig gefressen, mich danach nur kurz beschnuppert hat, um dann so zu tun, als wäre ich nicht da – ich weiß nicht, wie der schwere Rappe darauf reagieren würde.

Wir beginnen, den Wald zu durchqueren, immer auf dem Schotterweg entlang, zu beiden Seiten die hohen Bäume; ihre Wipfel schließen sich über der Kutsche zusammen, sodass ich das Gefühl habe, durch einen lebendigen Tunnel zu fahren.

Die Leuchten der Kutsche rechts und links von mir wackeln mit den rumpelnden Wagenrädern. Ihre Flammen werfen unruhige Lichtschimmer auf den Pfad und gegen die dichten Waldreihen, doch zwischen den Bäumen wird das Licht augenblicklich geschluckt, als gäbe es dort gar nichts.

Ich kratze mich am Hals. Die Bartattrappe, die ich im Mausoleum gefunden habe – Garred hat sie wohl benutzt, bevor sein Bart ausreichend gewachsen war –, kratzt wie verrückt.

Sie besteht aus einem borstigen Fell, und an den beiden Enden ist eine Schnur angebracht, die ich mir hinter dem Kopf zusammengebunden habe.

Ich hatte keine Pfütze oder dergleichen, um mich selbst zu betrachten. Man spricht nicht über den Tod in Lavis, und flüchtigen Blicken wird meine Tarnung wahrscheinlich standhalten, aber ich kann mir nicht vorstellen, dass ich jemanden zu täuschen vermag, der mich wirklich genauer ansieht. Gleiches gilt für den aus Stoff geformten Buckel unter meinem schwarzen Umhang.

Ich darf nicht auffallen, sonst bin ich geliefert.

»Sei vorsichtig«, hat Sam gesagt, als sie sich verabschiedet hat, um zurück zu ihrem Wachposten unten im Eingang des Amphitheaters zu gehen.

Sie hat sich sehr kurz gehalten bei ihrer Schilderung der vergangenen Monate, aber das fand ich nicht schlimm, es war trotzdem unsere längste Unterhaltung bisher. Außerdem mag ich es eigentlich, wenn man nicht so viel drum herumredet.

In knappen Sätzen hat sie also von den aufgebuddelten Gräbern, dem Wassereinbruch und Mirlindas Verrat berichtet. Vom Rätsel des Grabsteins und von der geheimen Bibliothek.

Ich saß stumm da, während die Neuigkeiten auf mich einprasselten wie ein Sturzregen. Bei den Greifen dachte ich kurz, ich hätte mich verhört, aber sogar das scheint wahr zu sein.

Ich rücke den Bart zurecht. Wahrscheinlich brauche ich noch ein bisschen, bis ich das alles wirklich erfasst habe.

Und während die Totenkutsche nun weiter durch den Wald rumpelt, ist mein Kopf für eine Weile angenehm leer.

So geht es schließlich überraschend schnell, bis wir die Baumgrenze erreicht haben. Weder Nelson noch ich zögern auch nur einen Moment beim Verlassen des Waldes. Nach einigen weiteren Schritten lasse ich Nelson dann anhalten.

Vor mir liegt Lavis. Wir sind auf einem leicht erhöhten Bereich, von dem aus ich das Königreich fast komplett überblicken kann. Dort im Schwarz sind die grünen Totenlichter zu sehen, die in den verschiedensten Ecken des Königreichs leuchten. Sie wuchern aus der ruhenden Landschaft heraus wie körnige Warzen aus einem Gesicht.

Im Westen bei den Dörfern der Minenarbeiter glühen

zwei von ihnen und auch zwei bei den Steinschlägern. Eins lodert bei den westlichen Jägerdörfern vor sich hin – schätze ich jedenfalls – und noch eins bei den nördlicher gelegenen Fischerdörfern.

Im Ring der Graugewändler sind zwei Lichterpunkte entzündet: bei den Eisenwerkern und bei den Kutschern. Im Ring der Schwarzgewändler brennt kein Feuer, aber dahinter schimmert der Lichterpunkt der Krone in Grün, wartet auf mich.

Gerade überlege ich noch, welche Route ich am klügsten fahren sollte, da setzt Nelson sich bereits in Bewegung und schlägt dabei nach rechts ein, dem Holzfällerdorf entgegen. Er kennt anscheinend seinen Weg.

Ich schlucke, habe ein mulmiges Gefühl im Magen. Und schon nach einer kurzen Weile ist das grüne Licht nicht mehr weit entfernt.

Dort vorne zwischen der Ansammlung aus Holzhütten wartet ein toter Mensch auf mich. Aber kein uraltes Gerippe, sondern einer, der eventuell noch vor wenigen Stundenschlägen geatmet, sich mit seiner Familie unterhalten, vielleicht einen Scherz gemacht hat.

Jetzt wird er einfach abgeholt und in einem riesigen, dunklen Loch in der Erde verscharrt, wo schon Hunderte weitere liegen. Wie Tom.

Ich spüre die Hitze in meinem Gesicht auflodern, sobald ich daran denke. Der Körper meines Bruders ist nun einer von vielen, weil ich ihn im Stich gelassen habe. Er verrottet mit den anderen Opfern, die die Herrschaft des Brennenden Königs gefordert hat.

Und der Rest von Tom, sein *Geist* … existiert der überhaupt noch? Ist er vielleicht einfach weg, zerstoben wie Blütensamen im Wind, oder gibt es ihn noch irgendwo?

Ich beiße mir fest auf die Lippe. Woher soll ich das schon wissen?

Ich habe damals nicht wirklich geglaubt, dass Emma mich angelogen hat. Ich habe aber auch nicht glauben können, dass es die Wahrheit war, bis ich es von Rorick gehört habe.

Tagelang war ich durch den Wald geirrt, ohne jegliche Orientierung und halb besinnungslos. Selbst wenn ich versuchte, dem Fluss zu folgen, schien es mir, als würde der Wald gegen mich arbeiten. Als würde ich mich in Wirklichkeit nicht ein Stück vorwärts bewegen.

Ich habe keine Ahnung, wie es mir schließlich doch gelang, in die lichteren Waldbereiche vorzudringen, die an die weite Ebene von Lavis grenzen. Aber irgendetwas in mir ist fest davon überzeugt, dass es bloß eine Laune des Waldes war. Dass er mich eine Weile für sich behalten hat und schließlich die Lust an mir verlor.

Der Wald spricht. Das ging mir immer wieder durch den Kopf, während ich über den weichen Boden irrte. *Der Wald flüstert seine Gedanken in die Finsternis.*

Als er mich nun also entlassen hatte, war mir klar, wo es für mich hinging. Am Waldrand entlang, immer verborgen von den äußersten Baumreihen, schlich ich mich zu den Pflückfeldern der Kräutersammler.

Ich beobachtete sie bei ihrer Arbeit. Krumm über den Boden gebeugt hasteten sie über die Wiesen, die beinahe gefroren waren, so kalt war es draußen.

Innerhalb des Waldes hatte man den Winter aus irgendeinem Grund nicht mitbekommen, aber hier wurde mein Atem zu Rauch. Und auch wenn ich wenig Hoffnung hatte, suchte ich die Gestalten zuerst nach Tom ab.

Vielleicht war alles nur ein großer Irrtum, vielleicht würde ich ihn dort gleich ein paar Kräuter abzupfen sehen, dahinten links war doch immer sein Pflücksegment gewesen.

Ich ließ meinen Blick unablässig über die Gesichter gleiten. Einmal fuhr es durch mich durch, und ich dachte, ich hätte ihn, aber dann richtete sich der Graugewändler auf, und ich sah, dass er um die dreißig Jahresumläufe hinter sich hatte.

Mit jedem Augenblick wurde mir schmerzhafter bewusst, dass ich Tom hier nicht finden würde. Doch ich wollte und wollte es nicht glauben.

Wen ich schließlich entdeckte, war Rorick. Er war alleine und schleppte sich erschöpft vorwärts, dabei war die Schicht noch lange nicht vorbei. Der Abend brach gerade erst herein. Auch wenn das Pensum im Winter geringer war, Rorick hatte sicher noch ein paar Stunden vor sich. Und obwohl ich es kaum aushalten konnte, wartete ich so lange, bis er an meinem Versteck vorbeikam.

»Rorick«, zischte ich leise. »Rorick. Hier drüben, der Waldrand.«

Er hielt inne, starrte misstrauisch in meine Richtung, wo für ihn wahrscheinlich nur das Düster der Bäume zu sehen war.

»Rorick«, sagte ich noch einmal, etwas lauter. »Ich bin es, Lucas.«

Rorick legte den Kopf schief, warf dann einen schnellen Blick in Richtung des Schichtaufsehers, bevor er wieder zwischen die Bäume starrte. »Zeig dich«, sagte er mit fester Stimme.

Ich zögerte. Aber ich musste das Risiko einfach eingehen, ich musste die Wahrheit wissen. Eilig löste ich mich aus dem Schatten, machte einen Schritt zwischen den Bäumen hindurch. Unter meinen Füßen lag nun die Wildwiese, der Ort, an dem ich die meiste Zeit meines Lebens verbracht habe.

Roricks Augen weiteten sich, dann war ich schon wieder abgetaucht.

»Du bist es wirklich.« Er schüttelte fassungslos den Kopf, kniff immer wieder die Augen zusammen. »Das ist nicht möglich. Die verhüllten Männer haben dich geholt.«

»Rorick«, sagte ich eindringlich. »Was ist mit Tom passiert? Stimmt es …« Mehr schaffte ich nicht.

Ich konnte sehen, wie Rorick zu einer neuen Frage ansetzte, doch statt zu sprechen, schüttelte er sich kurz, atmete durch. »Es stimmt. Tom lebt nicht mehr.«

In meinem Blut begann eine plötzliche Hitze zu brodeln, eine, die ich kannte – sie hatte mich damals im Zweikampf mit Aron beherrscht. Und nun war sie wieder da. Aber dieses Mal war sie viel stärker, sie war *vernichtender.*

»Bevor du jetzt etwas Unüberlegtes tust«, sprach Rorick schnell weiter und warf einen erneuten hektischen Blick zum Schichtaufseher, der gerade die Körbe von zwei Graugewändlern inspizierte, einen der Behälter urplötzlich zu Boden warf und drauftrat, »dein Vater ist nicht mehr hier, eure Hütte ist seit einigen Wochen leer. Er wurde ins Königshaus beordert.

Er ist Mitglied der Königswache geworden.« Obwohl Rorick mich nicht sehen konnte, schien er mir jetzt genau in die Augen zu blicken. »Du kannst ihn nicht rächen. Es gibt keine Möglichkeit.« Er zögerte, dann: »Lucas, was zum …«

In diesem Moment erklang der Ruf des Schichtaufsehers. Rorick zuckte zusammen und wandte sich augenblicklich ab. Mit schnellen Schritten ging er auf den Aufseher zu, der ihm jetzt seinerseits entgegenkam und den Schlagstock fest in der Rechten hielt.

»Was machst du da, du dreckiger Faulenzer?« Seine Stimme drang weit über die Wiesen, nach denen die Stille der Nacht schon längst gegriffen hatte. »Muss ich dir ein paar Manieren beibringen?«

Ich wundere mich heute noch, dass ich es geschafft habe, nicht loszustürmen und ihm sein Hirn aus dem Schädel zu prügeln. Irgendwie gelang es mir, dieses übermächtige Brennen, das mich regelrecht von innen zerreißen, aus mir heraussprengen wollte wie ein Feuersturm, zurückzuhalten.

Ich wandte mich ab und verschwand. Nur weg, einen Plan hatte ich nicht, also einfach Richtung Akila, das war am nächsten.

»Heilt wieder«, hat Tom immer gesagt.

Ich schlucke, kralle meine Hände um die Zügel.

Nein, Tom. Das hier wird nie ganz heilen.

Es war jetzt ganz sicher. Ich hatte ihn im Stich gelassen.

Die Leiche, die unter dem schimmernden Totenlicht liegt, ist eine kleine, alte Frau. Die Holzfäller haben sie auf eine Bahre in der Mitte des Dorfplatzes gelegt, wo auch das Totenlicht auf einem hohen eisernen Mast flackert. Sie haben ihre Hände gefaltet, die Augen geschlossen. Die Frau sieht friedlich aus.

Ich steige vom Kutschbock hinab, meine Beine sind schwer. Das grüne Licht strahlt grell in meine Augen, ich muss sie zusammenkneifen. Mit langsamen Bewegungen gehe ich nach hinten und klappe den Leichenkasten auf. Dann wieder zu der Frau.

Wie soll ich sie *in Würde* in den Wagen bringen?

Ich hebe die Bahre am unteren Ende ein Stück an, aber sofort beginnt die Leiche zu rutschen, so kann ich sie nicht transportieren.

Also beuge ich mich hinunter, greife unter Rücken und Kniekehlen, hebe sie an.

Sie ist starr, schwer und tot. Ihr Kopf kippt nach hinten, als ich mich aufrichte, der Mund klappt auf. Wie ein Hilfeschrei in die Nacht.

5

Lavis. Friedhof.

»Du siehst müde aus.« Sam sagt es ohne Verwunderung, eine einfache Feststellung, auf die ich nicht antworten muss. Wahrscheinlich kann sie sich vorstellen, dass man nach seiner ersten Nacht als Totengräber wenig Schlaf findet.

Und so war es auch. Neun Leichen musste ich in die Kutsche schaffen, neun leere Gesichter, die im schwarzen Kasten und später unter der Erde verschwanden. Ich wünschte, ich hätte wenigstens etwas dabeigehabt, um ihre ausdruckslosen Mienen abzudecken.

Unten im Mausoleum habe ich mich lange nicht getraut einzuschlafen, weil ich fürchtete, diese Gesichter würden mich bei Nacht ohne Gnade überfallen. Als ich dann schließlich doch einschlief, träumte ich nicht, da war nur dumpfe schwarze Ruhe.

»Du siehst auch müde aus«, sage ich zu Sam, aber bei mir schwingt schon eine Frage mit. Sie hat tiefe Augenränder, ihr Gesicht ist blass, was hält *sie* wach?

Sam nickt, dann schweigen wir eine Weile. Mir gefällt dieser neue Ausdruck in ihren Augen einfach nicht.

Ich räuspere mich. »Sam. Ich weiß ja nicht, was bei dir los ist. Geht mich wahrscheinlich auch nichts an. Aber … ich wollte dir nur sagen, dass ich … dich cooler fand, als man noch Angst haben musste, dass du einen gleich verprügelst.«

Sam blinzelt, sieht mich dann irritiert an. Ich halte dem Blick stand, aber innerlich möchte ich mir den Hals umdrehen. *Das war das Falsche, Lucas. Selbst wenn du es nur gut meinst, erzählst du Schwachsinn.*

Sam blickt auf die Karte in ihrer Hand, streicht abwesend mit den Fingern über das Pergament. »Ich muss dir etwas sagen.«

»Okay.«

»Ich komme nicht aus den Fischerdörfern.« Sie holt Luft, ich sehe, dass ihr die Wörter schwerfallen. »Ich habe mich damals bei den Fischern bloß vor eine Türschwelle gesetzt, um aus Lavis zu entkommen. In Wirklichkeit bin ich eine der Töchter des Brennenden Königs.«

Ungläubig schiebe ich den Kopf vor und kneife die Augen zusammen. Dieses Gesicht, das mir immer wieder durch den Kopf geistert, gehört zu einer Königstochter – verrückt. Das erklärt vielleicht auch, warum sie immer so unnahbar war.

»Nicht schlecht«, sage ich schließlich.

»Wie?«

»Du bist aus dem Königshaus entkommen. Das stelle ich mir gar nicht so einfach vor als Prinzessin.«

Sam hat den Mund leicht geöffnet. »Du … du findest es nicht *schlimm?*«

»Warum sollte ich?«, frage ich ehrlich verwundert, obwohl ich natürlich weiß, worauf sie hinauswill.

»Na ja«, sagt Sam, »mein Vater ist verantwortlich für so viel Leid, und ich könnte …«

»Mein Vater hat meinen Bruder erschlagen. Macht mich das zu einem bösen Menschen?«

Jetzt zuckt sie kurz zusammen, und ihre Augen weiten sich. »Er hat …« Sie bricht ab, presst die Lippen aufeinander. »Das tut mir leid, Lucas.«

Sam macht einen Schritt nach vorne und greift behutsam nach meiner Hand. Ihre Haut ist kühl, aber die Berührung ist angenehm, sie ist schön.

»Schon gut«, murmle ich und schlucke. »Man muss sich zwingen, nicht dran zu denken. Dann geht es irgendwie.«

Sie nickt und lässt vorsichtig meine Hand los. »Verstehe.«

Für eine Weile ist nichts zu hören außer dem schrillen Ruf eines fremden Tiers, das jenseits der Friedhofsmauern im Wald unterwegs ist. Dann spricht Sam weiter, und ich bin froh darüber, dass sie es tut. Denn meine Kehle ist ganz trocken.

»Also. Die Karte. Ich habe jetzt auch die inneren Bereiche eingezeichnet. Da wirst du allerdings nicht einfach so reinkommen. Deine einzige Chance ist der Kahle Garten.« Sie deutet auf einen Ort im östlichen Bereich, relativ nah am Lichterpunkt. »Der Brennende König trägt sein Zepter zu jeder Zeit bei sich. Er zieht sich manchmal in diesen Garten zurück, wenn er nachdenken will. So erzählte man es sich jedenfalls in den engeren Kreisen, manche sagten, er sei jede Nacht dort. Er sucht die Nähe der Phönixe, die im Bereich davor in Käfigen gefangen sind. Aber er betritt die Käfiganlage niemals.«

»Okay«, sage ich. »Und wie gelange ich in den Kahlen Garten?«

»Du musst einen Wurfhaken verwenden, um die innere Mauer zu erklimmen«, antwortet Sam. »Sie ist viel schlechter bewacht als die Außenmauer oder die Bereiche vor dem eigentlichen Königshaus. Trotzdem sind auch dort oben Wachen platziert. Auf der Mauer entlang musst du an der Käfiganlage der Phönixe vorbei und dann runter in den Kahlen Garten. Wenn du Glück hast, ist der König dort.«

»Wenn ich Glück habe?«

»Ich weiß nicht, wie oft er dorthin kommt. Ob er überhaupt noch manchmal da ist. Es ist fast zwei Jahresumläufe her, dass ich geflohen bin.« Sam macht eine Pause. »Die Chance könnte sehr gering sein.«

»Immerhin ist es eine.«

»Es gibt natürlich noch eine Möglichkeit«, sagt Sam nun zögerlich.

»Und die wäre?«

»Ich kenne einen Weg in die inneren Bereiche. So bin ich rausgekommen. Du würdest dich dort aber nicht alleine zurechtfinden. Ich müsste mitkommen.«

»Das wäre in Ordnung für mich«, sage ich und lächle sie an.

Sam geht nicht darauf ein. »Noel. Er hat einige von Jons Spionageberichten aus dem Königshaus gelesen. Er ist sich sehr sicher, dass der Weg nach meiner Flucht entdeckt und unter Bewachung gestellt wurde. Aber bevor du sonst was riskierst, solltest du schon mal wissen, dass wir im Notfall noch diese zweite Möglichkeit haben.«

»Ah, verstehe«, sage ich und seufze. »Also zusammengefasst kann man sagen: Wir haben eine ganz gute Möglichkeit, uns unentdeckt reinzuschleichen, aber wahrscheinlich ist der König nicht da. Und bei der zweiten Möglichkeit könnten wir recht nahe an den König rankommen, werden aber wahrscheinlich vorher entdeckt.«

Sam hebt die Augenbrauen. »So sieht es aus.«

»Jon und Noel. Die beiden haben viel miteinander zu tun, oder?«

»Ja«, sagt Sam knapp und zuckt mit den Schultern. Dann: »Noel wird morgen durch den Geheimgang hoch auf den Friedhof kommen. Er will die Mission mit dir zusammen durchführen. Damit nicht auffällt, dass da eine Kutsche ohne Totengräber am Lichterpunkt steht.«

Ich nicke. Vielleicht sollte ich so etwas wie Frust verspüren, dass alles so leicht schiefgehen könnte. Aber jetzt gerade ist da nur eine glühende Unruhe in mir. Morgen Nacht geschieht endlich etwas.

»Gut«, sagt Sam, ihre Miene ist wieder ganz starr geworden. »Ich geh dann mal wieder rein.«

»Ja. Bis nächstes Mal.«

Sie macht einige Schritte auf das Amphitheater zu, der Schotter knirscht unter ihren Füßen, ein richtig angenehmes Geräusch auf diesem unendlich stillen Friedhof.

Jetzt hält sie an, dreht sich ruckartig um. »Ach ja, Lucas.« Sie presst die Hände an ihre Oberschenkel. »Danke.«

»Wofür?«

»Dass du mich nicht komisch anschaust wegen meiner Eltern.«

»Na ja«, sage ich, und es ist mir ganz egal, ob sie mir wieder nur mit verschlossener Miene antwortet. »Ich schau mir dich schon ab und zu ein bisschen genauer an. Aber das hat andere Gründe.«

»Jetzt werde bloß nicht frech«, sagt sie und lächelt nun doch ein winziges bisschen, »sonst verprügel ich dich.«

6

Lavis. Friedhof.

Nelson wiehert leise, als er Noel zwischen den Gräberreihen auf uns zukommen sieht. Er schnaubt, zieht die Kutsche ein wenig schneller vorwärts. *Freut er sich?*

Noel kommt vor uns zum Stehen, und wir halten ebenfalls an. Sofort schnuppert Nelson an seinen Taschen herum, woraufhin Noel über seinen Hals streicht; in der rechten Hand trägt er irgendetwas Dunkles, Längliches.

Er sieht zu mir hoch, tippt sich mit zwei Fingern an den Kopf. »Hallo Kräutersammler.«

Ich grinse. »Steig auf.«

Noel zieht sich den Kutschbock hoch und quetscht sich neben mich, um seine Mundwinkel ein Kräuseln. Seine Züge sind markanter geworden. Aber vielleicht bilde ich mir das auch nur ein. An seinen Klamotten haftet der muffige Geruch von Gemäuern.

Als Nelson sich wieder in Bewegung setzt, reicht Noel mir ein schweres, in Stoff eingewickeltes Bündel, das ich etwas verwirrt entgegennehme.

Dann, als ich das kühle Metall spüre, verstehe ich.

»Es sind zwar nicht deine alten Schwerter, aber sie müssten gut genug aufeinander abgestimmt sein«, sagt Noel.

»Sicher. Danke«, sage ich, hole die beiden Klingen heraus und betrachte sie eingehend. Sie sind dünn, etwas schartig, doch ich denke, ich werde gut damit klarkommen.

Noel setzt sich auf dem Kutschbock zurecht. »Nicht unbedingt für zwei Kutscher ausgerichtet«, sagt er dann.

»Ich gehe nach hinten, bevor wir den Wald verlassen. Ich muss da jetzt aber nicht länger rein als nötig«, sage ich. Wir haben soeben den Hauptweg auf Höhe der Flügelgräber erreicht, die Kutsche lässt den Schotter knirschen, ihre Lichter flackern über die Statuen am Wegesrand, und die Schatten wirken, als würde sich etwas in den steinernen Gesichtern regen.

»Sollte nicht lieber ich versuchen, mich reinzuschleichen, und du machst den Kutscher?«, fragt Noel zweifelnd. »Ich bin viel zu groß für den Totengräber.«

Ich greife zwischen meine Füße, um die Bartattrappe und die Stoffbündel für den Buckel hervorzuholen. »Das kriegen wir schon hin. Mich hat gestern auch keine Wache eines zweiten Blickes gewürdigt, das ist für die selbstverständlich. So, wie wenn du in Favilla rumläufst, und du hörst irgendwo schlurfende Schritte. Da gehst du auch davon aus, es ist der Dürre, ohne jedes Mal nachzugucken.«

Noel zieht die Augenbrauen hoch. »Da sagst du was.«

Ich hole tief Luft, spüre wieder dieses Glühen in mir, dass endlich etwas passiert. »Ich glaube, ich bin derjenige, der dieses Zepter holen muss. Ich weiß, dass ich es schaffen kann.«

»In Ordnung«, sagt Noel. »Mir ist schon klar, dass du dich

nicht davon abbringen lassen wirst. Außerdem hast du vermutlich recht.«

Ich blicke auf den Nebel, der heute nur als dünne Schicht über dem Boden schwebt, zwischen den Gräberreihen nistet. Bis zur Anhöhe schafft er es diesmal allerdings nicht hinauf.

»Hast du dir schon überlegt, wie du möglichst viel Zeit rausholen kannst?«, frage ich. »Du musst auf jeden Fall schön langsam machen.«

»Ja, das werde ich. Aber ich darf eben auch nicht auffallen. Du hast also wirklich wenig Zeit.« Noel zieht die Augenbrauen zusammen. »Solltest du zu lange brauchen, werde ich wieder fahren müssen, und du musst versuchen, so wieder rauszukommen, oder bis zur nächsten Nacht ausharren.«

»Ich weiß.«

»Das klappt schon«, sagt Noel. »Es muss.«

Ich nicke. »Wenn der Brennende König nicht in den Gärten ist«, sage ich schließlich und betrachte die Leuchten und das verwitterte schwarze Holz der Kutsche, »was tun wir dann?«

»Wir versuchen es in der nächsten Nacht noch einmal?«, fragt Noel, doch wirklich überzeugt klingt er dabei nicht.

»Um jedes Mal ein solches Risiko einzugehen? Ich weiß ja nicht. Was ist mit Sams Weg?«

Für einen Moment schaut Noel mich irritiert an, vielleicht hat er nicht damit gerechnet, dass Sam ihr Geheimnis preisgibt. Dann wischt er sich über den Mund, der Ausdruck verschwindet. »Sams Weg ist noch viel riskanter. Selbst wenn ihr unbemerkt in den inneren Bereich vordringen könnt – wie wollt ihr an den König herankommen? Seine Gemächer werden besser bewacht als alles andere. In die Gärten geht er, um in Ruhe nachzudenken. Die Wachen werden nicht fern sein, aber weiter weg von ihm als sonst. Es ist unsere beste Chance.«

»Na gut. Wenn du meinst.«

Wir haben das Flügeltor erreicht. Eilig springe ich ab und drücke es auf, um mich dann wieder neben Noel auf den Kutschbock zu schwingen.

»Bevor es weitergeht, sollten wir dich vielleicht ausstopfen«, sage ich.

Noel nickt. Er zieht vorsichtig an den Zügeln, und von einem Moment auf den nächsten bleibt Nelson stehen, sodass Noel und ich kurz nach vorne rucken.

Eilig stopfen wir die Stoffbündel unter sein Hemd und binden sie auf seinem Rücken fest, indem wir ein Seil um seine Brust ziehen. Dann der Bart, auch ihn binden wir fest. Ich schlinge die Schwertgurte mit den beiden fremden Klingen über meinen Rücken. Es ist ein gutes Gefühl, wieder die zweifache Kampfkraft mit sich zu tragen.

Schließlich schnalzt Noel mit der Zunge, und Nelson läuft weiter.

»Wie ist es im Mausoleum?«, fragt Noel nach einer kurzen Weile. »Hast du Aron unter Kontrolle?«

»Er ist gut festgebunden. Was er zu mir sagt, ist mir egal.« Ich zucke mit den Schultern, wie um es mir selbst zu beweisen. »Und unten in Favilla?«

»Die Lage ist sehr angespannt.« Noel legt die Stirn in Falten. »Jon will es nicht zugeben, aber ich glaube, selbst er stellt langsam sein System infrage. Er hat Mirlinda vertraut, und sie hat ihn hintergangen. Er hat den beiden Torwächtern vertraut, und sie haben ihn hintergangen – denkt er. Und die Wahrheit ist nicht viel besser. Der halbe Zirkel arbeitet nun gegen ihn.«

»Na ja, er hat schließlich auch sein Bestes dazu beigetragen, dass es so weit kommt.«

Nelson weicht einem großen abgebrochenen Ast aus, der die Hälfte des Weges versperrt. Doch die Kutsche selbst fährt mit einem kräftigen Ruckeln drüber, sodass die Leuchten wild hin und her wackeln.

»Jon ist kein schlechter Mensch«, sagt Noel. »Er ist nur festgefahren.«

»Und grausam.«

»Er würde es konsequent nennen.«

»Und du?«

»Zu konsequent.«

Ich wiege den Kopf leicht hin und her. »Das könnte man über mich und meinen Versuch, Favilla zu übernehmen, auch sagen.«

»Ja, wahrscheinlich«, gibt Noel zurück, während er auf das schwere Dickicht der Bäume starrt. »Aber bei dir war es noch etwas anderes.«

»Ich finde es trotzdem heftig, dass ihr euch dazu entschlossen habt, mich wieder aufzunehmen«, ich räuspere mich, »… sozusagen. Nach allem, was ich getan habe.«

Noel nickt. Er schweigt, ich kenne dieses Schweigen, es ist, wenn er sich ganz genau überlegt, was er nun sagen will.

»Finde ich auch«, meint er schließlich. »Aber ich glaube,

wenn man eine Rebellengruppe in einer Rebellengruppe ist, dann muss man über jede Hilfe froh sein. Auch wenn sie mit einem Risiko verbunden ist.«

»Siehst du mich als Risiko an?«, frage ich.

»Ich sehe es als größeres Risiko an, dich nicht dabeizuhaben.«

Wieder fällt mir auf, wie *geplant* er redet. Ein bisschen war das schon früher so, doch jetzt liegt manchmal eine Ruhe in seinen Worten, die irgendwie neu ist.

Auf jeden Fall kann ich einfach nur froh sein, dass er so über meine Angriffe denkt. Spätestens als es Melvin erwischt hatte, war die Sache aus dem Ruder gelaufen. Vielleicht war es das auch von Anfang an. Inzwischen frage ich mich, ob ich wirklich geglaubt habe, das würde alles klappen, wie ich es mir vorstelle. Aber währenddessen dachte ich, genauso müsse ich es machen.

Ich blicke nach vorne, wo der Wald uns gleich entlassen wird in die Ebene von Lavis, zur Königsburg. Ich hoffe, so ein Irrtum wie bei meinem Kampf gegen den Internatsleiter wiederholt sich nicht.

»Danke, Noel«, sage ich. Mir ist völlig bewusst, dass die anderen mich niemals wieder aufgenommen hätten, wenn er sich nicht für mich ausgesprochen hätte.

Noel sieht mich von der Seite an, nickt mir dann stumm zu.

Bald darauf haben wir den Waldrand erreicht, Noel bringt die Kutsche mit einem kurzen Ruck an den Zügeln zum Stehen.

Wir steigen ab, hinten angekommen öffnet Noel die Klappe

zum Leichenkasten, seine Miene ist hochkonzentriert. »Wenn er nicht in den Gärten ist, kommst du sofort zurück?«

»Ja.«

Weiteres gibt es jetzt nicht mehr zu sagen. Ich wende mich dem Leichenkasten zu, hole einmal tief Luft. Dann steige ich hinein und gehe gebeugt vorwärts bis zum Ende der Kutsche. Ich zähle bis drei, bevor ich das erste Mal einatme. Der faulige Geruch frisst sich augenblicklich in mich hinein, wie wimmelnde Maden durch die Nase bis ins Gehirn.

Das Letzte, was ich sehe, ist Noel, wie er sich hinabbeugt, um die Klappe anzuheben. Dann umschließt mich die Schwärze ganz.

7

Lavis. In der Totenkutsche.

Neben mir in der Dunkelheit liegen drei Tote.

Der Wagen rattert und quietscht, ruckelt unter mir. Jetzt ein stärkerer Ruck, seitlich nach unten, ein dumpfes Geräusch von einer der Leichen. Hat mich etwas berührt? Ich wische mir über die Handrücken. Eben waren wir bei den Kutschern. Als Nächstes werden wir den Lichterpunkt der Krone erreichen – glaube ich jedenfalls.

Mein Atem geht flach, während ich in die vollkommene Schwärze starre und darauf warte, dass die Zeit vergeht. Und obwohl ich Noel mehr als jedem anderen vertraue, kann ich nichts gegen das Gefühl tun, ausgeliefert zu sein, in diesem fauligen kleinen Gefängnis direkt in die Hellebarden der Wachmänner getragen zu werden.

Jedes Mal, wenn die Kutsche etwas langsamer wird, denke ich, es ist so weit, bereite mich innerlich vor. Dann hält sie doch nicht, dann ruckelt der Leichenkasten nur wieder weiter vorwärts, und ich muss mich zwingen durchzuatmen.

Als der Wagen schließlich zum Stehen kommt, überrascht es mich fast.

Aber es kann nur eins bedeuten: Wir halten vorm Tor.

Ich höre ein schweres, schabendes Geräusch, gefolgt von Stimmen, Noel erwidert irgendetwas, das ich nicht verstehen kann – *warum geht es nicht weiter? Was passiert da draußen?*

Doch nun setzt sich der Wagen erneut in Bewegung, nur um kurz darauf wieder anzuhalten. Absteigen. Schritte. Ein Hebel wird entriegelt.

Grünes Totenlicht klettert in den Raum, als Noel die Klappe öffnet. Er klopft zweimal schnell hintereinander gegen das schwarze Holz – unser Zeichen, dass ich weitestgehend sicher nach draußen kann. Dann ist seine Gestalt auch schon wieder verschwunden, erneut Schritte, schön langsam. *Richtig so, Noel.*

Und ich muss schnell sein.

Ich schleiche gebeugt zum Ausgang der Kutsche, hole einmal tief Luft, wobei mir der Geruch nun völlig egal ist. Raus.

Sofort presse ich mich gegen das schwarze Holz der Kutsche, geduckt, werfe schnelle Blicke in alle Richtungen.

Der Platz vor dem Burgtor, das wir wohl soeben mit der Kutsche durchquert haben, ist leer. *Immerhin.*

Das Tor selbst ist riesig, auf jeden Fall noch höher als die Palisade, die den Ring der Graugewändler umschließt; zwei mächtige Flügel aus dunkelbraunem Holz, überall mit dicken Eisenbeschlägen versehen.

Der Mauerkamm ragt noch mal ein gutes Stück darüber hinaus, auf ihm stehen zwei Wächter, aber sie schauen nach vorne, über die weite Ebene von Lavis.

Zwischen den beiden flackert das Totenlicht, das grüne

Leuchten dringt bis hierher zur Kutsche herüber, viel zu hell. Los. In die Dunkelheit.

Ich husche hinüber zur Wand der inneren Mauer, presse mich gegen den kalten Stein. Lange halte ich nicht an, ich darf keine Zeit verlieren. Wenn die Wachen im falschen Moment hersehen, bin ich geliefert.

An der Mauer entlang, leise. Die innere Mauer ist niedriger, allerdings sind die dunklen Steinquader bestimmt immer noch drei Manneslängen hoch aufeinandergeschichtet.

Unablässig schaue ich nach oben zur äußeren Mauer. Die beiden Wachmänner blicken unverändert hinaus nach Lavis, nicht zu Noel, nicht zu mir. Höchstens hundert Schritte trennen mich von der Käfiganlage der Phönixe – und am Eingang zu diesem Bereich sind sicherlich auch Wachmänner postiert. Gleich hinter der Biegung vor mir beginnt eine freie Fläche, das weiß ich von der Karte. Wenn ich mich noch weiter auf dem Boden nähere, werden sie mich sehen. Ich muss jetzt die innere Mauer rauf.

Komm schon, Lucas.

Der Wurfhaken in meiner Hand erscheint mir wie ein Signalhorn, das ich im Begriff bin zu betätigen, damit ganz Lavis mich hört. Egal, los. Ich lasse das Seil mit dem schweren Anker kreisen, hole Schwung. Ich werfe.

Mit einem leisen Klingen schlägt der Haken oben auf, rutscht zurück, *er wird abrutschen und laut aufschlagen,* aber dann ruckt es, und er verkantet sich an der Brustwehr.

Ich verliere keine Zeit mehr und fange an zu klettern. Mit nur wenigen kräftigen Zügen bin ich oben. Ich drehe mich über den Mauerkamm, richte mich gar nicht erst auf, sondern bleibe mit dem Bauch auf dem kalten, steinernen Wehrgang liegen, während ich den Wurfhaken von der Mauer löse und das Seil einhole.

Erst jetzt spüre ich das Brennen meiner Muskeln und auch meiner Handinnenflächen, die der Hanf beim Klettern aufgerieben hat.

Von hier aus kann ich links von mir das eigentliche Königshaus gut erkennen, die Türme ragen fast so hoch auf wie die Leuchtfeuer der äußeren Mauer. Die Bauten sind massig, aber gleichzeitig auch irgendwie filigran gearbeitet. Kaum ein Licht ist dort zu erkennen, nur hinter einigen Fenstern flackert es in unruhigem Rot. Ein gebeugter Schatten huscht im östlichen Bereich vor einer der Öffnungen entlang.

Weiter. Ein Blick nach vorne verrät mir, dass die Luft dort rein ist – jedenfalls fürs Erste. Ich stütze mich hoch, gehe in die Hocke. So sieht man mich zwar besser, aber dafür komme ich schneller voran.

Unten vor dem Toreingang sehe ich Noels bucklige Totengräbergestalt eine der Leichen anheben. Zwei andere liegen noch dort, so sieht es jedenfalls von hier aus. Vielleicht ist es auch nur noch eine.

Ich bin jetzt gleich auf der Höhe der Käfiganlage, von da sind es nur noch ein paar Dutzend Schritte zum Kahlen Garten. Wird er dort sein? *Treffe ich gleich auf den Brennenden König?*

Schon heben sich rechts unterhalb von mir schwere, dunkle Gitterstäbe in die Nacht, die nach oben hin zu einer runden Form zusammenlaufen; sie sind fast so hoch wie die Mauer. Die Käfiganlage.

Es ist viel zu dunkel dort unten, ich kann nichts erkennen außer … *ein blaues Schimmern?*

Plötzlich lässt mich eine Bewegung zusammenfahren. Der Schock frisst sich durch meinen Körper. Das kam von der Mauer, es kam von vorne, direkt von vorne, ja, jetzt höre ich es auch, Metall klirrt, verdammt!

Ein Wachmann kommt mir auf dem Wehrgang entgegen. Hat er mich schon entdeckt?

Ich sehe nur den schwarzen Umriss, bislang hat er nicht gerufen oder sonst wie reagiert, vielleicht ahnt er noch nichts von mir. Aber wenn ich nicht sofort etwas unternehme, bin ich verloren. Meine Gedanken rasen. *Tu was, Lucas. Er kommt, tu was, irgendwas.*

Klar.

Die Gitter.

Ohne weiter darüber nachzudenken, drehe ich mich seitlich über die Mauerkante. Mit den Händen halte ich mich noch oben an der Mauer fest, während meine Füße schon nach den Käfigen der Phönixe tasten. Suchen, suchen, finden. Ich lasse los.

Ich kann mich nicht auf dem schmalen, leicht nach unten abfallenden Gitter halten, aber als ich jetzt mit dem Bauch daraufstürze, schaffe ich es, mich mit den Händen festzukrallen. Nur ein kurzes dumpfes Klingen ist zu hören, mehr nicht.

Von hier geht es bestimmt noch vier Schritte nach unten, was soll ich tun, ich rutsche die Gitter hinab, werde schneller, hoffe, dass ich gleich irgendwo Halt finde, *sonst* … ah, sehr gut. Meine Füße haben eine Querstrebe gefunden. Von hier müsste ein Sprung machbar sein. Ich hole einmal tief Luft, springe.

Die Landung schickt einen kurzen Schmerz durch meine Knie, weil ich mich nicht richtig abrollen kann. Schnell richte ich mich auf.

Ich stehe unten in der Käfiganlage der Phönixe, sehe erst mal nur Gitter, dann wandert mein Blick nach oben.

Ich war leise. Leise genug. Hoffe ich …

Die Wache oben auf der Mauer hält an.

Oh nein.

Sie dreht sich in meine Richtung. Mit angehaltenem Atem weiche ich zurück, stoße gegen eine kalte Steinwand, rechts und links Gitter, ich glaube, ich bin genau in der Lücke zwischen zwei Käfigen. Es schimmert blau dort drin.

Ich lege den Kopf wieder in den Nacken. Die Wache bleibt unbeweglich stehen, ich sehe die schwarze Silhouette auf der Mauer genau über mir, habe nicht die leiseste Ahnung, was da in ihrem Gesicht vorgeht.

Die Zeit dehnt sich ins Unendliche.

Die Wache bewegt sich nicht. Warum bewegt sie sich nicht? *Warum?* Leise greife ich hinter meinen Rücken, umfasse den Griff eines der beiden Schwerter, so fest, dass es wehtut.

Dann ein schleimiges Geräusch, noch eines.

Ich brauche einen Moment, bis ich verstehe, dass die Wache Rotz hochgezogen und ausgespuckt hat. Sie setzt sich wieder in Bewegung, geht davon. Ich lasse die Hand vom Schwertgriff gleiten, Erleichterung durchströmt mich. *Das war knapp!*

Eilig löse ich mich von der Wand. Allmählich gewöhnen

sich meine Augen an die Dunkelheit hier zwischen den schwarzen Käfigen, oder die Sterne sind mehr durchgekommen, ich weiß es nicht. Auf jeden Fall sehe ich nun, was dort eigentlich in den Käfigen ist.

Oder auch nicht.

Meine Augen müssen mich belügen, anders kann ich es mir nicht erklären.

Das Deckengemälde im Zirkelraum – ich erinnere mich ganz genau an den Phönix dort. Ein rotgoldener Feuervogel, strahlend vor Kraft und Mut.

Wenn ich mich beim Zirkeltraining mit Emma bis aufs Letzte verausgabt hatte, durch die Tür der Einzelzelle taumelte, mein Atem sich gar nicht mehr beruhigen wollte und ich trotz allem unzufrieden mit mir war. Wenn ich ungeachtet meiner Fortschritte das Gefühl verspürte, ich käme noch immer zu langsam voran, man hätte mich längst auf die erste Außenmission schicken, ich hätte Tom längst in Sicherheit gebracht haben müssen. Und wenn dann der Gedanke kam: *Gib es doch einfach auf.*

Dann sah ich nach oben zu dem Feuervogel, und mir war klar, ich musste einfach weiterkämpfen, er würde es auch tun, ich musste einfach immer weiterkämpfen.

Strahlend und mutig war der rote Phönix an der Decke.

In dem Käfig vor mir sitzt ein schwächlicher, schwarz gefiederter Vogel.

Er hat den langen Schnabel nach unten gesenkt, so als würde er schlafen. Aber das stimmt nicht, er blickt mich aus dunklen, glanzlosen Augen an. Allerdings weiß ich nicht, ob er mich überhaupt wahrnimmt.

Er ist etwa so groß wie ein Kampfhund der Königswachen, das Gefieder scheint zerfleddert, als hätte jemand Teile davon ausgerupft. *Nicht mal einen richtigen Schweif hat das Tier.*

Der … *Phönix?* … hat die dürren Klauen um eine Sitzstange gekrallt. Um seine Beine schlingen sich zwei dicke Metallringe, die mit einer Kette im Boden befestigt sind. Das Metall schimmert blau und taucht die bemitleidenswerte Kreatur in ein seltsames, fahles Licht.

Was hat das zu bedeuten?

Das sollen die Wesen aus den Legenden sein?

Aber ich habe keine Zeit, weiter darüber nachzudenken, ich habe einen Auftrag – und schon viel zu viel Zeit verloren.

Schnell schiebe ich mich den schmalen Gang vorwärts, den die beiden Käfige bilden. Wenn ich das richtig sehe, stehen sich zu beiden Seiten je sechs große Käfige gegenüber, sie sind jeweils gut drei Schritte lang und drei Schritte breit. Rechts und links der gesamten Käfiganlage ziehen sich große Trennwände zwischen den Mauern.

Rechts dürfte es zurück zum Lichterpunkt gehen. Links müsste ich eigentlich auch in den Kahlen Garten gelangen. Ich könnte den Wurfhaken benutzen, wenn der Durchgang verschlossen ist. Ich hoffe nur, zur Gartenseite hin werden die Käfige nicht bewacht. Wenn ich …

Stimmen.

Ich erstarre. Sie kommen von außerhalb der Käfiganlage, aus Richtung des äußeren Zugangs. Und da wird auch schon die Tür aufgeschwungen, Männer mit Fackeln in den Händen stampfen herein, viele Männer. *Verdammt!*

Sofort bewege ich mich wieder rückwärts, zurück in die

Lücke zwischen den beiden Käfigen, zurück an die kalte Mauerwand, gegen die ich mich nun erneut presse.

Das ist nicht möglich! Suchen sie nach mir? Hat die Wache oben doch etwas bemerkt?

Es sind über ein Dutzend dunkle Gestalten, die nun in die Käfiganlage strömen. Ich kann nur hoffen, dass Noel nichts davon mitbekommt. Er würde mir garantiert helfen wollen – und mit mir untergehen. Gegen eine solche Überzahl wären wir auch zu zweit machtlos. Ich alleine zwar sowieso, doch kämpfen werde ich trotzdem.

Die Männer nähern sich. Die Ader an meiner Schläfe pocht wie wild.

Ruhig bleiben, Lucas. Den richtigen Moment abwarten.

Nur die vorderen sechs Männer tragen Fackeln, wie mir jetzt auffällt. Ihr Gewand ist einfarbig schwarz, und sie … obwohl … *nein.* Es sind keine Männer, ihre Körper sind ganz anders gebaut, schmaler, und die Gesichtszüge feiner: Die vorderen sechs Personen sind Frauen. Natürlich! Das sind die Phönixpflegerinnen.

Die anderen – und diesmal sind es wirklich Männer –, die ihnen folgen, tragen schwere Plattenrüstungen. Der eingearbeitete Stoff ist weiß, der Phönix, der auf ihrer Brust prangt, tiefschwarz.

Warum sollten die Phönixpflegerinnen kommen, um mich gefangen zu nehmen? Das ergibt keinen Sinn. *Sie sind nicht meinetwegen hier,* denke ich erleichtert, als sie nun beginnen, die Käfige aufzuschließen.

Aber warum dann? Und wie lange bleiben sie? Noel wird seine Arbeit sicher nicht viel länger hinauszögern können.

Der Phönix im Käfig neben mir beginnt sich zu bewegen. Und auch rechts von mir, in dem anderen Käfig, höre ich nun etwas. Ich drehe meinen Kopf. Ein kurzes, kraftloses Heben der Flügel, ein unsicheres Bewegen der Krallen auf der Sitzstange. Ich starre das Tier an. Es schaut aus seinen glanzlosen Augen zurück. Liegt *Angst* darin?

Jetzt sind alle Käfige aufgeschlossen. Und in jeden dieser Käfige tritt zeitgleich eine der Königswachen. *Was machen sie da?*

Ich presse mich noch fester gegen die Wand, so als würde das irgendetwas bringen.

Mein Herz tobt laut und schnell in meiner Brust, und mein Hals ist staubtrocken. Sie sind direkt neben mir. Auch wenn es dunkel ist in meiner Nische zwischen den Käfigen: Ein falscher Blick, und sie sehen mich.

Noel. Wenn ich noch irgendeine Chance haben will, zurück in die Totenkutsche zu kommen, muss ich jetzt etwas unternehmen. Aber eine falsche Bewegung wird mein Ende bedeuten. Ich muss ausharren, es geht nicht anders.

Wieder hebt der Vogel neben mir kurz die Flügel, lässt sie sofort wieder fallen. Er rückt auf der Sitzstange ganz nach hinten, weg von dem Wachmann, der auf ihn zukommt. Ein heiseres Krächzen.

Und plötzlich spüre ich ein grässliches Kribbeln im Nacken, tausend kleine Tierchen, die ihre Zähne in meiner Haut versenken.

Was zum Henker passiert hier?

Meine Muskeln verkrampfen sich, das Kribbeln ist kaum noch auszuhalten.

Die Wachmänner haben sich nun in jedem Käfig vor dem Phönix aufgebaut. Ich sehe, dass der Mann gleich links neben mir einen langen, schmalen Dolch in seiner Hand hält. Irgendetwas wird geschehen, er packt den Vogel grob am Rücken, irgendetwas Schlimmes, ich muss …

In diesem Moment schneidet die Wache dem Phönix die Kehle durch.

8

Lavis. Königshaus. Käfiganlage der Phönixe.

Flammen explodieren.

Zeitgleich lodern in allen zwölf Käfigen grelle Feuer auf, *kreischende* Feuer. Das Licht tötet meine Augen, ich kneife sie zusammen. Schrille Schreie dringen aus etlichen Kehlen zu mir durch.

Sie verbrennen. Die Phönixe verbrennen.

Unsägliche Hitze strahlt mir von beiden Seiten entgegen, ich kann nicht atmen, schnappe keuchend nach Luft. Halte schützend die Arme über meinen Kopf, huste unkontrolliert. Doch das Kreischen ist immer noch so laut, dass die Wachen mich nicht hören können. Hoffe ich.

Ich blinzle, kriege die Augen aber nicht ganz auf. Die Flammen sind so hell, heller als irgendein Feuer, das ich je zuvor gesehen habe.

Und diese Hitze. Ich habe das Gefühl, sie brennt die Haare von meinen Armen, schält mir die Haut vom Gesicht. Immer noch kaum Luft zum Atmen.

Ich weiß nicht, wie lange ich das noch aushalte, meine Beine wollen schon nach vorne hasten, egal, ob dort Wachen sind, wollen nur der Hitze entfliehen – da hört es schlagartig auf.

Ich halte inne. Mache wieder einen Schritt nach hinten, ducke mich. Ganz langsam und vorsichtig öffne ich die Augen, nur allmählich nehmen die undeutlichen Schemen vor meinen Augen wieder Gestalt an.

Allein die sechs Fackeln der Phönixpflegerinnen brennen.

Für die Dauer eines Zeitkorns denke ich, dass ich mir das alles bloß eingebildet habe. Dass sie eben erst hier hereingekommen sind und sonst rein gar nichts passiert ist.

Aber als ich nun an meinem Körper hinabtaste, fühle ich fransige Löcher, die die Funken in mein Gewand gefressen haben müssen. Und der Geruch von verbrannten Federn und verbranntem Fleisch dringt aus den Käfigen zu mir herüber. Kein Phönix ist mehr zu sehen.

»Ihr könnt gehen«, sagt eine der Pflegerinnen, ihre Stimme ist schneidend.

Ohne zu zögern, wenden sich die Wachen ab und verlassen die Anlage in Richtung Lichterpunkt. Ich muss ihnen nach. Jetzt.

Es ist ohnehin zu spät, geht es mir dann mit schrecklicher Sicherheit durch den Kopf. *Es hat zu lange gedauert, Noel wird die Königsburg schon wieder verlassen haben.*

»Eine Unze pro Käfig«, sagt die Pflegerin mit der schneidenden Stimme. Sie scheint die Anführerin zu sein.

»Eine *ganze?*«, fragt die Gestalt hinter ihr, ein hellbrauner Haarschopf fällt über das schwarze Gewand.

»So sind die Anweisungen.«

»Aber …«

»Na, wird's bald?«, fährt die Anführerin die Braunhaarige an.

Nun schweigt diese, und die Pflegerinnen öffnen die Käfigtüren, um hineinzugehen. Eine von ihnen ist direkt im Käfig links von mir, glücklicherweise hat sie den Blick auf den Boden gerichtet.

Sie geht in die Hocke, legt die Fackel neben sich auf den Käfigboden. Unter ihrem Kleid holt sie einen kleinen gläsernen Flakon hervor, der mich sofort an die Phiolen erinnert, mit denen wir die glänzenden Tautropfen von den Sonnenkrautpollen gesammelt haben.

Jetzt erkenne ich mehr: Sie hockt vor einem großen Haufen Asche, *Phönixasche.* Und nun taucht sie den Flakon in diesen Haufen, sodass er sich mit der Asche füllt. Sie hält ihn sich vors Gesicht, kneift ein Auge zusammen. Dann neigt sie den Flakon und kippt ein winziges bisschen der schwarzen Blättchen zurück zum Rest, steht auf. Geht.

Sie klauen ihnen Asche.

Deswegen haben sie ihnen die Kehlen durchgeschnitten: Sie wollten an die Asche kommen. Und wenn es stimmt, was ich über Phönixe gelernt habe, so werden sie wiederauferstehen – und man kann sie erneut töten, um neue Asche zu erhalten.

Das alles hier lief zu routiniert, als dass es eine einmalige Sache gewesen sein könnte. Sie tun es immer wieder, denke ich mit einem Schaudern. Jedes Mal aufs Neue ermorden sie die Phönixe. Sie schlachten sie wie die Ziegen, von denen Johanna uns einmal in Favilla erzählt hat.

Wie oft tun sie das? Und was machen sie mit der Asche,

wofür brauchen sie sie? Will der Brennende König daraus am Ende *neue* Phönixe auferstehen lassen? Aber das kann doch auch nicht sein, oder?

Ich fasse mir an die Stirn. In meinem Kopf wirbelt es nur so durcheinander.

Die Pflegerinnen haben mittlerweile alle zwölf Käfige abgearbeitet, sie versammeln sich erneut in dem Gang, der die beiden Käfigreihen voneinander trennt.

Es scheint, als warteten sie auf die Anführerin. Doch die zögert. Dann sagt sie ganz leise: »Er will sie persönlich abholen.«

Mir kommt es vor, als würde ein Zucken durch die anderen Pflegerinnen fahren. So wie du zuckst, wenn du eine Schlange aus dem dichten Gras der Wildwiesen auftauchen siehst. Und ich bin mir plötzlich ganz sicher, wer *er* ist.

Der Brennende König. Er ist auf dem Weg hierher.

»Ist schon in Ordnung«, sagt die Anführerin, aber ich kann die Angst in ihrer Stimme hören. »Ich übergebe die Asche. Ihr könnt schon zurückgehen.«

Niemand widerspricht, eilig händigen die anderen Pflegerinnen ihre Flakons der Anführerin aus, die sie in einem kleinen Lederbeutel sammelt, und drehen sich um. Ich sehe noch, wie eine von ihnen der Zurückbleibenden kurz die Hand auf die Schulter legt, dann wendet auch sie sich zum Ausgang und eilt hinaus, dorthin, wo es zum Haupttor und zurück zu den Schwarzgewändlern geht.

Nun ist nur noch die Anführerin da.

Sie muss vorhin ihre Fassung mit aller Macht bewahrt haben. Denn jetzt höre ich sie lauter und schneller atmen, und die Gläschen in ihrem Beutel zittern gegeneinander, eine schiefe Melodie der Furcht.

Doch auch mein Herz schlägt jetzt immer schneller, immer wilder. Die Ader an meiner Schläfe pocht, als wollte sie durch die Haut platzen. Das ist meine Chance, ich kann es kaum fassen. Der Brennende König wird tatsächlich hierherkommen.

Die Pflegerin geht auf die andere Seite der Käfiganlage, dort muss der Ausgang in Richtung des Kahlen Gartens sein.

Durch die Gitterreihen sehe ich, wie sie mit unsicheren Bewegungen die Flakons auf dem Boden abstellt. Die Fackel behält sie in der Hand. Sie holt einen Schlüsselbund unter ihrem Gewand hervor, macht sich kurz am Schloss zu schaffen und stößt die Tür dann mit Wucht auf.

Ich schleiche los, *ganz leise, Lucas, sie darf dich nicht bemerken.* Schon verlasse ich die geschützte Nische zwischen den beiden Käfigen.

Kurz zucke ich zusammen, als sie die Tür wieder hinter sich schließt, aber eigentlich ist es nicht schlimm, damit habe ich gerechnet. Ich muss sowieso warten, bis der Brennende König wirklich da ist, bevor ich in den Garten selbst schleiche. Die Gefahr, gesehen zu werden, bevor ich überhaupt in die Nähe des Zepters gelangen kann, ist viel zu groß.

Ich schleiche mich also bis an den Rand der Käfiganlage. Die Trennwand zum Kahlen Garten ist aus massivem Holz gefertigt, aber trotzdem finde ich in der Nähe der äußeren Burgmauer einen kleinen Schlitz, durch den ich lugen kann.

Der Kahle Garten. Tatsächlich wachsen dort nur gräulich bleiche und weit verästelte Pflanzen, die allesamt nicht mehr als kniehoch sind. Sie bedecken den Boden wie aus der Erde brechende Knochenhände.

Ich warte mit angehaltenem Atem. Verfluche meinen lauten Herzschlag.

In der Stille der Käfiganlage habe ich das Gefühl, ich störe die verbrannten Phönixe, als raube ich ihnen diese paar Momente der Ruhe, die sie jetzt vielleicht haben.

Die Zeit vergeht, aber nichts tut sich. Die Pflegerin wartet bewegungslos und mit unheimlich geradem Rücken im Garten. Ihr Blick ist auf den Eingang auf der anderen Seite gerichtet – ein kleiner steinerner Torbogen, der in einen Mauerdurchgang führt.

Vielleicht kommt er auch nicht.

Vielleicht hat sie sich geirrt.

Aber dann bewegt sich etwas im Duster.

Jetzt schlägt mein Herz nicht mehr, so kommt es mir vor, es hält mit mir den Atem an.

Aus dem Torbogen tritt eine Gestalt in das bleiche Licht des Mondes.

Hochgewachsen. *Elegant.* Zielstrebig geht er auf die Pflegerin zu. Das rote Gewand, das sich um ihn schlingt wie ein Leichentuch, scheint über dem Boden zu schweben. Die Pflegerin blickt nach unten und rührt sich kein Stück. Dicht vor ihr hält er an.

Eine Kapuze umhüllt seinen Kopf, und dort, wo sein Gesicht sein müsste, ist nur eine Maske – das Fackellicht huscht über starres Eisen. Ich glaube, in das Metall wurden feine

Gesichtszüge eingearbeitet, vielleicht sind das aber auch bloß Schatten.

Ich schlucke. In der rechten Hand hat er einen ledernen Beutel, den er nun nach vorne streckt. In der linken hält er das Zepter. Es ist keine ganze Elle lang, durch und durch pechschwarz, doch plötzlich funkelt es einmal kurz im rundlichen Kopfteil. Ich blinzele. Die Phönixträne.

Jetzt, Lucas. Jetzt oder nie.

Ich mache den ersten Schritt zur Tür, da reißt mich plötzlich etwas zurück, gerade so kann ich ein Aufkeuchen unterdrücken. Eine Hand legt sich auf meinen Mund. Ein Messer an meine Kehle.

»Das halte ich für keine gute Idee«, flüstert mir meine Angreiferin ins Ohr. Sie zieht mich nach hinten, sodass ich ihr Gesicht sehen kann.

Es ist die junge Phönixpflegerin mit den hellbraunen Haaren. Sie muss mich bemerkt haben, als sie die Asche eingesammelt hat, und hiergeblieben sein, während nur die anderen vier die Anlage verlassen haben. *Ich Vollidiot!* Ich war viel zu unaufmerksam!

»Es nützt nichts, ihn zu töten«, flüstert mir die junge Pflegerin weiter ins Ohr. Sie spricht so leise, dass selbst ich sie kaum hören kann. »Ist der alte König tot, übernimmt ein Thronfolger. Und der macht genauso weiter. Er kann vorher so ehrenhaft erscheinen, wie er will. Trägt er die Krone, wird auch er zum Monster, der die gleichen Dinge tut wie sein Vater. Die Krone ist verflucht. Es bringt ganz einfach nichts, den König zu töten.«

Vorsichtig lässt sie die Hand von meinem Mund gleiten,

doch die Messerspitze bleibt an meiner Kehle, drückt in meine Haut. Eine falsche Bewegung, und sie schlitzt mir die Schlagader auf.

»Was willst du von mir?«, zische ich leise.

»Dich vor einer Dummheit bewahren«, gibt sie zurück.

Der König wird sich nicht lange dort aufhalten! Ich kann nicht einmal sehen, ob er noch dort ist. »Ich …«

»Fünf Armbrustschützen«, sagt sie. »Verborgen auf dem Mauerkamm. Nur ein Wort des Königs, und sie durchlöchern dich wie ein raupenzerfressenes Blatt.«

Die Pflegerin zieht den Dolch zurück, schnell mache ich einige Schritte nach hinten, kampfbereit. »Woher soll ich wissen, dass du die Wahrheit sagst?«

»Weil ich dir genauso gut die Kehle hätte durchschneiden können.« Sie wirft einen Blick in die Richtung, wo noch immer der Brennende König mit dem Zepter stehen könnte. Was soll ich machen? Sie hat wirklich keinen Grund, mich zu belügen, aber … vielleicht bekomme ich so eine Chance nie wieder.

In diesem Moment öffnet sich die Tür zum Garten, und die Anführerin der Pflegerinnen rauscht hindurch. Hastig schließt sie wieder hinter sich ab und eilt auf die andere Seite, verschwindet so schnell aus der Käfiganlage, als wäre noch immer der Atem des Maskenmannes hinter ihr her.

Ich stürze zu dem Guckloch, presse mein Gesicht daran. Bleiche Knochenhände recken sich aus der Erde, sonst nichts. Niemand ist mehr dort. »Du hast …«

»Ich hab dir dein Leben gerettet, glaub mir.«

»Du verstehst es nicht, die Träne …« Nun breche ich selbst

ab. Starre nur noch in ihr schmales Gesicht mit den tiefen Augenrändern. Ich darf meine Wut nichts anrichten lassen, was ich später bereue.

»Ich muss los.« Die Pflegerin steckt den Dolch unter ihr Gewand und schiebt sich an mir vorbei. »Hast du schon einen Plan, wie du hier wieder rauskommen willst?«

»Noch einmal: Warum sollte ich dir trauen?«

Sie seufzt. »Du hast eigentlich gar keine andere Wahl.«

»In der nächsten Nacht komme ich hier weg«, sage ich. »So lange muss ich ausharren.«

»Dann solltest du genau hier bleiben. Sieht du den Brettervorsprung dort?« Sie deutet auf eine Art kleine Schuppenwand, die sich gleich neben dem äußersten Käfig befindet. »Verbirg dich so gut es geht dahinter. Ich werde die Käfige in deiner Nähe übernehmen. Wahrscheinlich entdeckt dich dann niemand.«

Ich nicke. »Okay.«

»Gut.« Sie windet sich an mir vorbei und tritt auf den Weg zwischen den leeren Käfigen. »Wie heißt du eigentlich?«

»Lucas.«

»Hi Lucas. Ich bin Josephine. Viel Glück für die nächste Nacht«, sagt sie und wendet sich zum Gehen, doch ein letztes Mal noch hält sie inne. »Und … wobei auch immer du mich morgen beobachtest, verurteil mich nicht. Auch ich habe selten eine Wahl.«

9

Lavis. Königshaus. Käfiganlage der Phönixe.

»Willst du eigentlich wissen, warum ich in Wirklichkeit mit dir zurück nach Favilla wollte? Du hast doch nicht echt geglaubt, dass ich als der große Retter in die Geschichte eingehen will, oder?«

In der trüben Dunkelheit der Käfiganlage höre ich Arons Stimme, als säße er hier und jetzt neben mir, und nicht im Mausoleum, bevor ich mit Noel zu den grünen Lichtern aufgebrochen bin.

»Ich wollte Estelle«, sprach Aron weiter, als ich nicht auf seine Worte reagierte und ihm bloß sein Essen hinstellte. »Es war mir zwar auch wichtig, dass dieser dreckige Internatsleiter draufgeht – aber das hätte ich dir sogar alleine zugetraut. Eigentlich wollte ich Estelle fertigmachen. Sie war es, die uns verraten hat, damals auf unserer Flucht. Ich wollte sie bluten sehen.«

»Warum erzählst du mir das?«, fragte ich.

»Keine Ahnung, warum sollte ich es dir nicht erzählen?« Aron kniff die Augen zusammen und legte den Kopf schief. »Es ist wirklich einsam hier oben. Und ich dachte, wenn ich jetzt ehrlich bin, glaubst du mir vielleicht auch, dass ich dir nichts tue, wenn du mich gehen lässt.«

»Aber Estelle.«

»Die ist ja nicht mehr da.«

»Ich glaube dir nicht.« Energisch schüttelte ich den Kopf. »Du hast all diese Risiken und Gefahren auf dich genommen, nur um es diesem einen Mädchen heimzuzahlen?«

Aron grinste nur freudlos. »Tu doch nicht so, als ob dir das so fremd wäre.«

Ich starre angespannt auf die dunklen Astlöcher, die im Holz der Bretterwand verteilt sind wie Muttermale. Das Schlimme ist, dass Aron recht hat – ich kann seine Gedanken nachvollziehen. Nicht gutheißen, aber durchaus nachvollziehen. Das hat ihn vielleicht angetrieben, das war das Ziel, das er mit allen Mitteln erreichen wollte.

Und warum wolltest du ins Königshaus, Lucas?

Ich habe Noel und den anderen gesagt, dass ich an ihrer Seite gegen den Brennenden König kämpfen will. Und das stimmt auch, ich will dieser Bestie das Handwerk legen. Aber die Frage ist doch, ob das wirklich der einzige Grund dafür ist, dass in meinem Plan ausgerechnet ich derjenige sein sollte, der ins Königshaus eindringt.

Ich blicke nach oben, den inneren Mauerkamm entlang, hinter dem sich die weiteren Gebäude und Türme der Königsburg abzeichnen.

Noch jemand anderes hält sich in dieser Burg auf.

Wahrscheinlich schläft er. Wahrscheinlich schnarcht mein Vater dabei, manchmal war es bis in unser Zimmer zu hören, und du konntest die ganze Nacht nicht zur Ruhe kommen.

Er ist hier irgendwo, nicht weit von mir entfernt.

Ich hole das Pergament unter meinem Hosensaum hervor. Mit einem leisen Rascheln, das sich in den Käfigen zu verfangen scheint, entfalte ich die Karte.

Der Brennende König könnte schon wieder in seinen Gemächern sein. Es wäre Wahnsinn, würde man versuchen, dort einzudringen. Doch die Quartiere der Wachen grenzen genau an den Kahlen Garten. *Vielleicht ist er dort. Der Mörder meines Bruders.*

Das Blut steigt mir in den Kopf, fängt an, sich gegen meine Schädeldecke zu pressen. Er hätte keine Chance. Er hätte genauso wenig eine Chance, wie Tom eine gehabt hat. Ich wäre über ihm, bevor er überhaupt wüsste, was los ist. Aber ich würde warten.

Ich würde warten, bis seine kleinen, hässlichen Äuglein mich erkennen, bis er weiß, wer da zu ihm gekommen ist, um ihm den Tod zu bringen. Dann erst würde ich zustechen. In die Brust, immer wieder, immer wieder würde ich den Dolch in seiner Brust versenken, jeder Stich ein Stich für Tom. Er würde all das, was er ihm angetan hat, spüren dürfen, und hoffentlich noch mehr. Hoffentlich würde er es ganz genau spüren.

Ich merke, dass ich die Fäuste geballt habe, so fest, dass sich meine Fingernägel tief in meine Handinnenflächen graben, und alles ist ganz heiß. Worauf warte ich eigentlich noch?

Aber ich habe mich immer noch kein Stück bewegt. Ich wische mir über die Handrücken.

Warum sollte er uns wieder täuschen?, hat Noel gefragt.

Rache, hat Lennart geantwortet.

Ich würde sie hintergehen, schon wieder. Ich würde sie alle in Gefahr bringen, wenn ich das jetzt tue.

Bleib ruhig, Lucas, ja, bleib hier, sage ich mir eindringlich. *Du wirst noch andere Chancen haben, ganz sicher.*

Ich sage es mir lange und oft, während der Morgen über der Burg des Brennenden Königs hereinzubrechen beginnt.

Ein seltsames Geräusch lässt mich aus meinem Dämmerschlaf aufschrecken. Ein … *Rascheln?*

Ich weiß nicht, wie lange ich weg gewesen bin. Nur wenige Augenblicke? Mehrere Stundenschläge? Ich kann es nicht sagen.

Vorsichtig spähe ich hinter dem kleinen Bretterverschlag hervor, in den ich mich zurückgezogen habe, als ich gemerkt habe, wie unglaublich müde ich bin. Das weiche Morgenlicht sorgt für einen guten Blick auf die Anlage. Außer mir befindet sich niemand hier drin, und die Türen sind geschlossen.

Wieder dieses Rascheln, ich glaube, es kam aus einem der Käfige. Ich schaue noch genauer hin, das kann doch … in der Asche bewegt sich etwas. Oder nein – *die Asche selbst bewegt sich!*

Natürlich ist mir sofort klar, was vor sich geht. Ich habe schließlich damit gerechnet, dass die Phönixe nicht einfach so verbrannt und für immer verschwunden sind.

Aber dass es jetzt wirklich passiert, haut mich trotzdem um: Das Rascheln verstärkt sich, vervielfacht sich in den zwölf Käfigen, und ich kann sehen, wie sich aus dem Aschehaufen im Käfig neben mir etwas bildet.

Erst formen sich die kleinen, schwarzen Fetzen zu einer Spitze, wie ein kleiner Berg. Dann scheint diese Spitze nach vorne abzuknicken, und ich erkenne, dass es ein Schnabel wird, und nun bildet sich da auch ein schmaler Kopf, es geht jetzt immer schneller.

Die Asche wächst nach oben, wächst zu einer Vogelgestalt, Flügel, Gefieder, Krallen, als Letztes der Schweif – fast so lang wie der restliche Körper des Vogelwesens. Wie ein Blitz lodert eine einzelne Flamme über die Schweiffedern und ist sofort wieder verschwunden.

Der Phönix schüttelt sich, er ist nicht größer als ein Huhn. Geradezu vorsichtig hebt er einen Flügel, spreizt ihn, dann den zweiten.

Auch in den anderen Käfigen haben die magischen Kreaturen Gestalt angenommen. Ich höre das Rascheln von Federn, vereinzelt leises Krächzen. Es verschafft mir eine seltsame Erleichterung, dass die Käfige wieder mit Leben gefüllt sind.

Nur mühsam kann ich meinen Blick von diesem Schauspiel losreißen. Ich sehe zum Mauerkamm, dann zu den beiden Eingängen der Käfiganlage – kein Mensch zu sehen.

Also husche ich ganz hinter dem Bretterverschlag hervor und bewege mich zum nächsten Käfiggitter.

Der Phönix schaut mich nur kurz an, er scheint nicht überrascht. Aber mir kommt es vor, als liege in seinem Blick heute Morgen mehr Kraft als gestern noch, als sei da ein bisschen mehr Glanz in den dunklen Augen. Und fast hat das schwarze Gefieder einen leichten Rotton.

Neben dem Phönix liegen die beiden Ketten aus blau schimmerndem Metall. Ich habe so etwas noch nie gesehen, nicht einmal davon gehört. Sie sind tief in den Boden eingelassen.

Aber noch sind sie nicht wieder um die Beine der Phönixe befestigt.

Schritte. Sie kommen auf die Käfiganlage zu. Hastig bewege ich mich rückwärts, schnell zurück hinter den Bretterverschlag.

Schon dreht sich ein Schlüssel im Schloss, und die Tür wird aufgestoßen. Ganz vorsichtig spähe ich hinüber. Sechs Frauen in schwarzen Gewändern haben die Anlage betreten. Die Phönixpflegerinnen sind zurück, Josephine steht ganz außen.

Sie wechseln kein Wort, sondern gehen sofort jeweils zu einem der Käfige, und schließen ihn auf.

Keine Ketten, offene Käfige. Nur Pflegerinnen, die höchstens mit einem Dolch bewaffnet sind. Ich könnte …

»Sie sind zu schwach, um zu fliegen.« Josephine steht im Käfig gleich neben mir und murmelt es scheinbar vor sich hin, aber ich weiß genau, dass es mir gilt. »Es nützt nichts, sie aus den Käfigen zu holen. Sie kommen nicht aus der Burg. Du kannst nichts tun.«

»Hast du etwas gesagt?«, fragt die Anführerin von der gegenüberliegenden Seite laut.

»Nein, alles gut. Beruhige nur den Phönix etwas.«

»Dann mach schon.«

Josephine nickt einmal schnell, anschließend löst sie den Schlüsselbund von ihrem Gürtel und öffnet die blau schimmernden Fesseln. Der Phönix lässt sie sich ohne den geringsten Widerstand anlegen. Josephine streicht ihm danach flüchtig über den Kopf. Als sie nun wieder unter ihr Gewand greift, verkrampft es sich kurz in ihrem Gesicht – *was hat sie vor?*

Sie holt ein Werkzeug hervor, das ich nicht kenne. Am ehesten erinnert es mich an die längliche Zange, mit der Jon an meinem ersten Tag in Favilla die Armplakette abgeknipst hat. Josephine greift nach dem Phönix.

Der beginnt nun doch zu zappeln, pickt halbherzig nach ihrem Arm, aber sie hält ihn am Rücken fest, drückt ihn nach unten, sodass er nicht an sie rankommt.

Ich schlucke. Halte es kaum aus, einfach nur zuzusehen. Wieder blitzt das Deckengemälde vor meinen Augen auf, der rotgoldene Mut. Das sind *Phönixe.* Das ist einfach nicht richtig.

Mit einer zielstrebigen Bewegung setzt Josephine das Werkzeug am Schweif des Tieres an und drückt ohne zu zögern die Griffe zusammen. Der Phönix krächzt schmerzerfüllt auf, während die ersten Schweiffedern auf den Boden fallen wie tote Laubblätter.

Ich beiße mir fest auf die Lippen.

Lass es, Lucas. Du kannst nichts tun.

Und dieses Gefühl ist beinahe das Schrecklichste an der ganzen Situation.

Ich kann nur den Kopf abwenden, mich hinter dem Bretterverschlag verbergen und warten, bis die Pflegerinnen das Stutzen der Schweiffedern beendet haben. Das gequälte Krächzen der Tiere ignorieren.

10

Lavis. Wald.

Noels Umarmung gleicht einem Schlag mit einem Kriegshammer.

Er lässt mich sofort wieder los und tritt einen Schritt zur Seite. Schließt die Klappe des Leichenabteils, die er gerade geöffnet hatte, um mich gleich hinter der Waldgrenze herauszulassen. »Mann, bin ich erleichtert«, sagt er seufzend. Hinter ihm zeichnet sich dunkel das Dickicht des Waldes ab, dort im Unterholz jenseits des Weges knackt etwas – sicher nur ein Tier. Ich bin für den Moment jedenfalls so froh, es geschafft zu haben, dass es mir diesmal nichts ausmacht.

»Du hast dir doch wohl keine Sorgen gemacht, dass ich mich erwischen lasse?«, frage ich und lächle, muss aber kurz an den Moment in der Käfiganlage denken, in dem ich drauf und dran war, meinen Vater zu suchen.

»Ich konnte letzte Nacht nicht länger bleiben. Die Wachen waren sowieso schon misstrauisch geworden«, sagt Noel, und ich nicke schnell.

»Ja«, sage ich dann ernst. »Du hattest keine andere Wahl.«

Es verlief überraschend reibungslos, vorhin zurück in die Totenkutsche zu schleichen.

Als ich hörte, wie sich das Tor tief in der Nacht öffnete, nutzte ich meinen Wurfhaken, um zurück auf die innere Mauer zu gelangen. Diesmal kam mir keine patrouillierende Wache in die Quere, und schneller als gedacht schob ich mich an Noel vorbei, der gerade die zweite Leiche in den Kasten hob.

»Da kein Alarm geschlagen wurde und du nichts in der Hand hältst, gehe ich davon aus, dass du das Zepter nicht stehlen konntest?« Noel verschränkt die Arme vor der Brust, während ich mir die Hosenbeine abklopfe.

Ich atme tief ein und aus. Den kompletten Weg durch die Ebene von Lavis bin ich noch hinten im Leichenkasten geblieben, und die Luft, die sich nun durch meinen Brustkorb bewegt, scheint mich ganz langsam wieder mit Leben zu füllen.

»Was ist passiert? War er nicht da? Und was hast du in den Käfigen gesehen? Die Phönixe …« Noel bricht ab, schüttelt den Kopf. »Entschuldige.« Ich kann sehen, wie er gegen die neugierigen Worte ankämpft. »Du musst dich wahrscheinlich erst einen Moment sammeln. Komm.«

Gemeinsam steigen wir auf den Kutschbock, und während Nelson das Totengefährt durch den Wald Richtung Friedhof zieht, erzähle ich schließlich, wie es mir im Königshaus ergangen ist.

Noels Gesicht verdüstert sich, als ich vom Mord an den Phönixen berichte und davon, wie sie ihnen die Asche geraubt haben. Der leere, glanzlose Blick des schwarzen Feuervogels.

Ich glaube, Noel muss sich wirklich zusammenreißen, nicht ständig Fragen einzuwerfen. Nur als ich von den blau schimmernden Ketten spreche, zieht er tief die Luft ein und murmelt vor sich hin: »Der Stein in den Minen.«

»Was?«, frage ich, aber er winkt schnell ab.

»Schon gut«, sagt er, noch immer etwas abwesend. »Erzähl weiter.«

Auf dem Friedhof angekommen, machen wir uns sofort daran, die Leichen aus der Kutsche herauszuwuchten. Kurz finde ich es gruselig, wie selbstverständlich wir das schon erledigen, obwohl wir erst seit einigen Tagen hier draußen mit den Toten zu tun haben. Wir tun es ohne einen weiteren Blick in die leeren Gesichter, ohne ein Zögern, weil sich die Haut so komisch weich und starr gleichzeitig anfühlt. Wir machen es einfach.

Dann denke ich wieder, dass es wohl besser so ist. Ich weiß gar nicht, ob ich es überhaupt aushalten würde, über jeden der Toten wirklich *nachzudenken.*

»Warum eigentlich das Zepter stehlen?«, frage ich. Noel beginnt soeben damit, die Massengräber aufzubuddeln, die Schaufelstiche klingen wie Waffen, die gezogen werden. »Könnten wir nicht versuchen, eine neu erschaffene Träne von einem der Phönixe zu bekommen?«

»Ein Phönix kann nur ein einziges Mal in seiner Existenz weinen«, antwortet Noel, während er weiter Erde schaufelt, er ist kaum außer Atem. »In den Schriften der Asche steht, dass am Tag, der auf die Nacht des Chronisten folgte, alle Phönixe, die bis dahin noch nicht geweint hatten, so traurig über den Tod der Königsfamilie waren, dass jeder Einzelne von ihnen seine Träne verlor. Aber diese Tränen zerstörten sie sofort selbst, damit der Chronist sie nicht in die Hände bekommen konnte.« Noel hält inne und stützt sich mit der Rechten auf dem Griff der Schaufel ab. »Die Träne im Zepter ist wohl sehr viel älter. Es heißt sogar, dass sie damals den Bund zwischen den Menschen von Lavis und den Phönixen besiegelt hat. Auf jeden Fall ist sie die einzige Phönixträne, von der wir sicher wissen.«

»Mh.« Ich nicke kurz. Erfolg versprechend fand ich meine Idee sowieso nicht. Auch wenn ich die Vogelwesen selbst aus ihrer eigenen Asche auferstehen gesehen habe, erschienen sie mir so schwach und zerbrechlich, dass ich mir nicht vorstellen kann, wie sie mit ihren Tränen ein magisches Artefakt erschaffen sollten.

Ich seufze. »Dann bleibt es wohl bei dem Zepter.«

Noel entsteigt dem Massengrab und legt die Schaufel vorsichtig auf die Erde. Jenseits der Friedhofsmauern hebt sich der Wald in die Nacht, von hier aus kann ich sehen, dass sich die Bäume kaum merklich im Wind bewegen. Auf dem Friedhof selbst ist die Welt wieder einmal ganz starr.

»So sieht es aus«, sagt Noel, und wir heben die erste Leiche an.

In der Mausoleumsgruft kann ich mich nicht dazu überwinden, mich auf die Pritsche zu legen.

Zwar bin ich am Ende meiner Kräfte, und meine Arme und Beine sind schwerer als nach stundenlangem Schwertkampftraining, aber in meinem Kopf herrscht viel zu große Unruhe. Es ist, als flackerten dort die Bilder der vergangenen Stunden schnell hintereinander auf, manchmal auch alle gleichzeitig.

Die schwarzen Vögel, Feuer, Josephine, *der rote Umhang,* das Zangenwerkzeug der Pflegerinnen, grüne Leuchten, tote Körper und Gesichter. Wenn ich mich hinlege und die Augen schließe, drehe ich wahrscheinlich durch.

Wie aus alter Gewohnheit schaue ich mich nach einem Besen um. Früher habe ich nach Schichtende meist die Raukräutersamen aus der Hütte gekehrt. Sie hafteten an deinen Klamotten, und wenn du sie nicht vom Dielenboden entfernt hast, fingen sie an, dort zu keimen. Jetzt kommt es mir so vor, als müsste ich den Tod rausfegen.

Ich räuspere mich kurz und nehme mir einen Laib Brot aus dem Vorrat des Totengräbers – der Bestand geht allmählich zur Neige.

Ich weiß nicht genau, wie der Brennende König den Totengräber versorgt, aber es könnte in jedem Fall eine riskante Situation für uns werden. Allzu lange sollten wir nicht mehr auf diese Tarnung setzen. Wir brauchen das Zepter.

Mit dem Brot und einer Blendlaterne in der Hand steige ich die Treppen der Gruft hinauf. Der Halbkreis aus Urnen sieht von oben irgendwie aus, als wären unzählige Zirkler zu einer Sitzung zusammengekommen. Als würden sie ihre Besprechung beginnen, sobald ich den Raum verlassen habe.

Oben in der Haupthalle ist die Luft besser.

Durch kleine Fugen in der Decke fällt das Mondlicht auf das Gesicht der Königsfigur, es bricht sich auf einem Edelstein, der mittig in der Krone eingelassen ist.

Jemand räuspert sich hinter mir, und ich fahre herum.

Mondschein und Fackel spenden wirklich nicht besonders viel Licht, aber ich erkenne sie trotzdem sofort. Es ist Sam. Sie sieht ein bisschen verloren aus, wie sie da mitten im Eingangsbereich des Mausoleums steht, die Hände in den Hosentaschen vergraben.

»Hey«, sage ich.

»Hey.«

»Was machst du hier?«

»Ich wollte nach dir schauen.«

»Ah.« Ich muss ziemlich verdutzt aussehen, blinzle mehrmals. »Das ist nett.«

»Noel hat schon erzählt, dass du das Zepter nicht bekommen konntest«, sagt Sam.

»Ja, das stimmt leider.« Ich reibe mir mit dem Handballen übers Auge. »Was hat er sonst noch erzählt?«

»Nichts«, sagt sie und zuckt mit den Schultern. »Aber du musst nicht noch mal alles berichten. Ich schätze, Noel wird Melvin, Lennart, Kyara und mich zusammenholen und uns auf den neuesten Stand bringen.«

»Ist es riskant für euch da unten?«, frage ich.

»Es geht, ehrlich gesagt. Gerade Melvin und ich sind schon so lange im Zirkel und haben uns immer wieder verdient gemacht, dass Jon uns relativ viele Freiheiten lässt. Und Noel vertraut er ja irgendwie ganz besonders. Dadurch ist es für uns sehr viel einfacher.«

»Ah. Gut.« Ich mache eine unbestimmte Geste hinter mich. »Wollen wir uns vielleicht irgendwo hinsetzen? Hier habe ich das Gefühl, der steinerne Kerl mit der Krone beobachtet uns.«

Sie zögert. Schüttelt dann aber den Kopf, sodass ihr ein paar Haare vors Gesicht fallen. »Ich muss jetzt auch wieder zur Wache mit Kyara zurück.«

Ich lege Brot und Fackel neben mir auf den Boden und gehe auf sie zu, bleibe nur wenige Schritte vor ihr stehen. »Du bist also wirklich nur so gekommen, um nach mir zu schauen?«

»Ist das verboten?«, fragt sie scharf, doch ich finde das nicht schlimm. Langsam habe ich verstanden, dass sie das nicht so meint.

»Natürlich nicht«, sage ich und trete näher an sie heran, bin nun keinen Schritt mehr von ihr entfernt. Ich kann ihren weichen Duft riechen, kann sehen, wie die Weizenhaare ein Muster bilden aus dunkelblond am Haaransatz und hellblond weiter unten und wie sie auf ihren Schultern liegen und sich zusammen mit ihrem Brustkorb auf und ab bewegen. »Ist voll in Ordnung für mich.«

Ich streiche ihr vorsichtig mit der Rückseite meines Zeigefingers über die Wange. Sie schaut mich mit ihren graugrünen Augen an, *ich mag ihre graugrünen Augen,* langsam lasse ich meine Hände an ihren Oberarmen, ihren Unterarmen hinabfahren und flechte unsere Finger ineinander. Sie lässt es geschehen. Doch in dem Moment, wo ich sie sanft, aber bestimmt zu mir heranziehen will, geht plötzlich ein Ruck durch ihren Körper.

Sie zieht ihre Hände aus meinen, macht einen schnellen Schritt nach hinten.

»Hör zu, Lucas, ich …« Sie schließt den Mund und sieht zu Boden.

»Schon gut«, sage ich, obwohl es mir schwerfällt. Das Blut pulsiert heiß in meinem Kopf, und ich hoffe, sie merkt mir die Enttäuschung nicht allzu sehr an. Ich war mir für einen absurden Augenblick ganz sicher, dass wir uns küssen würden. Dass es einfach das Richtige war, in dem Moment.

»Nein. Nicht falsch verstehen.« Sam reibt sich die Arme. »Ich mag dich … sehr sogar … es ist nur so, dass ich, na ja, dass es da noch jemand anderen gibt … oder gab.« Sie schluckt sichtbar, ihre Stimme ist ungewöhnlich dünn. »Ich habe einfach sehr schlechte Erfahrungen gemacht.«

»Erzähl mir davon.«

»Ungern.«

»Okay. Schade.« Ich ziehe lässig die rechte Schulter hoch, dabei ist in mir drin noch immer alles aufgewühlt. Und natürlich will ich nun unbedingt wissen, wer dieser Typ war … oder ist. Aber verunsichert will ich auch nicht wirken, *locker weiterreden, Lucas!* »Du darfst mich trotzdem gern mal wieder besuchen«, sage ich, fast entspannt.

Sam nickt einmal schnell, die Miene verschlossen. Dann wendet sie sich zum Gehen.

11

Lavis. Fischerdörfer.

Der Weiße Leto fließt zügig durch das breite Flussbett. Nahe der mir gegenüberliegenden Uferseite ragen einige Felsen aus dem Wasser, um die sich die Strömung windet wie eilige Schlangen. Im Licht des Vollmondes ist jede noch so kleine Welle als dunkler Schatten zu sehen, der über die Oberfläche tanzt. Einige Dutzend Schritte weiter erkenne ich den Steg und die kleinen Fischerboote, die daran vertäut sind. Sie schaukeln ruhig vor sich hin.

Ich steige vom Kutschbock, stelle mich neben Nelson und streiche ihm über die Nüstern. Das Totenlicht gleich hinter der Kutsche ignoriere ich für den Moment. Nelson schnaubt und fängt an, meinen Umhang abzuschnüffeln – er hofft auf ein paar Wurzeln.

»Ich habe keine mehr«, sage ich, während Nelson anfängt, an meinem Gewand herumzukauen. Sein strenger Pferdegeruch ist angenehm, denn er übertönt den fauligen Gestank des Todes, der stets aus dem Leichenkasten kriecht.

Manchmal denkst du, du hast dich daran gewöhnt, dann wieder trifft er dich mit solcher Wucht, dass du aufkeuchst und das Gefühl hast, du riechst zum ersten Mal diesen süßlich-penetranten Duft.

Die Hütten der Fischer reihen sich hier von der Dorfmitte in beide Richtungen das Ufer entlang, vielleicht fünf Schritte von der Wasserkante entfernt.

Auf der flussabgewandten Seite stehen sie eher wie in einem Pulk zusammen. Doch allesamt sind sie auf kleinen Stelzen gebaut, nicht hoch, vielleicht eine Elle, aber sie unterscheiden sich damit deutlich von allen anderen Hütten der Braungewändler.

Sam saß vor einer dieser Hütten, als sie abgeholt und nach Favilla gebracht wurde. Allerdings schätze ich mal, sie wird in den nördlicheren Fischerdörfern gewesen sein und nicht hier unten im Süden.

Sam. Wenn ich die Augen schließe, kann ich mir das Gefühl von unseren verflochtenen Händen noch immer ganz genau vorstellen, der kräftige und doch zarte Druck ihrer Finger in meinen.

Ich bin mir bis jetzt nicht sicher, ob es ein Fehler war, ihr direkt so nahe zu kommen. Wir kennen uns ja schließlich kaum. Aber ich habe einfach zu viel an sie gedacht während der Zeit in Favilla, und während ich weg war, und überhaupt.

Außerdem verhält sie sich so anders als damals, als wir beide noch Schüler waren. Ich musste es wenigstens versuchen. Hätte ich es nicht getan, hätte ich mich noch viel mehr geärgert.

Und wenn ich das richtig verstanden habe, sieht eine wirkliche Abfuhr auch ganz anders aus. *Oder, Sam? Ich glaube, das ist noch nicht vorbei.*

Schlechte Erfahrungen, hat sie gesagt. Ich wüsste nur zu gerne, was genau sie damit meint. Oft habe ich Noel nicht verstanden, wenn er immer alles genau rausfinden, jede Einzelheit durchdringen wollte. Aber jetzt verstehe ich ihn. Was für schlechte Erfahrungen hat Sam gemacht? Und mit wem? *Wer zum Henker ist dieser Typ, für den sie noch Gefühle zu haben scheint?!*

Könnte es noch jemand aus ihrer Zeit im Königshaus sein? Das wäre doch viel zu lange her.

Oder hat sich während meiner Abwesenheit etwas getan? Sie wirkte ja auch so verändert. Nur, welcher Junge in Favilla sollte ihr schon wehgetan haben?

Melvin? Das kann ich mir irgendwie nicht vorstellen. Mit Noel war ich so lange in der Zelle, und er hat nie Interesse an Sam gezeigt, er kann es auch nicht sein. Callan? Moa? Die haben nie mehr als ein paar Worte mit ihr gewechselt. Und ich denke nicht, dass Sam einem Nichtzirkler nähergekommen ist. Also *was* ist passiert?

Es ärgert mich, dass mich diese Gedanken einfach nicht loslassen wollen. Und dieser Kerl, wer auch immer er ist, regt mich jetzt schon auf, meine Kiefer mahlen. Dass Sam ihn mit ihren Felskräuteraugen angesehen und gelächelt hat, dass …

Ich nage mit den Zähnen an meiner Lippe, schüttle mich, wie um wach zu werden. Ich sollte jetzt endlich weitermachen. Es liegen noch sieben andere Lichter auf meinem Weg. In der Königsburg ist heute allerdings keine Totenflamme zu sehen.

Eilig umrunde ich die Kutsche und gehe zum Lichterpunkt, auch hier bei den Fischern befindet er sich ziemlich genau in der Dorfmitte. Auf einer großen gusseisernen Laterne, die bestimmt zwei Manneslängen in die Höhe ragt, brennt die grüne Flamme. Ihre Schatten flackern über dem leblosen Körper, der am Fuß der Laterne auf einer hölzernen Liege aufgebahrt ist.

Der Tote ist jung, vielleicht fünf Jahresumläufe älter als ich. Das blonde Haar ist ihm vors Gesicht gefallen.

Ich zwinge mich, nicht mehr genauer hinzuschauen. Meistens klappt das ganz gut, meistens ist es nur eine von vielen Leichen, die ich zum Friedhof bringen muss. Aber eben nicht immer.

Ich hebe den Toten an den Armen an, ein kräftiges Ziehen schießt durch meinen Rücken, dann schleife ich ihn die paar Schritte zur Kutsche und wuchte ihn in den Leichenkasten.

Und in dem Moment, als ich die Klappe schließe, entflammt der Himmel.

Unwillkürlich ducke ich mich weg, schirme mir mit der Hand die Augen ab, starre entgeistert zur Königsburg.

Die Leuchtfeuer brennen lichterloh, sie reißen das Nachtschwarz auf und erleuchten die hohen Mauern und Türme. Doch die Farbe, in die der Sitz des Brennenden Königs getaucht wird, ist kein Rot oder Orange. Es ist ein bleiches Grün.

Gewaltige Totenlichter flackern über den Himmel von Lavis.

Was hat das zu bedeuten?

»Nelson«, sage ich, während ich mich vorne auf den Kutschbock schwinge, ohne den Blick von den Leuchtfeuern zu nehmen, »ich glaube, wir müssen heute doch zum Königshaus.«

Als sich das Tor öffnet, weiß ich augenblicklich, dass ich in Gefahr bin.

Mein Herz rast los. In meinem Kopf ist es plötzlich wild, und meine Hände umklammern die Zügel so fest es geht. *Verdammt!*

»Das hat lange gedauert.«

Einer der königlichen Leibwächter tritt vor. Ich stand noch nie vor einem, aber trotzdem habe ich ihn sofort als solchen erkannt: Von den flügelartigen Rüstungsspitzen an seinen Schultern haben wir im Zirkel gehört. Hinter ihm stehen noch vier weitere Männer der Leibgarde. Was geht hier vor sich?

Ich ziehe die Zügel an, und Nelson kommt zum Stehen, mit quietschenden Geräuschen hält auch die Kutsche an, es klingt plötzlich, als schreie sie vor Schmerzen. Kälte frisst sich meinen Rücken entlang.

»Du kennst das Prozedere, Schaufler?«

Ich wage nicht zu sprechen, nicke einfach. Räuspere mich schleimig und laut. Ich hätte mir noch genauer beschreiben lassen müssen, wie der alte Totengräber wirklich war.

Aber noch betrachtet mich der Leibwächter nicht besonders eingehend, ich habe sogar das Gefühl, dass er mir mit einem gewissen Respekt gegenübersteht, etwas mehr Abstand hält als eigentlich nötig wäre.

»Gut, dann will ich hoffen, dass du alles richtig machst«, sagt der Mann in der schweren Plattenrüstung. »Die restlichen Totenlichter ignorierst du für heute. Den Sarg öffnest du erst auf dem Friedhof. Die Leiche wird sofort in den Massengräbern versenkt, kein Zögern, klar?«

»Weiß ich doch alles«, krächze ich. »Ihr stehlt mir meine Zeit.«

»Bleib ruhig, Schaufler.« Die Leibwache nickt mir zu, ihre Augen bewegen sich unruhig. »Ist ja nicht alle Tage so, dass du den König begraben musst.«

Mir stockt der Atem, und als ich Luft holen will, verschlucke ich mich, keuche unterdrückt auf. *Der König? Der Brennende König ist tot?*

»Ist irgendetwas?« Der Leibwächter kneift misstrauisch die Augen zusammen und kommt einen Schritt näher.

»Nichts. Es …«, krächze ich, mein Kopf sucht wie verrückt nach den richtigen Worten, »… das Alter, wisst ihr?«

»Ist das so?«, fragt er und hält den Blick auf meine dunkle Kapuze gerichtet. Ich spüre den kratzigen Fellbart plötzlich in aller Deutlichkeit, und der Stoffbuckel auf meinem Rücken kommt mir lächerlich offensichtlich vor.

Die Hand des Leibwächters wandert in Richtung seines Gürtels, als er nun noch näher tritt, er ist schon auf der Höhe von Nelson. *Oh nein!* Plötzlicher Schweiß presst sich mir aus der Haut, *er wird mich enttarnen!*

»Du …«, beginnt der Leibwächter, in diesem Moment schnaubt Nelson wütend, reißt den Kopf herum und schnappt nach ihm. Schnell weicht der Wächter zurück, Nelson wiehert erbost.

»Nun bring das Tier nicht gegen dich auf«, sagt einer der Männer hinter ihm. »Sonst holt es dich als Nächsten hier ab, glaub mir.«

Der Leibwächter zögert noch einen Moment, blickt zwischen Nelson und mir hin und her. *Na, komm schon. Na, los.* Schließlich nickt er zu meiner Erleichterung. »Dass du mir nicht abkratzt, Schaufler.«

Auf ein Zeichen von ihm heben nun die anderen vier Männer den Sarg an, ich lasse mich vom Kutschbock gleiten, humpele nach hinten und öffne den Leichenkasten. Glücklicherweise bleibt der Anführer vorne stehen. Wenn ich noch einmal sein Misstrauen erwecke, komme ich sicher nicht mehr so ohne Weiteres davon.

Die vier Männer wuchten den Sarg ins Innere, entfernen sich dann schnell wieder. Ich glaube, ihnen ist der Tod genauso fremd wie den anderen Bewohnern von Lavis. Auch sie haben sicher Geschichten über den Totengräber gehört, dunkle Märchen. Aber das wird mich nicht ewig schützen.

So schnell es mir möglich ist, humpele ich zurück nach vorne, steige auf, krächze noch ein »Also dann« und wende die Kutsche. *Vorwärts, Nelson.*

Erst als sich das Tor wieder hinter mir schließt, atme ich auf.

Sams Silhouette zeichnet sich auf dem Hauptweg des Friedhofs ab. Sie wird von den kahlen Bäumen und starren Statuen am Wegesrand flankiert, es sieht aus, als wollten sie auch den Schotter für sich beanspruchen, aber irgendeine unsichtbare Grenze hielte sie zurück.

Behutsam steuere ich Nelson und versuche, jedes mögliche Schlagloch zu umgehen, die ganze Fahrt über schon habe ich das seltsame Gefühl, ich müsste besonders vorsichtig fahren, weil ich die Leiche des Königs geladen habe.

Schließlich ziehe ich an den Zügeln, springe vom Kutschbock und eile auf Sam zu, sie kommt mir ebenfalls entgegen.

»Der König …«, beginne ich.

»Ich weiß«, sagt sie schnell, sie ist ganz kurzatmig. »Man konnte die Lichter sehen.«

Einen Moment stehen wir unschlüssig voreinander. Dann räuspere ich mich. »Er ist hinten im Leichenabteil. In einem Sarg. Ich werde ihn nicht einfach so begraben, ich muss ihn mir einmal ansehen. Er ist dein Vater. Vielleicht willst du mitkommen.«

Sam nickt, ohne auch nur einen Moment zu zögern. »Ja.« Ihr Gesicht ist dunkel, aber entschlossen. »Ich komme mit.«

Wortlos gehen wir zur Totenkutsche. Ich bugsiere Nelson so, dass wir so dicht wie möglich an den Massengräbern zum Stehen kommen, dann öffne ich die Klappe des Leichenabteils. Und für einen seltsamen Moment erwarte ich, dass der Brennende König heraustritt, dass er doch nicht tot ist.

Die Furcht in den Stimmen der Pflegerinnen. Der blutrote Umhang, der über den Boden zu schweben schien.

Die Krone ist verflucht, hat Josephine gesagt.

Hat diese Krone ihm den Tod gebracht, um nun einen seiner Söhne zum nächsten Monster zu machen? Oder ist er ganz *normal* an Altersschwäche gestorben, wie andere Menschen auch?

»Warte, ich helfe dir«, sagt Sam, als ich mich vorbeuge und nach dem schweren Sarg greife. Sie schließt zu mir auf, unsere

Schultern berühren sich kurz, gemeinsam ziehen wir die hölzerne Totenkiste aus der Kutsche heraus. Mit einem dumpfen Schlag landet sie auf dem Boden, liegt dort als fremdes Ding auf der kalten, feuchten Erde.

Sam und ich stehen nebeneinander und sehen auf den schweren Deckel, so als warteten wir auf irgendetwas. Die Luft um uns herum kommt mir kälter vor als eben noch, und irgendwie *gespannt*.

»Mach du ihn auf«, sage ich nach einer Weile zu Sam, und sie nickt. Entschlossen holt sie ihren Dolch hervor, setzt ihn unter dem Sargdeckel an, der mit dünnen Nägeln befestigt ist, und versucht, ihn aufzuhebeln.

Erst passiert nichts, dann ein krachendes Geräusch, der Sargdeckel schwingt auf.

Sam tritt hastig ein paar Schritte zurück, als wolle sie sich in Sicherheit bringen. Der Körper in der geöffneten Totenkiste ist in ein farbloses Tuch eingewickelt. Ich erkenne, dass die Hände vor der Brust zusammengefaltet sind wie bei den Steinfiguren auf den Sarkophagen der Phönixwächter.

Ein schneller Blick zu Sam verrät mir, dass ich nun dran bin. Sie ist so blass, dass ich Angst habe, sie könnte jeden Moment einfach wegkippen.

Ich trete vor. Knie mich runter zur Leiche des Königs.

Vorsichtig greife ich nach dem Tuch, der Stoff ist rau. Ich nehme ihn zwischen Zeigefinger und Daumen, atme langsam aus. Dann ziehe ich dem Toten das Tuch vom Kopf.

Erstarre.

Sam hinter mir keucht auf.

»Das kann nicht sein«, sage ich leise, in meinem Kopf ist

mit einem Mal alles durcheinander, ich verstehe es nicht. »Das ergibt keinen Sinn.«

Der Tote hat lange, blonde Haare, ein feines, knöchernes Gesicht. Die blasse Haut scheint im Mondlicht zu schimmern, nicht eine Falte ist darin zu erkennen. Der Mann in dem Sarg ist keine zwanzig Jahresumläufe alt.

»Das ist nicht der König«, murmle ich leise, obwohl ich mir nicht sicher bin, ob ich überhaupt recht habe. Doch da spüre ich, wie Sam an mich herantritt. Sie kniet sich neben mich, und ihre Hand findet meine, zittrig.

»Nein«, flüstert sie und beugt sich weiter über den Sarg. »Es ist nicht der König. Es ist mein Bruder.«

12

Lavis. Friedhof. Mausoleum des Totengräbers.

»Ich verstehe es nicht.«

Ratlos schüttele ich den Kopf, kneife die Augen zusammen, als ob ich die Antwort so besser sehen könnte. Sam und ich sitzen dicht beieinander. Unsere Körper berühren sich nicht, aber ich spüre die Wärme, die von ihr ausgeht, als heftigen Kontrast zur Kälte der Halle und der steinernen Stufen, auf denen wir uns niedergelassen haben.

Sam hat mir erklärt, wie über die Nachfolge des Brennenden Königs entschieden wird. Ich finde das System recht seltsam, aber wahrscheinlich wird der König seine Gründe haben.

Sobald die Prinzen ihren sechzehnten Jahresumlauf erreicht und bis sie den fünfundzwanzigsten vollendet haben, müssen sie einmal jährlich im *Brennenden Turnier* in drei Disziplinen gegeneinander antreten: *Kraft, Weisheit* und *Wille.* Danach bestreiten sie alle eine vierte, letzte Disziplin. Hier muss jeder Teilnehmer aus mehreren Tränken – wie viele er bekommt, hängt von seinem vorherigen Abschneiden im Turnier ab – einen auswählen. Entscheidet er sich falsch, stirbt er, denn einer seiner Tränke ist vergiftet.

Solange die Prinzen überleben und das Turnieralter nicht überschritten haben, können sie die Nachfolge des Brennenden Königs antreten, wenn dieser verstirbt. Wer von den Prinzen am höchsten in der Gunst des Brennenden Königs steht und im Falle eines Falles ausgewählt werden würde, darüber kann immer nur spekuliert werden.

Zwei von Sams Brüdern haben das Alter bereits überschritten. Ein weiterer ist im Turnier gestorben. Und ein Bruder, Lireu, kam noch als Thronfolger infrage. Er ist es, der tot im Sarg des Brennenden Königs liegt.

»Ich verstehe es nicht«, sage ich wieder. »Haben die Leibwächter davon gewusst?«

Sam schweigt.

»Bist du wirklich okay?«, frage ich und lege ihr kurz meine Hand auf den Oberarm.

»Ja.« Sie nickt. »Ich habe bloß für einen Augenblick an meine Mutter gedacht. Für mich selbst ist es eher seltsam, nicht schmerzhaft. Ich kannte ihn ja so gut wie gar nicht.«

»Ah.«

»Mir will einfach nicht in den Kopf, was mein Vater damit bezweckt.« Sam malt mit ihrer Fingerspitze über die Marmorstufen. »Was bringt es ihm, seinen eigenen Tod vorzutäuschen? Meines Wissens müsste er schon über sechzig Jahresumläufe alt sein, so lange wird es ohnehin nicht mehr dauern, bis er wirklich abgelöst wird.«

»Oder er wurde doch abgelöst«, überlege ich. »Vielleicht sollte dein Bruder der eigentliche Nachfolger werden, und ein anderer Prinz hat ihn beseitigt, um selbst unter die Maske zu schlüpfen.«

Sam schüttelt den Kopf. »Die engsten Berater sehen den König von Zeit zu Zeit ohne Maske. Um genau so etwas zu verhindern.«

»Vielleicht stecken gerade die engsten Berater hinter der Sache.«

»Oder mein Vater lebt eben doch noch«, sagt Sam. »Und er hatte bestimmte Gründe, seinen Tod vorzutäuschen.«

»Ja, oder so.«

Sie schluckt. »Auf jeden Fall können wir das Ereignis für uns nutzen.«

»Wie meinst du das?«, frage ich und rücke ein Stück näher.

»Wir haben uns unten in Favilla schon getroffen, um einen neuen Plan aufzustellen. Aber wir konnten uns nicht einigen. Jetzt ist klar, was wir zu tun haben.«

»Aha?« Manchmal wünschte ich mir, ich könnte auch an diesen Besprechungen teilnehmen und würde die Informationen nicht immer nur aus zweiter Hand bekommen. Auf der anderen Seite würde ich dann vielleicht nicht so mit Sam hier sitzen.

»Die anderen fanden, dass die Chancen auf Erfolg zu gering sind, wenn ich durch den Geheimgang ins Königshaus eindringe, weil ich möglicherweise nicht nahe genug an den König rankomme«, spricht Sam weiter. »Und das Risiko wäre zu groß.«

»Ja, das hat Noel mir auch gesagt«, gebe ich zurück.

»Aber das hier ändert alles. Die grünen Leuchtfeuer. Alle Nachbarländer wissen, was das heißt. In einigen Tagen wird es die Krönungsfeier des neuen Brennenden Königs geben.

Diplomaten aus allen Himmelsrichtungen werden sich jetzt schon auf den Weg gemacht haben, um der Feier beizuwohnen. Sie wollen ihren Respekt zeigen, politische Beziehungen aufrechterhalten, all diesen Müll.« Sam macht eine wegwerfende Handbewegung, spricht dann eindringlich weiter. »Falls der Geheimgang bewacht ist, ist das der Tag, an dem die meisten Wachen woanders gebraucht werden. Es wäre unsere beste Chance. Außerdem würden wir unter den vielen Menschen kaum auffallen. Wir könnten uns als Gäste aus einem der anderen Reiche ausgeben. Und auf der Feier könnten wir uns dem König unbemerkt nähern, das Zepter stehlen und bei unserer Flucht zunächst in der Masse verschwinden.«

»Warum bist du dir nicht sicher, ob der Gang bewacht ist oder nicht?«, frage ich.

»Als ich geflohen bin, wusste niemand von dem Gang, nicht einmal der König. Jedenfalls glaub ich das, der Weg stammt wohl noch aus der alten Zeit. Ich habe es von dem Mann erfahren, den ich heiraten sollte, einem Herzog aus Vigilis. Es war eigentlich nur Gerede von ihm – dass die Könige einst im Krieg nur durch einen Geheimgang vor einem Angriff der Greife fliehen konnten.« Sam zuckt mit den Schultern. »Aber manchmal ist an Gerede etwas dran, und ich habe begonnen, nachzuforschen.«

»Verstehe«, sage ich.

»Der Brennende König könnte durch meine Flucht auf den Gang aufmerksam geworden sein. Oder er denkt, ich sei auf einem anderen Weg geflohen, dann ist er eben vielleicht noch unbewacht. Wir können es nicht sicher wissen.«

Ich nicke langsam. Es bleibt riskant, aber wahrscheinlich ist das wirklich die beste Chance, die wir bekommen werden.

»Denkst du, Noel wird mit dem Plan einverstanden sein?«, frage ich.

»Mir egal.« Sam zuckt mit den Schultern. »Es ist der beste Plan. Wir machen es einfach.«

»Sam«, sage ich scharf, und das verwundert mich selbst. »Wir können jetzt nicht anfangen, uns noch untereinander in den Rücken zu fallen. Das können wir uns ganz einfach nicht leisten.«

»Ja«, sagt sie etwas unwillig. »Stimmt.«

»Also. Wenn wir beide ins Königshaus reingehen. Dann müssen wir ja irgendeine Tarnung haben«, sage ich gedehnt. »Also wer wir sind und wie wir beide zueinander stehen.«

»Ja.«

»Wäre doch schon naheliegend, wenn wir uns als Liebespaar ausgeben.«

»Findest du?«

»Ja, finde ich.«

»Interessant.« Sie zieht die Augenbrauen hoch. »Das würde aber bedeuten, dass wir tanzen müssen. Kannst du tanzen?«

»Wird schon nicht so schwer sein.«

»Nein, ich meine richtig tanzen. Mit System.«

»Das muss ich jetzt nicht unbedingt können.«

»Doch.«

»Ach, Quatsch. Das geht auch ohne.«

»Wenn du eine Dame mit ins Königshaus nehmen willst – dann tanzt du mit ihr.«

»Nein.«
»Doch.«
»Niemals. Auf keinen Fall.«

Ich drehe mich um meine eigene Achse, gehe in die Knie, senke den Kopf, strecke respektvoll die Hand aus.

Sam schüttelt entschieden den Kopf. »Das ist kein Schwertkampf, Lucas.«

Ich hole tief Luft. Obwohl ich geahnt habe, dass mir das nicht so leichtfallen wird, habe ich mich darauf gefreut, sie am nächsten Abend hier im Mausoleum wiederzutreffen. Auch die Arbeit als Totengräber ging heute überraschend leicht von der Hand.

»Na, das fängt ja gut an«, sage ich nun.

»Man kann halt nicht in allem gleich ein Naturtalent sein«, sagt Sam belustigt. »Okay, es muss ja nicht perfekt sein. Wir fangen jetzt einfach mal mit den Grundschritten an.«

Sie kommt auf mich zu, bleibt dicht vor mir stehen. Ich schlucke, mein Herz stolpert. Als Sam hochsieht, kommt es mir vor, als zucke sie kurz zusammen, weil unsere Gesichter so nah voreinander sind, dann hat sie wieder ihre verschlossene Miene aufgesetzt. Mittlerweile ist das der Gesichtsausdruck, der mir am meisten bei ihr gefällt.

»Also«, sagt sie. »Du legst deine linke Hand an meine Schulter und deine rechte auf meinen Rücken.«

Ich nicke. Versuche, unauffällig meine Hände an meiner Hose abzuwischen. Was ist denn jetzt los? Ich bin plötzlich wieder so nervös wie damals, wenn ich in Favilla vor ihr gestanden habe. *Reiß dich zusammen, Lucas.*

Ich fahre mir mit den Zähnen über die Lippe. Ich dachte wirklich, ich hätte das hinter mir.

»Worauf wartest du?«, fragt Sam.

»Auf nichts.« Etwas ungestüm bewege ich die Arme nach vorne, fasse ihre Schulter links, ihre Seite rechts, ist das … jetzt so richtig? Ich kann die warme Haut unter dem Leinenhemd spüren, ich glaube, es war andersrum, oder …

Sam greift nach meiner rechten Hand und schiebt sie entschieden von ihrer Seite weg auf den Rücken.

»Oh«, sage ich nur. Ich glaube, ich habe sie deutlich zu weit vorne angesetzt.

»Passt schon«, sagt Sam, und ich sehe, wie ein blassroter Streifen auf ihren Wangen erscheint.

»Wir haben jetzt keine Musik«, spricht sie weiter. »Aber wichtig ist, dass du mitzählst. Bis vier und dann wieder von vorne. Du musst dich immer am Takt orientieren, sonst kommst du mit den Schritten durcheinander.«

»Mhm.« Als ich die Sklavenwächter in Akila beobachtet habe, haben sie manchmal abends am Lagerfeuer Lieder gesungen, während jemand dazu auf einem *Instrument* gespielt hat. Mein Vater hat manchmal betrunken Melodien vor sich hin gesummt. Das war es dann aber auch schon.

Musik, Takt, Mitzählen – ich habe keine Ahnung, wie das funktionieren soll.

Sam muss es aus meinem Gesichtsausdruck gelesen haben: »Pass auf, anders«, sagt sie und lächelt ein wenig. »Du stellst dir vor, du pflückst im Rhythmus Kräuter, okay?«

»Okay«, sage ich zerknirscht. »Ich hoffe, ich hab wenigstens einen gut bei dir, dafür, dass ich das mitmache.«

Es stört mich, dass ich hierbei so dämlich wirke. Ich hätte große Lust, Sam erneut zum Duell herauszufordern – ich wüsste gerne, wer diesmal gewinnt –, halte aber letztlich den Mund.

»Vergiss es«, sagt sie und deutet einen Tritt gegen mein Schienbein an. »Wir üben jetzt einfach Bewegungsfolgen in diesem Rhythmus. Orientier dich am besten doch am Schwertkampf. Muss ja nicht elegant aussehen.«

»*Du* siehst nicht elegant aus beim Schwertkampf«, sage ich, halb wütend, halb im Spaß.

»Du bist ein Depp«, sagt sie amüsiert und beginnt mit den ersten Tanzschritten.

»Okay, das muss reichen.«

Sams Atem geht schnell, ihre Haare sind ihr bei der letzten Drehung vors Gesicht geflogen, und sie streicht sie jetzt zurück. Sie lässt mich los, ich sie nicht.

»Ist ja schon ein bisschen unfair«, sage ich. Mir gefällt meine Hand an ihrem Rücken, mir gefällt diese Nähe und die Schweißperlen auf ihrer Oberlippe. Ich hoffe nur, dass ich nicht der einzige Trottel von uns beiden bin, der gerade mit jedem Atemzug aufgeregter wird.

»Was?« Sie streicht sich weiter die Haare nach hinten, obwohl gar keine mehr ins Gesicht hängen, was mich ein bisschen verwirrt.

»Die Frauen müssen beim Tanzen ja viel mehr machen als die Männer. Das ist beim Kampf fairer.«

»Dein Glück«, sagt sie und will noch etwas hinzufügen, aber ich unterbreche sie, indem ich die linke Hand hebe. Ich kneife die Augen zusammen und fasse ihr vorsichtig in die Weizenhaare, von denen sie daraufhin ablässt.

»Was ist?«, fragt sie verunsichert.

»Du hast graue Haare«, sage ich und recke den Kopf noch ein bisschen vor. »Bestimmt zehn Stück.«

»Ach so.« Sam winkt mit einer schnellen Geste ab. »Die habe ich schon, seit ich sieben oder acht bin. Bei meiner Mutter war es ähnlich. Sie hat gesagt, ein paar von unseren Haaren haben schneller gelebt, sie warten jetzt auf die anderen.«

»Da bin ich ja beruhigt«, sage ich ein bisschen lahm und merke, wie mir die Worte ausgehen.

»Warum?«, fragt sie.

»Nur so«, sage ich, und weil ich jetzt wirklich nichts mehr weiß, außer dass ich das hier tun will, mache ich es. Ich nähere mein Gesicht dem ihren, zielstrebig, und küsse sie.

Nur kurz bewegen sich meine Lippen über ihre, *rau, kalt,* nur kurz habe ich das Gefühl, meine Brust explodiert, dann weiche ich langsam wieder zurück. Sehe sie an.

Sie hat nicht mitgeküsst, aber das finde ich nicht schlimm, denn sie hat eben auch nicht weggezogen.

Jetzt bemerke ich, wie schnell mein Herz immer noch schlägt, wie es sich kein bisschen beruhigt, während ich sie anschaue.

»Wir sollten das nicht tun«, sagt sie leise.

Ich schweige. Mir ist danach, sie einfach wieder zu küssen, aber ich weiß genau, dass das völlig unangebracht wäre. »Die schlechten Erfahrungen«, sage ich also nur.

Sie schüttelt langsam den Kopf. »Nein … also schon. Es ist nur … es ist Noel. Wegen ihm bin ich so.«

»Was?« Ich starre sie entgeistert an, mein Kopf fühlt sich an, als würde darin alles hin und her wirbeln. *Noel?!*

»Ich habe …« Sam schürzt die Lippen, ihre Stimme ist ganz heiser. »Ich hatte Gefühle für ihn, und ich dachte, er auch für mich. Aber ich habe mich geirrt.«

»Er hat dir sehr wehgetan.«

»Ja.«

Ich fahre mir mit den Zähnen über die Lippen, die eben noch Sams berührt haben. Schließe die Augen, öffne sie. Ich spüre das Blut in meinen Wangen pulsieren.

Noel hat nie auch nur mit einem Wort erwähnt, dass er Sam interessant findet. Jetzt frage ich mich, ob ich es nicht sehen *wollte* oder ob es sich erst nach meiner Flucht entwickelt hat. Und dann endlich verstehe ich. Die Nachtwachen, von denen Sam erzählt hat – natürlich, dort muss es passiert sein.

Ich merke, dass ich schon eine ganze Weile dastehe, ohne etwas zu sagen, aber alles, was mir einfällt, sind dämliche Fragen, also halte ich weiterhin den Mund. Schiebe meine plötzlich geballten Fäuste hinter den Rücken.

Sams graugrüne Augen huschen ruhelos umher, als sie schließlich weiterspricht. »Ich habe in meinem ganzen Leben nie wirklich zu mir gestanden. Dann kam Noel, und endlich habe ich es geschafft, mich selbst zu überwinden. Das war so ein gutes Gefühl. Und dann musste ich erfahren, dass auch das nicht reicht. Dass auch das einen nicht weiterbringt, sondern man bloß noch mehr verletzt wird.«

»Ich finde schon, dass es etwas gebracht hat«, sage ich. Ich muss mich wirklich zusammenreißen, um mich auf Sam und das, was sie sagt, zu konzentrieren und nicht auf die Neuigkeit mit Noel. Aber das hier ist wichtig.

»Wie meinst du das?«, fragt sie.

»Du hast mir bereits bei unserer zweiten Begegnung hier oben gesagt, wer dein Vater ist. Ich finde das mutig.«

»Ich wollte nur den gleichen Fehler nicht wieder machen«, gibt sie zurück. »Das ist alles.«

»Eben«, sage ich mit fester Stimme. »Das hättest du früher bestimmt nicht getan.«

»Und was bringt mir das?«

»Das weißt du selbst.«

Sam schweigt für einen Moment, dann: »Und was, wenn ich dich nur gut finde, weil ich Noel vergessen will?«

»Du findest mich also gut.« Ich ziehe gespielt verwundert den rechten Mundwinkel nach oben.

»Ich meine es ernst, Lucas.«

»Es ist mir egal. Wir mögen uns, das reicht mir.«

Die Worte kommen mir leichter über die Lippen, als ich gedacht hätte. Gut, ich meine auch jedes Wort, das ich sage. Doch auf der anderen Seite macht sich da mit jedem Moment, der verstreicht, ein ganz seltsames Gefühl in mir breit.

Noel. Er wusste, dass ich Sam gut finde. Er ist doch mein bester Kumpel. Ja, ich war verschwunden, er konnte nicht wissen, was mit mir ist, aber dennoch. Warum ausgerechnet Sam?! Wenn ich mir das vorstelle, dass er und Sam … *verdammt Noel, hättest du nicht einfach etwas mit Estelle anfangen können!*

»Hör zu …«, beginne ich und bemühe mich, weiterhin

ruhig zu sprechen, als plötzlich ein Schatten im Eingang der Halle auftaucht. Ich merke, dass ich noch immer ganz dicht vor Sam stehe, und mache unwillkürlich einen Schritt nach hinten. Räuspere mich. »Noel. Was machst du denn hier?«, frage ich etwas hektisch. Fühle mich auf eine ganz komische Art und Weise ertappt.

»Ich wollte mit dir die letzten Sachen wegen der Mission morgen Abend besprechen.« Noel kommt irgendwie zögerlich auf uns zu, das Rascheln seiner Kleidung klingt laut in der weiten Halle, in einiger Entfernung bleibt er stehen, verschränkt die Arme vor der Brust.

»Ich geh mal wieder auf meinen Posten.« Sam hat die Hände in den Hosentaschen vergraben, dreht sich jetzt ruckartig zur Seite weg.

»Okay, bis dann«, sage ich und nicke ihr zu. Eigentlich ist es Schwachsinn, dass sie nicht dableibt, schließlich machen wir diese Mission gemeinsam, aber ich weiß nicht, ob es jetzt unbedingt besser wäre, wenn sie bliebe.

Noel plötzlich hier. Ich weiß gar nicht, was ich damit anfangen soll. Ich meine, ich kann ihm ja eigentlich nichts vorwerfen, aber trotzdem ertrage ich es kaum, ihn gerade vor mir stehen zu sehen. Trotzdem ist mir auf einmal danach, ihm eins vors Maul zu hauen, einfach zuzuschlagen.

Entspann dich. Er hat nichts verbrochen.

Wir warten schweigend.

Noel beginnt erst zu sprechen, als Sam das Mausoleum verlassen hat. »Ich habe noch einmal in Ruhe mit den anderen gesprochen. Sie stehen mittlerweile voll hinter dem Plan.

Sogar Lennart, der am Anfang ja am skeptischsten war. Sie sagen, es ist unsere beste Chance.«

»Und du?«, frage ich.

»Ich weiß nicht, ich habe Bauchschmerzen dabei.«

»Das heißt?«

»Nichts weiter«, sagt Noel. »Ich bin nicht Jon, ich werde nicht versuchen, gegen alle anderen zu entscheiden. Außerdem stimmt es vielleicht. Das könnte unsere einzige und letzte Chance werden, bevor der König seine Truppen zum Ort der Feuerwende schickt. So weit ist sie nicht mehr entfernt.«

»Ich bin mir sicher, es klappt«, gebe ich entschieden zurück. »Der König rechnet kein bisschen mit uns. Das gibt uns einen Vorteil.«

»Vermutlich.« Noel greift sich ins Haar, atmet einmal tief durch. »Also. Es gibt da noch eine Sache, die wichtig wäre. Es geht um Sam.«

»Ja?«, frage ich, habe das Gefühl, mich gleich verteidigen zu müssen. Oder angreifen.

»Ich vertraue ihr vollkommen. Aber die Rückkehr ins Königshaus wird sicher nicht ohne für sie. Sie kann sehr impulsiv sein. Hab bitte eine Auge darauf, dass sie nichts Unüberlegtes tut.«

»Weil ich ja nie unüberlegte Dinge tue«, antworte ich sarkastisch.

»Du kehrst aber nicht für länger in deine Heimat zurück.«

»Mh.« Ich nicke, und das Schweinsgesicht meines Vaters flackert kurz vor meinen Augen auf. Nun schweigen wir, und es kommt mir vor, als halle dieses Schweigen im Mausoleum nach, so wie vorher Sams und meine Schritte beim Tanzen.

»Wegen Sam …«, beginne ich schließlich zögerlich. »Stimmt es? Dass ihr etwas miteinander hattet?«

Noel zögert ebenfalls, bevor er mir antwortet, seine Augenbrauen eng zusammengezogen. *Jetzt sag schon was.*

»Es ist im Endeffekt nichts passiert«, spricht Noel endlich. »Mir ist klar geworden, dass ich Abstand von ihr halten sollte. Die Gefühle«, er stockt, fährt sich über den Mund, etwas in seinem Blick scheint sich urplötzlich zu verhärten, »waren einfach nicht da. Es war von Anfang an zum Scheitern verurteilt, das hätte ich gleich merken müssen.«

»Wie kann man sich so etwas denn einbilden?«

»Keine Ahnung«, sagt Noel plötzlich überraschend scharf. »So war es halt.«

»Ich finde nur, es passt nicht zu dir. Du hast sie verletzt.«

»Denkst du, das wüsste ich nicht?«, gibt Noel gereizt zurück, dann etwas ruhiger: »Ich hasse mich dafür. Wirklich. Aber ich kann es nun einmal nicht rückgängig machen.«

Schon wieder schweigen wir, und diesmal traue ich mich kaum, die Stille zu durchbrechen, doch es geht nicht anders: »Das heißt aber auch … dass du wirklich kein Interesse an Sam hast? Also, es wäre für dich kein Problem, wenn jemand anderes …«

»Das wäre kein Problem für mich.«

»Aha«, sage ich und schlucke. »Okay.«

»Ja.« Eilig tritt er vor und boxt mir ziemlich fest gegen die Schulter. »So, ich gehe jetzt wieder runter. Ich habe morgen ein längeres Treffen. Da sollte ich nicht allzu müde wirken.«

Damit wendet er sich ab und verlässt das Mausoleum mit schnellen, langen Schritten. Er hält nicht einen Moment inne, dreht sich nicht um. Nachdenklich blicke ich ihm hinterher.

13

Lavis. Friedhof. Mausoleum des Totengräbers.

Der steinerne König kommt mir heute größer vor als sonst, so als würde er die Halle für sich beanspruchen. Als gäbe es keine Nische in diesem Mausoleum, in der er dich nicht mühelos mit seiner kalten Hand packen könnte.

Schnell mache ich, dass ich an ihm vorbeikomme, die Treppen rauf zu Garred und Aron.

Garred nimmt sein Essen stumm entgegen. Er hat seit Tagen kein Wort mehr gesagt, doch aus seinen Blicken spricht die Wut noch so unverhohlen wie in der Nacht, als wir ihn hier eingesperrt haben.

Aron in der gegenüberliegenden Zelle tut mir selbstverständlich nicht den Gefallen, zu schweigen.

»Heute kein Besuch von den Favillanern?« Aron hat mir erst gestern eröffnet, dass er uns unten in der Halle hören kann. Ich bin mir sicher, er hört nur den Klang der Stimmen, versteht jedoch nicht, was wir reden, aber die Vorstellung weckt dennoch Unbehagen in mir.

»Wer war denn das Mädchen, mit dem du da gestern rumgehampelt hast? Bestimmt Sam, oder?« Er zieht scharf die

Luft ein, seine Handfesseln klirren leise. »Was Julia wohl dazu sagen würde?«

»Du weißt ganz genau, dass das schon lang vorbei war. Sie wollte dich trotzdem nicht, also komm mir nicht wieder damit.«

»Oh, jetzt wirst du aber gemein.« Aron lächelt. »Bist du angespannt? Was habt ihr denn gestern da unten ausgeheckt? Oder wartet Noel längst wieder dort, um mit dir geheime Pläne zu schmieden?«, spricht Aron weiter, und als ich ihn irritiert ansehe, fügt er hinzu: »Das Brummen von dem kann man gar nicht verwechseln.«

»Noel ist heute Nacht nicht oben.«

»Gut. Ich kann den Typen nicht leiden.« Aron legt den Brotlaib neben sich auf die Erde und greift nach dem Wasserkelch. Geräuschvoll trinkt er, und ich beobachte, wie sein spitzer Kehlkopf dabei auf und ab zuckt. Es gibt keinen Grund mehr hierzubleiben, aber irgendwie gehe ich nicht.

»Wenn du dich entscheiden könntest«, frage ich, »zwischen all dem hier und unserem Leben damals als Kräutersammler – was würdest du wählen?«

Aron setzt den leeren Kelch ab und wischt sich mit dem Handrücken über den Mund. »Was ist das denn für eine idiotische Frage?«

»Hat mich nur interessiert. Vergiss es«, sage ich und wende mich zum Gehen.

»Ich würde niemals das Leben als Kräutersammler wählen«, redet Aron plötzlich hinter mir los, als ich schon fast an der Tür bin. Langsam drehe ich mich wieder um.

»Das hier ist doch viel besser. Na ja, gerade bin ich in Gefangenschaft, aber das wird nicht mehr lange so sein. Wie gesagt, ich finde einen Weg hier raus. Und dann habe ich die freie Wahl. Vielleicht jage ich weiter Estelle nach. Vielleicht heuere ich als Söldner an, das weiß ich noch nicht.« Aron zuckt mit den Schultern und reckt das Kinn vor. »Ich kann mich einfach von dem treiben lassen, wonach mir der Sinn steht. Warum sollte ich die Kräuter und das Pensum wählen?«

»Hattest du nie das Gefühl, du stehst vor Entscheidungen, die du später bereuen könntest?«, frage ich zweifelnd. »Dass dich die Wache in deinen Träumen verfolgt, wenn du sie bei deiner Flucht umbringst? Dass dein Versuch, zu fliehen, scheitern und Favilla dich beseitigen könnte?«

»Es gibt keine falschen Entscheidungen«, sagt Aron. »Auch keine richtigen. Es sind schlichtweg Entscheidungen, und dann kommen die Konsequenzen. So einfach ist das.«

Ich schnaube und schüttele den Kopf. »Wenn du meinst.« Damit wende ich mich endgültig ab, verlasse Arons Zelle. Diesmal ruft er mir keinen Spruch, keine Drohung hinterher, nichts.

Ich wandere die Stufen hinab, dann durch die Halle, zu den nächsten Treppen, die mich in die Gruft führen. Meine Beine sind so schwer wie Grabsteine, auf meinem Kopf ist ein schrecklicher Druck. Wenn es nur so einfach wäre, wie Aron sagt.

Aber jede Entscheidung hat ihre Konsequenzen, selbst die allerkleinste. Und je wichtiger die Mission, desto weitreichender sind sie. Wir dürfen in keiner Situation einen Fehler begehen.

Denn morgen Abend findet die Krönungsfeier im Königshaus statt. Sam und ich werden uns durch den Geheimgang, dessen Einstieg sich im äußersten Bereich des Kräutersammlerviertels befindet, in die Burg schleichen, um das Zepter zu bekommen.

Diese Mission könnte wichtiger für Lavis sein als alles andere, was seit 300 Jahresumläufen passiert ist. Es könnte der Schritt sein, der zum Sturz des Herrschers und all seiner Diener führt. Jeder Einzelne von ihnen könnte endlich zur Rechenschaft gezogen werden.

Aber ich liege auf meiner Totengräberpritsche und warte vergeblich auf das Glühen der Aufregung. Ich liege hier und wünsche mir, dass ich doch tauschen könnte, dass ich durch die leeren Gassen des Kräutersammlerviertels husche, hoffe, dass mein Vater schon schläft, und mich zu Tom ins Zimmer lege. Am nächsten Tag die Schicht. Keine Rettung des Volkes, kein großer Kampf, einfach nur die Schicht, nichts weiter.

14

Lavis. Östliches Leuchtfeuer. Geheimgang.

Die Maserung der Steintür vor uns sieht aus wie ein lang gezogenes, schmerzerfülltes Gesicht. Unruhig bewegt sich das Licht unserer Blendlaterne über die verbogenen Lippen, die aufgerissenen Augen. Der geheime Durchgang in den Kellerraum des östlichen Leuchtfeuers.

Ich rücke meine Lederrüstung zurecht, mein Atem geht schnell, obwohl wir geschlichen sind. Das Glühen, das ich gestern vermisst habe, ist jetzt da.

Auf unserem Weg durch den Wald von Lavis hat es sich noch zurückgehalten. Aber als wir die Palisade des Kräutersammlerviertels überquert haben und durch die verfallene Hütte am Rand der Siedlung in den Geheimgang gestiegen sind, hat es mich mit plötzlicher Wucht erfasst. Und dass ich mir gestern gewünscht habe, ich müsste das hier nicht tun, kommt mir auf einmal völlig absurd vor.

Hinter dieser Wand wartet die Königsburg auf uns, der Brennende König, das Zepter mit der Phönixträne. *Oder der Tod.*

»Worauf wartest du?« Sam ist jetzt dicht neben mir, ihre Augen sehen dunkel aus.

»Kurz Luft holen«, sage ich. »Alles gut bei dir?«

»Klar.« Sam nickt, doch ihre Anspannung ist unüberhörbar.

»Wiederholen wir noch einmal den Plan«, sage ich, woraufhin Sam leise seufzt. *Hab bitte ein Auge darauf, dass sie nichts Unüberlegtes tut.* Noel sah wirklich besorgt aus.

»Wir gehen durch diese Tür und hoffen, dass sie nicht bewacht ist. Falls doch, schalten wir die Wachen umgehend aus. Wir schleichen uns aus dem Kellerraum des Leuchtfeuers und durch die Verliese. Von dort geht es hoch und über den Platz der Feuerweiden in den Innenhof, der an die Verwaltungsbereiche grenzt. Wir schleichen uns zu der Stelle, wo die eintreffenden Gäste in eine Liste eingetragen werden. Dann versuchen wir, uns ein Pärchen aus Noctuán zu schnappen, und übernehmen deren Identität.«

»Warum eigentlich Noctuán?«, frage ich.

»Die können am schlechtesten tanzen.« Sam grinst, und auch ich kann nicht anders, aber wir werden sehr schnell wieder ernst.

»Im großen Saal nähern wir uns dem König. Wenn er auf dem Thron sitzt, hat er das Zepter neben sich abgelegt. Einer von uns lenkt ihn und die Wachen ab, der andere schnappt sich das Zepter. Dann mischen wir uns unter die Leute und fliehen.« Sam schluckt. »Wenn wir uns dabei verlieren, haut derjenige mit dem Zepter alleine ab.«

Ich streiche ihr vorsichtig über den Oberarm. »Wir verlieren uns nicht. Wir halten uns ganz genau an den Plan, dann geht nichts schief.«

Sam nickt entschlossen. Ich hoffe sehr, sie behält diese Entschlossenheit, dem Plan zu folgen, wenn sie vor ihrem Vater steht. Ich wüsste nicht, was ich an ihrer Stelle tun würde. Beziehungsweise: Wenn es überhaupt noch ihr Vater ist, der dort unter der Maske lauert. *Warum wurde sein Tod vorgetäuscht?*

Ich starre abwesend auf einen der großen Hebel, die in die Seitenwände des Tunnels eingelassen sind. Insgesamt befinden sich hier vier Stück, auf jeder Seite zwei.

Sam hat mir erklärt, dass es sich wohl um einen Einsturzmechanismus handelt. Von der Königsburg aus konnte man ihn früher betätigen und somit den Zugang verschließen, falls feindliche Truppen den Geheimgang gefunden hatten und so ins Innere eindringen wollten.

»Also los«, sagt Sam und beginnt die schwere Steintür aufzudrücken. Ich ziehe unterdessen leise eine der beiden Klingen aus der Schwertscheide auf meinem Rücken. Mein Herz legt an Tempo zu, meine Muskeln spannen sich.

Die Tür schabt kaum hörbar über den Stein und gibt nach und nach einen dunklen Raum frei, stockdunkel, es riecht nach fauligem Holz und rostigem Eisen, und auch wenn die Anspannung in mir nicht weichen will, spüre ich jetzt doch kurz einen Anflug von Erleichterung. Immerhin weiß offensichtlich noch immer niemand, dass dieser unscheinbare Lagerraum eine solche Bedeutung hat: Hier sind keine Wachen, dieser Kampf bleibt uns erspart.

Schnell schieben wir die Tür wieder zu, von dieser Seite sieht sie aus wie ein normales Mauerstück, das sich nahtlos in die Wand einfügt. Nur ein grün angelaufener Messinghaken ist an ihr befestigt, an dem man wahrscheinlich einfach kräftig ziehen muss, um sie zu öffnen.

»Links rum«, sagt Sam. Ich lasse zu, dass sie mir die Blendlaterne aus der Hand nimmt. Schließlich kann nur sie den Weg finden, wir müssen uns auf *ihr* Gedächtnis verlassen. Also geht sie vor, obwohl ich zu gerne die Führung übernehmen würde.

Die kleine hölzerne Tür am Ende des Raumes lässt sich nur mit einem lang gezogenen Quietschen aufschieben, *zu laut*, schnell quetschen wir uns durch die dunkle Öffnung in die Verliese.

Auch hier herrscht vollkommene Finsternis, sie ist so dicht, dass es mir vorkommt, als könne ich nach der Schwärze greifen. Das Licht unserer Blendlaterne reicht gerade mal so weit, dass wir immer nur unseren nächsten Schritt sehen können, während wir ganz langsam vorwärtsschleichen. Ich höre Sams flachen Atem neben mir, mein rasendes Herz. Und da ist noch ein Geräusch.

Nicht unbedingt lauter, aber trotzdem frisst es sich mir unter die Haut: Aus den Wänden um uns herum dringt das Leid.

Rechts und links vom Gang die Andeutungen schwerer Türen, dahinter müssen die Kerkerzellen sein. Und von dort stöhnt es, fleht es, wimmert es; verzweifelte Menschen klagen in die Finsternis. Ihre Stimmen vermischen sich zu einer einzigen, wie das Tosen von Bäumen im Wind. Mein Magen zieht sich schmerzhaft zusammen, und ich will mir die Hände auf die Ohren pressen. Doch ich schleiche trotzdem weiter durch das Schwarz.

Das muss endlich ein Ende haben.

Ein kurzer Blick in Sams Gesicht verrät mir, dass sie wohl

ähnliche Gedanken hat. Wir wagen allerdings nicht, auch nur ein Wort zu wechseln, während wir mit unserer Blendlaterne durch die Finsternis schleichen. Bis auf eine Zelle, deren Tür halb offen steht und die vermutlich leer ist, scheinen alle Kerkerräume verriegelt zu sein.

Schließlich, nach einigen Dutzend Schritten und drei Abzweigungen, haben wir einen Treppenaufgang erreicht. Sofort schließe ich die Blendlaterne.

»Als ich geflohen bin, gab es eine Wachablösung«, flüstert Sam. »Sie müsste jeden Moment stattfinden.«

Ich blicke nach oben. Die Treppe ist breit, mit flachen Stufen. Nur vage kann ich an deren Ende einen blassen Schimmer Mondlicht erkennen, dort wird es nach draußen gehen. »Ich schätze mal, die Wachmänner flankieren den Ausgang?«, flüstere ich.

Sam nickt. »Zwei. Und eventuell Patrouillen im Hof. Und auf den Mauern.«

»Können wir uns ihnen gefahrlos nähern?«, frage ich.

»Mehr oder weniger. Rechts und links der Treppe sind breite Einbuchtungen. Dort könnten wir uns verbergen.«

»Okay«, flüstere ich und nehme die ersten Treppenstufen, Sam dicht hinter mir. Der Mondschimmer von draußen kommt hier unten kaum an, sodass ich die Stufen vor mir nicht richtig erkennen kann. Jeder Schritt ist ein Risiko. Ein brüchiger Abschnitt in den Stufen, ein falscher Tritt, und sie werden uns entdecken. Am liebsten würde ich die Blendlaterne wieder öffnen, aber ich lasse es natürlich sein.

Immer vorwärts. Ganz leise. Meine Lippen brennen, und mir ist danach, mir immer wieder über die Handrücken zu wischen. Hoffentlich wurde die Wachablösung nicht verschoben, oder wir haben sie knapp verpasst!

Die Treppe ist kürzer, als es von unten gewirkt hat, nun sind wir schon so nah am Ausgang, dass ich wieder etwas mehr erkennen und das Brummen der Stimmen oben hören kann.

Die Einbuchtungen in der Wand beginnen auf der Höhe meiner Hüfte und sehen aus wie großflächige Senkgräber. Hier sind allerdings keine Knochen zu finden, sondern bloß Metallfesseln, die auf Kopfhöhe in der Wand eingelassen sind. Außerdem reichen diese Einbuchtungen höchstens einen Schritt tief in den Stein hinein. Nicht unbedingt das sicherste Versteck, aber was bleibt uns schon anderes übrig?

Als ich mich vorsichtig auf das schmale Plateau wuchte, schabt meine Rüstung über den Stein. Ich erstarre. Doch von oben kommt keine Reaktion. Weiter. Wir schleichen uns jetzt die Einbuchtung entlang, so nah an den Ausgang heran wie möglich, bedacht darauf, nicht die Eisenfesseln zu berühren.

Ich halte den Atem an, während ich lausche.

»Oh Mann«, sagt gerade einer der beiden Wachmänner. Ein Teil ihrer Silhouetten ist jeweils links und rechts vom Ausgang zu sehen, sie stehen mit dem Rücken zu uns, vor ihnen erstreckt sich der Platz der Feuerweiden. »Ich könnte kotzen vor Langeweile. So ein Dienst ist doch Folter. He, Garvin, hörst du mir überhaupt zu?«

»Was willst du denn?«, antwortet der andere Wächter, der anscheinend Garvin heißt. »Besser, als wenn wir auf der Feier aufpassen müssten.«

»Mann, ich hätte längst Dienstschluss, stattdessen müssen wir hier noch stundenlang sitzen.« *Verdammt!* Keine Wachablösung in Aussicht. Ich spüre, wie Sams Körper neben mir sich ebenfalls anspannt.

»Normalerweise würde ich jetzt schön in Ruhe deine Essensvorräte auffressen«, redet die Wache weiter.

»Halt's Maul, Devin.«

»Na ja«, sagt Devin und lacht. »Eine gute Sache hat die Feier immerhin.« Er wartet einen Moment und bewegt den Kopf nach rechts und links, dann dreht er sich um und betritt die ersten Treppenstufen. *Oh nein.*

Sam und ich tauschen einen alarmierten Blick. Er ist nur wenige Schritte entfernt. Wenn er sich jetzt nach links dreht, entdeckt er uns, *kann* er uns gar nicht übersehen. Wieder fasse ich nach einem der Schwertgriffe auf meinem Rücken.

Devin streicht sich über den Bauch. Schweißgeruch drückt sich in meine Nase.

Dann dreht Devin sich nach rechts.

Er greift nach etwas in der gegenüberliegenden Wandkerbung, ich kneife die Augen zusammen – ein Weinkrug.

»Keiner merkt, wenn etwas Wein abhandenkommt«, sagt Devin und gluckst, bevor er den Krug ansetzt und geräuschvoll mehrere kräftige Züge trinkt. »Du auch?« Er wendet sich in Richtung Ausgang und hält Garvin den Krug hin.

»Mann, komm jetzt her, du Vollidiot.«

»Weichling.« Devin stellt den Weinkrug zurück an seinen Platz und bezieht wieder Stellung neben Garvin.

Das ist es.

So leise wie nur irgend möglich nehme ich den Wurfhaken von meinem Gürtel und löse das dünne zusammengebundene Kletterseil. Binde dann mit eiligen Bewegungen eine Schlaufe. Sam neben mir fragt nicht nach, ich schätze, ihr ist klar, was ich vorhabe.

Ein Blick zu den beiden Wachmännern, alles unverändert.

»Ich muss schon wieder pissen«, sagt Devin gerade, woraufhin Garvin nur »Vergiss es« zurückgibt. Der Krug ist höchstens fünf Schritte entfernt. Sam legt mir eine Hand auf den Rücken. Ich schwinge, werfe. Die Schlaufe streift das Gefäß, gleitet aber ab.

Konzentration.

Devin hat sich eben noch abgesichert, dass keine Patrouille in der Nähe ist. Lange wird das wohl nicht so bleiben. Wir müssen genau jetzt da durch.

Schwingen, werfen.

Ja!

Die Schlaufe hat sich um den Krug gelegt. Ohne zu zögern, rucke ich am Seil, sodass der Behälter aus der Einbuchtung herausgezogen wird, aufschlägt und laut polternd die Treppe hinabfällt; gleichzeitig ziehe ich das Seil zurück ins Versteck. Devin und Garvin fahren herum.

»Scheiße«, flucht Garvin und stürmt die Treppe runter, an uns vorbei. Der Wein hat sich über den Stufen verteilt wie eine Blutspur. Devin stellt sich breitbeinig vor den Ausgang und blickt hinab. »Oh«, sagt er.

»Jetzt hilf mir hier«, ruft Garvin aufgebracht von unten. »Wenn das jemand mitbekommt, rollen unsere Köpfe.«

Devin steht noch einen Moment da und bewegt sich

nicht … *ahnt er etwas?* … dann setzt auch er sich eilig in Bewegung. Er holt etwas von jenseits des Ausgangs und rennt ebenfalls die Treppenstufen hinab.

Los.

Sam und ich treten vorsichtig nach vorne und springen aus der Hocke auf die Treppe, keine Zeit verlieren! Kurz finde ich keinen richtigen Halt auf den Stufen, aber schließlich geht es. Ein hastiger Blick nach unten, Garvin motzt weiter Devin an, dann sind wir links um die Ecke verschwunden, draußen.

An der Wand entlang bewegen wir uns so schnell es geht weg von dem Verliesausgang, während ich nach Patrouillen Ausschau halte.

Der Platz wird von einigen Baumreihen gesäumt, was uns nur zugutekommen kann. In der Mitte befindet sich ein gewaltiger runder Zierbrunnen, das Wasser schläft dunkel und umschließt eine mächtige Statue, die in der Mitte prangt. Sie reckt ein Schwert in die Höhe. Das ist alles. Derzeit keine Wachmänner zu sehen, sehr gut.

Wir schleichen uns an der Wand entlang, vorbei am Durchgang, der zum Kahlen Garten führen müsste, und weiter bis zum Eingang in den Innenhof, von dem aus wir hoch in die Verwaltungsräume klettern wollen.

Obwohl ich noch immer nervös bin, wird mein Atem ein bisschen ruhiger. Die erste Herausforderung haben wir gemeistert.

Ich halte es kaum aus.

Mein Blick schweift unruhig den Korridor entlang, über die Wände aus dunklem Marmor. Rote Flammenmuster schlängeln sich auf dem glänzenden Stein um sich selbst, werden von dem Licht der Fackeln angestrahlt, die in gleichmäßigen Abständen angebracht worden sind und irgendwie düster zu leuchten scheinen.

Rechts von mir stehen einige Vitrinen auf beiden Seiten des Gangs. Darin alte goldene Schmuckstücke, Kelche, ein paar schartige Waffen und Rüstungsteile. Wir sind in den Verwaltungsbereichen, vielleicht sollen sie eine Botschaft an die Diplomaten senden, die hier sonst entlanggeführt werden.

Bisher waren die verschachtelten Gänge, durch die Sam uns beide gebracht hat, wie ausgestorben. Nur einmal mussten wir uns in einer Nische verbergen, weil ein Wachtrupp in der Nähe war.

Direkt vor uns um die Ecke liegt der Gang, den die Gäste durchschreiten, um zur Empfangskammer zu kommen, wo sie sich dann in eine Liste eintragen lassen.

Sam lugt immer wieder vorsichtig um die Ecke, um zu beobachten, wer als Nächstes eingetroffen ist. Ich muss mich unterdessen zusammenreißen, ihr nicht dämlich auf die Schulter zu tippen und zu fragen, wen genau sie gerade sieht.

Ich bleibe hinter ihr stehen, verschränke die Hände ineinander. Wie lange warten wir jetzt schon an dieser Ecke? Es ist doch nur eine Frage der Zeit, bis auch hier jemand vorbeikommt.

»Jetzt. Los!«, zischt Sam plötzlich und zieht mich am Handgelenk mit sich.

Sofort huschen wir um die Biegung, und ich versuche, den düsteren Gang so schnell es geht zu erfassen. Aber da ist nur ein langer, leerer Korridor, keine Menschen.

»Hier. In den Botengang.« Sam deutet auf eine kleine unscheinbare Öffnung in der Wand, die wir jetzt eilig durchqueren, um dann sofort weiter durch den Tunnel zu laufen. Ich habe das Gefühl, mich ducken zu müssen, obwohl auch hier die Decke noch deutlich höher ist als in Favilla. Eine Abzweigung, zwei, nach der dritten haben wir wieder einen Ausgang erreicht.

»Endlich ein Pärchen aus Noctuán«, flüstert Sam, während wir den Gang ausspähen – erneut kein Mensch zu sehen. Die Wände hier zeichnen keine Feuermuster, sondern sind einfach nur schwarz, auf der gegenüberliegenden Seite werden sie teilweise von einigen roten Wandvorhängen verdeckt.

»Sie müssten sich mittlerweile in die Liste eingetragen haben«, flüstert Sam weiter, »und wenn es läuft wie bei allen großen Festen, kommen sie hier auf dem Weg in den Thronsaal vorbei.«

»Sehr gut«, gebe ich zurück, und gemeinsam betreten wir den Korridor. Von rechts höre ich lautes Lachen. Ich reiße den Kopf herum. Nichts. Das Pärchen muss noch einen Gang weiter sein.

»Komm«, flüstert Sam und zieht mich wieder am Handgelenk mit, hinter einen der schweren Stoffvorhänge. Dicht nebeneinander pressen wir uns gegen die Wand, der rote, samtene Vorhang legt sich vor unsere Gesichter, sodass ich kaum Luft bekomme; ich schmecke den Staub auf der Zunge. Die Geräusche vom Gang dringen nur dumpf zu uns herüber.

Die Frau sagt irgendetwas, was ich nicht verstehe. Der Mann lacht. Ihre Schritte haben den gleichen Rhythmus. Sie nähern sich, jeden Moment haben sie unsere Höhe erreicht. Ich drehe meinen Kopf langsam zu Sam, wir warten, warten, nicken uns zu, *raus!*

Es geht rasend schnell. Wir stürzen hinter dem Vorhang hervor, im nächsten Moment bin ich bei dem Mann, der nur erschrocken die Arme hochreißt. Bevor er zum Schrei ansetzen kann, donnert der Griff meines Schwerts gegen seine Schläfe. Er sackt weg, und ich fange ihn auf, greife unter seine Achseln, zerre ihn zum Botengang. Sam ist schon da, der Oberkörper der bewusstlosen Frau lehnt schlaff an ihren Beinen.

»Na los«, sagt sie.

Wir ziehen die beiden um die nächste Biegung und legen sie dort ab. Eilig entkleide ich den Mann aus Noctuán, er ist etwas größer als ich, hoffentlich wird das kein Problem. Nur einen Moment stutze ich: Auf seinem Oberkörper sind lange, dunkelbraune Ringe eingraviert, die nach innen immer kleiner werden. Wie die Lebenslinien eines Baumes.

Dann lege ich ihm Fesseln und Knebel an, prüfe mehrmals, ob auch alles richtig sitzt. Sam hat der Frau ebenfalls ihr Kleid abgestreift. Sie zieht die Augenbrauen hoch und sieht mich an. »Ja, willst du dich vielleicht mal umdrehen?«

»Oh. Ja, natürlich.« Hastig wende ich mich um und ziehe meine schwarzen Zirklerklamotten aus. Ich fröstele kurz, als ich halb nackt bin, mein Kopf allerdings ist heiß. Hinter mir höre ich Kleiderrascheln von Sam.

Ich steige in die Hose und verschnüre sie, dann streife ich mir das Hemd über den Kopf, der Kragen ist eng, ich muss heftig zerren, um meinen Schädel hindurchzubekommen.

»Das ist knittrig.« Sam steht direkt hinter mir, ich wende mich um, öffne den Mund … und stocke. »Oha«, sage ich nur.

Ich erkenne sie kaum wieder in dem Kleid. Der Stoff hat etwas Samtenes, aber trotzdem wirkt er gleichzeitig rustikal. In hellem Grün schmiegt er sich um ihre Taille, betont ihre sanft geschwungenen Hüften, läuft hinab an ihren Beinen, wo er nach und nach weiter ausfällt, um sich schließlich am Boden ein wenig zu kräuseln.

Ich versuche, meinen Blick in diesem Bereich zu lassen, aber das ist nicht besonders einfach. Denn die Betonung liegt ganz klar woanders.

Das Dekolleté ist weit und spitz ausgeschnitten, zeigt Sams helle Haut und die Ansätze ihrer Brüste. Der Stoff, der sich über den Busen selbst und schmaler werdend bis hinten zur Schulter zieht, ist mit feinen hölzernen Perlen in Dunkelbraun durchsetzt. Es ist wirklich, wirklich schwer, da nicht hinzuschauen.

Sam greift nach meinem Kragen, und zupft irgendetwas zurecht. Streicht mir dann das Hemd an der Brust und am Bauch glatt. Schickt kleine Blitze durch meine Haut.

»Können wir weiter?«, frage ich ungeduldig, weil ich diese Art von Nervosität gerade echt nicht gebrauchen kann.

Sam lässt mich los, und wir zerren die beiden Bewusstlosen in eine kleine Ecke des Botengangs. Ich überprüfe Fesseln und Knebel, wir können nur hoffen, dass wegen der Feier wirklich keine Diener hier entlangkommen.

Auch unsere Waffen müssen wir zurücklassen, nur jeweils einen langen Dolch bringen wir unter unseren Festkleidern an. Das gefällt mir überhaupt nicht, aber es geht nicht anders.

Dann eilen wir zurück zum Einstieg des Botengangs.

Ein schneller Blick nach rechts, nach links, und schon stehen wir im Hauptgang. Ich atme einmal durch, strecke den Rücken. Sam hakt sich bei mir ein – ich denke einfach mal, das gehört sich so für Noctuán –, und schließlich machen wir uns auf den Weg in den Thronsaal.

15

Lavis. Königshaus. Thronsaal.

Menschen. Eine riesige Menge von ihnen.

Bisher kannte ich bloß graue Versammlungen auf dem Viertelplatz oder farblose in der Großen Halle von Favilla. Doch das hier ist anders, ganz anders.

Überall um uns herum bewegen sie sich, ihre Gewänder zeigen die verschiedensten Farben, so bunt wie die Dächer von Vis Daroz.

Sie sprechen, streiten, lachen miteinander, hin und her wallendes Stimmengewirr schwebt über ihren Köpfen, und ich muss unwillkürlich an die Verliese denken. Das Stöhnen aus gepeinigten Kehlen, der Schatten dieses Festsaals.

»Hör auf, so ernst zu gucken«, zischt Sam neben mir, und als ich zu ihr sehe, zaubert sie ein breites Lächeln auf ihr Gesicht. »Es ziemt sich nicht, auf einer Feier des Brennenden Königs ernst zu sein. Hier hat man gute Laune.«

»Ah«, mache ich und versuche, ebenfalls zu lächeln. Lasse meinen Blick dabei aber wachsam durch den Raum schweifen.

Wir stehen relativ mittig auf der großen Marmorfläche, auf

der wohl später auch getanzt werden soll. Der Marmorboden erinnert mich an den in der Großen Halle von Favilla, und ich glaube, er soll auch irgendetwas abbilden. Hier sind weniger rötliche und orange Muster zu finden, sondern am allermeisten schwarze. Doch zu viele Leute stehen auf der Fläche, als dass man das Motiv wirklich erkennen könnte.

Der Saal allerdings ist noch viel größer als die Halle der Totenstadt, die unter dem Friedhof schläft. Dieser Saal ist einfach nur gewaltig.

Die geschwungene Decke erstreckt sich so weit über uns in der Höhe, dass ich meinen Kopf in den Nacken legen müsste, um nur annähernd zu erkennen, was für Muster sich dort oben über die dunklen Steine ziehen. Drei silberne Kronleuchter hängen herab, deren Arme lang und verzweigt sind wie Baumwipfel. Dazwischen wurden Kristalle eingearbeitet, die das rötliche Licht des Feuers in viele kleine Strahlen brechen und es seltsam auf den Gesichtern der Gäste schimmern lassen, ihren heiteren Zügen etwas Gespenstisches verleihen.

Die Wände scheinen nach hinten zum großen Eingangstor hin enger zusammenzulaufen. Sie sind mit schweren Teppichen behängt, auf denen kleine Figuren ihre Arbeiten verrichten. Auf unserer Höhe mühen sich die Kräutersammler ab. Über den Abbildungen zieht sich jeweils eine gewaltige Banderole, die Wörter kann ich selbst von hier aus entziffern.

Der Brennende König sorgt für all jene, die beitragen.

Und dann ist da noch der Thron. Vorn am Kopf des Saals führen drei hohe Stufen auf ein Podest, und dort prangt der Sitz des Herrschers, leer. Ich kann es von hier nicht genau erkennen, aber er muss aus irgendeinem dunkelroten Metall bestehen. Die Rückenlehne ragt mehrere Schritte in die Höhe und fächert sich oben in zwei Flammenflügel auf, ganz ähnlich wie bei der Statue im Mausoleum.

Neben dem Stuhl des Herrschers steht ein schmaler Sockel, der oben mit rotem Stoff bespannt ist – der Ablageplatz für das Zepter.

Gut, der Thron ist also leer, aber befindet sich der Brennende König eventuell …

»Sternklare Nächte«, tönt plötzlich eine melodische Stimme neben mir, und ich zucke innerlich zusammen. Langsam drehe ich den Kopf, um die fremde Frau anzusehen.

Sie ist blass, ihre braunen Haare sind nach hinten zusammengebunden und werden durch eine ganze Reihe spitzer Haarstäbe aufgefächert, wie eine halbe Sonne. Sie trägt ein schillerndes Gewand, eine Menge helles Grün, Orange, Gelb, fast zu viel für meine Augen. Ich glaube, sie kommt aus Parvania. An meiner Schläfe beginnt es zu pochen, ich darf jetzt nichts Falsches sagen.

»Ich sehe dich«, sagt Sam nun den Gruß der Parvanier und lächelt herzlich. Ich muss mich anstrengen, sie nicht verwundert anzustarren, so echt sieht das aus.

»Ich sehe dich«, sage ich nun ebenfalls.

»Ich hoffe doch sehr, Ihr hattet eine angenehme Reise«, singt die Frau aus Parvania. »Man hört ja immer wieder von den Räuberbanden in den Wäldern. Aber ich muss doch sagen, Eure Landsleute aus Noctuán haben uns eine ganz hervorragende Eskorte gestellt. Keinen einzigen Vagabunden haben wir zu Gesicht bekommen.« Sie macht ein seltsam quiekendes Geräusch, was wohl ein Kichern sein soll. »Ich war geradezu enttäuscht, wie reibungslos die Reise verlief«, und jetzt wirft sie mir einen aufreizenden Blick zu und lächelt, »in Parvania ist es manchmal so schrecklich langweilig, müsst Ihr wissen.«

»Das kann ich mir vorstellen«, sagt Sam trocken, worauf die Frau aus Parvania erneut seltsam quiekt.

»Ich liebe Noctuán. Sagt, von wo genau stammt Ihr dort eigentlich? Ich kann mich nicht erinnern, Euch bei Hofe schon einmal gesehen zu haben. Ein so junges, schönes Pärchen, das würde ich doch noch wissen, nicht wahr?«

Sam zögert, ich würde ihr gerne zu Hilfe kommen, aber sie kennt sich besser aus mit Tyrganon. Die Frau aus Parvania lächelt zuckersüß, während sie auf die Antwort wartet.

»Also …«, beginnt Sam, und in diesem Moment erklingt von vorne die Stimme des Herolds.

»Ich spreche zu euch als die Stimme des Königs.« Seine Worte schneiden durch die Halle, es kommt mir vor, als spräche er nur mit mir, und ich bin mir sicher, dass es den meisten hier genauso geht. Die Frau aus Parvania wendet sich daraufhin glücklicherweise nach vorne, und wir tun es ihr gleich.

Der Herold steht einige Schritte vor dem Thron, er trägt ein weißes Gewand, die Hände hat er vor seinem Körper mit den Handflächen nach oben ineinandergelegt. Den Kopf hält er gerade, sein Blick liegt über der Menge, und wieder habe ich das Gefühl, dass da irgendetwas in seinem Gesicht fehlt.

»Der Brennende König, Herr der Flammen und der Phönixe, heißt Euch willkommen in seiner Burg. Er grüßt die Abgesandten und Gäste aus Akila, aus Noctuán, aus Aeris, aus Parvania. Und aus dem uns teuren Vigilis.« Der Herold deutet eine steife Verbeugung an. »Dieser Tag ist ein Tag der Tränen und einer des Glücks. Tränen, weil wir Abschied nehmen mussten von einem großen und guten Mann, der unser Land und den Frieden der Völker lange Zeit behütet hat. Glück, weil er einen Mann zu seinem Nachfolger erkoren hat, der seine Werte weitertragen und sein Werk weiterführen wird. Lireu, der Sohn unseres verstorbenen Herrschers, hat die Krone und den Umhang angenommen und wird fortan als Brennender König herrschen.«

Er macht eine Pause, im ganzen Raum ist es totenstill, jeder einzelne Blick ist nach vorne gerichtet, und es scheint, als würde niemand auch nur atmen, so unbeweglich sind wir alle.

»Glück«, spricht der Herold jetzt weiter, »weil der neue Brennende König die Bündnisse und Freundschaften unserer Völker nicht vergessen hat, weil es aber gleichzeitig an der Zeit ist, alte Fehden und vergangene Ereignisse zu begraben. Dies ist nicht der Tod einer Herrschaft, sondern die Wiedergeburt. Und sie wird noch prächtiger sein als zuvor. Für uns alle wird sie das sein.« Der Herold macht eine kurze Pause, dann breitet er die Arme weit aus wie Schwingen. »So begrüßt Euch zu diesem denkwürdigen Abend der Brennende König. Herrscher, Verbündeter, Wohltäter.«

Plötzlich ist er da. Ein blutroter Schemen, der durch den Schatten hinter dem Thron ins Licht taucht, am Herold vorbei, und dabei mehr und mehr Gestalt annimmt. Der rote Umhang umhüllt den hochgewachsenen Mann vollkommen, dicht vor den drei Treppenstufen bleibt er stehen.

Die silberne Maske starrt auf die Menge im Festsaal, wo es noch immer so still ist wie in einem Grab. Ich sehe das Zepter in der linken Hand des Königs schimmern, in der rechten hält er ein pechschwarzes Schwert. Er wartet.

Nun bewegt sich etwas in der Menge, und ich brauche einen Moment, bis mir klar wird, dass es sich um die Schwarzgewändler handelt. Überall, wo sie im Raum verteilt sind, sinken sie auf die Knie, beugen ihr Haupt vor dem Herrscher in Rot. Kurz darauf folgen die Söhne und Töchter des – angeblich – verstorbenen Königs und lassen sich auf den Marmorboden hinab.

Ich schiele zu der Frau aus Parvania, sie beginnt nun, leicht den Kopf zu neigen, so wie auch das Paar aus Akila, das gleich neben ihr steht.

Schnell mache ich es ihr nach, neige meinen Kopf vor dem Tyrannen. Und auch wenn mir klar ist, dass es mir eigentlich nichts bedeuten sollte: Selbst diese nur vorgelogene Geste der Ehrerbietung widert mich an. Wie muss das erst für Sam sein?

So kniet oder beugt sich also der ganze Saal vor dem König nieder. Nur einige Frauen und Männer in grauer eisenbesetzter Kleidung bleiben komplett aufrecht stehen, ohne auch nur die Andeutung einer Verbeugung. Ich muss Sam nicht einmal fragen, um zu wissen, dass es die Abgesandten aus Vigilis sind.

Der König blickt weiterhin über die Menge, ohne eine Regung. Dann sieht es so aus, als würde er sich einmal selbst zunicken, und er dreht sich um. Mit schwebenden Schritten geht er zu seinem Thron und lässt sich darauf nieder; das Zepter legt er auf den Stoffbesatz des Sockels.

Das ist wohl so etwas wie ein Zeichen, die Gesandten aus Akila und Parvania neben mir richten sich auf, die am Boden knienden Lavianer stellen sich wieder hin.

Vorne erhebt der Herold erneut die Stimme: »Nun lasst uns diesen Tag gebührend ehren. In Speis, Trank und Tanz. Auf dass die Feuer dieser Nacht lange brennen!«

16

Lavis. Königshaus. Thronsaal.

Der Herold tritt zwei Schritte zurück, und in diesem Moment höre ich dumpfe Schläge aus dem Dämmerlicht in der rechten hinteren Ecke des Thronsaals. Dann lang gezogene, fast kreischende Töne, die ich noch nie vorher vernommen habe.

»Geigen«, flüstert Sam neben mir, während sich nach und nach weitere Töne ineinandermischen, sie verflechten sich zu einer düsteren Wolke aus Klang. Bedrohlich.

»*Das* soll schön sein?«, frage ich leise und blicke dabei vorsichtig in Richtung der Parvanianerin, die sich glücklicherweise angeregt mit einem Schwarzgewändler unterhält.

Sam schnaubt. »Das hat niemand behauptet. Die Musik soll eine Stimmung ausdrücken, und ich denke mal, der König will nicht, dass seine Gäste vergessen, mit wem sie es zu tun haben.« Sam zuckt bemüht locker mit den Schultern. »Oder sie gefällt ihm wirklich.«

»Hmm.« Ich starre in Richtung der Schattenmusiker, die nur als schwarze, sich schnell bewegende Umrisse zu erkennen sind, und wende meinen Blick erst ab, als geräuschvoll die westliche Haupttür aufgestoßen wird und ein ganzer

Tross Diener in olivgrünen Gewändern hereinkommt. Sie tragen große, dampfende Platten vor sich her, auf denen sich das Essen stapelt.

Auf einigen der Platten erkenne ich Fleisch, saftige Keulen, ganze Vögel, dünne Streifen, auf anderen nach oben spitz zulaufende Anhäufungen aus roten Beeren. Den Rest habe ich noch nie gesehen, kleine schwarze Kügelchen, graue eckige Häppchen, Gemüse in allen Formen und Farben und noch eine ganze Reihe andere seltsame Speisen.

Eilig marschieren die Diener zu der langen Tafel an der gegenüberliegenden Wand und stellen die Platten mit eleganten Schwüngen ihrer Arme dort ab. Ein paar haben auch nur Weinkaraffen und Becher bei sich, die sie nun daneben platzieren.

Anschließend reihen sich die Männer und Frauen in Grün nebeneinander auf, verneigen sich gleichzeitig in Richtung Thron und verlassen den Festsaal so schnell wieder, wie sie gekommen sind.

Danach dauert es nur noch wenige Augenblicke, bis sich die ersten Gäste in Richtung der Speisen bewegen. Ich sehe zahllose Gesichter an mir vorbeihuschen, den gierigen Hunger einer Frau im blauen Seidenkleid, der mich urplötzlich anekelt, das Lächeln eines feingesichtigen Mannes in Grün, das seine Augen nicht erreicht. Ich habe den plötzlichen Drang, hier abzuhauen, doch Sam nimmt entschlossen meine Hand und zieht mich zum Buffet.

Es dauert eine Weile, bis sich die Reihen lichten und wir zu den Tischen durchkommen. Mehrmals werfe ich einen Blick in Richtung des Throns, wo der rote Schemen noch immer unbeweglich sitzt und über die Menge wacht. Sam und ich sehen einander an, und ich verziehe kurz das Gesicht. Wir wissen es beide – so kommen wir nicht an ihn ran, ohne dass wir sofort auffallen.

»Die Tanzfläche wird sich schon sehr bald füllen«, sagt Sam leise und wendet ruckartig den Kopf ab, als einer der Prinzen an uns vorbeigeht.

Es ist lange her, sie hatte hier keine engen Bindungen außer zu ihrer Mutter, die wie alle anderen Haremsfrauen noch »in Trauer« um ihren Gemahl ist und nicht an der Feier teilnehmen darf. Außerdem taucht Sam als Noctuín auf, niemand wird hinter ihrer Verkleidung eine Königstochter aus Lavis vermuten. Aber trotzdem müssen wir mehr als vorsichtig sein, vor allem, wenn wir uns dem König nähern.

»Es gehört sich so«, spricht Sam nun weiter. »Die Gäste werden ihren guten Willen zeigen wollen und bald tanzen. Dann wird es einfacher für uns.«

»Gut.« Wir stehen nun direkt vor dem Essen, und der Geruch ist unglaublich. Schon das Pökelfleisch aus dem Lager des Totengräbers war für mich etwas Besonderes. Doch das hier übertrumpft das trockene Fleisch, an das ich mich gewöhnt habe, noch um Längen, es sieht einfach nur köstlich aus – zumindest eigentlich.

Denn obwohl mir klar ist, dass ich vielleicht nie wieder etwas so Erlesenes kosten darf, ist da bloß ein dumpfer Klumpen Aufregung in meinem Bauch. Wenn das Essen vorbei ist, geht es aufs Ganze.

»Du nimmst es mit den Fingern«, sagt Sam. »Immer nur kleine Happen. Alles andere ist unhöflich.«

Gut, dass Noel nicht hier ist, will ich scherzhaft antworten, doch überlege es mir im letzten Moment anders. Kein gutes Thema.

Also greife ich vorsichtig nach einem rundlichen Stück Fleisch, das von einer knusprigen Schicht umgeben ist, und stecke es mir in den Mund. Der Geschmack ist intensiv und würzig, und ich brauche fast gar nicht zu kauen, so zart ist das Fleisch. Allmählich wird mir schlecht. Ich versuche, mir nichts anmerken zu lassen, nehme einen nächsten Happen.

So stehen Sam und ich eine ganze Weile schweigend und kauend vor dem Essen. Mein Hals ist ausgetrocknet, und fast will ich mir etwas von dem Wein holen, lasse es aber lieber.

Als dann die Frau aus Parvania in unsere Richtung geschlendert kommt, ohne uns allerdings bislang gesehen zu haben, bewegen wir uns schnell wieder etwas in Richtung Saalmitte. Auf der Tanzfläche vor dem Thron haben sich die ersten Paare zusammengefunden, um zu tanzen. Das ist gut.

Ich lausche auf die Musik, sie ist lauter geworden, und zügiger. Erinnert mich an von Zeit zu Zeit auflodernde Feuer. Doch ich kann die einzelnen Instrumente nicht auseinanderhalten, geschweige denn eine *Melodie* ausmachen.

Zählen, denke ich. Ich muss gleich einfach nur zählen.

Die Tanzfläche füllt sich nun immer schneller. Wenn der Thron am Kopf der Halle nicht auf einem Podest stünde, könnte man ihn und den roten Geist darauf schon nicht mehr erkennen. Das Silber der Königsmaske blitzt kurz auf wie eine Schwertklinge, als ich zu ihm hinübersehe. Dann nehme ich Sam bei der Hand und ziehe sie auf die Tanzfläche.

Wir stellen uns voreinander auf. Ich bin froh, dass es hierbei kein Ordnungssystem in Lavis gibt. An anderen Höfen tanzt man in genauen Formationen und Reihenfolgen, wie Sam mir erzählt hat. Mir reicht das hier schon.

Ich sehe Sam an, sie nickt mir entschlossen zu, und ich lege vorsichtig meine Hand auf ihre Schulter, die andere auf ihren Rücken – diesmal an der richtigen Stelle –, atme durch.

Zählen. Ganz einfach.

Schritt vor. Sam bewegt sich mit, und ich spüre, wie sie mir mit dem Finger gleichmäßig auf die Hüfte tippt. Eins, zwei, drei, vier. *Ich liebe dich, Sam.* Ich folge den einstudierten Bewegungen, achte nicht auf die Musik, sondern bloß auf Sams Fingerklopfen an meiner Hüfte.

Ihr Mund ist mir so nahe. Ich merke, dass ich auf diese schön geschwungenen Lippen starre, und sehe hoch in ihre Augen. Sie erwidert meinen Blick, mir ist noch nie aufgefallen, was für lange Wimpern sie hat. Mein Herz beginnt schneller zu schlagen, es überholt den Takt, den Sam auf meine Haut klopft. Mir gefällt dieses Klopfen, ich – *halt.*

Mit einer schnellen Bewegung ziehe ich Sam nach hinten, gerade rechtzeitig, um zu verhindern, dass sie gegen den Mann aus Vigilis prallt, der vor uns tanzt.

Verdammt, Lucas! Das hier ist die entscheidende Mission, hör auf mit so einem Unsinn! Sei aufmerksamer!

Wachsam lasse ich meinen Blick jetzt durch den Saal gleiten, führe unsere Schritte in Sams Takt langsam, aber sicher in Richtung des Throns. Vier seiner Leibwächter stehen jeweils rechts und links des Brennenden Königs, allerdings mit gebührendem Abstand – das könnte ein Vorteil für uns sein.

Ich vergewissere mich, dass die restlichen Königswachen

noch immer seitlich aufgereiht an den Wänden stehen. Ja, alles gut, sie sind weit genug entfernt, sie … *oh nein … das …*

»Lucas, was ist los?«, flüstert Sam mir beinahe panisch ins Ohr. Sie gräbt die Hände fester in meinen Körper, so als würde ich sonst jeden Moment umkippen. Und vielleicht passiert das auch gleich.

Es kommt mir vor, als sei mein Gehirn plötzlich zu einem Eisklumpen gefroren. Den Takt habe ich jetzt vollkommen verloren.

»Lucas?«, drängt Sam, und ich öffne den Mund, mein Körper bebt, die Wörter kommen fast tonlos über meine Lippen: »Mein Vater.«

Die kleinen, hässlichen Schweinsäuglein huschen ruhelos umher. Aufmerksam. Genauso wie damals auf dem Viertelplatz, als Oskar enthauptet wurde. So, wie er dich angesehen hat, wenn du von der Schicht nach Hause kamst, verschwitzt und verdreckt, und er hat dich gemustert, als könne er deinen nächsten Fehler an deinen zerschlissenen Klamotten, deiner erschöpften Haltung ablesen. Mein Vater. *Mein Vater ist hier.*

»Los …«, beginnt Sam, doch in diesem Moment sieht der Mörder meines Bruders in meine Richtung, und unsere Blicke treffen sich. Nur den Splitter eines Zeitkorns lang, bevor ich den Kopf wegreiße und demonstrativ in die andere Richtung starre. *Verdammt! Verdammte Scheiße!*

»Er kommt rüber«, zischt Sam, aus den Augenwinkeln sehe ich, wie mein Vater sich aus der Formation der Wachen gelöst hat und sich auf die Tanzfläche zubewegt. Und für einen Moment, denke ich nur: *Ja.*

Ja, komm her, du Bastard, komm direkt zu mir, und ich

ramme dir meinen Dolch so tief in den Wanst, dass er dir aus der Kehle wieder rauskommt.

Dann sehe ich Sam an. Er darf uns nicht erwischen.

»Schnell«, sage ich. »Küss mich.«

»Was?«, fragt sie verwirrt.

»Nun mach schon.« Noctuán ist bekannt dafür, dass Küsse und Liebesbekundungen offen und häufig ausgetauscht werden, das weiß selbst ich noch, lange dürfen die Wachen nicht ihren Posten verlassen, und was sollte jetzt hier mein Gesicht verbergen außer Sams Weizenhaare?

Ich sehe sie an. Ihre graugrünen Augen schimmern im Licht der Kronleuchter. Sie beißt sich auf die Unterlippe, als würde ihr Mund die Entscheidung noch abwägen, dann kommt sie näher, ihr Gesicht kommt viel näher, ihre Lippen, ich sehe nur noch ihre Lippen, bevor sie sich auf meine legen. *Ihre Lippen auf meinen.* Sie sind schön. Sie sind weich und vorsichtig, ganz anders, als ich erwartet hätte. Meine Welt taumelt, als ich den Kuss erwidere.

Es muss echt wirken, geht es mir durch den Kopf und fast im selben Moment: *Es ist echt. Es war nie etwas echter.*

Ich weiß nicht, wie lange unsere Münder sich berühren, ich glaube, eigentlich nur kurz, auf jeden Fall zu kurz, bis sie sich behutsam löst.

»Und?«, fragt sie leise. Ihre blassen Wangen sind gerötet, ihr Gesicht bleibt dicht vor meinem.

Mühsam widerstehe ich dem Drang, nach mehr zu verlangen, und schaue an ihr vorbei. Keine Wache in der Menge. Ich ducke mich regelrecht, als ich nun zwischen den Tanzenden hindurchspähe, und … ja.

Mein Vater steht wieder in der Reihe. Schnell wende ich den Blick ab und führe uns tiefer zwischen die Tanzenden, sodass er uns hoffentlich nicht mehr entdecken kann, selbst wenn er noch mal nach dem verdächtigen Paar aus Noctuán sucht.

Doch eins ist jetzt auch klar: Wir haben kein einziges Zeitkorn mehr zu verlieren.

Er könnte erneut nach uns sehen, mit Sicherheit lässt er sich beim zweiten Mal nicht so leicht irritieren. Und Sam ist hier zwischen den Schwarzgewändlern, den Prinzen, den Dienern ebenfalls ein ungebrochenes Risiko. Wir müssen *jetzt* handeln.

Vorsichtig bewegen wir uns durch die Reihen. Sam hat wieder angefangen, auf meine Hüfte zu klopfen, aber es fällt mir viel schwerer als eben noch, den Takt zu halten. Die Luft zwischen den vielen Körpern ist warm und feucht, auf meiner Stirn haben sich Schweißperlen gebildet.

Ich schiele nach vorne zum Thron hinüber … und erstarre ein zweites Mal. *Das gibt es doch nicht!*

Der Thron ist leer. Der Sockel, auf dem das Zepter lag, ebenfalls.

Wo ist der Brennende König?

Haben wir etwa unsere Chance verpasst? Hektisch suchen meine Augen das Podest ab, doch er ist nirgends zu sehen, nicht einmal seine Leibwachen. Vielleicht ist er hier in der Menge.

»Er würde sich niemals unter die Leute mischen«, flüstert Sam, als ihr mein Gedanke klar zu werden scheint. »Er muss den Saal verlassen haben.«

Ich will etwas sagen, aber da hat Sam mich schon an der Hand gefasst und führt mich eilig über die Tanzfläche. »Wir müssen hinterher«, sagt sie und deutet mit dem Kopf auf einen kleinen Ausgang ein ganzes Stück links vom Thron, der seltsamerweise unbewacht ist. »Das ist der Weg des Königs, er wird die Leibwachen mitgenommen haben, bestimmt kommen sie gleich wieder. Wir müssen durch. Jetzt oder nie.«

Und ich weiß, dass ich jetzt anhalten, Sam packen und ihr sagen müsste, dass das viel zu riskant ist, unvernünftig, nicht zu verantworten.

Aber ich will diese abartige Herrschaft mitsamt ihren abartigen Anhängern – *du gehst* – vernichten, ich will es mehr als alles andere. Und deshalb werde ich nicht zulassen, dass wir scheitern.

Wir lösen uns aus der tanzenden Menge. Zum Glück sind es schon so viele Menschen, dass wir von hier nur ein Dutzend Schritte zum Königsgang brauchen werden. Trotzdem handelt es sich um pures Glück, ob die Wachen uns dabei sehen werden oder nicht.

Nun ja, nicht ganz.

Ich drehe mich etwas und schiebe Sam entschieden zurück in die Menge. »Ich muss unbemerkt in diesen Königsgang. Ich brauche eine Ablenkung, in Ordnung?«

Kurz öffnet sie den Mund, als wolle sie widersprechen, klappt ihn aber wieder zu. »Okay. Dann gibt es wohl gleich einen unschönen Sturz auf der Tanzfläche.«

Mit eleganten Bewegungen taucht sie zurück in die Tanzenden. Es dauert nur wenige Momente: ein Rumpeln, ein Schrei, aufgebrachte Stimmen, Tumult.

Ich sehe zu den Wachen vor den Wänden des Saals: Einige sind bereits vorgetreten, und ausnahmslos alle von ihnen blicken zum Ort des Geschehens. Also los.

Nun löse ich mich ganz aus der Menge. Zum Königseingang. Schnelle Schritte, nicht zurückschauen. Dann bin ich da. Drehe mich um. Keine Wache hat mich bemerkt, sie sind noch immer mit der Tanzfläche beschäftigt. Einige von ihnen gehen gerade entschieden auf den Tumult zu.

Schnell verschwinde ich in den Eingang. Doch schon nach wenigen Schritten presse ich mich wieder an die Wand. Stimmen.

»… weiß nicht, was das soll … zurück auf Position …«

Ich schiebe mich an der Wand entlang, ich muss näher ran!

»So sind die Anweisungen.«

Ich kenne die Stimme, es ist die Leibwache, die damals am Lichterpunkt mit mir gesprochen hat. »Glaubst du wirklich, hier passiert heute etwas?«, gibt der andere Leibgardist zurück. »Niemand würde so etwas riskieren.«

»Wir lassen es lieber nicht drauf ankommen.«

»Ich verstehe trotzdem nicht, warum wir jetzt improvisieren müssen. Warum muss er gerade jetzt in den Kahlen Garten?«, redet der Leibgardist weiter, und ich horche auf. »Ich meine, klar, ich will mich nicht beschweren, du weißt schließlich, wie ich das meine. Aber es wäre leichter, für seine Sicherheit zu sorgen, wenn wir mal ein paar Sachen im Vorhinein wüssten. Unser großer Aufbruch in ein paar Tagen wurde schließlich auch angekündigt, und es hat niemandem geschadet.«

»Es ist, wie es ist.«

Langsam schleiche ich mich von der Abzweigung weg, zurück zum Eingang. Ich habe genug gehört. Der Kahle Garten. Der König ist *jetzt* dort. Das heißt, wir müssen bloß die Armbrustschützen auf der Mauer ausschalten, und dann können wir uns das Zepter schnappen.

Oder Sam schnappt sich das Zepter, und du deinen Vater, ganz einfach.

Ich schüttele mich. Ich muss damit aufhören.

So schnell ich kann, husche ich wieder in den Saal. Zwar hat sich der Tumult gelegt, und die meisten tanzen wieder, aber anscheinend diskutiert ein Mann aus Vigilis noch immer aufgebracht mit einem Aeri, und die Wachen sind ausreichend abgelenkt, sodass ich es zurück in die Mitte des Saales schaffe.

Ehe ich michs versehe, ist Sam auch schon bei mir. Sie greift nach meiner Hand, hält sie sehr fest. »Du bist wieder da.«

»Du hast gut Streit angerichtet«, sage ich und lächle ein bisschen, dann: »Wir müssen raus hier. Er ist im Kahlen Garten.«

»Gut«, sagt Sam, ohne auch nur einen Moment zu zögern. »Wir nehmen den Weg zurück, den wir gekommen sind. Wir brauchen sowieso unsere richtigen Waffen.«

»Okay, los«, sage ich.

Dann stellen wir uns voreinander auf und tanzen ein letztes Mal zu der dunklen Musik, während wir uns auf den Ausgang zubewegen, der in die Verwaltungsräume führt. Sams Finger schlägt den Takt auf meine Hüfte.

17

Lavis. Königshaus.

Wie Geister huschen wir durch die Gänge des Verwaltungsbereichs. Es gefällt mir nicht, dass wir im Botengang anhalten müssen, um unsere Waffen und Rüstungen wieder anzulegen. Mit jedem fallenden Zeitkorn könnte unsere Chance vorbei sein. Aber sollte es zum Kampf kommen, sind wir darauf angewiesen.

Das Pärchen aus Noctuán, das wieder bei Bewusstsein ist und kräftig gegen Fesseln und Knebel ankämpft, als es uns kommen sieht, ignorieren wir. Meine Rüstungsschnallen verschließe ich erst, als wir schon wieder durch die Gänge eilen. Zeit für Vorsicht bleibt uns diesmal nicht. Wenn uns nur eine Wache entgegenkommt, sind wir enttarnt.

Doch wir schaffen es bis zum Fenster, das sich zum Innenhof öffnet, sie müssen wirklich alle bei der Feier sein. Ich schaue hinab, es geht gut zwei Schritte in die Tiefe.

Aber kein Zögern, Sprung. Ich rolle mich ab, um die Wucht der Landung abzufangen.

Trotzdem spüre ich den Aufschlag heftig in meinem Körper. Schnell richte ich mich auf, prüfe den Ausgang des Innenhofes, sehr gut – von hier aus sind keine Patrouillen zu sehen.

Neben mir landet Sam, die sich ebenfalls abrollt und anschließend neben mir aufstellt. Sie sieht ganz anders aus in der Zirklerrüstung, sicherer, und auch ich bin mehr als froh, meine Doppelschwerter wiederzuhaben.

Blasses Mondlicht fällt in den Innenhof, unsere Schatten wachsen lang über die Pflastersteine. Sam blickt zum Ausgang, und in ihrem Gesicht verdüstert sich etwas.

»Bist du okay?«, frage ich leise.

Sie blinzelt ein paarmal, schüttelt sich kurz. »Erinnerungen. Nichts weiter.« Damit setzt sie sich in Bewegung.

Wir schleichen zum Ausgang, einem breiten Torbogen, den wir durchqueren müssen. Dahinter liegt der Platz der Feuerweiden, von dem aus es auch zu den Verliesen geht.

Doch nicht nur zu den Verliesen. Von diesem Platz geht auch der Durchgang zum Kahlen Garten ab. *Der Durchgang zum Brennenden König.*

Wir sind fast am Ende des Torbogens angelangt, drücken uns mit dem Rücken gegen die Steinwand, spähen auf den Platz.

Links, vielleicht hundert Schritte entfernt, steht ein Wachtrupp aus sechs Mann, sie sprechen miteinander.

Ihre Blicke sind von uns abgewandt. Wenn wir uns rechtsrum schleichen, müsste es klappen, ohne dass sie uns sehen. Ansonsten kann ich auf dem Platz selbst derzeit keine Patrouille erkennen, das ist gut. Auf den Mauern auch nicht, was allerdings nichts heißen muss. Aber uns bleibt ohnehin keine Zeit, abzuwarten. Jetzt oder nie.

Mit angehaltenem Atem folge ich Sam, die sich soeben um die Ecke schiebt, den Blick halte ich auf den Wachtrupp gerichtet. Sie müssen sich nur weiter unterhalten, ganz einfach weiterreden. Doch plötzlich geht ein Ruck durch den Körper des einen, ich will schon nach meinem Schwert greifen, da merke ich, dass er lediglich niesen muss. *Beruhig dich mal, Lucas!*

Im Schatten der Mauer schleichen wir voran, immer wieder prüfe ich die Mauerkämme, etwas weiter hinten sehe ich zwei Wachmänner darauf entlangschreiten, aber sie sind weit genug weg. Dann sind wir auch schon beim Tunnel, der uns zum Kahlen Garten führen müsste. Ohne zu zögern, schlüpfen wir hinein. Ausnahmsweise begrüße ich die Düsternis hier drinnen.

Der Durchgang ist bestimmt einige Dutzend Schritte lang. Wir sollten vorsichtig sein, auf der anderen Seite wandert wahrscheinlich der Brennende König zwischen den knöchernen Sträuchern entlang.

Weiterhin halten wir uns dicht an der Wand, vorwärts, vorwärts, gleich haben wir die Hälfte geschafft.

Hier in der Mitte buchtet sich der Tunnel zu beiden Seiten rund aus, einige alte Fässer säumen den Rand. Und da vorne, wo es etwas heller wird, kann ich schon die ersten Umrisse des Kahlen Gartens erkennen.

Doch auf einmal hören wir hinter uns das Geräusch schwerer eisenbeschlagener Stiefel. Zügig.

Oh nein! Sie kommen auf den Durchgang zu.

Hastig blicke ich mich um, aber viele Möglichkeiten bleiben uns nicht – die Fässer! Ich packe das nächstgelegene, schiebe es zur Seite. Irgendwie müssen wir es schaffen, uns zwischen Fässern und Wand zu verbergen.

Ein Befehl wird hinter uns gebellt, schon viel zu nahe, ich reiße den Kopf herum, aber noch ist niemand zu sehen.

»Lucas, ich hab was entdeckt«, flüstert Sam neben mir, »komm hier rein.« Sie hat ebenfalls eines der Fässer nach vorne geschoben, und im Steinboden darunter ist eine Klappe aus Holz eingelassen.

»Was zum …«, beginne ich verwundert, breche dann aber ab und steige eilig durch die Luke, die Sam jetzt für mich aufgerissen hat. Sie folgt sofort und quetscht sich neben mich, zieht die Luke zu, hoffentlich noch rechtzeitig, die schweren Stiefeltritte hallen bereits im Tunnel wider. Gemeinsam lauschen wir ihnen und unserem Atem im Halbdunkel dieses Verstecks.

Haben sie uns noch gesehen?

Fallen ihnen die leicht verschobenen Fässer auf?

Die Geräusche werden lauter, im Gleichschritt marschieren die Wachen vorwärts. Schweiß unter meinen Achseln, selbst auf dem Gesicht. Ich höre, wie das Metall ihrer Rüstungen sich bewegt, lauter, lauter, lauter … vorbei.

Ich blähe die Wangen auf und puste Luft hindurch, spüre, wie Sam neben mir die Schultern sinken lässt. Vorsichtig greife ich nach der Luke über uns und drücke sie so weit nach oben, dass ich durch einen schmalen Spalt in den Gang blicken kann. Dahinten sehe ich sie, es sind mindestens zehn.

»Was machen die hier?«, flüstere ich. »Suchen sie nach uns?«

Sam presst die Lippen aufeinander, während sie überlegt. »Vom Kahlen Garten aus führt auch ein Weg zu den Wachquartieren. Es könnte etwas ganz Normales gewesen sein.«

»Hm.« Zweifelnd blicke ich den Männern hinterher, die nun den Durchgang verlassen und nach rechts abbiegen. »Vielleicht sollten wir noch kurz hier warten.«

Ich schließe die Luke wieder ganz, wieder sind wir in diesem Halbdunkel. *Warum eigentlich,* fällt mir jetzt allmählich auf, *ist es hier unten nicht stockfinster?*

Ich drehe mich um, halte verwundert inne.

Erst jetzt wird mir bewusst, dass wir nicht einfach in einem kleinen Kämmerchen Zuflucht gefunden haben, nein, wir stehen die ganze Zeit auf dem Absatz zu einer Treppe.

Einer Treppe, die steil hinunterführt, direkt auf eine kleine, unscheinbare Tür zu. Neben der Tür sind zwei Fackeln an der Wand befestigt, die ein flackerndes Licht bis zu uns hinauf werfen.

»Ich weiß nichts von diesem Raum«, sagt Sam.

»Vielleicht nur ein unbedeutender Lagerschuppen«, gebe ich zurück, doch irgendwie scheint uns beiden klar zu sein, dass das nicht stimmt.

Vorsichtig steigen wir die Treppenstufen hinab, ich kann mich irren, aber ich habe das Gefühl, ein seltsam verbrannter Geruch liegt in der Luft. Ich wische mir über die Handrücken. *Das ist ganz sicher nicht nur ein unbedeutender Lagerschuppen.*

Unten angekommen, umfasse ich den Messinggriff, das Metall ist warm. Vorsichtig ziehe ich daran, die Tür scheint nicht abgeschlossen. Ich halte inne. Dann reiße ich sie mit einem Ruck ganz auf.

Sam und ich treten ein. Die Tür fällt mit einem leisen Klicken hinter uns ins Schloss.

»Lucas?«, flüstert Sam. Sie blickt in den düsteren Raum, der nur durch einige bläulich schimmernde Flammen in der Mitte erhellt wird. Ich kann nicht genau erkennen, wofür … doch, jetzt.

Die Flammen brennen unter kleinen metallenen Ständern, auf denen gläserne Kolben stehen. Die handtellergroßen Kolben sind mit einer schwarzen Flüssigkeit gefüllt. Dunkler, zäher Rauch steigt aus den Gefäßen und sammelt sich unter der Decke. Ich rümpfe die Nase und unterdrücke einen Hustenreiz. Die Luft ist schwer und riecht vollkommen verkohlt.

Vorsichtig treten wir tiefer in den Raum. An der Wand auf der rechten Seite befindet sich ein kleines Regal, in dem weitere Kolben aufgereiht stehen. Drei davon sind mit der schwarzen Flüssigkeit gefüllt.

Ich greife nach einem der Glasgefäße, halte es mir vors Gesicht. Die Mixtur hat eine seltsame Konsistenz. Sie ist dickflüssig, aber das trifft es nicht ganz. In dem Schwarz scheinen kleine Stückchen zu schwimmen, und die Flüssigkeit ist in ständiger Bewegung, schwappt … nein … *pulsiert* im Glas.

Ich bewege die Hand zum Korken, der den Inhalt des Kolbens unter Verschluss hält.

In diesem Moment ist Sam neben mir. »Nein!« Angst liegt in ihrer Stimme. »Mach das bloß nicht auf. Das ist Gift. Mein Vater ist ein Alchemist. Er hat schon etliche Menschen mit einem unbekannten Gift aus der Welt geräumt, es lähmt sie, lässt sie bei vollem Bewusstsein an sich selbst ersticken.« Sie wirft einen besorgten Blick zum schweren Dampf über unseren Köpfen. »Wir sollten hier besser wieder raus.«

»Okay«, sage ich, lasse den Kolben allerdings unter mein Gewand gleiten. Wenn das seine geheime Waffe ist, wird es von Vorteil sein, sie selbst zu besitzen.

»Gut.« Sam nickt zum Ausgang und macht einige Schritte vorwärts. »Schauen wir, ob die Wachen …«

Es klopft an der Tür.

KLOCK.

KLOCK.

KLOCK.

Sam reißt den Kopf zu mir herum, in ihren Augen blitzt Panik auf. Mit offenem Mund schließe ich zu ihr auf, starre wie betäubt zu der dunkelholzigen Tür. Eine schreckliche Kälte erfasst meinen Körper.

KLOCK.

KLOCK.

KLOCK.

Ich will die Tür aufreißen, nicht warten auf das, was kommt, aber in dem Moment öffnet sie sich schon selbst.

Ein Geruch strömt uns entgegen, der die schwere Luft im Laboratorium vollständig überlagert, er frisst sich in die Nase und sogar in die Kehle, als wollte er mich ersticken, und ich kann nicht anders, als aufzukeuchen. Es ist der Geruch von verbranntem Fleisch.

Der Brennende König tritt über die Schwelle, er schließt die Tür behutsam hinter sich. In der linken hält er das Zepter, mit der rechten holt er das pechschwarze Schwert unter seinem Gewand hervor.

Er dreht den Körper ein ganz kleines Stück, sodass die starre Maske genau auf Sam zeigt. Es kommt mir vor, als wären die eisern geformten Gesichtszüge darauf lebendig. Die Stimme, die nun darunter erklingt, ist tief und brutal.

»Willkommen zu Hause, Helena.«

18

Lavis. Königshaus. Labor des Brennenden Königs.

»Willkommen zu Hause, Helena«, sagt der Brennende König, und die Panik fällt mich von hinten an, verbeißt sich in meinem Nacken wie ein tollwütiges Tier.

Seine Stimme hat etwas Endgültiges, etwas *Vernichtendes.* Als ob die Kreatur hinter der Maske genau wüsste, dass sie uns besitzt, dass wir ihr hilflos ausgeliefert sind, hier in ihrer eigenen Höhle.

Ruhig bleiben, Lucas. Er ist nur ein Mensch. Und er wird sterben wie ein Mensch, wenn er sich uns in den Weg stellt.

Sam neben mir bewegt sich kein Stück, so als atme sie nicht mal. Der Brennende König dreht sich in meine Richtung. »Meine Tochter muss hierbleiben. Aber du hast die Wahl. Ein langsamer Tod, wenn ich dich den Wachen übergebe«, er hebt das schwarze Schwert, »oder ein schneller.«

Augenblicke stehen wir voreinander, mein Herz pulsiert in meinem Kopf, der Geruch nach verbranntem Fleisch füllt meine Nase, meinen Mund, ich schmecke ihn als klebrige Schicht auf der Zunge.

Das ist er. Der Brennende König, der Mann, der für so

viel Leid verantwortlich ist, Estelle, Melvin, Noel, Sam, selbst Aron, *Tom.*

Ich weiß nicht, warum er seinen eigenen Tod vorgetäuscht hat. Doch nun wird er echt werden.

Und genau in dem Moment, in dem ich mit einer blitzartigen Bewegung mit beiden Händen hinter meinen Rücken greife und die Doppelschwerter hervorziehe, reißt auch Sam ihre Waffe aus der Schwertscheide.

»Ein schneller Tod«, zischt sie und greift an.

Der Brennende König hebt sein Schwert, pariert mühelos, das Metall klingt dunkel und laut in das Labor hinein. Jetzt wirbelt er um sich selbst, rasend wie ein Feuersturm, an Sam vorbei, er … ich reiße beide Schwerter gleichzeitig hoch, das schwarze Schwert prallt mit einer solchen Wucht auf meine Waffen, dass es mich mehrere Schritte zurückwirft.

Schon setzt er nach, das Zepter saust mit der unteren Spitze voran auf mich herab, ich werfe mich nach hinten auf einen der Tische, Glas splittert, als ich mich seitwärts abrolle, da donnert das Zepter bereits eine Haaresbreite neben mir ins Holz.

Ich bin auf der anderen Seite des Tisches. Starre schwer atmend den König in Rot an, huste.

Das Zepter. Er benutzt es als Waffe.

Die glänzende Maske starrt mich ausdruckslos an, er legt den Kopf ein wenig schief, wie um mir zu sagen: *Gar nicht schlecht, Lucas, gar nicht schlecht, aber jetzt bist du dran!*

Ich umklammere die Griffe meiner Schwerter, halte sie über Kreuz vor mich. Mein Atem will sich einfach nicht beruhigen. *Er ist unendlich viel stärker als du, Lucas.*

Und nur dieser lächerlich kleine Tisch zwischen uns.

Plötzlich ist Sam neben mir. Auch sie atmet schnell.

»Alles in Ordnung?«, fragt sie, ohne den Blick von unserem Gegner zu nehmen.

Ich nicke. »Wir müssen gleichzeitig angreifen.«

»Ja.«

Doch nun passiert etwas Seltsames.

Statt links um den Tisch herum bewegt sich der Brennende König nach rechts, sodass er einen viel größeren Bogen gehen muss, um an uns heranzukommen. Will er uns dazu verleiten, zur Tür zu stürmen?

Aber nein, jetzt sehe ich es.

Er ist bei dem Regal mit den Glasflakons angekommen. Er steckt sein Schwert weg und nimmt die beiden gefüllten Glasbehälter in die Hand. Sein Kopf wandert in unsere Richtung. Ich bin mir sicher, er hat bereits verstanden: Wir haben das dritte Fläschchen.

Mit einer grässlichen Ruhe stellt er die beiden Flakons in eine steinerne Nische gleich neben dem Eingang und platziert sich selbst davor, wie um sie zu schützen. Nun kommt er auf geradem Weg auf uns zu. Er streckt die Hand aus. »Gib es mir.«

Wieder ist da diese Endgültigkeit in seiner Stimme, die mich jetzt fast Folge leisten lässt.

Aber ich bleibe neben Sam stehen, unsere Schultern berühren sich. Wir hätten wohl lieber üben sollen, zu zweit zu kämpfen, als zu zweit zu tanzen.

Der Brennende König hat den Tisch erreicht. Er greift unter die Platte, wirft ihn krachend zur Seite, das Holzgestell prallt gegen die Wand, und jetzt ist nichts mehr zwischen uns und dem roten Tod. *Angriff.*

Gleichzeitig stoßen wir vor, ich über die rechte Seite, Sam über die linke. Ich sehe nicht einmal genau, was der Brennende König daraufhin macht, seine Bewegungen sind zu schnell, ich höre Sam aufschreien, spüre, wie meine Schwerter nach hinten prallen. Dann saust das Zepter heran, ich weiche aus, *doch zu langsam!*

Die Spitze bohrt sich mir in die Seite, durchstößt das Leder, die Haut, das Fleisch. Der Schmerz zuckt durch meinen Körper, ich brülle auf!

Da kommt das schwarze Schwert schon erneut herab, irgendwie reiße ich mein linkes Schwert hoch, blocke. Ich ignoriere den Schmerz und versuche, mit rechts anzugreifen, aber wieder ist er zu schnell für mich, er fegt meine Klinge mit einer solchen Wucht zur Seite, dass sie mir aus der Hand gerissen wird und klirrend ein paar leere Glasgefäße zerschlägt. Bevor ich weiß, was passiert, hat er mir auch das zweite Schwert weggeschlagen.

Eine Hand packt meine Kehle und presst mich nach hinten gegen die Wand des Laboratoriums. Ich schnappe nach Luft, aus den Augenwinkeln sehe ich Sam benommen am Boden liegen, dann geht mein Blick auf die schimmernde Metallmaske, die sich nun dicht vor mein Gesicht geschoben hat. Unter der Kapuze blitzt ein roter Edelstein in einer schmalen, verchromten Krone. Der Geruch ist unerträglich. Die Hand um meinen Hals drückt mich die Wand hinauf, schließt sich enger um meine Kehle.

Ich röchle, *Luft, ich brauche Luft,* zapple, hilflos greife ich nach der Hand um meine Kehle, *Luft,* es flimmert, ich bekomme sie nicht los, sie ist wie ein Schraubstock, der Raum flimmert und flimmert, es brennt, *ICH BEKOMME KEINE LUFT MEHR!*

»Hey, du!«, schneidet plötzlich eine Stimme von der anderen Seite klar und deutlich durch das Laboratorium.

Der Griff um meine Kehle lockert sich, als der Brennende König herumfährt.

»Ich habe hier zwei von deinen Getränken gefunden.«

Ich brauche noch einige Momente, bis ich Josephine erkenne. Schwarze Punkte tanzen vor meinen Augen.

Die Phönixpflegerin steht im Türrahmen und hält die beiden Glasflakons in der Hand.

Der König lässt mich los, so als hätte er mich vergessen, und ich rutsche an der Steinwand hinab, keuche. Er wendet sich ganz um, macht einen Schritt auf Josephine zu, noch einen.

Josephine hat die Flakons hoch über ihren Kopf gehoben. »Du brauchst nicht herzukommen«, schreit sie. »Ich gebe sie dir auch so.«

Dann schleudert sie einen der beiden Glaskolben auf den Brennenden König.

Sofort weicht dieser zur Seite aus, und das Wurfgeschoss schlägt knapp rechts von ihm gegen die Wand. Ein ohrenbetäubendes Krachen ertönt, als es mit greller Flamme explodiert.

Die Hitze prescht zu uns herüber, nimmt mir erneut den Atem. Ich werfe mich herum, weg von den Flammen, die das Holz bereits erfasst haben und nun zu uns herüberlodern.

Stehe auf. Sam ist immer noch benommen, das Feuer, ich reiße sie hoch. »Komm!«

Wir rennen los, doch da sehe ich, wie sich auch der König wieder aufgerichtet hat, er ist nur ein paar Schritte hinter uns, jagt auf uns zu.

In diesem Moment schlägt der zweite Flakon zwischen dem König und Sam und mir auf. Die Explosion schleudert ihn nach hinten, Sam und mich nach vorne. Wir krachen auf den Boden, ein scharfer Schmerz bohrt sich in meine Schulter, ein Sirren gräbt sich in meine Ohren, als tobe plötzlich eine panische Fliege in meinem Gehirn herum. Ich schüttle mich, die plötzliche Hitze nimmt mir den Atem, der Raum flimmert, *Blut,* Blut an Sams Schläfe.

»Kommt schon!« Josephine zerrt uns hoch. »Raus hier!«

Hastig sprinten wir zur Tür, ich werfe einen Blick zurück, aber alles ist voll mit schwarzem, dunklem Qualm, ich kann nichts erkennen. Atemlos rasen wir die schmale Treppe hinauf, zur Luke. *Hoch, hoch, hoch!* Dann sind wir draußen.

Die frische Luft ist fast zu viel für mich. Als würde jetzt auch noch meine Brust explodieren, so intensiv und lebendig fühlt sich das plötzlich an. Doch Zeit, lange durchzuatmen, haben wir ganz sicher keine.

Von rechts, wo der Kahle Garten liegt, dringen schwere Schritte und Rufe zu uns herüber. Wir müssen uns nicht absprechen, rennen alle drei los. Ich spüre ein scharfes Ziehen in meiner Seite, dort, wo der Brennende König mich mit dem Zepter erwischt hat.

Egal, vorwärts, unsere Füße jagen über die Pflastersteine.

Wir verlassen den Tunnel und gelangen auf den Platz der Feuerweiden, wo es rechts zu den Verliesen geht. Schneller. Es ist nicht weit.

»Heda!« Es kommt vom inneren Bereich der Burganlage. *Verdammt!* Noch mehr Wachen. Jetzt sehe ich sie auch, ein Trupp von mindestens fünf Bewaffneten.

Wir sprinten an der Mauer entlang, ein Surren ertönt, direkt hinter mir kracht ein Armbrustbolzen gegen den Stein.

Vor dem Eingang zu den Verliesen stehen zwei weitere Wachmänner, doch ich habe eine Idee – ohne Vorwarnung schere ich nach links aus.

Die Wachmänner reagieren wie erhofft: Sie rücken vom Verlieseingang weg, um mir den Weg auf den Platz zu versperren. Natürlich rechnen sie nicht damit, dass wir *in* die Verliese wollen. Josephine und Sam halten sich weiterhin rechts, und als ich nun die Wachen erreiche, deute ich einen Schlag an, der zwischen die beiden zielt.

Gleichzeitig stoßen die Wachmänner vor, der rechte holt aus. Ich ducke mich in einer schnellen Bewegung unter dem Schlag weg, mache dabei zwei zügige Schritte zur Seite, und ehe sie wissen, was geschieht, renne ich auch schon die Treppe zu den Verliesen hinab, Sam und Josephine nach. Wir sind so schnell, dass ich aufpassen muss, nicht nach vorne wegzustürzen.

Unten angekommen, schlagen wir sofort nach links ein, Sam läuft voraus. Ich kann die Schritte der Wachen zwischen den Wänden widerhallen hören. Sie kommen näher. *So kriegen sie uns.*

Doch den Gang, in den wir jetzt abbiegen, kenne ich: Hier

ist die eine leere Zelle, die wir auf dem Hinweg entdeckt haben.

»Sam«, rufe ich halblaut, und sie wirft den Kopf rum. »Dort rein!« Ich deute nach vorne, wo die halb offene Tür wartet.

Ohne auch nur einen Moment zu zögern, dreht Sam ab, stößt die Zelle auf und verschwindet zusammen mit Josephine im Eingang, ich folge gleich darauf.

Leise schiebe ich die Tür wieder hinter uns zu, allerdings nicht ganz. Sie soll angelehnt bleiben, damit keine Veränderung auffällt. Die Schritte der Wachen donnern an unserer Zelle vorbei.

Sam und ich sehen einander an. Es sind nur wenige Augenblicke, und doch kommt es mir vor, als schlage die Welt plötzlich langsamer, während wir hier stehen.

Noch seid ihr nicht raus hier. Noch kannst du zurück, Lucas, dein Vater ist dort. Dein Vater ist in dieser Burg, und das könnte deine letzte Chance sein, ihn zu kriegen. Gib Sam Josephine mit, und lass die beiden fliehen, und du: Hol ihn dir.

In Sams Gesicht arbeitet es, auch sie bewegt sich nicht ein Stück. Und plötzlich ist mir klar, dass sie dasselbe denkt. Dass auch sie in diesem Moment am liebsten umdrehen und den Kampf gegen ihren Vater zu Ende bringen würde, egal, vollkommen egal, wie aussichtslos dieser sein mag.

»Wir müssen weiter. Worauf wartet ihr?«, flüstert Josephine.

Sam und ich haben den Blick immer noch nicht voneinander gelöst. Beide können wir nicht zurückgehen. Aber eigentlich auch niemand alleine. Und ganz langsam schüttle ich nun den Kopf. »Heute nicht«, sage ich dann mit ruhiger Stimme, und ich weiß, dass Sam mich versteht.

Heute nicht. Aber bald.

Sam greift nach der Kerkertür und schiebt sie vorsichtig auf. Wir spähen in den Gang, rechts, links, niemand zu sehen. Vorsichtig schleichen wir uns raus, von hier ist es nicht mehr weit zum Geheimgang, wir müssen nur …

»Da sind sie!«

Verdammt!

Vor uns im Gang steht eine einzelne Wache mit einer Blendlaterne in der Hand. Nun ertönen auch Rufe von hinten. Uns bleibt nichts anderes übrig als die Flucht nach vorne.

Der Wachmann ist jung, kaum älter als wir, er hält eine Hellebarde vor seinen Körper.

»Bleibt stehen!«, ruft er zitternd. Ich habe mein Schwert bereits gezückt, will voranstürmen, da packt Josephine mich an der Schulter, hält mich zurück, tritt vor.

»Bastian«, sagt sie. »Wir kennen uns, ich bin's, Josephine. Bitte, hilf uns …« Bastians Hellebarde bohrt sich tief in ihre Seite, Josephine keucht auf, greift hilflos in die Luft, Bastian ist bereits einen Schritt zurückgewichen, die blutige Waffe von sich gestreckt.

»Sie sind hier!«, schreit er. »Kommt schon, sie …« Nun endet auch sein Satz abrupt, als mein Schwert seinen Brustpanzer durchstößt. Sam hat bereits Josephine geschnappt und stützt sie auf ihre Schulter. Ich greife nach der Blendlaterne, platziere mich auf Josephines anderer Seite, und wir ziehen sie weiter. Jetzt nicht anhalten, na los, die Rufe werden lauter, dann haben wir den Leuchtfeuerraum erreicht, stürmen hinein.

»Los, wir müssen die Tür verrammeln!«, schreie ich.

Sam reagiert sofort und läuft zu einer der großen, schweren Truhen, beginnt, sie in Richtung Tür zu schieben. Josephine hingegen taumelt ein paar Schritte in den Raum hinein, klammert sich kraftlos an einen Stützbalken und sinkt daran zu Boden. Sie hält sich ihre Wunde. Ihre Hände sind rot und glitschig. *Oh nein!*

Aber zuerst die Tür. So schnell es geht, ziehe ich eines der Regale vor den Eingang. Greife anschließend nach einigen der an den Wänden aufgeschichteten Eisenstangen und verkeile damit die Tür, draußen hämmert es wie wild gegen das schwere Holz. Dann sind wir fertig, dann ist es draußen und drinnen ganz still. Und diese Stille gefällt mir überhaupt nicht.

Josephine ist es schließlich, die sie durchbricht, ein schmerzerfülltes Wimmern, das sie wohl nicht mehr zurückhalten kann. Ich haste zu ihr, knie mich neben sie.

Sie hält sich den Bauch. Selbst auf dem Boden klebt bereits etwas von ihrem Blut.

»Sam, öffne die Geheimtür«, rufe ich und greife unter Josephines Arm. »Wir bringen dich hier raus, Josephine, keine Sorge«, flüstere ich.

Plötzlich ein mächtiges Donnern, und die verrammelte Tür, die zu den Verliesen führt, erzittert. *Sie haben einen Rammbock geholt.*

Ein weiteres Donnern, und ich höre ein krachendes, berstendes Geräusch.

»Schnell!«, ruft Sam. »Die werden nicht lange brauchen.«

Die Geheimtür ist offen. Halb stütze, halb ziehe ich Josephine mit mir hindurch. Aus der Richtung der Verliese kracht es.

»Stopp«, keucht Josephine schon nach wenigen Schritten und streckt die Hand nach der Wand aus, um die Balance zu halten.

»Nein«, sage ich energisch. »Jetzt nicht aufgeben, wir müssen weiter.«

»Ich gebe nicht auf«, sagt Josephine, aber sie stützt sich noch immer an der Wand, macht keine Anstalten, weiterzulaufen. »Ich siege.«

Es dauert noch einen Moment, bis ich verstehe.

Josephine, wie sie gekrümmt dasteht, das Blut durchnässt ihr schwarzes Gewand, die Wunde ist tief. Josephine, mit dem Blick auf den Hebeln, die den Durchgang von der Burgseite aus einstürzen lassen können.

Nun nickt sie Sam zu, und auch die versteht, rennt zum ersten der vier Hebel.

»Das musst du nicht tun«, sage ich, während ich Josephine weiterhin stütze.

»Drei leuchtend rote Striche an der Tür.« Sie spricht, als ob ich gar nicht da wäre. »Ich war tot, ich war mir ganz sicher. Die verhüllten Männer würden mich holen und umbringen.« Wieder kracht es vom Durchgang zum Verlies aus, Sam hat den ersten Hebel mit Mühe herunterbekommen, sie scheinen eingerostet zu sein.

»Dann kam die Nestflechterin. Ihr Name war Estelle. Sie setzte sich für mich auf die Schwelle, um ihre Liebe zu finden.

Sie war so … mutig.« Die Tür donnert, Sam kämpft mit dem zweiten Hebel. »Nach dieser Nacht war mir klar, dass ich mein Leben nicht weiterführen konnte wie zuvor, wo es mir doch neu geschenkt worden war. Ich schaffte es, eine Phönixpflegerin zu werden. Ich dachte, ich tue dort etwas Gutes, Ehrenvolles. Aber ich quälte nur einst edle Wesen.« Nun kracht es erneut, und das Holz birst laut, die Stimmen und Geräusche klingen nicht mehr gedämpft – das kann nur eines bedeuten.

»Sie sind durchgebrochen«, schreit Sam, während sie den dritten Hebel herunterreißt. »Los, los, los.«

Josephine packt meine Hand und legt etwas hinein, etwas Kleines, Glühendes. »Als der Phönix heute Nacht weinte, wusste ich, dass meine Zeit gekommen ist. Das Leuchten der Träne hat mich zu euch geführt.«

Ich öffne die Hand, ein kleiner, glitzernder Tropfen wie aus Glas liegt darin. Dann spüre ich, dass Josephine schwach gegen meine Schulter drückt. »Nun geht.«

»Nein.« Aber ich weiß längst, dass es nichts mehr nützt. Ich zittere. Wenn ich einer wäre, der weint, würde ich es jetzt tun.

»Ich will es so«, sagt sie leise, und diesmal nicke ich, während ich höre, wie die Tür zu den Verliesen vollends einbricht und die Soldaten hereinstürmen.

Ich lasse sie los und stürze Sam hinterher, die schon ein paar Schritte den Gang hinunter ist. Schneller. Dort ist die Biegung, nicht weit – *warum höre ich keinen Einsturz, warum tost kein Stein herunter?* –, ich stoppe ab, drehe mich um. Josephine steht vor dem Hebel, sie stemmt sich dagegen, und – *ja!*

Endlich schafft sie es, den Hebel herunterzuziehen, aber dort …

»Lucas! Weg!«, schreit Sam, während sie auf mich zuhastet. In dem Moment sehe ich ihn, höre das surrende Geräusch des Bolzens.

Und dann wirft Sam sich vor mich.

Ein Ruck geht durch mich durch, als der Bolzen einschlägt. Der Ruck von Sams kleinem Körper, der nach hinten gestoßen wird, gegen mich. *Nein!* Der Bolzen. *Nein!* Der Bolzen ist tief in ihre Brust gedrungen, sie röchelt auf.

Ich blicke hoch, starre meinem Vater in die Augen, der seine Armbrust nachlädt, dabei aber meinen Blick erwidert. Seine Kiefer mahlen.

»Nein!«, schreie ich, und in diesem Moment löst sich das Gestein von der Decke zwischen uns und bricht tosend herunter. Nur noch ein letzter kurzer Blick auf meinen Vater, der wieder davonkommen wird, und ich schreie, lauter als das Tosen, ich schreie wie von Sinnen. In meinen Armen Sam mit zerfetzter Brust.

19

Lavis. Ring der Graugewändler. Kräutersammlerviertel.

Ich stoße die Tür zu unserer alten Hütte auf.

Staub wirbelt hoch, die Dielen knarzen unter meinen hektischen Schritten. Nur kurz erhasche ich einen Eindruck von der Wohnküche, die Stühle schief vom Essenstisch weggerückt, als wäre die Familie Gavener eben erst von dort aufgestanden. Ein umgekippter Trinkbecher liegt vergessen auf dem Boden, und auf den Dielen haben sich die Raukräuter, die niemand mehr rausgefegt hat, ausgebreitet und sind schon wieder verwelkt.

Dann bin ich bereits auf der schmalen Stiege, trage Sam hinauf. Meine Arme sind taub, genau wie mein Kopf, in dem nur immer wieder das Bild von meinem Vater mit der Armbrust in der Hand auftaucht. Doch ich gehe ganz vorsichtig, mit möglichst wenig Geruckel. Sam wimmert einmal leise.

In unser altes Zimmer. Die beiden Lager aus Stroh, als hätte sich nie etwas verändert, nur bei mir fehlt die Decke.

Ich lege Sam auf Toms Bett, bleibe vor ihr knien. Der Armbrustbolzen ragt aus ihrer Brust wie ein Federkiel voll roter

Tinte. Ich schaue in ihr Gesicht, es ist bleich, *totenbleich,* ihre Augenlider flattern.

»Sam«, sage ich, und sie hält die Augen für einen Moment offen, blickt mich an. Das Graugrün ihrer Iris hat an Farbe verloren.

»Wir kriegen dich wieder hin, Sam«, sage ich und zwinge mich, dabei nicht auf die Wunde in ihrer Brust zu starren. Ich habe schon längst gesehen, was der Bolzen angerichtet hat, habe ihr Blut, das ihr vom Brustpanzer tropft, an meinen Händen.

Sam schüttelt ganz langsam den Kopf. »Kriegen wir nicht.«

Sie weiß es. Ich weiß es. Aber ich will es nicht wissen, das geht nicht, das geht einfach nicht, ich muss doch irgendetwas tun können. *Nicht Sam!*

Nicht auch noch Sam!

Verzweifelt hole ich die Phönixträne hervor, greife nach Sams Hand, nach Sams eiskalter Hand, und lege das magische Artefakt hinein. Das muss helfen, es muss helfen, es muss sie retten!

»Die Träne«, sage ich. »Die Träne macht alles wieder gut.«

Und ich starre auf das kleine gläserne Ding in ihrer Hand, aber es passiert rein gar nichts. Die Zeitkörner fallen, und nichts tut sich, keine Magie, keine Hilfe, nichts.

Beinahe behutsam dreht Sam die Hand und lässt die Träne mit einem leisen Klacken auf den Holzfußboden fallen. Ich will sie aufheben, sie muss wieder zurück … aber Sam unterbricht mich: »Nein, Lucas. Es bringt nichts. Es …«, sie schließt die Augen für einen Moment, öffnet sie schwerfällig, »es ist okay. Gib mir deine Hand … die will ich lieber.«

»Nein«, flüstere ich tonlos, und es fühlt sich an, als bohre sich Bolzen um Bolzen in mein Herz, immer wieder, immer mehr.

»Halt einfach meine Hand«, sagt Sam leise. »Es tut schon gar nicht mehr weh.«

Zitternd hebe ich den Arm, greife nach ihrer Hand, ihre kleinen Finger klammern sich fest um meine. Sie hustet, Blut läuft ihr aus dem Mundwinkel.

Wenn. Ich weine.

Die Tränen strömen mir übers Gesicht, unkontrolliert und wild, es ist nicht fair. *Sam,* nun hat mein Vater auch noch Sam auf dem Gewissen. Ihre Hand quetscht jetzt meine Finger zusammen, ihr Körper zuckt.

Alles um mich herum wird dunkel, während sie auf Toms altem Lager liegt und stirbt. Und ich weine um sie und um meinen Bruder, ich höre nie wieder auf.

Weine nicht um die Asche, denn sie ist Leben.

»Halt!«, sage ich laut und richte meinen Oberkörper auf, reiße ihn hoch, als hätte mich eine Schlange gebissen. »Halt.«

Asche.

Leben.

Na klar! Natürlich! Es ist nicht die Phönixträne. Es ist etwas anderes.

Hastig hole ich den Glasflakon aus der Hosentasche. Er ist unbeschädigt. Die schwarze Flüssigkeit pulsiert. Ich entkorke den Flakon.

Da keucht Sam auf, und ich spüre, wie sie schwach nach meiner Hand tastet.

»Nein, Lucas! Nicht!« Sie krallt sich in meine Lederrüstung.

»Das Gift macht es nicht leichter. Es … ist schlimmes Gift … es tut mehr weh als ohne.« Sie hustet keuchend. »Bitte.«

»Trink es.«

»Bitte …«

»Vertrau mir, Sam. Trink es, tu es einfach.«

Sam sieht mich nur aus glasigen Augen an, schüttelt kraftlos den Kopf.

»Vergiss nicht«, sage ich sanft, »ich hab noch einen gut bei dir.« Ich halte ihr den Flakon mit zittrigen Händen entgegen. »Vertrau mir.«

Ich führe den Behälter vorwärts, erwarte, dass sie jeden Moment den Kopf wegdreht, ihn mit letzter Kraft von sich schlägt, aber ihr Blick ist auf mich gerichtet, und als der Flakon ihre Lippen erreicht, öffnet sie den Mund. Ich kippe vorsichtig, sie trinkt.

Schluckt einmal, schluckt zweimal, beim dritten Mal beginnt sie zu husten, schnell ziehe ich den Behälter weg, greife unter ihren Kopf und stütze ihn.

Aber Sam hört einfach nicht mehr auf zu husten, sie keucht, und nun beginnt sie auch wieder zu zucken, sie zuckt wie wild. »Es brennt«, röchelt sie, und ihre Augen flackern in wilder Panik, »es brennt überall, Lucas.«

Und in diesem Moment schiebt sich ein Grinsen auf mein Gesicht, ein breites, dämliches Grinsen, das ich einfach nicht zurückhalten kann.

Sam starrt mich entgeistert an, so als ob ihre verschleierten Augen nicht mehr die Wahrheit sehen, aber das tun sie. Ich grinse.

Die Schürfwunde an Sams Schläfe ist verschwunden.

Ich hatte recht.

Ruckartig greife ich nach dem Bolzen in Sams Brust und ziehe. Ein schmatzendes Geräusch, als er sich löst, Sam schreit auf vor Schmerz, krallt ihre Hände in das Laken, wartet wie eingefroren auf die nächste Welle. Ich auch.

Wir warten. Warten. Aber kein Blut sprudelt hervor. Kein tödlicher Schmerz lässt mehr ihren Körper zucken.

Eine unheimliche Stille breitet sich in meinem alten Zimmer aus.

Mein Herzschlag hallt in meinem Kopf nach.

Das Zimmer hält mit mir zusammen den Atem an.

Leises Rascheln von Stroh erklingt, als Sam sich wieder regt. Ihre Augenlider flattern erneut, dann reißt sie sie weit nach oben. Klare grüne Felskräuteraugen sehen mich an. Sie tastet nach ihrer Brust, nimmt die Hand gleich darauf wieder weg. »Ich will es sehen«, sagt sie ungläubig.

Ich nicke. Kann selbst noch nicht glauben, dass es wahr ist.

Dann nehme ich meinen Dolch vom Gürtel, setze ihn an der Durchschlagsstelle von Sams Lederrüstung an und schneide sie vorsichtig weiter auf. Sam hat das Kinn auf die Brust gesenkt, damit sie besser sehen kann.

Und nun starren wir beide auf das helle, neue Stück Haut zwischen Sams Brüsten, das ich freigelegt habe.

»Bist du …?«, frage ich.

»Ja.« Sam stützt sich vorsichtig von ihrem Lager hoch, so als traue sie ihrem Körper noch nicht. »Ja«, sagt sie entgeistert, »ich bin unverletzt.«

Beinahe wage ich nicht, es zu glauben. Mein Blick wandert zu dem Flakon mit der schwarzen Flüssigkeit. *Phönixasche.*

Ich habe mich nicht geirrt, es ist wahr, und die Erleichterung kommt nun gänzlich über mich, so, wie wenn du in den heißesten Monaten auf den Pflückfeldern verbrannt warst, und dann kam der kühle Sommerregen und legte sich sanft auf dich.

Hastig wische ich mir die halb eingetrockneten Tränen von den Wangen, sehe sie an. Sie lächelt. Es ist wahr.

Sam lebt.

20

Lavis. Ring der Graugewändler. Hütte der Gaveners.

Sorgfältig verschließe ich den Flakon mit der schwarzen Flüssigkeit und reiche ihn Sam.

Die nimmt ihn beinahe ehrfürchtig entgegen, hält ihn direkt vor ihr Gesicht und begutachtet die Mixtur eingehend.

»Woher hast du's gewusst?«, fragt sie, während sie den Behälter um sich selbst dreht Die Flüssigkeit bewegt sich nur träge mit.

»Die Inschrift im Mausoleum des Totengräbers«, sage ich. »*Weine nicht um die Asche, denn sie ist Leben.* Ich habe gedacht, der Satz meint einfach nur die Wiedergeburt der Phönixe, den ewigen Kreislauf des Lebens, an den die alte Kultur geglaubt hat.« Ich schüttle den Kopf. »Aber dann wurde mir klar: Er bedeutet vielleicht noch mehr als nur diese eine Sache. Und dann habe ich an die Nacht in der Käfiganlage der Phönixe gedacht, und eins hat sich zum anderen gefügt.«

»Und zwar?« Sie gibt mir den Flakon zurück, und ich lasse ihn in meiner Hosentasche verschwinden, fange nun an, abwesend in ihrem Weizenhaar herumzuspielen.

»Der Brennende König klaut den Phönixen regelmäßig

einen Teil ihrer Asche«, antworte ich. »Er braucht sie für irgendeinen Zweck. Im Königshaus heißt es, er geht in den Kahlen Garten, um nachzudenken. Aber in Wirklichkeit ist er dann in seinem unterirdischen Labor und braut seine Tränke. Und die wichtigste Zutat wurde ihm von den Phönixpflegerinnen übergeben – die Asche.« Ich mache eine unbestimmte Geste in Richtung des Glasflakons in meiner Hosentasche. »Deswegen diese kleinen *Fetzen* in der Flüssigkeit, diese fast lebendigen Bewegungen. *Weine nicht um die Asche, denn sie ist Leben.* Er muss eine Rezeptur gefunden haben, die ihm das Brauen eines magischen Heilungselixiers ermöglicht.«

»Aber wen will er denn damit heilen?«, fragt Sam.

»Keine Ahnung.« Ich kann nicht aufhören, mit der Hand durch ihre Haare zu fahren, die weichen blonden Strähnen, die zehn kleinen grauen … *Moment.*

Da sind keine grauen Haare. Ich beuge mich vor und inspiziere die Strähnen genauer.

»Lucas, was zum Henker machst du da?«, fragt Sam verwirrt und muss dann kurz grinsen. »Das ist gruselig.«

»Ja«, sage ich, völlig ernst. »Das stimmt.« Ich starre ihr Haar an, alles blond, nichts grau.

Die habe ich schon, seit ich sieben oder acht bin. Bei meiner Mutter war es ähnlich. Sie hat gesagt, ein paar von unseren Haaren haben schneller gelebt, sie warten jetzt auf die anderen.

Das ist es.

Weine nicht um die Asche, denn sie ist Leben.

»Es heilt nicht nur«, sage ich und lasse von Sams Haaren

ab. Beinahe feierlich hole ich den Flakon wieder hervor. Halte ihn hoch wie ein Zepter.

»Hä?«

»Es hat deine grauen Haare verschwinden lassen.«

»Na und?«

»Das wäre doch ein recht seltsamer Zufall, denkst du nicht?«

»Schon. Ja.«

»Es heilt nicht nur, es macht dich jünger«, sage ich aufgeregt. »Es schenkt nicht nur den Verwundeten Leben, sondern auch den Alternden.«

Sam öffnet den Mund, stockt. »Es macht dich jünger«, wiederholt sie leise.

»Dieses Geheimnis durfte natürlich niemand erfahren«, rede ich hastig weiter, es kommt mir vor wie beim Schwertkampf, wenn die Bewegungen plötzlich ineinandergreifen, »nicht einmal seine engsten Vertrauten, denn wer würde nicht versuchen, selbst an dieses Elixier zu kommen.«

»Aber warum dann der Harem und seine vielen Kinder?«, fragt Sam.

»Keine Ahnung«, muss ich jetzt zugeben. Ich ziehe die Schultern hoch. Sam hat recht, wie passt das hinein?

»Warum das Brennende Turnier, meine Brüder, all das …«, murmelt Sam.

»Es muss irgendeinen Zusammenhang geben«, sage ich.

Wir schweigen konzentriert. Die Zeit vergeht, aber keiner von uns beiden hat eine Idee. Ich drehe und wende meine Informationen immer wieder im Kopf herum, aber noch …

»Er hat gezüchtet«, sagt Sam plötzlich, und nun ist die gleiche Aufregung in ihre Augen getreten, die mich längst erfasst hat. »*Das* ist die Erklärung.«

»Gezüchtet?«

»Ja.« Sie nickt bekräftigend. »Ähnlichkeit gezüchtet. Das Brennende Turnier war nur eine Inszenierung, es war egal, wer der fähigste Teilnehmer war. Wer meinem Vater am ähnlichsten sah, hat überlebt, weil er kein Gift in seine Tränke geschüttet bekam. Und derjenige – also mein Bruder – wurde jetzt angeblich König. Stattdessen hat mein Vater ihn allerdings beseitigen lassen. Und der ›neue‹ Brennende König ist mein Vater in junger Gestalt …« Sam hält ruckartig inne. Sie verschränkt die Arme und schüttelt den Kopf. »Das kann doch einfach nicht stimmen.«

»Doch. Es ergibt alles Sinn.« Ich bin mir jetzt ganz sicher, das alles passt nicht einfach so zufällig zusammen. »Diesmal sind es nicht die Schwarzgewändler, die Männer am Königshof, Jon, die die Wahrheit wissen. Diesmal sind die Geschichten wahr, die sich das einfache Volk erzählt hat. Der Brennende König stirbt nicht.«

»Du meinst, mein Vater …«

»… ist der Chronist, der damals die Herrschaft der Phönixe stürzte«, sage ich, »und herrscht seit mehr als 300 Jahren über das Königreich Lavis.«

»Unmöglich.« Sam schüttelt den Kopf, den Blick irgendwo im Raum verloren.

»Es passt alles zusammen«, flüstere ich.

»Es kann auch sein, dass wir uns vollkommen irren«, sagt sie und streicht sich fahrig eine Haarsträhne zurück. »Dann müsste ich doch jetzt auch viel jünger sein.«

»Es war eine kleine Dosis. Wahrscheinlich wurde einfach das meiste auf deine Heilung verwandt. Deshalb sind ansonsten nur die grauen Haare verschwunden.«

»Trotzdem muss das nicht stimmen«, sagt Sam, fast widerwillig.

»Sam«, gebe ich zurück. »Ich habe gesehen, wie Lebewesen aus ihrer eigenen Asche auferstanden sind. Deine Brust war durchstoßen, und du sitzt hier neben mir.« Ich berühre sie vorsichtig an der Schulter. »Warum sollte *das* jetzt unmöglich sein?«

Ich sehe, wie Sam immer noch zögert, mit sich ringt. Ich verstehe das, ich kann es ja selbst kaum glauben. Aber das ist kein Zufall.

Und plötzlich habe ich eine Idee. »Komm«, sage ich und nehme sie bei der Hand. »Ich zeige es dir.«

Vorsichtig steht Sam auf, aber es gibt offensichtlich keinen Grund zur Sorge: Sie scheint nicht mal mehr die geringsten Schmerzen zu haben.

Dann gehen wir aus dem Zimmer, die Stiege hinab, und ich knie mich auf den Dielenboden.

»Was machst du?«, fragt sie und kniet sich neben mich.

»Schau hin.« Vorsichtig hole ich den Flakon hervor und entkorke ihn.

Dann setze ich ihn über einer der verwelkten Raukräuterpflanzen an, träufele drei Tropfen auf die Wurzeln, die sich an das Holz klammern.

Eine Weile passiert nichts, und kurz befürchte ich, dass ich mich geirrt habe, dass das alles nur eine lächerliche Idee war, auf die ich mich da versteift habe.

Doch dann beginnen die Blätter, sich zu regen. Erst richten sie sich langsam, kaum wahrnehmbar, auf, glätten sich, das welke Braun schwindet und wird allmählich grün.

Die gesamte Pflanze scheint wieder aufzuwachen, jetzt ist schon kein Braun mehr zu sehen. Die grünen Blättchen strecken sich lebendig nach allen Seiten, in voller Kraft erblüht das Kraut dort auf dem Dielenboden.

»Das gibt es nicht«, flüstert Sam.

Aber noch ist die Wandlung nicht vollendet: Nun sieht es plötzlich aus, als ziehe sich die Pflanze zusammen. Und nach und nach schrumpfen die Blätter zurück in den Stiel, schrumpft selbst der Stiel nach unten, die Wurzeln verschwinden, die Blüte vergeht, und stattdessen bildet sich eine Samenkapsel.

Dann plötzlich tut sich nichts mehr.

Behutsam greife ich nach dem Sprössling, ein Samen mit einer kraftvollen Knospe. Die Verjüngung ist abgeschlossen. Ich lege die Pflanze in Sams Handfläche.

»Der Chronist«, sagt Sam und starrt auf den Spross in ihrer Hand. »Mein Vater ist in all den Jahren niemals gestorben. Das ist sein Geheimnis.«

Ich nicke stumm. Verschließe dann den Flakon mit dem Phönixelixier, stehe auf.

Erst jetzt merke ich an einem leichten Ziehen in der Hüfte wieder die Wunde, die das Zepter in meine Haut gerissen hat.

Kurz überlege ich, ob ich das Elixier benutzen soll, verwerfe den Gedanken aber gleich wieder. Die Wunde scheint nicht allzu schlimm zu sein, und dieser Trank könnte uns noch eine enorme Hilfe sein.

»Wir sollten zurück nach Favilla«, sage ich. »Der Chronist wird nach dem, was geschehen ist, nicht untätig bleiben. Einer der Leibwächter hat etwas von einem *großen Aufbruch* gesagt. Sicher wollen sie den Ort der Feuerwende finden. Dem König muss nun klar sein, dass bereits jemand anderes nach dem Thronfolger sucht. Das wird ihn noch schneller und entschiedener handeln lassen.«

»Okay.« Sam betrachtet den Samen, der nach wie vor in ihrer Handfläche liegt. »Aber kann ich vielleicht noch einen kleinen Augenblick verschnaufen, nur kurz? Also, mir geht es gut, bloß – ich bin gerade fast gestorben, und mein Vater …«

»Na klar«, unterbreche ich sie. Ich kann sehr gut verstehen, dass sie jetzt noch ein wenig Zeit für sich braucht. »Pass auf, ich stelle draußen schon mal fest, ob die Luft rein ist. Und du kommst einfach dazu, sobald du so weit bist.«

»Danke, Lucas«, sagt sie und lächelt ein bisschen.

»Unsinn«, sage ich, »ich hab dafür jetzt wieder einen gut bei dir.«

Damit gehe ich zur Hüttentür und ziehe sie auf. Ich schaue zurück zu dem Mädchen mit den Weizenhaaren, sie hat sich an den Tisch gesetzt, und wir tauschen einen letzten kurzen Blick, *Sam lebt.* Dann bin ich draußen.

Ich sichere die Gasse nach allen Seiten ab – nichts zu hören, nicht mal von weiter weg.

Zufrieden gehe ich zurück zur Hütte, das Symbol der verhüllten Männer leuchtet nicht mehr, drei dunkle, verwitterte Narben im Holz. Ich setze mich auf die Schwelle und warte auf Sam.

Die Nacht ist dunkel und still. Ich hole die Phönixträne hervor und betrachte sie in der flachen Hand.

Wir kennen nun nicht nur das Geheimnis des Brennenden Königs. Wir haben auch den Kompass, der uns zum Thronfolger, zur Revolution führen wird. Und als ich die Phönixträne schon wieder wegstecken will, fängt sie an, ganz leicht in der Dunkelheit zu schimmern. Rotgoldenes Licht. Die Feuerwende rückt näher.

Und eine seltsame Ruhe erfasst mich, während ich hier draußen auf den Stufen sitze, eine Ruhe, von der ich nicht genau weiß, was ich von ihr halten soll.

Und aus allen Gedanken, die nun auf mich einprasseln könnten, aus all diesen Fluten an Dingen, die geschehen sind, sind es Emmas Worte aus der Großen Halle damals, die mir nun durch den Kopf geistern.

Alles ist erlaubt. Der Kampf beginnt jetzt.

Danksagung

Wow. Eine lange und intensive Zeit geht zu Ende. Eine Zeit voll Höhen und Tiefen, voll Euphorie und Verzweiflung, voll von Wörtern. Wenn man so glücklich ist, ein solches Projekt in die Tat umsetzen zu dürfen, dann hat man dabei eine ganze Menge Wegbegleiter. Eigentlich müssten wir all euch tollen Menschen einzeln danken, die wir kennen, aber dabei würde selbst der Dürre einschlafen, also beschränken wir uns auf die Leute, die uns ganz konkret am Buch geholfen haben ☺

Unser melodramatischster Dank geht an Bernhard Hennen. Bernhard, ohne dich hätten wir das hier ganz einfach nicht gepackt, du warst unser Fels in der Brandung, der Retter bei Nacht. Danke, danke, danke für all deine Hingabe <3

Dann möchten wir Anne-Lena Jahnke danken. Lena, danke, dass du genauso viel Herzblut in dieses Projekt gesteckt hast wie wir und immer für uns da warst. Eigentlich hast du diese Reihe mitgeschrieben.

Ein großer Dank geht an Katrin Weller, die uns nicht nur im Lektorat unterstützt hat, sondern immer hinter uns stand und ihr Vertrauen in uns gesetzt hat. Dann möchten wir Kristin Neugebauer, Eva Wansleben, Maria Wrensch, Nelson und dem gesamten Oetinger-Team danken für die Entwicklung eines tollen Plotgerüsts, für so viel Begeisterung und Einsatz in allen Abteilungen und auf allen Ebenen.

Wir danken außerdem Jacqueline Kauer für großartige Cover- und Kartenarbeit!

Millionen Dank an unsere Eltern, für die liebevollste Unterstützung, die wir uns hätten vorstellen können. Und für temporäre Teiladoption.

Dank geht an unsere Testleser Ilja Kasakowski, Lukas Matthes und Patrick Matt.

Dann bedanken wir uns bei unseren Fachexperten Nicholas Rudolph (Technik), Denise Müller (Pferde), Laura Belser (Mittelalter), Julia Dimkovski (Gefühle), Ilja Sperling (Kampfsport), Lukas Matthes (Antike), Rüdiger Matthes (Medizin) und Bernhard Hennen (Schwertkampf).

Vielen Dank an Siegfried Zieske, der mit seiner Fachkenntnis und liebenswerten Art Natalie auf dem Weg des Schreibens bestärkt hat.

Und zuletzt möchten wir dir danken, lieber Leser. Denn wenn du das hier liest, dann hast du wahrscheinlich Lucas, Estelle, Noel und Sam auf jedem Schritt ihrer langen Reise begleitet, hast unseren Traum gemeinsam mit uns geträumt, und das ist doch eigentlich der Grund, warum wir das hier machen. Danke!

In diesem Sinne

Naudl and Sil over and out.

Übersicht der Königreiche Tyrganons

Lavis

Vogelwesen: Phönixe
Wappenfarbe: Rot
Wappenzeichen: Flamme

Akila

Vogelwesen: Königsadler
Wappenfarbe: Gelb
Wappenzeichen: Faust

Vigilis

Vogelwesen: Greife
Wappenfarbe: Grau
Wappenzeichen: Stein

Noctuán

Vogelwesen: Eulen
Wappenfarbe: Grün
Wappenzeichen: Baum

Parvania

Vogelwesen: Pfauen
Wappenfarbe: Bunt
Wappenzeichen: Auge

Aeris
Vogelwesen: Sturmfalken
Wappenfarbe: Weiß
Wappenzeichen: Windhose

Terg
Vogelwesen: Harpyien
Wappenfarbe: Violett
Wappenzeichen: Peitsche

Cavion
Vogelwesen: Lederflügler
Wappenfarbe: Schwarz
Wappenzeichen: Sichelmond

Rakk
Vogelwesen: Wellentaucher
Wappenfarbe: Blau
Wappenzeichen: Welle

Interview mit Bernhard Hennen

© Bettina Blumenthal

BERNHARD HENNEN begleitet die Buchreihe »Kings & Fools« als Pate. Mit seiner langjährigen Erfahrung und seinem Fachwissen als einer der aktuell erfolgreichsten deutschen Fantasy-Autoren beantwortet er Natalie Matt und Silas Matthes Fragen zum Aufbau von Lavis, der mit unzähligen Details angereicherten, düsteren und phantastischen Welt in »Kings & Fools«. Er hilft bei Entscheidungen zu passenden mittelalterlichen Details, findet Lösungen für knifflige Plotprobleme und begleitet die Autoren aktiv im Schreibprozess. Aber nicht nur das, es gibt auch ganz praktische Tipps vom Meister der Fantasy: So trafen sich Bernhard Hennen, Natalie Matt und Silas Matthes beispielsweise, um gemeinsam Schwertkampf zu trainieren und die Kampfszenen in den ersten Bänden von »Kings & Fools« möglichst wirklichkeitsgetreu nachzustellen.

Lest hier ein exklusives Interview mit Bernhard Hennen, in dem er über »Kings & Fools« und seine Rolle als Pate der Reihe spricht.

Was hat Sie dazu bewogen, als Pate an der Buchreihe »Kings & Fools« mitzuwirken?

Es gab gleich zu Beginn des Projekts zwei Punkte, die mich überzeugt haben einzusteigen. Zum einen waren es die atmosphärisch dichten Leseproben von Natalie und Silas, zum anderen das Konzept für die Buchreihe. Kurze Bücher, die sich im Aufbau an den Strukturen moderner Fernsehserien orientieren, fand ich überaus interessant. Schnell vorangetriebene Geschichten sind für ein jungendliches Publikum, dessen Erwartungen an Stories mehr vom Fernsehen als von Leseerlebnissen geprägt sind, die richtige Antwort am Buchmarkt. Inwieweit all die Ideen, die hinter dem Projekt standen, dann auch umsetzbar waren, musste sich erst noch zeigen. Doch war das Konzept innovativ und vielversprechend und es war spannend, sich auf etwas ganz Neues einzulassen.

Warum liegt Ihnen Nachwuchsförderung besonders am Herzen?

Ganz am Anfang meiner Arbeit als Schriftsteller hatte ich das große Glück, dass ich durch Wolfgang Hohlbein unterstützt worden bin. Er hatte in meinen Ideen Potential gesehen und hat für mich einen Termin im Lübbe Verlag gemacht. Dank seiner Fürsprache endete dieser Tag mit der Zusage für mein erstes Buch. Seitdem habe ich immer wieder junge Autoren unterstützt. Fast ein dutzend Mal in zwanzig Jahren. Nicht immer wurde es der Beginn einer Karriere. Das Buchgeschäft ist gnadenloser, als es den Anschein hat. Wer durchhalten will, braucht nicht nur Talent, sondern auch Ausdauer und Selbstbewusstsein. All dies sehe ich bei Natalie und Silas.

In welcher Form haben Sie an »Kings & Fools« mitgearbeitet?
Ich hatte das Glück, noch während der Arbeit an den Exposés zum Team bei Oetinger 34 zu stoßen und fast von Anfang an Einfluss auf etliche Details der Geschichte nehmen zu können. So wurde zum Beispiel aus dem Friedhof, der als Versteck der Favila dienen sollte, eine Nekropole, das Königreich wurde etwas größer als ursprünglich geplant und der rote König bekam seine Farbe. Außerdem habe ich versucht, ständig für Natalie und Silas erreichbar zu sein. Wir haben Abläufe von Action-Szenen besprochen, Details bei Schwertkämpfen oder nächtlichen Fluchtszenen im Wald. Es war fordernd, aber ein positiver Stress, aus dem ich auch neue Kraft für eigene Projekte gezogen habe.

Wie haben Sie die Zusammenarbeit mit den beiden Autoren empfunden?
Oft als einen Blick zurück in meine eigene Vergangenheit. Es war schön, den beiden helfen zu können, aus Fehlern zu lernen, die ich einst begangen hatte. Besonders gut hat mir der kritische Respekt gefallen, mit dem sie mir begegnet sind. Oft haben sie sich meine Meinung zu einem Problem angehört, meine Ratschläge eingefordert und dann doch einen eigenen, neuen Weg erarbeitet. Ihren Weg. Immer wieder kam es vor, dass ich in bearbeiteten Szenen Sätze und Ideen gefunden habe, vor denen ich nur im Geiste den Hut ziehen konnte, denn ich hätte es nicht so gut geschrieben. Und darum ging es letztlich, den beiden ab und an ein wenig zu helfen, damit sie ihren eigenen Stil und ihre eigenen Geschichten vervollkommnen.

Sie schreiben bereits seit Jahren sehr erfolgreich Fantasybücher. Welche Erfahrungswerte konnten Sie den beiden Autoren besonders mit auf den Weg geben?

Es ist mein Credo, dass Fantasy einem Autor nicht erlaubt, einfach wild drauflos zu formulieren. Um eine neue Welt überzeugend und lebendig zu gestalten, muss man sehr viel Planungsarbeit investieren. Es sind die Details, die im Kopf des Lesers einen Film ablaufen lassen und eine Fantasywelt unverwechselbar machen. Und diesen Details nähert man sich auf zwei Wegen, durch Recherche oder besser noch durch eigene Erfahrung, wo dies möglich ist. Man schreibt Reitszenen einfach anders, wenn man selbst Umgang mit Pferden hatte, oder die Gefühle eines Kriegers am Abend vor der Schlacht, wenn man mit Soldaten gesprochen hat, die wirklich in die Schlacht ziehen mussten.

Sie sind in Ihrer Freizeit begeisterter Schwertkämpfer. Wie sind Sie dazu gekommen?

Dass ich einige Sommer lang als moderner Gladiator in Schwertkampfshows auf Mittelaltermärkten aufgetreten bin, liegt an der Kritik eines Lektors, der mich vor langer Zeit einmal fragte, was denn mein Referenzmaterial für meine Schwertkampfszenen sei. Er vermutete Hollywoodfilme der fünfziger Jahre und kam der Wahrheit damit schmerzhaft nahe. Diese Kritik führte dazu, dass ich einen Mittelaltermarkt besuchte, um mir Schwertkämpfe live anzusehen. Ich hatte Glück und wurde Mitglied einer solchen Schwertkampftruppe. Das hat die Kampfszenen in meinen Romanen nachhaltig verändert. Um auch Natalie und Silas davon profitieren zu lassen, habe ich sie zu mir eingeladen. Sie konnten Kettenhemd und Gambeson anlegen, erleben, wie ein Helm die Sicht einschränkt, wie einen das Gewicht der Rüstung langsamer macht. Ich habe ihnen meine Schaukampfschwerter in die Hand gedrückt und ihnen einige Lektionen zum Einsatz der Waffen gegeben. Und es hat großen Spaß gemacht, einige Wochen später zu sehen, wie dieses neue Wissen in ihre Schreibarbeit eingeflossen ist, sich die Beschreibungen der Übungsstunden und Kämpfe veränderten und plastischer wurden.

Was ist in Ihren Augen das Besondere an »Kings & Fools«?
Es ist ein gelungener Genremix, der Elemente aus Fantasy und Mystery miteinander verbindet und frischen Wind in die phantastische Literatur bringt.

Wie würden Sie »Kings & Fools« in drei Worten beschreiben?
Jung, innovativ, ambitioniert.

Was ist Ihre Lieblingsszene in »Verbotene Mission«?
Diesmal ist es keine einzelne Szene, die einen besonders tiefen Eindruck hinterlassen hat – auch wenn das Finale sehr gut durchgetaktet ist und ich mir ernsthafte Sorgen um eine meiner Lieblingsfiguren gemacht habe – sondern es ist die Liebesgeschichte zwischen Lucas und Sam, die mir am besten gefallen hat. Die Art, wie sich beide behutsam an verlorene Gefühle herantasten, war anrührend und zugleich zutiefst glaubwürdig. So spannend all die Ereignisse rund um die Königsburg auch sind, ist diese Liebesgeschichte der Teil der

Erzählung, den ich noch lange mit mir tragen werde, nachdem ich den Buchdeckel zugeklappt habe.

Ein Gruß an die Leser:
Seid auf der Hut, wenn ihr zu eurer Lesereise in die düsteren Gewölbe von Favila aufbrecht. Fast alles ist anders, als es auf den ersten Blick scheint.

7 Fragen an Silas Matthes

© Stefan Schröder

Tanzen oder **Kämpfen?**

☐ ☒

Graue Haare bekommen oder **Falten bekommen?**

☒ ☐

Festkleidung oder **Rüstung?**

☐ ☒

3 Sätze über Dich: *Ich bin Silas und wurde 1992 im schönen Hamburg geboren. Wenn ich nicht gerade studiere oder schreibe, verreise ich, spiele Handball, Beachvolleyball oder Klavier und genieße das Leben mit meinen Lieblingsmenschen. Ich glaube, dass Lachen zu den großartigsten Dingen auf dieser Welt gehört.*

Warum Oetinger34? *Ein ganz neues Imprint, das gezielt Debütanten sucht und in dessen Rücken ein Riese wie die Verlagsgruppe Friedrich Oetinger steht – na ja, habe ich mir gedacht, ich wäre ein ganz schöner Trottel, wenn ich es nicht mal versuchen würde.*

Was ist das Besondere an Deinem Text? *Oh, ich denk mal, das variiert von Leser zu Leser. Für mich sind es bei ›Kings & Fools‹ wahrscheinlich die erzählerischen Besonderheiten, die sich durch das Schreiben im Autorenteam und zum Beispiel durch die damit verbundenen Perspektivwechsel ergeben. Und die Atmosphäre der Bücher hat etwas ganz Eigenes, finde ich.*

Ein Gruß an Deine Leser: *Moin!*

7 Fragen an Natalie Matt

© BLACK DEER

Tanzen oder **Kämpfen?**

☒ ☐

Graue Haare bekommen oder **Falten bekommen?**

☒ ☐

Festkleidung oder **Rüstung?**

☒ ☐

3 Sätze über Dich: *Ich heiße Natalie, bin 1993 in Freudenstadt im Schwarzwald geboren und studiere Kulturwissenschaft. Ich liebe es, mich faszinieren zu lassen und von Begeisterungswellen völlig mitgerissen zu werden – bestenfalls andere dabei anzustecken. Ich glaube, das sind die schönsten Momente im Leben, immer die, bei denen es Dir durch und durch geht.*

Warum Oetinger34? *Mir gefällt es, so nah an der Zielgruppe zu sein, das direkte Feedback zeigt gleich, was ankommt und was nicht. Ein spannendes Konzept, das auf dem Buchmarkt heraussticht.*

Was ist das Besondere an Deinem Text? *Das sollt Ihr erst mal selbst herausfinden. Ich hoffe jedoch, die Lebendigkeit im Text springt auf Euch über. Der Text soll leben, durch die Nähe zu den Figuren und die ganz eigene Atmosphäre.*

Ein Gruß an Deine Leser: *Ich hoffe, Ihr habt beim Lesen genauso viel Spaß, wie ich es beim Schreiben hatte.*